U0109458

古典詩歌研究彙刊

第二四輯

龔鵬程 主編

第4冊

蘇、黃戲題詩研究

謝光輝 著

國家圖書館出版品預行編目資料

蘇、黃戲題詩研究／謝光輝 著 — 初版 — 新北市：花木蘭文化事業有限公司，2018〔民 107〕

目 2+300 面；17×24 公分

（古典詩歌研究彙刊 第二四輯；第 4 冊）

ISBN 978-986-485-441-7（精裝）

1. 宋詩 2. 詩評

820.91　　107011315

古典詩歌研究彙刊

第二四輯　第 四 冊　　ISBN：978-986-485-441-7

蘇、黃戲題詩研究

作　　者　謝光輝

主　　編　龔鵬程

總 編 輯　杜潔祥

副總編輯　楊嘉樂

編　　輯　許郁翎、王筑　美術編輯　陳逸婷

出　　版　花木蘭文化事業有限公司

發 行 人　高小娟

聯絡地址　235 新北市中和區中安街七二號十三樓

電話：02-2923-1455／傳真：02-2923-1452

網　　址　http://www.huamulan.tw 信箱 hml 810518@gmail.com

印　　刷　普羅文化出版廣告事業

初　　版　2018 年 9 月

全書字數　234502 字

定　　價　第二四輯共 9 冊（精裝）新台幣 15,000 元

蘇、黃戲題詩研究

謝光輝 著

作者簡介

謝光輝，七年級，屏東人，原習西洋畫，後轉入文學。國立高雄師範大學國文研究所博士畢業，主要研究失落的文明，習慣當流浪教師，和火影忍者打交道。曾獲教育部文藝創作獎散文獎、臺中文學獎散文獎、大武山文學獎新詩獎，皆是青春的殘骸。

提　　要

本文以蘇軾、黃庭堅並題，討論他們以戲字爲題的詩。全文分爲六章，第一章「緒論」：歷來戲作的詩，通常被歸爲雜體、別體，甚至有「終非詩之正體」的說法，諸家詩話皆未以「戲題詩」正名。從文獻述評可知，目前並無研究以蘇、黃雙軌來討論其戲題詩，零星的研究，多是舉隅戲題詩的性質，不夠完整。第二章「蘇、黃戲題詩的形成背景」：在外緣條件上，將戲題詩與宋代雜劇互通；在內在因素上，以蘇軾的「效庭堅體」，沾溉出蘇、黃「互相譏誚」的人格特質。

第三章「蘇、黃戲題詩的命意旨趣」：分爲戲贈、戲答、戲書／戲詠、戲呈／其他類，分別探討其中嬉笑怒罵的遊戲翰墨。第四章：「蘇、黃戲題詩的藝術表現」，本文主要以「馭奇以執正」的視野，從蘇、黃詩新奇的特質上，反推回詩體的架構、精神。此外，尙論及蘇、黃的創意性造語。第五章：「蘇、黃戲題詩的審美意義」：結合王國維的「遊戲說」、錢鍾書的「詩分唐宋說」，並援以西方遊戲美學的相關理論，從詩歌始於遊戲，論至「爲藝術而藝術」的形式美感。最後從審醜的眼光，探討雅俗碰撞而產生的火花。第六章「結論」：歸結蘇、黃戲題詩呈現了宋詩本色，有宋三百年，蘇詩無敵手也，唯黃庭堅與之抗衡。就以戲題詩而言，黃庭堅詩的數量多於蘇軾，連章爲組詩，且他不願「文章隨人後」，故幽默情懷甚囂塵上，瀾浪的笑，協韻於蘇軾呵呵的笑。

謝　詞

與那些孩子第十次見面了，擦肩而過的時候，沒有留下特別的味道，倒是獨來獨往的路線，或者結伴並列的樣子，永遠第二堂課才進門的從容，我在心中按下了快門。拍，很用力的拍。

好像不這麼做，就會一片空白。每次走進辦公室都被誤認為學生，那麼，可不可以，不要變成老師，不要穿襯衫、繫皮帶，在下課默默擦黑板就好。我只是想擦掉白色，太多凌亂的字跡。友人聞訊，淡淡要我做分組報告就好，而臺下的女孩脫口而出，對直式字型有障礙，接著俐落戴上耳機，低頭彈奏手機螢幕。

不管是黑板還是白板，我都非常喜歡，和打字不同，那是一個形式上乘輿，而內容上執玉的興味所在。又有時，面對數雙疲憊的眼神，轉身，有鱗光，也有鱗傷。城裡，沖泡一壺義式濃縮，杯中的我，還活在下課裡。

昨夜山河，我從未旅行過的地方，也許很冷。這裡有點安靜，也有些吵鬧，在無數閱讀的書上，緩緩寫下變形的日記。然後，我的影子越來越長，背向世界，伸直了右手並握拳。

十四歲看卡夫卡《城堡》，衝擊幼小而瘦弱的心靈，他們還看嗎？或許，當孩子度過青春，退伍了，學會化妝了，並找到第一份正式工作，在風暖的午後，走在長廊，才發現考卷上的藍色字跡，不是憂鬱，而是褪色的青。

壞掉的路燈，照耀論文裡的行人，因爲犯了完美主義，顯得有些狼狽。春信捎來，屬於我靠窗的寶座，這是石州慢或蘭陵王，都到不了的遠方。

目次

謝詞

第一章　緒　論

蘇軾，生於宋仁宗景祐三年（1037），卒於宋徽宗建中靖國元年（1101）。蘇軾〈再用前韻寄莘老〉說：「江夏無雙應未去，恨無文字相娛嬉。」〔註1〕莘老，指孫莘老（？～？），爲黃庭堅的岳父。尚未見過黃庭堅詩文的蘇軾，頗有遺憾。但是，「相娛嬉」三字已點出蘇軾的遊戲精神，文學是能夠「相娛」的，並非郊島苦吟，甚至還能「相嬉」。他們盛相驅扇，嗤戲形貌，滑稽中帶有怨怒之情、諷誡之用。黃庭堅，生於宋仁宗慶曆五年（1045），卒於宋徽宗崇寧四年（1105），是蘇門四學士中，唯一受到蘇軾正式薦舉的人〔註2〕，可見蘇軾的惜才之心。兩人以虛歲計，相差九歲〔註3〕，關係亦師亦友，時有唱和

〔註1〕〔清〕王文誥輯注，孔凡禮點校：《蘇軾詩集》（北京：中華書局，2007年重印版），第2冊，卷8，頁398。

〔註2〕蘇軾〈舉黃庭堅自代狀〉：「蒙恩除臣翰林學士。伏見某官黃某，孝友之行，追配古人；瑰瑋之文，妙絕當世。舉以自代，實允公議。」見〔明〕茅維編，孔凡禮點校：《蘇軾文集》（北京：中華書局，2004重印版），第2冊，卷24，頁714。

〔註3〕根據《蘇軾年譜》，蘇軾生於1036年12月19日，換算成陽曆是1037年1月8日，又根據《黃庭堅年譜新編》，黃庭堅生於1045年6月12日，未註明陽曆的日期。透過中央研究院「兩千年中西曆轉換」系統進行轉換，應爲陽曆1045年7月28日。由於蘇軾爲年底出生，以虛歲算，多了一歲。以上兩則資料分別見孔凡禮：《蘇軾年譜》（北京：中華書局，2005年重印版），頁8～9；鄭永曉：《黃庭堅年譜新

之作。蘇、黃的戲題詩慣常以「戲贈」、「戲答」爲命名，代表詩有特定對象，「人」的性質頗重。詩題反覆出現的「戲」，具有欲發的形式意義，在讀者閱讀內容以前，已先被戲字所吸引目光。更精確來說，古典詩本是「形式爲內容服務」，然而戲題詩於形式上亮眼，是否喧賓奪主，抑或相輔相成，又恐落於無益規補的遊戲文字。以上種種，將論題輕擦出火花。

蘇、黃並題，北宋已見，〔宋〕晁說之（1059～1129）〈題魯直嘗新柑帖〉說：「元祐末，有『蘇黃』之稱」。〔註4〕又胡仔（1095～1170）《苕溪漁隱叢話・前集》說：「元祐文章，世稱蘇黃。然二公當時爭名，互相譏誚。」〔註5〕元祐是宋哲宗的第一個年號，從 1086 年至 1094 年四月，這九年內的詩文，幾乎無人能出其二人左右，其中，「互相譏誚」正說明兩人的相處，不止於酬贈詩的交際，通常能夠「互相譏誚」的對象，都是至交，彼此有著相呴以溼，相濡以沫的情感。黃氏家傳的〈豫章先生傳〉說：「晚節位益黜，名益高，世以配眉山蘇公。謂之『蘇黃』。」〔註6〕故蘇黃並稱，是以黃配蘇，相得益彰。〔宋〕陳善（？～？）《捫蝨新話》：「世人好談蘇、黃多矣，未必盡知蘇、黃好處。」〔註7〕再次並提蘇、黃，且指出兩人受到的關注頗多。〔宋〕釋惠洪（1071～1128）〈跋東坡山谷墨蹟〉說：「宣和二年冬，涌師於湘西古寺中，出以爲示，如見蘇、黃連壁下馬，氣如吐霓也。」〔註8〕

編》（北京：社會科學文獻出版社，1997 年），頁 1。

〔註4〕〔宋〕晁說之：《嵩山文集》，曾棗莊、劉琳主編：《全宋文》（上海：上海辭書出版社，2006 年），第 130 冊，頁 108。

〔註5〕〔宋〕胡仔：《苕溪漁隱叢話・前集》（臺北：世界書局，2009 年），卷 49，頁 332。

〔註6〕劉琳、李勇先、王蓉貴校點：《黃庭堅全集・附錄一》（成都：四川大學出版社，2001 年），第 4 冊，頁 2362。該文寫於宋徽宗之時，時間點早於《宋史・黃庭堅傳》，故其說法更爲可信。

〔註7〕〔宋〕陳善：《捫蝨新話》（北京：中華書局，1985 年，《儒學警悟》本），上集卷 3，頁 32。

〔註8〕〔宋〕釋惠洪著，〔日〕釋廓門貫徹注，張伯偉等點校：《注石門文字禪》（北京：中華書局，2012 年），下冊，卷 27，頁 1555。

此跋將蘇、黃並稱，特指其字跡顯現出氣宇不凡，有「盛大」之意。〔宋〕王偁（？～？）《東都事略·文苑傳》：「始，庭堅與秦觀、張耒、晁補之皆游蘇軾之門，號『四學士』，而庭堅於文章尤長於詩，獨江西君子以庭堅配蘇，謂之『蘇黃』云。」〔註 9〕因此，「蘇黃」相配當以詩為主，又上述「互相譏誚」，詩有涉譏誚者，戲題詩堪爲首選，而且，蘇、黃戲題詩中還不乏有蘇、黃兩人「互相譏誚」者，例如黃庭堅〈子瞻以子夏、丘明見戲，聊復戲答〉、〈和子瞻戲書伯時畫好頭赤〉，這也間接凸出本文論題的可能動機。

然而，「蘇黃」相提並論，並非出於黃庭堅本意，〔宋〕邵博（？～1158）《邵氏聞見後錄》說：

> 趙肯堂親見魯直晚年懸東坡像於室中，每蚤作，衣冠薦香，肅揖甚敬。或以同時聲名相上下爲問，則離席驚避曰：「庭堅望東坡，門弟子耳，安敢失其序哉？」今江西君子曰「蘇黃」者，非魯直本意。〔註 10〕

這是第二次點出「蘇黃」之稱始於「江西君子」，故言「蘇黃」，更精準的用語當是「蘇黃詩」。黃庭堅是很尊敬蘇軾的，同時也善謔蘇軾，這兩種看似不能共存的相處之情，卻在蘇、黃身上體現。除了匹配的美意，蘇、黃並題尚有互補長短，呈現多元風貌的意義。再據〔宋〕呂本中（1084～1145）《童蒙詩訓》說：「自古以來文章之妙，廣備眾體，出其無窮者，唯東坡一人；極風雅之變，盡比興之體，包含眾作，本以新意者，唯豫章一人，此二人者當永以爲法。」〔註 11〕蘇、黃共同的特質皆是「變」，而黃庭堅不肯隨波逐流的作詩態度，更是明顯，欲嘲人，也要能嘲其所要。嚴格來說，某程度上「蘇黃」一詞，已超

〔註 9〕〔宋〕王偁：《東都事略》（臺北：中央圖書館，1991 年），頁 1795。

〔註 10〕〔宋〕邵博：《邵氏聞見後錄》（北京：中華書局，2006 年），卷 21，頁 162。邵博爲邵伯溫之子，邵伯溫著有《邵氏聞見錄》，這兩本書經常被混淆，特此說明。

〔註 11〕〔宋〕呂本中：《童蒙詩訓》，郭紹虞輯：《宋詩話輯佚》（北京：中華書局，1987 年），下冊，頁 604。

越「詩人」的意義，可指元祐時期的文化，兩人自是詩中縛不住者，蘇軾提攜黃庭堅，而黃庭堅所作戲題詩又不屈於祖風，本文以爲，「蘇黃」實更有抗衡之意。鄭永曉〈試論蘇、黃齊名及其詩歌優劣之爭〉一文，認爲黃庭堅轉益多師，在眼界上，並非如部分學者理解的「門戶自限」。〔註 12〕蘇、黃同照愁燈，無奈樽前無客，於是內怨爲俳，不論是鄭永曉所探討的「蘇黃並重」、「貶斥蘇黃」、「崇蘇貶黃」或「揚黃貶蘇」，都無法截然斬斷蘇、黃之間的牽繫，而他們的表情達意，有更多面貌，嶄露於戲題詩上。以下就論題義界、研究範圍、文獻述評、問題意識和研究方法來討論。

第一節　論題義界

「戲題詩」，即以「戲」字爲題的詩，本文定義爲「狹義的戲題詩」，條件最嚴格，也最單純。倘若詩序中有「戲」字，則屬於「廣義的戲題詩」，又詩題中有「調」、「嘲」、「笑」等字，甚至詩的內容有「戲」字者，以上這些情況，嚴格來說也不算是「戲題詩」，因爲題目確實沒有戲字。戲題詩成形於唐朝，如杜甫（712～770）〈戲爲六絕句〉，卓然名篇。在眾多的評論中，〔宋〕張戒（約 1125 年前後在世）《歲寒堂詩話》認爲杜甫並非忿者，只是「嫌於自許」〔註 13〕，因此，戲題詩的「戲」字，原是以笑回應他人的笑，不能

〔註 12〕鄭永曉：〈試論蘇、黃齊名及其詩歌優劣之爭〉，《重慶教育學院學報》第 18 卷第 5 期（2005 年 9 月），頁 41。

〔註 13〕〔宋〕張戒《歲寒堂詩話》：「此詩非爲庾信、王、楊、盧、駱而作，乃子美自謂也。方子美在時，雖名滿天下，人猶有議論其詩者，故有『嗤點』、『哂未休』之句。夫子美詩超今冠古，一人而已，然而其生也，人猶笑之，歿而後人敬之，況其下者乎。子美忿之，故云『爾曹身與名俱滅，不廢江河萬古流』，『龍文虎脊皆君馭，歷塊過都見爾曹』也。然子美豈其忿者，戲之而已。其云：『或看翡翠蘭苕上，未掣鯨魚碧海中』，若子美眞所謂掣鯨魚碧海中者也，而嫌于自許，故皆題爲戲句。」見丁福保輯：《歷代詩話續編》（北京：中華書局，2006 年重印版），上冊，卷下，頁 466。

強硬說「戲」爲「忿」的隱語，倘若眞的忿忿不平，是不可能以戲字爲題。楊松年《杜甫〈戲爲六絕句〉研究》認爲此一「戲」字：「原本不是認眞的寫作與議論的態度，可是詩中所表示的，卻又是極爲嚴肅的詩論與詩評問題。」〔註 14〕杜甫原詩是戲言論詩，並從中表達自己的無奈。郭紹虞《杜甫戲爲六絕句集解》一書，由於視野較廣，不拘於一家之說，而妄下定論，故其說法較有說服力，郭紹虞認爲杜甫作〈戲爲六絕句〉是：「別裁僞體以親風雅，而多師爲師而已。『僞體』云者，不眞之謂。……蓋其所以集大成在是，而其所教導後生者亦即此旨也。」〔註 15〕杜甫認爲文學復古是對的方向，也覺得齊梁以來綺靡的風格，可能讓後學步上後塵。然而談「復古」，學習的對象不能偏重或偏廢，應該「轉益多師」，只要出於眞性情的文學，都值得效法，這與其時代是漢魏或者齊梁，並沒有直接的關係。杜甫此詩當是勉勵後學，卻用一個「戲」字，看似有所嘲意，實則不然。因爲這首詩涉及文學價值的取捨，所謂「好的文學」，並非一言足以蔽之，因此這個「戲」字，從杜甫開始，便帶有曖昧的色彩，而郭紹虞認爲這首詩顯現出「杜詩集大成」的視野和胸襟，這樣高度的讚許，卻是建立在一首戲題詩上。癥結點亦在於此，戲題詩向來不被視爲正體，遊走於「僞體」的邊緣，杜甫卻用一首戲題組詩，試圖端正視聽，無論在開創性或者創意性上，都堪稱大家。其他關於戲作的討論，如張高評《宋詩之傳承與開拓——以翻案詩、禽言詩、詩中有畫爲例》將宋代的遊戲之詩統稱「俳優詩」，且認爲在戲謔、滑稽的趣味中，不乏富含「寄興高遠，托諷悠深」之作。〔註 16〕以上論述，賦予戲題詩研究的可能，

〔註 14〕楊松年：《杜甫〈戲爲六絕句〉研究》（臺北：文史哲出版社，1995 年），頁 5。

〔註 15〕郭紹虞：《杜甫戲爲六絕句集解》（臺北：木鐸出版社，1982 年），頁 54。

〔註 16〕張高評：《宋詩之傳承與開拓——以翻案詩、禽言詩、詩中有畫爲例》（臺北：文史哲出版社，1990 年），頁 118。

因爲它不是徒有字面的「戲」，骨子裡尚有人生的沉潛，以爲支持。換句話說，戲題詩的「戲」，反而對映出「嚴肅」、「深沉」，是一種逆向的思考，也是一種富有趣味的體制。

從分類的角度來看，戲題詩屬於一種主題詩，〔明〕楊良弼（？～？）《作詩體要》稱爲「調笑體」，並說：「如此類，雖非雅作，然亦足以資談笑云。」〔註17〕〔明〕吳訥（1372～1457）《文章辨體序說》見解較公允，其言：

> 昔柳柳州讀退之〈毛穎傳〉，有曰：「『善戲謔兮，不爲虐兮』，學者終日討說習復，則罷憊而廢亂，故有息焉游焉之說。」譬諸飲食，既「薦味之至者，而奇異苦鹹酸辛之物，雖蜇吻裂鼻，縮舌澀齒，而咸有篤好之者，獨文異乎？」予於是知雜體之詩類是也。然其爲體，厥名不同。今總謂之雜者，以其終非詩體之正也。博雅之士，其亦有所不廢焉。〔註18〕

吳訥將雜體詩的優缺點同時論述，一句「有所不廢」，則確立遊戲之作的具體存在。〔明〕徐師曾（1517～1580）《詩體明辯》稱「詼諧詩」，其定義爲：

> 按《詩・衛風・淇奥》篇云：「善戲謔兮，不爲虐兮。」此謂言語之間耳。後人因此演而爲詩，故有俳諧體、風人體、諸言體、諸語體、諸意體、字謎體、禽言體。雖含諷諭，蓋皆以文滑稽爾，不足取也。然以其有此體，故亦採而列之。〔註19〕

雖然認爲「不足取」，但是承認有此體，引文提到「此謂言語之間耳」，似乎隱然說明滑稽之文，以言語往來爲重，這個「言語」的性質，始終沒有說清楚。潘善祺《詩體類說》於「雜體雜名篇」中，論及「謎

〔註17〕〔明〕楊良弼：《作詩體要》，周維德集校：《全明詩話》（濟南：齊魯書社，2005年），第2冊，頁1578。

〔註18〕〔明〕吳訥：《文章辨體序說》，王水照編：《歷代文話》（上海：復旦大學出版社，2007年），第2冊，頁1638。

〔註19〕〔明〕徐師曾：《詩體明辯》，周維德集校：《全明詩話》，第2冊，頁1469。

詩——諧隱詩」、「拆字詩」、「歇後詩」等〔註20〕，這些詩體俱爲戲題詩所承載的內容，無論如何，它都沒有「正名」。古遠清《詩歌分類學》也沒有分類出「戲題詩」，但是在「抒情詩」項下的「諷刺詩」，寫著：「嘻笑怒罵，筆調辛辣」〔註21〕。在眾多相似的命名：俳優詩、詼諧詩、戲謔詩、諧謔詩或滑稽詩之中，其所指涉範圍甚大，無論題目存「戲」字與否，只要詩意有所嘲諷、遊戲、幽默、仿擬或機智等精神，皆允入席，恐造成戲題詩意義推向廣義。本文所以選擇「戲題詩」，因爲它確定，且限制範圍，避免無限上綱的弊病，同時，此一「戲」字的反覆爲題，強化了蘇、黃的創作自覺。

第二節　研究範圍

蘇、黃兩人戲題詩的數量，採取狹義的定義，並將「組詩」的情形納入考量，經由考量、排除例外，在蘇軾部分，以孔凡禮點校的《蘇軾詩集》爲檢索〔註22〕，共有87題、100首，另有〈戲書王文甫〉、〈戲村校書七十買妾〉和〈戲人〉三首爲存題殘句，不足以爲完整的「一首」，故不列入統計。又蘇軾〈戲詠子舟畫兩竹兩鸜鵒〉、〈戲題巫山縣用子美韻〉和〈萬州太守高公宿約由岑公洞，而夜雨連明，戲贈二小詩〉，以上詩總共三題、四首，重見於黃庭堅詩集，且經查愼行考證，皆認爲當屬黃庭堅詩〔註23〕，因此這四首詩不列入蘇軾戲題

〔註20〕潘善祺：《詩體類說》（上海：上海古籍出版社，2011年），頁307～335。

〔註21〕古遠清：《詩歌分類學》（高雄：復文書局，1991年），頁39～39。

〔註22〕依據〔清〕王文誥輯注，孔凡禮點校：《蘇軾詩集》（北京：中華書局，2007年重印版）。

〔註23〕查愼行針對〈戲詠子舟畫兩竹兩鸜鵒〉說：「此一首亦見《黃山谷集》。山谷集中題子舟畫者甚多，此詩係山谷格律，非蘇詩也。」見《蘇軾詩集》，第8冊，卷49，頁2724。而〈戲題巫山縣用子美韻〉一詩，查愼行主要根據方回《瀛奎律髓》所記：「山谷以紹聖二年謫黔州，元符戊寅移戎州，庚辰正月，徽宗登極，離戎州，建中靖國元年辛巳，至峽州。」推斷黃庭堅〈戲題巫山縣用子美韻〉爲出峽詩，

詩的數量統計。此外，蘇軾有詩題爲〈與舒教授、張山人、參寥師同遊戲馬臺，書西軒壁，兼簡顏長道二首〉，題目的「戲」字是地名「戲馬臺」，並非有意的戲作，屬於例外，本文不列入統計。又蘇軾詩序有不少提到戲字，例如〈續麗人行・并引〉詩序說：「戲作此詩」；〈雙石・并敘〉詩序說：「乃戲作小詩，爲僚友一笑」；〈石塔寺・并引〉詩序說：「相傳如此，戲作此詩」；〈朝雲詩・并引〉詩序說：「因讀樂天集，戲作此詩」；〈龍山補亡・并引〉詩序說：「因戲爲補之」，然而這些詩的戲字確實沒有出現在題目，而是在序文中，屬於「廣義的戲題詩」。爲了避免義界的矛盾，本文不列入統計。

在黃庭堅部分，劉尚榮整理《全宋詩》，卷 1027 有黃庭堅詩的補遺，又張如安、葉石健等編《全宋詩訂補》，以及四川大學所出版的《黃庭堅全集》，收錄了《宋黃文節公全集》的補遺卷，這三種情形使黃庭堅的逸詩增多，本文謀篇有限，主要以劉尚榮點校的《黃庭堅詩集注》爲檢索〔註 24〕，然而，上述的逸詩並非完全棄置，故以陳永正、何澤棠所注《山谷詩注續補》爲輔，該書所補注的戲題詩，亦有《黃庭堅詩集注》所未收錄者，此即本文所旁涉的黃庭堅戲題詩。爲了避免繁雜，牽一髮而動全身，這部分不列入統計的數量。其中，黃庭堅有詩題爲「與李公擇道中見兩客布衣班荊而坐，對戲弈秋，因作一絕」，題目中的「戲」，乃指下棋而言，並非本文所談戲題詩的意義，屬於例外，予以排除。承上，黃庭堅的戲題詩於《黃庭堅詩集注》有 121 題、169 首，數量可觀，多於蘇軾。這 269 首詩，爲本文最主要

在地理跟時間點上皆吻合。見《蘇軾詩集》，第 8 冊，卷 50，頁 2748。至於〈萬州太守高公宿約由岑公洞，而夜雨連明，戲贈二小詩〉，查愼行說：「按《山谷年譜》：建中靖國辛巳，自戎州赦還，三月至峽州，作〈萬州太守高仲本約遊岑公洞〉詩。同時又有〈萬州下岩二首〉，任淵注云：山谷有磨崖題名，載高仲本置酒事，年月歷歷可考。其爲黃作無疑。」見《蘇軾詩集》，第 8 冊，卷 50，頁 2760。

〔註 24〕依據〔宋〕任淵等注，劉尚榮點校：《黃庭堅詩集注》（北京：中華書局，2007 年）。

的研究範圍，詳細篇名，可以參考後文所附索引。相較於杜甫的戲題詩約有 33 首〔註 25〕；歐陽脩（1007～1072）約有 19 首〔註 26〕，王安石（1021～1086）約有 11 首〔註 27〕，顯而易見，在數量上，蘇、黃是大有可為。甚至可以大膽推測，戲題詩於北宋，已為慣常的題材。特別是黃庭堅的戲題詩，常以組詩的形式出現，於膽於識，皆有過人之處。因此，當〔宋〕嚴羽（？～？）《滄浪詩話．詩評》說：「唐人命題，言語亦自不同。雜古人之集而觀之，不必見詩，望其題引而知其為唐人、今人矣。」〔註 28〕戲題詩亦然，望其命題，與唐人不同，此一「不同」在於大量的以戲為題，且戲題詩之題名往往甚長，有詩序與詩題合併的跡象，意即詩題不像唐人簡明暢快，經常於詩題中交代詩本事，又蘇軾戲題詩有「并引」的現象，黃庭堅甚至有詩跋，他們對於文藝的嫻熟、反覆嘗試，已不單是「有餘之事」。

第三節　文獻述評

蘇、黃為大家，研究甚豐，王水照甚至稱蘇軾的研究為「蘇海」。〔註 29〕為求去蕪存菁，在大陸期刊的層面，因為篇幅都很短小，甚至只有一頁，具有代表性的文章並不多，因此本文篩選的標準，必須與本文論題有「直接關係」者。所謂「直接關係」，即「蘇、黃的研究」與「戲題詩的研究」兩者的交集區塊；在交集區塊以外，對於本文的研究有重要提示作用，則歸為「間接關係」，過於零星的文獻，則無

〔註 25〕依據〔清〕仇兆鰲注：《杜詩詳注》（臺北：里仁書局，1980 年）。由於統計的數量，可能涉及例外、佚詩等情形，本文無法逐一深究，目前僅以題目上有戲字者為據，故只言「約有」。

〔註 26〕依據劉德清、顧寶林、歐陽明亮箋注：《歐陽脩詩編年箋注》（北京：中華書局，2012 年）。

〔註 27〕依據《王臨川全集》（臺北：世界書局，1977 年）。

〔註 28〕〔宋〕嚴羽著，郭紹虞校釋：《滄浪詩話校釋》（臺北：里仁書局，1983 年），頁 146。

〔註 29〕王水照：《蘇軾研究》（北京：中華書局，2015 年），序文，頁 1。

法逐一討論。在臺灣期刊部分，具有「間接關係」者多，其關係深淺的標準，有見仁見智的瑕疵，不可能完美，本文以 THCI（人文學核心期刊）爲主，其餘爲輔，尤其，部分期刊在本文中已有引用，其核心理念略有觸及，故不逐一探討。在地區上，不細分臺灣、大陸、香港，以整合的方式討論，下面依照年代，分成三類討論。

一、碩士論文

洪劍鵬《東坡嘲戲文研究》（1990），該文所探討的蘇軾嘲戲文是採取廣義的範圍，也就是題目上未必掛有嘲、戲兩字，只要內容有涉嘲、戲的相關意義者便算「嘲戲文」。該文對本文最大的提示點在於：看出蘇黃至交，除了相期勉勵的面向，兩人多以自謔相嘲的方式表露情誼。又認爲蘇軾的嘲戲之情，寄寓悲慨、眞摯於字裡行間，此所以他人終無法及也。其次是時間性，該文認爲黃州以前的蘇軾，多戲人之作，文辭鋒利，較少含蓄，且喜歡在說理之中夾雜戲笑，總歸「即事議論而出以嘲戲」〔註 30〕，該文不是說「嘲戲而出以即事議論」，由此可見，嘲戲只是表現手法，是爲了出奇制勝，是因人而致情。該文試圖將蘇軾的怒罵之口，連結於性格的流露，因此，蘇軾的嘲戲文娓娓讀來，使人有「展卷一噱而忘憂」的感覺。

陳性前《蘇軾詼諧詩風研究》（2010），該文於後世評價部分，僅陳述部分軒輊之語，未見作者立場。〔註 31〕關於這點，本文嘗試以「缺點即是其優點」的立面思考來看，而非使用強制的二分法，非優即劣，這是屬於直線的裁判批評方法。戲題詩或多或少，帶有調侃與粗豪，甚至尖銳的機鋒，這是不可否認的缺點，但是，蘇軾的個性本就善於調笑，對於新事物充滿好奇心。因此，戲題詩的缺點，反而呈現「文如其人」的優點。

〔註 30〕洪劍鵬：《東坡嘲戲文研究》（臺中：東海大學，1990 年），頁 53。
〔註 31〕陳性前：《蘇軾詼諧詩風研究》（合肥：安徽大學碩士論文，2010 年），頁 47～51。

陳煜輝《黃庭堅戲題詩研究》(2012)，該文所談的「戲題詩」，標準雖然與本文相同，也就是詩題上帶有「戲」字者即為戲題詩，然而，該文忽略黃庭堅的戲題詩和蘇軾有重疊的現象，即蘇軾的詩重見於黃庭堅的詩集中。其次，該文所採底本是，成都大學出版的《黃庭堅全集》，以詩的研究來說，當選注釋完善的《黃庭堅詩集注》較佳，又該文亦未參考《山谷詩注續補》，所以對於戲題詩的眾多典故，較無法完整釐清。該文統計黃庭堅的戲題詩，有繫年者有 140 首，加上未繫年的一首，總共有 141 首，缺漏不少。在藝術風貌探討上，從「以俗為雅」切入，並細分為「戲題詩來源於俗文學」、「用典」、「插科打諢」三點。在第一點上，主要參考王昆吾《唐代酒令藝術》所標示的「嘲誚詩」，便直接判定戲題詩從此演變而來，似乎過於武斷而缺乏證據。在第二點上，認為黃庭堅於戲題詩運用大量的「俗典」，然而，故實俗與不俗，重點取決於讀者的學識，而非黃庭堅的「以才學為詩」。例如該文引黃庭堅〈戲答趙伯充勸莫學書及為席子解嘲〉，並解釋化用達摩面壁參禪的典故，出於《傳燈錄》，據此，倘若讀者沒有閱讀《傳燈錄》，則非「俗典」。再者，「用典」的本意是為了去除詩的通俗面，加深詩意。因此「俗典」之說恐有疑慮。在第三點上，認為黃庭堅絕大部分的戲題詩都使用「插科打諢」的方式，但其僅抓住「打諢」的要旨，並分析出「猛打諢入」與「猛打諢出」的意義連結，結出：「完全背離的語境中獲得一種嚐橄欖的『苦過味方永的審美快感』」〔註 32〕。然而，「插科」的部分就沒有深入，其原指劇中人的表情和動作，於詩亦然，這個層面是有待發揮的。

郭靜涵《蘇東坡俳諧詞研究》(2013)，該文雖然是研究詞，但是其研究的主題性卻是本文不可忽視的。該文對於俳諧體的流變，作了詳細的探討，並將優人分為兩種，一為專門為貴族製造笑料，用各種幽默舉動獲取寵幸；一為以滑稽的手段參與政治決策，並從中規諫。

〔註 32〕陳煜輝：《黃庭堅戲題詩研究》(合肥：安徽大學碩士論文，2012 年)，頁 38～39。

〔註33〕該文也歸納蘇軾的俳諧詞主要記錄他日常生活的活動，以及交友狀況，這與蘇軾戲題詩多有「戲贈」和「戲答」類的命名相符。在創作面向上，該文將俳諧詞的娛樂性細分爲「娛人」和「自娛」，尤其是「自娛」層面，對本文有所提點，因爲戲題詩帶有博君一笑的原始意義，可是很少人看見「自娛」的面向。倘若戲題詩爲純粹的自娛之作，似乎更貼近純文學，與其自身的俳諧體相關問題，產生了某種程度的意義拉鋸。

二、期刊論文／會議論文

張蜀蕙〈蘇軾諧謔書寫與唐宋戲題文學〉（1990），這篇文章對本文論題有所啓示，其言：「或以『戲題』的詩作考察，更能發現蘇軾將戲題詩的書寫從人情的酬應、宴集的附庸地位，提升至作者個人生命特質的展現，進而確立諧謔文學的價值。」〔註34〕該文觀察出以戲爲題之詩兼具有「書信」的功能，以及呈現唐宋作家書寫的「競技」可能性，並提出蘇軾的書寫注重「讀者反映」，應爲「讀者反應」才對，此一字之差，意義完全不同。「讀者反應」（reader-response theory）的核心是：「文學是一種動態和活動的藝術，文學存在於讀者的閱讀活動之中。」〔註35〕在此條件下，張蜀蕙以「趣味的提示」爲結，認爲蘇軾的諧謔書寫不止於人情應酬，其「趣味」重點仍在蘇軾本身，而不是「讀者」，因爲「趣味的提示」偏向詩歌本身。最後，該文認爲，蘇軾的戲題詩本質是「遊戲」，與韓愈的「鬥勝」不同，可是在前後的論述之中，「競技」、「鬥勝」二者意義的差異，較未清晰，存有互涉的交叉點，因爲詩人是「在遊戲中競技和鬥勝」，或「以競技和鬥勝來成就遊戲」，略有不同。

〔註33〕郭靜涵：《蘇東坡俳諧詞研究》（臺南：成功大學碩士論文，2013年），頁18。

〔註34〕張蜀蕙：〈蘇軾諧謔書寫與唐宋戲題文學〉，《第五屆中國詩學會議論文集》（彰化：彰化師範大學，1994年），頁59。

〔註35〕龍協濤：《讀者反應理論》（臺北：揚智文化，1997年），頁13。

張高評〈宋詩特色之自覺與形成〉(1992)，該文反對過度尊唐抑宋，認為宋詩的創作，應結合時代精神。而宋詩的價值不在超越唐詩，而是異於唐詩，這個「異」，是一種「自發自覺」。〔註36〕蘇、黃如此大量以「戲」字為詩者，若非「自發自覺」，則其戲題詩便無思想核心，易成「純粹的兒戲之作、滑稽之詞」。唐代非無戲謔精神，只是晚唐宵禁制度的崩解，逮及宋代，坊市制度解除後，瓦肆、勾闌林立。相較之下，唐朝的詩人個性上是較為灑脫，但於城市行動上多所制約；宋代的詩人偏向拘謹，可是行動力卻大幅增加，「娛樂場所」的遍布，直接或間接地影響宋代詩人的遊戲意味。

張清榮〈由元遺山「俳諧怒罵豈詩宜」論詩之雅俗〉(1995)，該文是早期討論俳諧體的論著，其從元好問〈論詩絕句三十首・其二十三〉所說：「曲學虛荒小說欺，俳諧怒罵豈詩宜？」探討元好問將此類的詩定為「偽體」。而「正體」的詩具有氣骨、天然。元好問算是文學史上的大家，故其觀點具有一定程度的影響力。張清榮歸結出：正為奇之源，奇為正之變，彼此為相生相成的關係。〔註37〕此視野即為俳諧體所扣上的「俗」，作了「以俗為雅」的通變詩觀，對本文理解從俳諧體，進而聚焦於俳諧詩，具啓示之功。

李蓮雅〈杜甫以「戲」字為題之詩作探析〉(1999)，該文的題目其實就是「戲題詩」的研究，只是未以「戲題詩」正名。該文的參考資料偏少，多為杜甫詩的各家箋注本，缺乏詩話以及外緣的研究，例如詼諧文學、幽默文學的研究，或者俳諧體的研究。該文限制在杜甫二十二首以戲字為題的詩，卻企圖探討其中「戲」字所衍伸的落差印象，稍嫌力不從心。然而，對於開創性而言，該文從內容上「與戲字相符」，以及「與戲字相悖離」來劃分，在相悖離上，其以反寫來詮

〔註36〕張高評：〈宋詩特色之自覺與形成〉，《漢學研究》第10卷第1期(1992年6月)，頁245～249

〔註37〕張清榮：〈由元遺山「俳諧怒罵豈詩宜」論詩之雅俗〉，《臺南師院學報》第28期(1995年6月)，頁239。

釋。〔註 38〕就「與戲字相悖離」來說，已看出凡有戲字詩並「不只如此」，可爲本文參考。

王燕飛〈蘇軾詩詞中的俳諧情調〉（2002），該文從城市發展的時代背景來看蘇軾的俳偕情調，認爲宋代市民的審美趨於俗化，尤其雜劇，不論官方或民間的演出皆繁盛。此外，提及較少學者討論的蘇軾連章詞〈漁父〉，並認爲蘇軾的和陶詩「也只能成爲一紙戲謔之文」。〔註 39〕該文對於戲謔書寫的定義較爲寬泛，似乎只要是「有趣味」的詩詞，皆算是「俳偕情調」。

楊宗瑩〈一笑、呵呵、絕倒——東坡尺牘中笑的探索〉（2001），該文探討蘇軾尺牘中，經常出現的「一笑」、「呵呵」、「絕倒」等詞，並分析其中的意涵，並做出結論：「歡樂平易的處世態度，待人和藹可親，在呵呵大笑聲中，把任何困境都化爲樂土」。〔註 40〕但是，該文標題「貳、具有多重含義的一笑」，下面細分爲高興歡樂的笑、無可奈何的笑、表示欣慰的笑，與後文所區分的不滿的笑、開懷的笑、爽朗的笑聲、最高程度的爆笑，彼此之間，存有互涉的可能，在義界上界較不清晰。從該文更加確立蘇軾「幽默風趣」的人格特質，且屬於作者自證，這對本文探討蘇軾戲題詩，於知人論世的層面，立下基礎。

崔成宗〈論黃山谷之滑稽詩風〉（2003），該文核心在探討黃庭堅滑稽詩風的形成，共分爲三類：「撰俳優詩，以韻諧趣」、「賦詩打諢，如作雜劇」、「用典使事，巧韻諧趣」〔註 41〕，事實上，第一類可包括

〔註 38〕李蓮雅：〈杜甫以「戲」字爲題之詩作探析〉，《輔大中研所學刊》第 9 期（1999 年 9 月），頁 143。

〔註 39〕王燕飛：〈蘇軾詩詞中的俳諧情調〉，《臨沂師範學院學報》第 24 卷第 2 期（2002 年 4 月），頁 100。

〔註 40〕楊宗瑩：〈一笑、呵呵、絕倒——東坡尺牘中笑的探索〉，《千古風流：東坡逝世九百年學術研討會》（臺北：洪葉文化，2001 年），頁 368。

〔註 41〕崔成宗：〈論黃山谷之滑稽詩風〉，《淡江中文學報》第 9 期（2003 年 12 月），頁 93～101。

後兩類，因爲俳優詩即是遊戲文學。在「賦詩打諢，如作雜劇」中，其所言「雜劇」，集中論述於黃庭堅詩的「打諢」特質，打諢是調笑他人之意，而「打諢」只是雜劇的過程之一，它尚有歌舞、音樂與雜技的橋段，對應於詩，即詩非僅於「文字」而已。歌舞、音樂可謂詩韻、平仄，而雜技則是文字的外顯形式，能「直接」給讀者感受。〔註42〕這些未盡言之處，爲本文得以學習，更細微討論的可能。

陳素貞〈北宋飲食饋酬詩的主題情調與戲謔意涵〉(2011)，該文雖然沒有以戲題詩爲主軸，但是點出了不少以戲爲題的詩，且摘出除了戲詩的趣味在具有收與贈之間的共鳴與互動外，評詩的內容也充滿趣味。同時，該文還點出文人用誇張的筆法表達細微的情感，爲一種反向的思維。〔註43〕該文提示本文：戲謔與「飲食」的關係，蘇、黃戲題詩中，也確實有以飲食爲主題者。

張國榮〈蘇軾詩文戲謔「風格特徵」成因及文學史意義〉(2011)，該文在探討戲謔風格的成因時，提及蘇軾受到雜劇的影響，又蘇軾入京後，一度創作教坊詞，並舉相關詩文、史料爲證，對於本文的外緣研究，有所增益。此外，該文認爲蘇軾的俳諧文學，具有自覺，且與傳統俳諧文學「有不同程度的新變與重大突破」〔註44〕，既言「重大」

〔註42〕形式令人愉悅，因爲它可以直接取悅人。以讀者來說，倘若在一首律詩中，首聯便對仗，詩學上稱爲偷春格，這容易讓讀者驚豔，它不需要透過複雜而因人而異的詩意解讀，是最直接的感受。漢寶德〈美感不是美學〉認爲形式是美的核心，他說：「美本來不是複雜的問題，不過是單純的感官愉悅而已。所以當其始，思想家只擔心美感與快感之間的分際，只要考慮視覺與聽覺的愉悅就好了。爲了避免與慾望糾結在一起，才走上形式主義的途徑。因此美感的核心就是形式的美。這是自古典時代到現代，一直把形式美視爲主流的原因。」見漢寶德：《漢寶德談美》(臺北：聯經出版社，2010年)，頁177。

〔註43〕陳素貞：〈北宋飲食饋酬詩的主題情調與戲謔意涵〉，《東海大學文學院學報》第52卷（2011年7月），頁166。

〔註44〕張國榮：〈蘇軾詩文戲謔「風格特徵」成因及文學史意義〉，《樂山師範學院學報》第26卷第9期（2011年9月），頁12。

突破，則究竟是怎樣的「不同」程度，似乎更有待進一步說明清楚。

姜龍翔〈韓愈〈毛穎傳〉新詮〉(2011)，雖然該文的研究對象並非蘇、黃，但是內容提及許多遊戲文學的概念。其引曾國藩的見解，認為韓文狡獪變化，類似作劇，此觀點對於本文於第二章詮釋「作詩正如作雜劇」，有所提示。該文又以王國維「游戲說」，重新省視韓愈以文為戲的創作態度，無論筆法如何詼諧、出奇、虛構，其背後必須有嚴肅的創作態度以為支持，並提出：「韓愈此詩的精神，基本上仍是苦悶的」〔註45〕，此條線索又與本文第二章：談及杜甫「戲題詩」的創作原因，是出於苦悶至極，有所連結、補充。該文在詮釋遊戲文學的立意上，對本文頗有參考價值。

何繼文〈翁方綱對黃庭堅詩的評價〉(2012)，該文的核心在於為黃庭堅從「格律」中解放，因為清代宗宋者溺於時趨，專注於黃庭堅詩的奇崛創新，忽略黃庭堅詩的意蘊，以及背後的學問胸襟。〔註46〕這是問題點的突破，論黃庭堅詩，必談詩法，相反的，從非詩法的角度來談黃庭堅詩，需要一個不同的媒介，即蘇軾詩。黃庭堅實乃宋詩本色，蘇軾詩則帶有曠達與平和之氣，正好與看似尖銳雕琢的黃庭堅詩風，互相交流，故「互相譏誚」的粗疏意旨，湧現了蘇軾詩的豪氣。是以詩人知己為詩人，便遜於詩，戲題詩的寫作態度，應更貼近「尺牘」，是我手寫我口的不可茹也，該文欲使黃庭堅擺脫詩法的既定印象，進而論其「逆筆」的研究成果，堪為本文所採。

祁立峰：〈論南朝語文遊戲題材與言意之辯的關係——以陳暄〈應詔語賦〉為主的考察〉(2013)，該文試圖重新解讀遊戲文學，因為像是陳暄〈應詔語賦〉一類的文本，態度上並沒有調侃嘲笑的玩味，也沒有擬代扮裝的戲謔，幾乎是「純粹的遊戲」。這一個點的

〔註45〕姜龍翔：〈韓愈〈毛穎傳〉新詮〉，《成大中文學報》第35期，(2011年12月)，頁94。

〔註46〕何繼文：〈翁方綱對黃庭堅詩的評價〉，香港中文大學《中國文化研究學報》(2012年1月)，頁240～244。

揭示，連結至戲題詩，產生了一個重要的關係，即「文學集團」，尤其本文以蘇、黃並題的方式進行探討，根據祁立峰的研究：「而從文學集團的發展來看，語言文字的即席即時呈現，經常是作家競爭的目標。」〔註 47〕根據該引文以及該文的相關內容，本文進而推敲如下：戲題詩慣常以戲贈、戲答爲題爲內容，對於人際的交流，打破應制的藩籬，反而側重「創作速度」，因爲「以戲爲題」，要嘲謔別人，通常不可能思考半天，而是脫口而出，更顯機智，也增強了遊戲的快感，這種快感有很大的成分，牽繫於「一來一往」，也就是兩人以上的遊戲，文學搭上娛樂性，場域性更爲開放，因爲戲題詩的創作，因爲反覆言說題目的旨意，更像是一種「創作練習」，甚至是「詩論交流」，因爲經常互相琢磨，這些日常裡創作的詩歌，反而成爲遊戲文學的典律，音節響亮。

二、近人論著／收錄書中的單篇論文

張秉泉《山谷的交游及作品》（1978），該書討論黃庭堅爲人與蘇軾相近者，一共提出政見、學莊學陶、學佛和幽默感四點，其中「幽默感」，張秉權認爲：「迭遭打擊的人，也常會磨鍊出一種幽默的觸覺，或自我寬慰，求得心靈的灑落從容；或嘲弄他人，以洩不平之氣。」〔註 48〕張秉泉點出了蘇、黃具有幽默感的原因，同時也指出兩人的戲作之詩，有時過於「謔而又虐」，使人苦惱。就研究的視野來說，該書從反面角度來思考戲作之詩，不因蘇、黃爲大家，便全然接受，是可取之處。

朱光潛《談文學》（1980），該書認爲文藝的起源近於遊戲，都是在新鮮有趣上面玩索流連、在精力富裕時所發的自由活動，因此文藝

〔註 47〕祁立峰：〈論南朝語文遊戲題材與言意之辯的關係——以陳暄〈應詔語賦〉爲主的考察〉，《東華人文學報》第 23 期（2013 年 7 月），頁 33。

〔註 48〕張秉泉：《山谷的交游及作品》（臺北：中文大學出版社，1978 年），頁 56。

必有幾分幽默。戲題詩本身掛有一個「戲」字，定義或嚴或寬，不可否認，略帶有「遊戲」之意。只是，在遊戲的背後，常需要幽默予以支持，此一「幽默」若失了分寸，便流於輕佻賣藝、爭鋒相對。透過朱光潛的看法，對於戲題詩的優劣品評，「幽默的程度高低」，或可爲一種標準。該書在論及「低級趣味」時，有段話值得深思：

> 本來社會確有它的黑暗方面，文學要眞實地表現人生，並沒有把世界渲染得比實際更好的必要。如果文藝作品中可悲的比可喜的情境較多，唯一的理由就是現實原來如此，文學只是反映現實。所以描寫黑幕本身並不是一件壞事。〔註49〕

據上，既然蘇、黃戲題詩的數量頗多，似乎也間接顯示：宋仁宗的時代以降，文壇是熱絡的，甚至是充滿「笑料」的。不過，文學向來是悲多喜少，戲題詩也未必全然是「喜」，也不能硬說有「悲」，孰輕孰重之間，詩人究竟是戴上面具跳舞，抑或自得其樂，本有喜悅之情，似乎產生定義上的相隔、碰撞。且本文以爲，戲題詩的趣味還受到讀者的影響，或「高級」或「低級」，也不能與「非主流」、「主流」直接攀上關係。因爲蘇、黃日頌五車，戲題詩中的典故叢生，若是具有閱讀經驗，且自身學養高深者，或許能解其雅謔。相對的，「書生之見」通常是迂腐的，僅就自身的環境與有限的識見品評，所以在戲題詩的解讀上，有所區別。

張高評《宋詩之傳承與開拓——以翻案詩、禽言詩、詩中有畫爲例》(1990)，其中「中篇：宋代禽言詩之傳承與開拓」的「第一章：宋代俳優詩略論」，該文對遊戲文字的命意，在〔明〕徐師曾之「詼諧詩」與張敬之「俳優詩」中選擇後者，是爲遊戲之詩正名的重要歷程。該文破除研究的迷思：「當然，宋代的俳優詩大多是純粹的兒戲之作、滑稽之詞；但並不是所有的俳優詩都是如此。」〔註50〕此論開

〔註49〕朱光潛：《談文學》(臺北：漢京文化，1982年)，頁29。

〔註50〕張高評：《宋詩之傳承與開拓——以翻案詩、禽言詩、詩中有畫爲例》，頁118。

啓戲題詩研究的前瞻性，換句話說，本文即欲透過蘇、黃的戲題詩證明「不是所有的俳優詩都是如此」，此中有眞意，卻不得不辨。

張敬〈我國文字應用中的諧趣——文字遊戲與遊戲文字〉（1993），該文從題目即看出作者立意。欲談「文字遊戲」，對於「遊戲」兩字；或者單一「戲」字，其所認知的概念，是孤立而封閉的，它是「遊戲的」、「好玩的」等相關意義。因此，反過來說「遊戲文字」，則文本（text）〔註 51〕所呈現的遊戲／戲，則與前者截然不同，遊戲／戲成為建構文本的基石，代表「人遊戲其中」。該文的重要在於賦予文字遊戲／遊戲文字價值，張敬進一步說：

> 不管它是多瑣屑、多卑微，然而它總是一種存在的文學品類。遊戲的文字自然不比正統經國濟世的聖經賢傳，或治世寶典，可是它散在各角落，點點滴滴在讀書人的心底，有形無形中作了許多怡人性情，啓人深思，增人學問的無用之用及有用之用。〔註 52〕

其實，文學於學術上，屬於人文社會學科，是一種虛學〔註 53〕，它與實學，講求證據與實驗的理工等學科，不盡相同。遊戲的文學，以虛學的角度，必須先承認它的存在，進而正名，如此才能進行對話。與其說「文字的遊戲」，不如說「遊戲於文字中」。

張高評《宋詩之新變與代雄》（1995）的第七章「雜劇藝術對宋詩之啓示」，點出黃庭堅「以劇喻詩」的特質，將詩歌與戲劇互為借鏡，並認為黃庭堅以遊戲之法作詩，是受到蘇軾的影響。另外還指出：「其以『戲』字為題者，固以明言為文字遊戲，其他詩篇富於出場留笑，退思有味者，其變化不測，亦皆如呂本中所謂「如作雜劇，打猛

〔註 51〕西方新批評崛起後，開始不使用作品（work），而是以文本（text）的概念來論述文學，因為 work 帶有目的性，而 text 則將文學的質性歸為「書」，而非「人」，而閱讀書的最關鍵者是「讀者」。為求統一，除非引文寫「作品」，則遵循原典，其餘情形本文一律使用「文本」。

〔註 52〕張敬：《清徽學術論文集》（臺北：華正書局，1993 年），頁 585。

〔註 53〕虛學之說，參考〔日〕川合康三著，謝嘉文譯：〈中國古典文學的存亡〉，《政大中文學報》第 15 期特稿（2011 年 6 月），頁 4～8。

諢入，卻揮諢出」。〔註 54〕此書注意到蘇軾詩以戲為題者不少，其他禽言、回文、雙聲、疊韻、集字、聯句等詩，更不知凡幾。該書提到以「戲」字為題之詩，僅舉例了〈戲子由〉、〈行瓊、儋間，肩輿坐睡。夢中得句云：千山動鱗甲，萬谷酣笙鐘。覺而遇清風急雨，戲作此數句〉、〈歐陽晦夫遺接離琴戲作此詩謝之〉三首，這給予本文有開展的空間。

王水照《宋代文學通論》（1997），該書第二章第二節「忌俗尚雅和以俗為雅、雅俗貫通」，提到宋代詩詞文的雅文學，與小說戲曲俗文學之間發生了貫通融會的現象。並認為從宋至清的相關評論中，雖不能證明蘇軾等宋代詩人有自覺地向雜劇效法，但至少說明宋詩和戲劇之間有所相通的藝術特質。〔註 55〕王水照的論述，重點在削弱雅俗之間的對異性，而用雜劇的方式寫詩，題目雖然不一定有「戲」字，但是戲題詩的「戲」字，代表戲某人某事之意，因為有特定的對象，這點便如同雜劇中兩個角色之間的打諢，往往正言若反，詼諧幽默。

周裕鍇《宋代詩學通論》（1997），該書「丙篇．詩格篇」的第二章第四節「趣：機智與理性的魅力」，提出兩種見解：「理趣可化為諧趣」以及「諧趣可昇華為理趣」。於前者，是哲學的感悟變為輕鬆的幽默；於後者，是在醜陋中見出美感，在失意中見出安慰，在緊張中得到放鬆，在執著中得到解脫，並以黃庭堅〈戲答陳季常寄黃州山中連理松枝二首．其二〉為例。〔註 56〕整體來說，周裕楷認為宋代詩學中的「趣」是一種衝突的美感，對應於戲題詩，既然以戲為詩，勢必在追求一種趣味，本文以為，這更適合說明蘇、黃的「創作心態」，因為他們企圖跳脫世俗的冷眼，將嚴肅的哲理，用感性來顯現。

〔註 54〕張高評：《宋詩之新變與代雄》（臺北：洪葉文化，1995 年），頁 388。
〔註 55〕王水照：《宋代文學通論》（河南：河南大學出版社，1997 年），頁 58～59
〔註 56〕周裕鍇：《宋代詩學通論》（成都：巴蜀書社，1997 年），頁 327。

吳晟《黃庭堅詩歌創作論》（1998），該書認爲「黃庭堅體」的特質之一，是亦莊亦諧，娛己娛人，並舉戲題詩〈戲和文潛謝穆父松扇〉爲例。〔註57〕不過，吳晟認爲黃庭堅詩涉時政，插科打諢便成爲避禍的技巧，甚至解讀爲希望調停黨爭。此外，吳晟認爲黃庭堅的亦莊亦諧的「莊」，透過調侃的形式曲折表達出來，不同於蘇軾「怒鄰罵座」、「訕謗侵陵」的譏諷，以上兩點，涉及價值判斷，因此有待商榷之處。

張高評《會通化成與宋代詩學》（2000），其中「壹、從『會通化成』論宋詩之新變與價值」，該文採張立文「和合」一詞，並根據自身的相關研究，提出宋代文化注重「和合化成」，崇尚「會通兼容」，點出宋人以此文化意識觀詩，遂認爲蘇、黃最能體現此特質。〔註58〕該書啓示本文：戲題詩是擁有文化意識的，因爲它並非宋代獨有，只是，宋代的戲題詩數量明顯多於前朝。

周益忠〈試說元好問和戴復古二家論詩絕句對於諧讔詩的態度——兼論諧讔詩的發展〉（2003），該文對黃庭堅〈子瞻詩句妙一世，乃云效庭堅體，蓋退之戲效孟郊、樊宗師之比文滑稽耳，恐後生不解故次韻道之〉有所解讀：

> 蓋因東坡詩有效其體者，乃極言其詩之不如東坡。非但如此，末了所言，欲以其子求婚於東坡之孫女，更可見其欲以此突顯其輩分低於東坡，只是出之於此玩笑打諢之語，而這又是山谷認爲的作詩之法。〔註59〕

該段文字除了提供本文戲題詩解題的參考，更重要的是「而這又是山谷認爲的作詩之法」一語，這句判斷之詞，將黃庭堅詩「玩笑打諢」的特質，視作詩法，而非創作態度，在意義的建構上，給本文有所提

〔註57〕吳晟：《黃庭堅詩歌創作論》（南昌：江西人民出版社，1998年），頁110。

〔註58〕張高評：《會通化成與宋代詩學》（臺南：成大出版組，2000年），頁14～21。

〔註59〕周益忠：〈試說元好問和戴復古二家論詩絕句對於諧讔詩的態度——兼論諧讔詩的發展〉，張高評主編：《宋代文學研究叢刊・第八期》，頁203。

示。該文從「遊戲三昧」連結至「打諢猛入」又「打諢猛出」的手法，中間的脈絡與發展，留給本文可開拓的空間，因爲該文所舉的元好問、戴復古兩人，並沒有直接針對明確的蘇、黃某首戲題詩，乃是針對諧謔詩而言。此外，該文亦指出蘇軾的諧謔事蹟，已見於詩題，此一微觀，亦牽動本文關照蘇軾戲題詩的「題目本身」，不僅於內容而已。最後，該文舉例了元好問〈俳體雪香亭雜詠十五首〉前三首，便推出：元好問已漸能體悟蘇黃這「初時佈置，臨了需打諢，方是出場」的創作手法，推論的過程以及詩例，似乎過少，不過，該文卻點出元好問一面抨擊俳體，一面卻又創作俳體的事實，並看出元好問的俳體，已不如前輩詩人：嘻笑怒罵皆成文般的流暢，在視野上，是有高度的，可爲本文再三參酌，並省思俳體的意義。

張高評《自成一家與宋詩宗風：兼論唐宋詩之異同》(2004)，該書第二章「創意造語與宋代詠物詩」，認爲蘇軾具有「以戲劇爲詩」的現象，屬於宋型文化的「會通成化」的發用，立足於詩歌的本位。〔註 60〕張高評藉由蘇軾詩歌的破體、出位，導出「跨越學科」的意見，這對於古典詩學的研究，無疑是一種突破。蘇、黃的戲題詩，其本質有部分建立在宋代戲劇之上，而詩歌與戲劇在學術研究上，兩者向來涇渭分明，鮮少有研究者將兩者相提並論，此視野有助本文的開展。

楊慶存《黃庭堅與宋代文化》(2005)，該書第五章第五節「山谷詩章法、句法和字法」，認爲黃庭堅將作詩比爲作雜劇，是詩歌跳躍性的表現，並且認爲這種特殊的結構方式，爲人所忽略。〔註 61〕楊慶存的重點放在「布置」，而不是「打諢」或「出場」，因此，詩與雜劇之間的關係，較爲薄弱，同時，楊慶存只引用黃庭堅〈寄黃幾復〉一詩爲例證，過於簡略。

〔註 60〕張高評：《自成一家與宋詩宗風：兼論唐宋詩之異同》(臺北：萬卷樓圖書，2004)，頁 81～82。

〔註 61〕楊慶存：《黃庭堅與宋代文化》(開封：河南大學出版社，2005 年)，頁 152。

黃啓方《黃庭堅與江西詩派論集》(2006)，該書共收錄八篇文章，與本文有關係者，當爲〈黃庭堅的人生抉擇——「和光同塵」或「壁立千仞」〉。首先，該文注意到黃庭堅的〈戲題〉詩，並歸納黃庭堅的性格是「漫拙」與「痴狂」。其次，認爲黃庭堅持身論藝，都具有超塵絕俗的原則。最後認爲黃庭堅：「如果抱著韜光養鋒，與塵世周旋的心理，就恐怕連自己的本性都會傷害殆盡。」〔註62〕整體來說，該文的結語似有未竟之處，因爲黃啓方認爲黃庭堅三十七年的官場生涯，有八年是流貶窮荒的日子，僅此觀點，便推論黃庭堅的人格是「壁立千仞」，推論似乎過於快速。

鍾美玲〈黃庭堅遷謫時期的戲作詩〉(《宋代文學研究叢刊》，2007)，該文的研究範圍並不清晰，在戲作詩的數量上，屬於舉隅的性質，並未詳實統計。其結論將黃庭堅的戲作詩，連結至吉川幸次郎評價宋詩「揚棄悲哀」之說〔註63〕，立論不足，因爲黃庭堅的戲作詩無法完全代表宋詩，且於正文之中，也沒有關於吉川幸次郎的論述。該文從「豁達自如」、「自我解嘲」、「洞鑒事理」、「表彰人物」、「興發聯想」五小節來討論主軸，然而，這五小節都可以用「幽默輕鬆」概之，與該文前言所提「以詩爲謔」的特質，似乎缺乏明確的連貫。

張高評《創意造語與宋詩特色》(2008)，該書第二章「新變自得與宋詩之創造精神——詩分唐宋之關鍵話語」，該文談「創意」，並不拘於傳統詩話，廣泛參考外國接受美學、創造性天才、陌生化理論、影響的焦慮等，奠定宋詩於文學史上「因新變而代雄」的地位。換個角度來說，宋代文化既然擁有「和合化成」之美，則研究者似乎更需具備「會通兼容」的眼光，因爲《四庫全書》所分類的「詩文評」，和西方「文學批評」(literary criticism)，爲異質同構，但是 criticism 有審

〔註62〕黃啓方：《黃庭堅與江西詩派》(臺北：國家出版社，2006 年)，頁 140。

〔註63〕鍾美玲：〈黃庭堅遷謫時期的戲作詩〉，張高評主編：《宋代文學研究叢刊・第十四期》(高雄：麗文文化，2007 年)，頁 66。

判、裁判之意〔註64〕，與前者有程度上的差異。欲研究蘇、黃戲題詩，開啓西方的視野，或多或少，修補了詩話印象式批評的缺點，而面對西方嶄新的文學理論，亦更需「再批評」的精神，例如接受美學一味強調「接受」，則更應思考「不接受」的層面。至該書第五章：「禽言詩之創作與宋詩之化俗爲雅」，「禽言詩」即是一種遊戲之詩，只是它的題目未必有戲字，例如蘇軾〈五禽言五首并敘〉沒有戲字；黃庭堅〈戲和答禽語〉便有戲字。張高評甚至以「策略應用」〔註65〕之詞，來討論禽言詩，這間接顯示宋代遊戲之詩側重表現手法，言「策略」，爲制勝；言「應用」，爲出奇，兩者相輔相成，並非各自獨立存在。

凌郁之《宋代雅俗文學觀》(2012)，該書第五章「宋詩雅俗觀」，認爲蘇、黃的詩中常見插科打諢的俳諧味道，並指出這可能是「以俗爲雅」的一種表達方式。同時，凌郁之強調「罵詈」、「呻吟」只是打諢的一方面，不能代表全體，他們之所以打諢，和「個性」有關，並引吉川幸次郎的「揚棄悲哀」之說，論證詩歌從蘇軾開始轉變。〔註66〕其次，推敲出「打猛諢出」的意義，並非指語言的詼諧，而是在氣勢方面。關於「氣勢」之說，該書並未進一步探討，這或許是本文可以加強之處，例如語言上的冷言冷語，可能代表氣勢上的焰飛長虹，彼此之間不一定是直接的關係，反而是對比的關係。

王毅《中國古代俳諧詞史論》(2013)，該書緒論之「俳偕」考論與界定：以詩詞爲中心，將俳偕之名，溯源於晉代摯虞（？～311）《文章流別論》，分析晉代七言詩體小而俗，多用於俳偕倡樂，並非正體。因爲俳偕的淵源爲俳優，因此從好笑的本意逐漸增衍爲俚俗淺

〔註64〕以上論述，本文參考陳國球〈中國文學批評作爲中國文學研究的方法——兼談朱自清的文學批評研究〉，進而發揮。見《政大中文學報》第20期特稿（2013年12月），頁15。

〔註65〕張高評：《創意造語與宋詩特色》（臺北：新文豐出版公司，2008年），頁196。

〔註66〕凌郁之：《宋代雅俗文學觀》（北京：中國社會科學出版社，2012年），頁143。

薄，偏向負面意義。〔註 67〕值得一提的是，王毅所言的「體」，乃指風格而言，而非體裁。既然爲風格，其喜惡與知音有關，與雅正或淺俗無關，這是突破「俳偕體不只爲俳偕」的關鍵。此外，該文亦指出雖題有「戲」字，但是內容卻絲毫不能引人發笑，如杜甫〈戲爲六絕句〉、辛棄疾〈鷓鴣天．有客慨然淡功名，因追念少年時戲作〉，王毅認爲這是一種「表達策略」，一個戲字消解了尖銳的諷刺指向，多了些輕鬆，本文頗爲認同。唯該文後半，以西方「黑色幽默」來詮釋俳偕體，此給予本文一個思考立足點，即黑色幽默是在 1960 年代反戰的社會情緒中所興起，進而發展爲超現實主義。但是本文所研究的對象：蘇、黃，身於承平的北宋初中期，社會背景不同，雖然蘇軾嘗言「人生如夢」(〈念奴嬌．赤壁懷古〉)、「世事一場大夢」(〈西江月〉)，多有感嘆生命的無常，其「遊戲」之意蘊含於文字之中，因爲在歷史的洪流中，人生亦如戲，不知何時換幕。

任中敏（1987～1991）所著《唐戲弄》(2013)，是繼王國維（1877～1927）《宋元戲曲考》後，又一研究戲劇的代表作。任中敏對於俳偕體的定義十分嚴格，其舉李商隱（812～858）〈俳諧〉:「短顧何由遂？遲光且莫驚。鸎能歌子夜，蝶解舞宮城。柳訝眉傷淺，桃猜粉太輕。年華有情狀，吾豈怯平生。」〔註 68〕限於篇幅，本文無法詳細說明任中敏提出種種的誤解與考索。其主要認爲俳偕體必須於文字上有所表現，而李商隱〈俳偕〉內容淺露，只是普通的抒情詩。任中敏認爲「俳偕」的常義是：「其內容常有語言動作，而無故事情節，是倡諢講唱，而非優伶戲弄。至於義山詩題『俳偕』，乃其變義，蓋指戲弄耳。」〔註 69〕此一深刻見解，將俳偕體的定義重要標示指向「歌舞」，而非「戲弄」。至蘇、黃所作戲題詩，由於宋型文化「融合」的精神，

〔註 67〕王毅：《中國古代俳諧詞史論》(上海：上海古籍出版社，2013 年)，頁 16～33。

〔註 68〕〔唐〕李商隱著，〔清〕馮浩箋注：《玉谿生詩集箋注》(臺北：里仁書局，1981 年)，頁 560。

〔註 69〕任中敏：《唐戲弄》(南京：鳳凰出版社，2013 年)，下冊，頁 906。

其多爲變義，也就是說，戲題詩的作者：詩人，已非表演雜技與演奏音樂的藝人。詩題的「戲」字，爲唐人所習之「語技」，至宋代，更是一種文化的原型。

張高評《《詩人玉屑》與宋代詩學》（2013），該書第五章「《詩人玉屑》『詩家造語』說述評」，指出《詩人玉屑》卷六立有「造語」一目，並歸納創意造語的靈方有「新奇組合」、「不犯正位」。蘇、黃戲題詩的形式感頗重，因此張高評所摘出的「言用不言名」〔註 70〕的詩家語：強調不得明說，不宜直言，當「道」其意，言其「用」，給本文在蘇、黃戲題詩的藝術表現上，有更多的參酌可能。該文亦以「策略」之詞來研究造語裡的創意，計有新奇、變態、陌生、警策四種，這些「語不驚人死不休」的造語表現，總觀其因，無非是不經人道語，欲自樹風格，乃至於自成一家。以上的的研究，啓發本文：所謂的「好詩」，所謂的「造語」，並非止於「工巧」的成見，有時「拙句」，反而更彰顯一首詩的率意直尋，天然自在，若此，戲題詩的戲意，將更加可人。

張高評《苕溪漁隱叢話與宋代詩學典範——兼論詩話刊行及其傳媒效應》（2013），該書附錄「宋代詩話文體學之新詮釋——破體與創造性思維」，以南宋俞文豹（？～？）《吹劍錄》的「詩不可無體」，論至「不可拘於體」，點出詩非一家，不能以體格拘於一切。〔註 71〕此視野對本文第四章第一節「馭奇以執正」，起了立意的效果，因爲戲題詩屬於俳諧體，並非詩的正體，換個角度來看，戲題詩不宜以體的概念來審視，此微觀頗具識見。又該文還論於「以文爲詩」與「創意組合」的關係，事實上蘇、黃戲題詩的用語亦有散文化的趨向，此又爲本文提點，能以「創意」的立場來審視部分以文爲詩的戲題詩。

〔註 70〕張高評：《《詩人玉屑》與宋代詩學》（臺北：新文豐出版社，2013 年），頁 203。

〔註 71〕張高評：《苕溪漁隱叢話與宋代詩學典範——兼論詩話刊行及其傳媒效應》（臺北：新文豐出版社，2013 年），頁 451～453。

王水照《蘇軾研究》（2015，原《蘇軾論稿》），該書〈蘇軾的人生思考與文化性格〉一文，有段話值得注意：「他的諧又是他眞率個性的外化和實現，與狂、曠根植於同一性格追求同時又表現了他對自我智商的優越感，增添了他文化性格的光彩。」〔註72〕王水照點明蘇軾的「諧」，並將其深化爲「文化性格」。這對本文的研究，奠定蘇軾創作戲題詩的基礎。該文認爲蘇軾以前的俳諧體創作「大體材力豪邁有餘，而用之不盡自然如此」，至蘇軾才蔚爲大觀。然而，蘇軾所以大量創作戲題詩，最底層的因素，當與杜甫類似，他們同樣「貶地越來越遠，生活越來越苦，年齡越來越老」〔註73〕，以「戲」爲詩，與其說是「傲睨」，本文以爲，實爲「傲岸」，因爲詩題命意的程度越來越輕，可是內涵卻越來越深，兩者之間產生了一種差異性的張力。所謂傲岸，是不隨世俗，是李白（701～762）〈答王十二寒夜獨酌有懷〉所言：「一生傲岸苦不諧，恩疎媒勞志多乖」〔註74〕，彼此情志不同，難以和諧相處，因此選擇逆人而不願逆己。但是一個「戲」字，易連結至「通俗」、「應酬」；它可能恰恰相反，一個「戲」字，反而將宋詩「異於」唐詩的文化精神彰顯而出，也反而將詩歌內涵的「嚴肅性」錐刺而出。

錢志熙《黃庭堅詩學體系研究》（2015），該書第六章：「詩法篇下：詩學實踐中法度、氣格的演進」，認爲黃庭堅入館閣以後的詩，抒情成分較重，且黃庭堅詩格受到師輩的影響，前人注意較多，反而是朋友之間的切磋激勵，較少人關注。〔註75〕由此微觀，黃庭堅龐大的戲題詩體系中，數量最多的就是以「戲贈」、「戲答」爲命名者，這兩類的對象幾乎都是朋友，而不是師輩，似乎年齡、職業、價值觀或

〔註72〕王水照：《蘇軾研究》（北京：中華書局，2015年），頁88。

〔註73〕王水照：《蘇軾研究》，頁87。

〔註74〕〔唐〕李白著，〔清〕王琦注：《李太白全集》（北京：中華書局，2006年重印版），卷19，頁913。

〔註75〕錢志熙：《黃庭堅詩學體系研究》（北京：北京大學出版社，2015年），頁233。

社會地位相仿者，更能讓黃庭堅暢所欲言，盡情舞文弄墨，嬉人之餘又能自娛。該書還指出一個重要提示，即古詩至唐代，發展受限，若無新的「審美趣味」，勢必走上衰微一路。審美是困難的，因爲美感還不能稱上美學，且美學對於美無所共識〔註 76〕；趣味是多元的，尤其戲題詩的基調是「諧趣」，美醜善惡皆入眼。事實上黃庭堅的戲題詩，古體近體皆有，也符合該書的研究，認爲黃庭堅的詩在古體和近體上都頗成熟，達到平衡，且對近體有所革新，這也岔出另一個研究指向，即黃庭堅的戲題詩，於古體是否有所易轍，似乎也成了一塊待研究的領域。

第四節　問題意識

此節的重點是：從文獻述評找出脈絡。透過上文的整理與探討，直接以「戲題詩」爲題者並不多，多以「諧謔詩」、「戲謔詩」、「俳優詩」等爲切入，這樣的方式，使研究範圍模稜兩可，不只是題目有「戲」字者，只要內容牽涉到「諷刺」、「幽默」、「自嘲」等，屬於「戲」字的意義，都可以說是「諧謔詩」、「戲謔詩」。本文首要解決的問題，即將「戲題詩」視作一個體例，或者體裁，並予以正名。

在定義上，是含糊的，因爲戲題詩的內容較多元，各種類型的文本，彼此之間本有互涉的可能，因此在分類上，多有各自爲政的情形，例如鍾美玲〈黃庭堅遷謫時期的戲作詩〉文中，不稱戲題詩，而是「戲作詩」，並分類爲「豁達自如」、「自我解嘲」、「洞鑒事理」、「表彰人物」、「興發聯想」，缺乏意義的連貫，而且在分類的寬度上，還可更多的可能，例如戲題詩中，有「戲贈」、「戲答」爲題詩，代表了特定對象，可爲新的分類模式。

在解讀上，張高評《宋詩之新變與代雄》，該文首破雜劇與詩歌的界線，並認爲黃庭堅以遊戲之法作詩，是受到蘇軾的影響，但是「如

〔註 76〕漢寶德：《漢寶德談美》，頁 172～177。

何」影響，以及在影響後，黃庭堅是否青出於藍，或者限於框架，仍有待更進一步的探討，這是本文得以開展的所在。此外，雜劇與宋詩的關係，錯落複雜，如何「布置」，如何「安排」，欠缺一個完整的說明。其次，在眾家研究中，有以外國理論爲解讀，如「黑色幽默」、「讀者反應」、「揚棄悲哀之說」等，但是，「戲題詩」的「戲」字，與西方的「play」或多或少有關係，西方本有「遊戲美學」的理論，但未見實際引用的論文，頗爲可惜。

在分類上，與本文有最直接關係者爲：陳性前《蘇軾詼諧詩風研究》和陳煜輝《黃庭堅戲題詩研究》兩篇。陳性前〈蘇軾詼諧詩風〉將蘇軾的「詼諧詩」分成「寓莊於諧的諷喻之作」、「與友人、同僚、晚輩的戲謔之作」、「純粹娛樂之作」〔註 77〕，顯然區分稍嫌模稜兩可，且該文只有初步的分類，分類下只有詩題，全無詮解的相關內容，與該文第二章的命名「蘇軾詼諧詩的具體分析」，相去甚遠，加上對於詼諧詩的篩選沒有節制，就其所舉，有信手拈來之嫌，不能看出代表性。據此，本文在第三章嘗試以命意旨趣爲切入，實際探討文本內容，並非徒有名目。陳煜輝《黃庭堅戲題詩研究》將黃庭堅的戲題詩分爲「嘲人與自嘲」、「洞悉事理」、「品評人物」、「抒發聯想」、「其他」，其實戲題詩的「嘲人與自嘲」是情感導向，「洞悉事理」和「抒發聯想」爲書寫過程，似乎沒有拆開分類的迫切性。此外，其分類缺乏詠物詩，倘若仔細歸納黃庭堅戲題詩的內容，命名爲「戲題」、「戲詠」類者，多爲詠物詩。至於「品評人物」一類，該文認爲此類多半是恭維之作，加上黃庭堅受到立意的影響，此類詩的內容狹窄，此說非常不公允，因爲該文只舉例〈戲答仇夢得承制〉和〈戲贈米元章〉總共三首詩，數量過少，實難以說服讀者，宜舉出更多詩例。

然而，單軌的「蘇軾的戲題詩」或「黃庭堅的戲題詩」研究，較不能完整呈現此一主題詩研究的價值，呂本中《童蒙詩訓》說：「讀

〔註 77〕陳性前：《蘇軾詼諧詩風研究》，安徽大學碩士論文（2010 年），頁 22～23。

莊子令人意寬思大。讀左傳使人入法度，不敢容易。此二書不可偏廢也。近世讀東坡詩、魯直詩，亦類此。」〔註 78〕可爲佐證。亦即，本論題的蘇、黃，彼此是流動的，互動的，而非各自獨立。以蘇黃的交往來說，黃庭堅因爲仰慕蘇軾，進而上書獻詩，主動入蘇軾門下，其實蘇、黃是「相得益彰」的〔註 79〕，這個「相得益彰」的過程，便能嘗試以戲題詩做一切入角度。

最後，在戲題詩以外，其實蘇、黃兩人在日常生活中就很喜歡戲人、戲物和戲事，甚至兩人都有存詞〈調笑令〉，黃庭堅還有取自雜劇的〈鼓笛令〉，且兩人的題跋文中，或者詩話、筆記書的相關記載，資料極多且細碎，幾乎能夠證明兩人創作戲題詩的強烈原因。尤其，上節羅列的論文，沒有任何一篇完整舉例蘇、黃所有的戲題詩，總有但見流螢，未見星辰的遺憾。那麼，無人肯以雙主題進行通盤研究，無非戲題詩本身存有「主題詩」正名的疑義，據上云云，都使用相當模糊的詞彙，如「俳諧詩」、「戲作詩」等，造成研究範圍龐雜，欠一帥耳。蘇、黃的研究，近乎飽和，因此後世學者多在前人的基礎上持續鑽研，順從者多，翻案者少，間接產生部分學術研究，趨於錦上添花的事實，無法翻出五指山。加上蘇、黃的文學地位已有公論、定論，因此這番研究爲事倍功半。本文轉換態度，以雪中送炭的研究精神，對塵封在蘇、黃詩集裡的戲題詩，欲以下節的方法探討。

第五節　研究方法

古典文學的研究，存在許多困境，蔡英俊於〈中國古典文學研究的現代視域與方法——「百年論學」學術對談〉，與顏崑陽交流，並提示兩種可能：「總結來說，中國古典文學研究將來還可以對文本進

〔註 78〕〔宋〕呂本中：《童蒙詩訓》，郭紹虞輯：《宋詩話輯佚》，下冊，頁 592。

〔註 79〕劉昭明、黃子馨：〈蘇、黃訂交考〉，《文與哲》第 11 期（2007 年 12 月），頁 285。

行細部拆解，由語言格式的分析入手，以及對意識形態進行拆解。」〔註80〕蔡英俊提供的思考，雖不能算是正式的研究方法，而本文所以參考，因為它命中「蘇、黃的研究」交集「戲題詩的研究」的核心。首先，「語言格式的分析」之於戲題詩，無疑是詩律的魔方，關於這點，張敬〈詩體中所見的俳優格例證〉已經點出各種類型遊戲文字，其中提到蘇軾〈西山戲題武昌居士并引〉、〈徐興公口吃詩〉運用雙聲疊韻；黃庭堅〈謝送宣城筆詩〉運用雙出雙入的「轆轤韻」〔註81〕，這些詩歌中的特殊形式，在戲題詩中時常出現，或為競技，或為異於前人，皆突破了抒情傳統一味講求的內化之「情」。詩評家向來不甚喜歡談論修辭，第一本以修辭為名的書籍，直到〔元〕王構（1245～1310）《修辭鑑衡》才出現。其次，「對意識形態進行拆解」，本文擬於第二章從雜劇切入，探討蘇、黃戲題詩背後的文化符碼（code），蔡英俊強調「拆解」，故本文言「符碼」而不說「背景」、「環境」。又戲題詩定有一個「戲」字，故以符碼喻之，為一種濃縮的極致精神。本文主要以「比較研究法」、「歷史研究法」、「主題研究法」和「批評的批評」為主軸，餘不贅述，下面逐項討論。

一、比較文學研究法

「比較文學」一詞，由法國諾艾爾（Noël）與拉普拉斯（Laplace）

〔註80〕關於這兩種新視野與方法，大致內容為：「而西方對作品是以公共財概念看待，當詩人、作家出版著作後之後，便成為公共財產，不專屬個人。作品受客觀條件約制的各種條件，便成為研究材料自身的自主性、可能性的依據，因此西方學者研究詩時，主要是在研究詩的語言構造經營。……先前古典文學研究者都會從作者生平交遊入手，對時代、社會文化背景進行研究。只是當新批評盛行之後，似乎都漸漸忽略、被當成不重要，其實不然，每一文本的闡釋背後有一套社會文化的意念在支撐它，我們可以從中看到對典律的反省。」見顏崑陽、蔡英俊：〈中國古典文學研究的現代視域與方法——「百年論學」學術對談〉，《政大中文學報》第9期特稿（2008年6月），頁15。

〔註81〕張敬：《清徽學術論文集》（臺北：華正書局，1993年），頁590。

開始使用，此研究法原本是探討文本或作家之間的關係，強調影響的層面。根據金榮華《比較文學》的定義，可知此研究法主要「從二者相異之處探求其意義」。〔註 82〕本文爲雙主題的架構，故使用比較法勢在必行。一般研究者多傾向比較「差異」，忽略「從二者相同之處，探求其源流」，這部分本文嘗試從文化的方向進行，以「雜劇」爲切入點。比較文學還強調不同學科之間的整合，本文欲透過「作詩正如作雜劇」，探討詩和雜劇的關係，在進而探討戲題詩和雜劇的關係。並以蘇、黃的俳諧詞與詩互證。在第五章，本文欲結合西方美學的相關理論，重新審視蘇、黃戲題詩，爲美學和詩學的跨領域研究。由於蘇、黃皆屬於作家學者的類型，他們不只寫詩富有天分，也善於論詩。戲題詩多爲破體、出位、別出心裁之作，等於是對自身學科的重新審視，進而拆解桎梏，帶有危機性。因此，本文並非完全採用「由上而下」的規範性研究，像是本文所討論的「馭奇以執正」、「爲藝術而藝術」，皆爲「由下而上」的研究，較能發揮論文的辯證性。所謂的「上」，是指常態性、規範性，像是文學研究經常使用的知人論世、以意逆志的研究方法，將文本與詩人作緊密的連結。然而戲題詩的研究，又不能完全依靠主題的研究來探討，因爲戲字的意義，歷來研究始終「沒有共識」，因此有時必須採取「下」的方法，也就是直接從文本入手，逆推回其人其事。因爲「由下而上」的進程是令人質疑的，也因此論證性較強，且本文蘇、黃戲題詩的研究，只有涉及「不同作者」，並沒有延至「不同時代」，從傳統的研究方法入手，也似乎不完全符合戲作「破體」的精神。

〔註 82〕詳細定義爲：「比較文學以文學史和作品分析爲主，研究文學作品或作家間在文學上的關係；透過比較的方法，從二者相同之處，探求其源流，從二者相異之處探求其意義；並分析文學與繪畫、社會科學、心理學等各學科的關係，以瞭解其他學科對文學理論或表達技巧的影響，或是文學對其他學科所產生的影響。」見金榮華：《比較文學》（臺北：福記文化，1982 年），頁 3。

二、歷史研究法

歷史研究提供一個核心價值，使研究者得以檢視目前的環境。更精確說，戲題詩的意義是以戲爲題，但以今日的觀點審視，不出戲謔、遊戲、嬉戲等相關範圍。因此，必須回歸北宋初期的各種環境條件，才能琢磨出戲題詩的要義。此研究法的優點爲：「反應了文化的環境和觀念學的假說…。歷史法若小心運用仍可克服沒有數學處理的限制。」〔註83〕數學處理的部分，本文僅能檢索出正確的戲題詩首數，至於文學能否以「量化」爲考察，本文認爲，由於蘇、黃的戲題詩數量，遠超過同期的重要詩人，如歐陽脩、王安石，甚至「蘇門四學士」的秦觀、張耒和晁補之（這三人即使沒有嚴格的統計，瀏覽其詩集的目次，便知數量遠不及蘇、黃）。以文學集團的角度來看，該團體內定有相互學習與仿擬的現象，就中唯獨蘇黃獨樹一幟，以戲爲題，使戲題詩成爲一種特定的文化符碼，令人深思「戲」的歷史意義。此外，本文也注重「文本產生的歷史」〔註84〕，也就是作者的生活經驗、重大轉戾點，而蘇軾「烏臺詩案」的研究已蔚爲可觀，反之，黃庭堅在文學史上的「文本產生的歷史」與蘇軾相比，則略爲薄弱，這也顯示出戲題詩的創作緣由，是研究方法實行中不可或缺的一環。

三、主題研究法

根據丸山學《文學研究法》的觀點，文本內容不是無所選擇的擷取現實生活的一部分，而是作者所支配的獨立世界。當作者創作時，最初考慮的就是「以怎樣事情爲問題，把怎樣的人生放在文本上」，因此文本的主題性質，也就是文本的中心題目，主要採用「特別點醒的問題」。〔註85〕既然戲題詩繫有一個「戲」字，它的功能未必是單

〔註83〕張紹勳：《研究方法》（臺北：滄海書局，2000年），頁310。

〔註84〕批評家關注的層面多爲「文本形式」、「文本經驗」、「文本產生的歷史」、「讀者反應」，參考蔣原倫、潘凱雄：《歷史描述與邏輯演繹——文學批評文體論》（昆明：雲南人民出版社，1999年），頁27～36。

〔註85〕〔日〕丸山學著，郭虛中譯：《文學研究法》（臺北：商務印書館，

向的「惹人注目」而已，相反的，當戲題詩數量累積，它可能變成不易被發覺的部分，因爲主題的反覆出現，一定程度削弱了特殊性。此外，丸山學《文學研究法》還提供一個面向，即主題與結構有密切關係，這也意味著，戲題詩或許有其特定的創作技巧。同時，本文在作者上，又屬於「雙主題」，戲題詩的主題性質本身也具有「雙重」，甚至複雜的性質。本文欲藉主題研究法的力點，探討「吸引、不被吸引」的雙重主題性質。

四、批評的批評

張伯偉《中國古代文學批評方法研究》考察各朝代詩話的文化特質〔註 86〕，將「詩話」歸爲一種文學批評的方法，並從目錄學的觀點，指出宋人文學批評意識的自覺。再者，該書將宋代詩話進行分類，提到「元祐派」的詩話，經常引述蘇、黃之語，提供本文不同的視野。詩話作爲古典詩的批評方式，自然是一種研究方法，然而詩話從宋以降，都不可否認帶有隨筆的性質，更多的是印象式批評。因此，本文不以所引詩話內容，包含各家詩注，以爲滿足，或者通盤接受，其間偶有再論、再考的空間。這個研究方法的出發點繫於曾棗莊、曾濤所編《蘇詩彙評》，該書收錄了孔凡禮點校的《蘇軾詩集》中所未見的詩論，諸家詩話對於蘇軾戲題詩的興趣不大，單從數量上來說，幾乎都是紀昀的評點爲多，零星的詩話批評，尤見珍貴，是故本文採取批評的批評，避免「述而不論」的疏懶。標目未扣上「研究法」，乃因此方法並沒有正式的、明確的提出者，尙不能稱作專門術語的「研究法」，但本文確實使用，特此說明。

1981 年），頁 143～144。

〔註 86〕張伯偉：《中國古代文學批評方法研究》（北京：中華書局，2006 年重印版），頁 471～506。例如宋代詩話牽涉「黨爭」、「禪學」；明代詩話發展「刻書業」，且嘉靖以後，詩話內容充斥「淫靡之風」；清代詩話側重「考據」，並與文人活動的「地域性」息息相關。

第二章　蘇、黃戲題詩的形成背景

宋代戲題詩興起，與時代性有關，戲題詩與古典詩題中慣有的次韻、送、別、贈、遊的主題類似，但是，戲題詩的面向較多元。它可能是作者爲了排遣苦悶，帶點揶揄意味的諧謔；或者表達生活的某種閒情、競技詩藝的高下、諷刺荒謬的人事、品藻人物；甚至有「以詩論詩」的現象，十分豐富而複雜。的確，「複雜」是戲題詩最大問題，也是它的最大特色，以今日眼光來看，部分蘇、黃戲題詩，甚至可以用「搗蛋」、「惡作劇」、「壞品味」來形容。以下從外緣條件、內在因素著手，論蘇、黃創作戲題詩的緣由。

第一節　外緣條件

在外緣條件的部分，主要從時代背景切入，由唐入宋，最大的轉變是文化上的差異，宋代是庶民力量強大的社會。這個文化差異在文學上更顯劇烈，以下分成「從宋型文化出發」、「與宋代雜劇互通」來討論。

一、從宋型文化出發

宋詩處於一個變動的時期，有本色，也有偏離本色者。戲題詩並非宋代特有的主題，但它卻大量出現於蘇、黃的詩集中。「以戲爲詩」，或者「以詩爲戲」是不同的，本節從抒情詩改變的條件，乃至於突破的契機入手，做一釐清。

（一）抒情的質變：從動到靜

古典詩具有「抒情傳統」，此說法主要以古詩十九首爲源頭，根據高友工〈中國文化史中的抒情傳統〉說：

> 過去抒情之作，在詩文中，往往是一個具體的對象，或爲聽眾，或爲親友之所謂「知我者」，這是一種「贈答體」的抒情，而〈十九首〉所開出的新形式，是一種「自省體」的抒情……這一念之轉，正是抒情走向內化的關鍵。〔註1〕

詩歌本就吟詠性情，但是「抒情」的「情」逐漸內化，強調作者個人獨特個性，因此，詩中的「我」成爲最大要素；「抒情」的「抒」則備受冷落，因爲在抒情傳統框下，它容易使詩人成爲「匠」，或者留下「斧痕」。從此立場來看戲題詩，即是一種破壞，破壞後又建立。其命名多爲「戲答」、「戲贈」、「戲詠」、「戲呈」、「戲效」，也有「戲和」，這顯示戲題詩著重人際的「交流」，恐非高友工所謂的「自省體」。蕭馳《中國抒情傳統》說：「『中國抒情傳統之研尋』乃指從理論上對中國傳統中一種超越抒情詩文類的，持續而廣泛的文化現象之探索。」〔註2〕從其書可知，「抒情傳統」雖爲「果位菩薩」，地位幾乎不可動搖，但是仍須「研尋」，而非「墨守」。此外，他還提出「超越抒情詩文」，這使戲題詩與「抒情傳統」對話，因爲戲題詩也並非沒有「內化」，或許，它要從更廣泛的文化來探討、琢磨。

從文化上來說，北宋初期是一個承平時代，且兵力上，宋代採用募兵制，不如唐代實行府兵制來得兵強馬壯。〔註3〕武力的大肆削弱，

〔註1〕高友工：《中國美典與文學研究論集》（臺北：國立臺灣大學出版中心，2004年），頁129。

〔註2〕蕭馳：《中國抒情傳統》（臺北：允晨文化，1999年），序文，頁1～12。

〔註3〕《宋史‧沈與求列傳》：「時禁衛寡弱，諸將各擁重兵，與求言：『漢有南北軍，唐用府兵，彼此相維，使無偏重之勢。今兵權不在朝廷，

連帶影響文學的氣勢與胸襟，整個時代呈現一種「緩慢」的景象、情調，這種刺激，於文學易產生浮沉之感。吳功正《宋代美學史》說：「宋代就缺少了盛唐雄氣四溢的氣象，文人知識分子的理想和功名追求不是在大漠、邊關，而是在齋內，甚至是閨中。」〔註4〕從上更可證明前文所談：戲題詩「人」的質性頗重，因爲知識分子並無顯著壯志，例如開疆闢土，征服邊境，多以維持現狀爲滿足。宋代文人努力經營愉悅的社交生活，爲前途，也爲生活品味。既然第一章已說「元祐文章，世稱蘇黃」，研究蘇、黃的戲題詩，除了俯瞰其社交生活，更有助於理解：戲題詩從唐至宋的「正名」過程。傅樂成〈唐型文化與宋型文化〉說：

> 大體來說，唐代文化以接受外來文化爲主，其文化精神及動態是複雜而進取的。唐代後期的儒學復興運動，只是開風氣，在當時並沒有多大作用。到宋，各派思想主流如佛道、儒諸家，已趨融合，漸成一統之局，遂有民族本位文化的理學產生，其文化精神及動態轉趨單純與收斂。〔註5〕

其言「單純」與「收斂」，於文學上代表風格轉趨平淡，最明顯的例子是宋代邊塞詩甚少，這對於抒情傳統固化的感懷，略有不同。〔宋〕葉夢得（1077～1148）《石林詩話》說：

> 七言難於氣象雄渾，句中有力，而紆餘不失言外之意。自老杜「錦江春色來天地，玉壘浮雲變古今」，與「五更鼓角聲悲壯，三峽星河動影搖」等句之後，嘗恨無復繼者。〔註6〕

戲題詩削弱了歷史的沉重感，以及長途跋涉的艱辛感，予人一派輕鬆的質地。吉川幸次郎《宋詩概說》認爲宋詩並不局限特別印象的事物，

雖有樞密院及三省兵房、尚書兵部，但行文字而已。願詔大臣益修兵政，助成中興之勢。』」見〔元〕脫脫等：《新校本宋史并附編三種》（臺北：鼎文書局，1980年），第14冊，卷372，頁11541。

〔註4〕吳功正：《宋代美學史》（南京：江蘇教育出版社，2007年），頁29。

〔註5〕傅樂成：《漢唐史論文集》（臺北：聯經出版社，1977年），頁380。

〔註6〕〔宋〕葉夢得著，逯名昕校注：《石林詩話校注》（北京：人民文學出版社，2011年），卷下，頁172。

且貼近日常生活。〔註 7〕而戲題詩便是生活中的瑣碎雜事，屬於人際的交流、唱和。因此，戲題詩並非沒有抒情的成分。

戲題詩，無論稱調笑體或俳諧體，皆不能擺脫「雜體」的框架。黃庭堅〈東坡先生眞贊三首・其一〉說：「東坡之酒，赤壁之笛，嬉笑怒罵，皆成文章。」〔註 8〕相對的，〔宋〕胡仔《苕溪漁隱叢話・後集》認爲黃庭堅：「其醜陋可想，山谷亦善戲也。」〔註 9〕雖有所抨擊，卻也勾勒出黃庭堅擅長作戲詩的輪廓。又〔明〕胡應麟（1551～1602）《詩藪》評黃庭堅：「七言小詩，遂成突梯謔浪之資。唐人風韻，毫不復睹，又在近體下矣。」〔註 10〕又〔清〕吳喬（1611～1695）《圍爐詩話》指出：「蘇黃以詩爲戲，壞事不小。」〔註 11〕可見蘇、黃兩人的戲題詩存有爭議性。這個爭議性，乃因中國古典詩具有「抒情傳統」，倘若戲題詩爲抒情詩，定有所衝突；在雜體詩、抒情詩兩者重疊的面向上，也定有所突破。

（二）抒情的突破：諧中有隱

承接上述，「抒情傳統」中的「抒情」，「情」是聚焦的對象，間接使得「抒」被忽略。當詩話作者大肆討論「情」的深沉與貶謫，「抒」的引導與輔助，則似乎只爲博君一笑，除了蘇、黃以外，同期的文人也可爲輔證。題目無「戲」字者，例如秦觀〈與黃魯直簡〉：「所要子由金山詩，并某所屬和者，今奉寄。八音歌、次韻斗野亭、黃

〔註 7〕〔日〕吉川幸次郎著，鄭清茂譯：《宋詩概說》（臺北：聯經出版社，1979 年 3 版），頁 18。

〔註 8〕〔宋〕黃庭堅：《豫章黃先生文集》，《四部叢刊正編》（臺北：商務印書館，1979 年，嘉興沈氏藏宋刊本），卷 14，頁 127。

〔註 9〕〔宋〕胡仔：《苕溪漁隱叢話・後集》（臺北：世界書局，2009 年），卷 40，頁 746。其所舉之例爲〈戲聞善遣侍兒來促〉：「日遣侍兒來報嘉，草鞋十里踏堤沙。鳩盤茶樣施丹粉，只欠一枝萵苣花。」

〔註 10〕〔明〕胡應麟：《詩藪》（北京：中華書局，1958 年），外編卷 5，頁 218。

〔註 11〕〔清〕吳喬：《圍爐詩話》，郭紹虞編，富壽蓀校點：《清詩話續編》（上海：上海古籍出版社，1983 年），第 1 冊，卷 5，頁 609。

子理憶梅花詩，凡四首，聊發一笑耳。」〔註12〕在書信中夾帶自己創作的詩，謙稱「聊發一笑耳」，活絡彼此的文藝交流；題目有「戲」字者，例如王安石〈次韻公闢正議書公戲語申之以助發一笑〉〔註13〕，明確說明創作戲題詩的目的是爲了「申之以助發一笑」。可是，這個「助發一笑」其實是爲作者的「申之」服務。更進一步來說，在戲題詩發展的階段，從杜甫詩集可見「遣悶」、「遣興」、「遣愁」、「自遣」、「撥悶」之類的題名，甚至有「遣憤」之題，強烈說明杜甫心情跌宕，常著述以排遣苦悶，甚至自娛。杜甫〈遣悶戲呈路十九曹長〉：「晚節漸於詩律細，誰家數去酒杯寬。惟吾最愛清狂客，百遍相看意未闌。」〔註14〕表面上是杜甫自信於晚年的詩篇無斧鑿痕，流如彈丸，眾家的目光集中在「細」字，解做細膩、深刻。恰恰相反，所謂「細」，是一種寬鬆，多數詩人專研於詩律的工整、嚴明，只能纖細，而不能粗豪，反而使「細」的意義窄化了。所以「細」的意義尚代表不同的視野〔註15〕，題目爲「戲」，內容則未必成「戲」。更精準來說，苦心孤詣於詩之「細」，反而不如沒有詩法，故下筆能

〔註12〕〔宋〕秦觀著，徐培均箋注：《淮海集箋注》（上海：上海古籍出版社，2000年），中冊，卷30，頁1000。

〔註13〕原文爲：「故人辭祿未忘情，語我猶能作捍城。身不自遭如貢薛，兒應堪教比韋平。老羆豈得長高臥，雛鳳仍聞已間生。把盞祝公公莫拒，緇衣心爲好賢傾。」見《王臨川全集》，卷17，頁86。

〔註14〕〔清〕楊倫箋注：《杜詩鏡銓》（臺北：華正書局，2003年），下冊，卷15，頁740。

〔註15〕關於「晚節漸於詩律細」的不同見解，詳參謝光輝：〈從建築軸線看杜甫夔州詩「八句皆對」的空間結構美感〉，世新大學《人文社會學報》第15期（2014年7月），頁223～257。以下摘要提供參考：「所謂『詩律細』，其『細』並非單指文字上的尖新務奇，它還表現了兩個層面的意義：第一是形式的非語傳達，杜甫身處偏僻的夔州，卻創作諸多『八句皆對』的高難度律詩，頗有用形式的『繁華』，補足現實種種不足的意味在。第二是格律的通脫，杜甫體備格律，一面完成四聯對仗，同時也破壞格律，例如黏對線多有失黏，或者內容犯題，甚至顛覆常規，例如〈送李八祕書赴杜相公幕〉出現數字的連鎖對。」此見解本於金聖歎《唱經堂杜詩解》，進一步所做的拓展。

汪洋、能宏肆、能灑落，好詩並非將其寫成「細膩」、「完美」，而是打破了詩「細」的常規，才是眞正的「細」，逼眞於戲題詩的「戲」。杜詩的知音，當推〔清〕金聖歎（1608～1661）《唱經堂杜詩解》，他說：

> 後解，純是寫「遣」。人而至于晚節，髮既蒼蒼，視既茫茫，成名乎？就利乎？老妻可以免于交謫，稚子可以免于飢寒乎？要之無一也，然則悶極矣。乃顧盼自雄，鼓腹自栩（擬疑爲「詡」字），獨不知我詩律之漸細乎？不知者謂是滿足自誇，豈知全是十成無賴，所謂「戲」也，所謂「遣」也。煩鬱既極，所冀信步稍舒，然而親戚友朋，一去而親，再去而瀆，三去而厭矣。誰家可以數去，且誰家可以數去而一任持杯自寬者乎？白眼自恣之言，所謂「戲」也，所謂「遣」也。豈尙顧他人之難當其傲睨乎？七句「惟」字、「最」字，八句「百遍」字，總圖極暢，不怕笑破人口也。凡有戲字詩只如此。〔註16〕

雖然金聖嘆認爲戲字詩「只如此」，過於偏頗，但是他所揭示的概念是前所未見的。所謂「戲」，意近於「遣」，本於作者十成無賴的天才與自信，蘇、黃大量創作戲題詩，正說明兩人的仕途困躓，因此「煩鬱既極，所冀信步稍舒」，既然是爲了求一抒解，「戲作」與否，在蘇、黃的眼中並不是最要緊的事情，即使戲題詩確有笑破人口之處，但戲題詩打破了古典詩的定義，這是無法否認的。引文：「豈尙顧他人之難當其傲睨乎」，更將戲題詩的精神取向推上「自娛」的創作顚峰，而非取悅他人的調笑、戲弄。

此外，杜甫另有詩題爲〈戲作俳諧體遣悶二首〉，可推敲出戲題詩源於「俳諧體」，因爲他將「戲」與「俳諧體」並題。換句話說，中國古典詩並非只有「抒情傳統」，尙有「俳諧傳統」，例如〔梁〕劉勰（約465～？）《文心雕龍．諧隱》說：

〔註16〕〔清〕金聖歎著，陸林輯校整理：《唱經堂杜詩解》，《金聖歎全集》（南京：鳳凰出版社，2008年），第2冊，卷3，頁775～776。

諧之言皆也。辭淺會俗，皆悅笑也。……是以子長編史，列傳滑稽，以其辭雖傾回，意歸義正也。但本體不雅，其流易弊。……讔者，隱也；遯辭以隱意，譎譬以指事也。……夫觀古之爲隱，理周要務，豈爲童稚之戲謔，搏髀而抃笑哉！〔註17〕

《史記》存有〈滑稽列傳〉，其所記滑稽者，乃言辭流利，思辨敏銳，並非現代語彙的「滑稽」。司馬遷（145B.C.～86B.C.）寫作《史記》，特別重視人物的性格，即使非達官顯宦者，亦爲其作傳。司馬遷筆鋒雖有過於放縱之處，但作意總歸於義正，代表這些「滑稽者」雖非社會的主流文化，仍肯定其價值。《史記．太史公自序》說：「不流世俗，不爭執利，上下無所凝滯，人莫之害，以道之用。作滑稽列傳第六十六。」〔註18〕一句「不流世俗」見司馬遷的新變眼光，由此觀察戲題詩，亦是相類。因爲《文心雕龍》所述的「諧隱」，除了語言淺白，能取人悅笑，尚有「隱」的意涵在。——也就是說，「諧隱詩」在文學史的發展中，「諧」的成份超過「隱」，如同「抒情傳統」的「情」掩蓋了「抒」，它們應該是相輔相成的關係，而不是偏義。劉勰辯證的「隱」字，有「理周」的前提、要務，此話突破了盲點，意即戲題詩有時「會俗悅笑」過度尖銳，使原本要表達的內容（「理」），則不能周全圓融。

劉勰《文心雕龍．諧隱》提及「辭淺會俗」，蘇、黃或有樹敵，或有至交，他們寫作戲題詩的成熟度，不止於「童稚之戲謔」。朱光潛〈詩與諧隱〉說：

每種藝術都用一種媒介，都有一個規範，駕馭媒介和牽就規範在起始時都有若干困難。但是藝術的樂趣就在於征服這種困難之外還有餘裕，還能帶幾分遊戲態度任事縱橫揮

〔註17〕〔梁〕劉勰著，黃淑琳注，李詳補注，楊明照校注拾遺：《增訂文心雕龍注》（北京：中華書局，2013年重印版），上冊，卷3，頁194。

〔註18〕〔漢〕司馬遷：《新校本史記三家注并附編二種》（臺北：鼎文書局，1981年），第四冊，卷130，頁3318。

掃，使作品顯得逸趣橫生。這是由限制中爭得的自由，由規範中溢出的生氣，藝術使人留戀的也就在此。〔註 19〕

從朱光潛的論點，「諧隱」的意義在「遊戲態度」，這種態度並非上述「童稚之戲謔」，也非以嘲笑攻擊他人，而是一種征服困難的「餘裕」。這種遊藝於文學的態度，可以參考郭紹虞〈批評藝術與玩賞藝術〉的說法：

有一輩精通文藝的人，他對文藝作品，取所謂批評家的態度，……他便不是爲享受而賞玩，是爲了批評，爲了議論而考察了。這是爲求知識上的滿足而忘了實際感情，這是很妨礙美感趣味的。〔註 20〕

戲題詩，其特質之一當有「爲享受而賞玩」，因爲欲戲人事，即興的可能居多，加上戲題詩有「申之以助發一笑」的效用，在創作條件上，不論其詩是否「顯得逸趣橫生」，皆不能否定其藝。本文認爲，朱光潛所言，近似「苦中作樂」，這類的快樂原比直接獲得的途徑，更令人抒懷與釋放。因爲蘇、黃皆非官途順遂，進入政治核心者，他們的「餘裕」、「遊戲態度」，例如蘇軾〈劉貢父見余歌詞數首，以詩見戲，聊次其韻〉說：「刺舌君今猶未戒，炙眉吾亦更何辭。相從痛飲無餘事，正是春容最好時。」〔註 21〕世人不能忍受正直的言論，故戲題詩的語言故作荒誕，或許是爲了「刺舌」，也就是「慎口」之故；又黃庭堅〈戲和于寺丞乞王醇老米〉說：「文人古來例寒餓，安得野蠶成繭天雨粟。王家圭田登幾斛，于家買桂吹白玉。」〔註 22〕雖有誇張之處，卻反映社會的巨大貧富差距：文人寒餓，且懷才不遇，而貴族卻坐擁百畝圭田，食玉炊桂，這與杜甫〈自京赴奉先縣詠懷五百字〉所言：「朱門酒肉臭，路有凍死骨。榮枯咫尺異，惆悵難再述」〔註 23〕，

〔註 19〕朱光潛：《詩論》（臺北：國文天地雜誌社，1990 年），頁 55～56。
〔註 20〕郭紹虞：《照隅室雜著》（上海：上海古籍出版社，1986 年），頁 34。
〔註 21〕《蘇軾詩集》，第 2 冊，卷 13，頁 649。
〔註 22〕《黃庭堅詩集注》，第 4 冊，外集卷 13，頁 1240。
〔註 23〕〔清〕楊倫箋注：《杜詩鏡銓》，上冊，卷 3，頁 110。

甚爲類似，「朱門酒肉」通常是正面的詞彙，應該以香形容，偏以臭發爲箴言，有一種「香得厭膩了，糟蹋了」的喜愕相交之感。〔註 24〕而詩題的一個「戲」字，益顯苦酸。上舉之例，可替蘇、黃戲題詩的諧，揭示些許的「隱」。

然而，高友工所論抒情傳統，蕭馳於〈「書寫中的群與我、情與感」——〈古詩十九首〉詩學質性與詩史地位再檢討〉提出若干修正的可能，即高友工的目光是「回顧」的，而抒情傳統強調的「內省」，並非完成於〈古詩十九首〉，此外，蕭馳旁引西方獨白（monologue）的觀念重新詮釋。〔註 25〕蘇、黃代表了元祐時期文學的榮景，他們的目光屬於新時代，勁瘦而清冷，與盛唐渾厚而熱情不盡相同。魯迅〈致楊霽雲〉亦言：「一切好詩，到唐已被做完！此後倘非能翻出如來掌心之齊天大聖，大可不必動手。」〔註 26〕蘇、黃確實「動手」，又因爲唐詩是座巨山，前進的方式未必要「愚公移山」，或者「征服巔峰」，也能夠「轉向」、「繞道」。因此，與其說他們的目光是進取的，本文以爲，更適合稱「智取」的。

之所以稱「智取」，因爲宋詩的精神爲「變」，〔明〕許學夷（1563～1633）《詩源辯體．後集纂要》說：「宋主變，不主正，古詩、歌行，滑稽議論，是其所長，其變幻無窮，凌跨一代，正在於此。」〔註 27〕而戲題詩並非宋代特有，戲題詩的滑稽本色，亦有所質變，其中的特質，爲宋型文化的融合精神，張高評《宋詩之新變與代雄》以王國維所提「眞正之戲劇，起於宋代」，將宋詩的精神連結至「雜劇」，眼界

〔註 24〕此說法出於黃永武：《詩與美》（臺北：洪範出版社，1984 年），頁 12。

〔註 25〕蕭馳：〈「書寫中的群與我、情與感」——〈古詩十九首〉詩學質性與詩史地位再檢討〉，《中國文哲研究集刊》第 30 期（2007 年 3 月），頁 45～85。

〔註 26〕魯迅：《魯迅全集》（北京：人民文學出版社，1991 年），卷 12，頁 612。

〔註 27〕〔明〕許學夷著，杜維沫點校：《詩源辯體》（北京：人民文學出版社，1998 年），後集纂要卷 1，頁 377。

始大，這即是「融合」的跡象之一，也使戲題詩的研究更具前瞻性。

二、與宋代雜劇互通

王國維《宋元戲曲考》說：「兩宋之戲劇，均謂之雜劇，至金而始有院本之名」〔註 28〕，爲雜劇下了一個較寬泛定義。任中敏《唐戲弄》考證，「宋雜劇」並未以科白爲主要技藝，且未達眞正戲劇的程度，不過於普通俳優中託爲故事而已。王國維《宋元戲曲考》爲一權威書籍，任中敏指出，後世學者多從王國維之說，將中國古代戲劇泛稱「戲曲」，強調其爲曲，忘其本爲戲劇而作，而不稱「戲劇」，造成「主曲而不主戲」的偏誤。〔註 29〕由於涉及價值判斷，本章有正名的必要，即：「戲曲」只是「戲劇」的一部分而已。爲避免喧賓奪主，本章所言「雜劇」以宋代爲主，並且，其未必達到眞正戲劇的程度，因爲本節重點在觀察宋代雜劇與戲題詩的共同特質，主角是「詩」。至於宋雜劇是否以「科白」爲主要技藝，或者達到「眞正戲劇」的程度，並不影響本章行文。在定義上，本文採用〔明〕朱權（1378～1448）《太和正音譜》之說：

> 雜劇，俳優所扮者，謂之娼戲，故曰勾欄。子昂趙先生曰：「良家子弟所扮雜劇，謂之行家生活；娼優所扮者，謂之戾家把戲。良人貴其恥，故扮者寡。今少矣，反而娼優扮者謂之行家，失之遠也。」或問其何故哉？則應之曰：「雜劇出於鴻儒碩士、騷人墨客，所作皆良人也。若非我輩所作，娼優豈能扮乎？推其本而明其理，故以爲戾家也。」關漢卿曰：「非是他當行本事，我家生活。他不過爲奴隸之役，供笑殷勤，以奉我輩耳。子弟所扮，是我一家風月。」雖是戲言，亦合于理，故取之。〔註 30〕

〔註 28〕王國維：《宋元戲曲考》，《王國維戲曲論文集》（臺北：里仁書局，1998 年），頁 71。

〔註 29〕任中敏：《唐戲弄》，上冊，頁 226。

〔註 30〕〔明〕朱權著，姚品文點校、箋評：《太和正音譜箋評》，（北京：中華書局，2010 年），頁 38～39。

雜劇是否定要有行家，非本文所欲探討者。良人與娼優的正確關係，當是引文所謂「若非我輩所作，娼優豈能扮乎」，其實，俳優正扮演著良人的生活。其中的差別，在本質上，雜劇與戲題詩的「戲」字，有相似之處，但不完全等同，這個微差，成就了宋雜劇對戲題詩啓示的深淺。以下分爲「雜劇反映出時代」、「作詩正如作雜劇」來討論。

（一）雜劇反映出時代

時代的藝術主角是俳優，而宋詞又是時代的產物，蘇、黃都有〈調笑令〉，與俳優的演出表情、方式關係密切。以下分成兩點來敘述。

1、載色載笑的俳優

宋代的社會商品化、經濟化，庶民文化強盛，各種娛樂場所如勾欄、瓦肆，開始蓬勃於社會生活中。張高評《宋詩之新變與代雄》認爲宋代詩歌：「藉文字遊戲以磨煉提昇寫作技巧，尤見技巧。」〔註 31〕詩歌開始走向應酬化、通俗化的發展。既要應酬，就要裝扮，將場面撐起，使氣氛活絡，因此宋代詩人部分的特質，如一俳優演歌，講究與觀眾的互動。北宋的戲語，根據〔宋〕王直方（1069～1109）《王直方詩話》說：

> 張文潛在一時中，人物最爲魁偉，故陳無己有詩云：「張侯魁然腹如皷，雷爲飢聲酒爲雨。」文云：「要瘦君則肥。」山谷云：「六月火雲蒸肉山。」又云：「雖肥如瓠壺。」而文潛臥病，秦少游又和其詩云：「平時帶十圍，頗復減臂環。」皆戲語也。〔註 32〕

從上述可見，所有詩文的矛頭，皆聚焦於張耒的外貌，而不是內在，所謂戲語，順勢而爲的思考，便是下推爲膚淺、沒有品味。腹如皷，乏棒擊；六月溽暑，蒸散肉峰；肥如瓠壺，譏諷太過；十圍身形，終難消瘦。這些詩句像是雜劇的小唱，使人折損陳設，溼了衣裳，的確

〔註 31〕張高評：《宋詩之新變與代雄》，頁 373。

〔註 32〕〔宋〕王直方：《王直方詩話》，郭紹虞輯：《宋詩話輯佚》，上冊，頁 81。

好笑。胡忌《宋金雜劇考》稱雜劇的俳優為「藝人」，認為他們的專長是「仿效」和「譏切」。〔註33〕對於「譏切」，讀者不難理解，而「仿效」勾出重點，代表「戲語」是一種連串的行為，具有感染力，容易形成風尚，使人群起效尤，如上引文，光是張耒的肥碩之姿，引來蘇門子弟的戲語，便能看出它是連續性，互動性的文化，很少一枝獨秀。又據〔宋〕孟元老（？～？）《東京夢華錄》說：

> 駕登寶津樓，諸軍百戲，呈於樓下。先列鼓子十數輩，一人搖雙鼓子，近前進致語，多唱「青春三月驀山溪」也。唱訖，鼓笛舉。一紅巾者弄大旗，次獅豹入場，坐作進退，奮迅舉止畢。次一紅巾者，手執兩白旗子，跳躍旋風而舞，謂之「撲旗子」。及上竿、打筋斗之類訖，樂部舉動，琴家弄令，有花妝輕健軍士百餘，前列旗幟，各執雉尾、蠻牌、木刀，初成行列拜舞，互變開門奪橋等陣，然後列成「偃月陣」。⋯〔註34〕

雜劇之所以「雜」，從引文見其「出場」，堪稱聲勢浩大，布置錯落，陣名頗多，眞為「百戲」。〔元〕楊維楨（1296～1370）〈朱明優戲錄〉說：

> 百戲有魚龍、魚舐、高絙、鳳皇、都盧、尋幢、戲車、走丸、吞刀、吐火、扛鼎、象人、怪獸、舍利、潑寒、蘇木等伎，而皆不如俳優、侏儒之戲或有關於諷諫，而非徒為一時耳目之玩也。〔註35〕

百戲，可說是各種「把戲」，只為營造歡愉的氣氛，使觀者發笑，並不如俳優的搬演，能有諷諫之義。引文稱鼓子數人，又有單人搖雙鼓子。鼓畢接續鼓笛、大旗、上竿、打筋斗，每一場面俳優的服裝、臉妝都有變化，雜耍道具、樂器也隨之易轍。這樣的實錄，恐非只為博

〔註33〕胡忌：《宋金雜劇考》（北京：中華書局，2008年訂補本），頁43。

〔註34〕〔宋〕孟元老著，鄧之誠注：《東京夢華錄注》（北京：中華書局，2010年重印版），卷7，頁193～194。

〔註35〕〔元〕楊維楨：〈朱明優戲錄〉，俞為民、孫蓉蓉主編：《歷代曲話彙編・唐宋元編》（合肥：黃山書社，2005年），頁426。

君一笑，整個流程與演出，已達藝術的等級，又演出者眾，觀者更可想見。從細部舉例來說，每本雜劇，規定爲四折，一折，就是劇情告一段落之意。而每一故事的搬演，大的關目爲「場」，小的交代處爲「景」，合稱爲場面。當角色出場時，假借眼中所見景物，或意中的情緒，說出似白非白、似唱非唱的詞句，稱爲「引子」。〔註 36〕這些細部的斟酌，已是專門之學，相較之下，宋詩講究「法」，宋人喜歡談論、鑑賞，甚至批評詩歌，這與唐代的風氣截然不同，越是費事安排的特質，越能拉近宋詩與雜劇的關係。

蘇軾看雜劇，甚至寫了不少教坊詞，像是在〈紫宸殿正旦教坊詞〉中，「教坊致語」、「口號」、「勾合曲」、「勾小兒隊」、「隊名」、「問小兒隊」、「小兒致語」、「勾雜劇」、「放小兒隊」，形式內容，一應俱全。例如〈紫宸殿正旦教坊詞．勾雜劇〉：「以雅以南，既畢陳於眾技，期有悅於威顏。舞綴暫停，優詞間作。金絲徐韻，雜劇來歟？」〔註 37〕使出眾技，是爲了悅於威顏，使宮廷的演出，不失水準。當舞蹈停止時，蘇軾描寫樂器「金絲徐韻」，既稱「徐韻」，表示此等戲語，多少能有「發笑」以外的審美體驗。又蘇軾〈興龍節集英殿宴教坊詞．勾小兒隊〉：「眾技旅庭，振歡聲於無外；游童頌聖，陶至化於自然。上奉皇威，教坊小兒入隊。」〔註 38〕此語重點當是「陶至化於自然」，它描述了上述的費事「安排」之意，雜劇演出，即是模仿著童稚之語、童稚之戲、童稚之眞，孩童永遠不知道自己是在遊戲著，他只是自然而然，受到本能的驅使。將此遊戲之意連結至戲題詩，即是一種「戲題劇論」，許德楠〈從所謂杜詩中的「戲題劇論」談杜詩的「歷史命運」〉認爲「戲題」和「劇論」爲互文見義，並說：「顯然並非揄揚之語，但也不是貶抑之詞。」〔註 39〕雖是持平之論，但略能點破戲作無

〔註 36〕盧元駿：《曲學》（臺北：黎明文化，1980 年），頁 186～187。

〔註 37〕《蘇軾文集》，第 3 冊，卷 45，頁 1304。

〔註 38〕《蘇軾文集》，第 3 冊，卷 45，頁 1314。

〔註 39〕許德楠：〈從所謂杜詩中的「戲題劇論」談杜詩的「歷史命運」〉，《杜甫研究學刊》第 3 期（2005 年），頁 22。

用之論。

蘇軾對於俳優的模仿，也有見解，〈傳神記〉說：

> 傳神之難在目。……今乃使人具衣冠坐，注視一物，彼方斂容自持，豈復見其天乎！凡人意思各有所在，或在眉目，或在鼻口。虎頭云：「頰上加三毛，覺精采殊勝。」則此人意思蓋在鬚頰間也。優孟學孫叔敖抵掌談笑，至使人謂死者復生。此豈舉體皆似，亦得其意思所在而已。使畫者悟此理，則人人可以爲顧（愷之）、陸（探微）。〔註40〕

畫家捕捉人物的神韻，與詩文相似，難在眼神。若從詩歌的角度詮釋，類似「句中眼」。此說本於禪家，黃庭堅〈贈高子勉四首・其四〉轉爲文學用語：「拾遺句中有眼，彭澤意在無絃。顧我今六十老，付公以二百年。」〔註41〕句中有眼，是句中有血淚、有深刻、有別出心裁的所在，根據黃奕珍〈試論黃庭堅的「句中眼」〉的研究，現今「句中眼」的意義偏向「字眼」，而非「識見」。〔註42〕詩歌本不可以「一字」求之，戲題詩題目中，或者內容裡的「戲」字亦如此，應循其「識見」，而非條列字義。雜劇演出時，俳優除了依照劇本，也有即興、不按牌理出牌的成分，所謂戲也，其「句中眼」正是不可捉摸、義界模糊的性格。再者，顧愷之認爲「頰上加三毛，覺精采殊勝。」則此人「意思」所在爲臉龐，如此更能理解，調笑他人以身形見長，因爲外貌是先入爲主的。僅是應酬而見者，私下沒有往來，不可能投其所好，察其心意，多停在「皮毛」、「骨肉」的層面，難以進階到「神髓」的境地。不過優孟學孫叔敖抵掌談笑，能使死者復生，足見戲語的魅力。蘇軾也有與俳優相關的逸事，〔宋〕李廌（1059～1109）《師友談記》說：

> 東坡先生近令門人輩作〈人不易物賦〉，或戲作一聯曰：「伏

〔註40〕《蘇軾文集》，第2冊，卷12，頁401。

〔註41〕《黃庭堅詩集注》，第2冊，內集卷16，頁574。

〔註42〕黃奕珍：〈試論黃庭堅的「句中眼」〉，《中國文學研究》第9期（1995年6月），頁177。

其几而襲其裳，豈爲孔子；學其書而戴其帽，未是蘇公。」。廌因言之。公笑曰：近扈從燕醴泉觀，優人以相與自夸文章爲戲者。一優曰：「吾之文章，汝輩不可及也。」眾優曰：「何也？」曰：「汝不見吾頭上子瞻乎？」上爲解顏，顧公久之。〔註43〕

俳優矜誇文章「汝輩不可及也」，是因爲頂上有蘇軾，即「學其書而戴其帽」。學問文章，發於筆墨，是點滴累積而成，非模仿儀態可行，果眞爲「人不易物」，蓋不可換取。蘇軾時與門人以詩文交往，他們相處的情形，除了師長的莊嚴，更多了些摯友間的嬉鬧，就像「眾優」彼此以文章爲戲。

2、調笑之詞的佐證

從詞來看，詞本可入曲歌唱，〔清〕田同之（約1720年前後在世）《西圃詞說》說：「元時，中原人士往往沉於散僚，關漢卿爲太醫院尹，鄭德輝杭州小吏，宮大用君臺山長，沉困簿書，老不得志，而雜劇乃獨絕於時。自元迄明，詞與曲分，無復以詩餘入樂府唱者，皆可爲嘆息也。」〔註44〕詞與曲分之前，詞和曲彼此的界線，是互通且緊密的。黃庭堅與蘇軾相同，皆有存詞〈調笑令〉，這個詞牌本是宮廷演出的歌曲。〈調笑令〉的定義，根據龍榆生《唐宋詞定律》說：

又名〈古調笑〉、〈宮中調笑〉、〈調嘯詞〉、〈轉應曲〉。《樂苑》入雙調。白居易〈代書詩一百韻寄微之〉：「打嫌調笑易，飲訝卷波遲。」自注：「拋打曲有〈調笑令〉，飲酒曲有〈卷白波〉。」三十二字，四仄韻，兩疊韻。平仄韻遞轉，難在平韻再轉仄韻時，二言疊句必須用上六言的最後兩字倒轉爲之，所以又名爲〈轉應曲〉。〔註45〕

〔註43〕〔宋〕李廌著，孔凡禮點校：《師友談記》（北京：中華書局，2002年），頁12。

〔註44〕〔清〕田同之：《西圃詞說》，唐圭璋編：《詞話叢編》（北京：中華書局，2005年），第2冊，頁1454。

〔註45〕龍榆生：《唐宋詞定律》（臺北：華正書局，1988年），頁157。

調笑、飲訝之詞，雖脫不開娛樂，但從體制上來說，頗爲複雜，其言「平韻再轉仄韻時，二言疊句必須用上六言的最後兩字倒轉爲之」，詞既入平韻，本有收場之勢，再轉仄韻，則內容拓增，演爲雙調的慢詞。再加上仄韻聲促，與雜劇的特質互通，例如〔明〕呂天成（1580～1618）《曲品》說：「雜劇但摭一事顛末，其境促」。〔註46〕至於「倒轉」，可見蘇軾〈調笑令〉：「漁父漁父。江上微風細雨。青蓑黃蒻裳衣。紅酒白魚暮歸。歸暮歸暮，長笛一聲何處。」〔註47〕從「暮歸」轉爲「歸暮歸暮」，同樣的情形，蘇軾另一首〈調笑令〉說：「歸雁。歸雁。飲啄江南南岸。將飛卻下盤旋。塞外春來苦寒。寒苦。寒苦。藻荇欲生且住。」〔註48〕由「苦寒」倒爲「寒苦」，是詞牌天生的限制，也是作者玩味的所在。在一首小令內，既要顧及字義，又要考慮字面，還要思考能夠前後顛倒的語彙，十分困難。倘若隨便創作，便達不到「調笑」的效果，這顯示了戲詞有其專門技藝，蘇軾受到雜劇無形、有形中的孳乳。

黃庭堅的調笑之詞，造語更爲通俗，甚有難解之處，〔清〕李調元（1734～1803）《雨村詞話》便說：「黃山谷詞多用俳語，雜以俗諺，多可笑之句。……又如別詞中奚落、忔憎、吵、噉等字，皆俗俳語也，元人曲有之，皆不宜入詞。」〔註49〕俳語，本俳優之語，後泛指詼諧之事。李調元所謂「多可笑之句」，貶意十足，黃庭堅存詞有〈鼓笛令〉，詞牌的名稱「鼓笛」源於戲劇，上文引孟元老《東京夢華錄》的內容，即有「鼓笛舉」，而且，宋詞另有〈鼓笛慢〉，爲〈水龍吟〉別體，與〈鼓笛令〉無涉。〈鼓笛令〉只見黃庭堅的詞集，龍榆生《唐

〔註46〕〔明〕呂天成著，吳書蔭校注：《曲品校注》（北京：中華書局，1990年），卷上，頁1。

〔註47〕〔宋〕蘇軾著，鄒同慶、王宗堂注：《蘇軾詞編年校注》（北京：中華書局，2010年重印版），上冊，頁380。

〔註48〕《蘇軾詞編年校注》，上冊，頁381。

〔註49〕〔清〕李調元：《雨村詞話》，唐圭璋編：《詞話叢編》，第2冊，卷1，頁1401。

宋詞定律》未收，〔清〕王奕清（1664～1737）編《欽定詞譜》對該詞牌說：「此調衹有此詞此調，無別首可校。」〔註 50〕不過黃庭堅總共有四首〈鼓笛令〉，《欽定詞譜》只看到首句爲「寶犀未解心先透」的〈鼓笛令〉。無論如何，這些證據間接證明黃庭堅對雜劇有涉獵，〈鼓笛令〉還可能是黃庭堅的創調。今舉黃庭堅〈笛鼓令・戲詠打揭〉爲例：

> 酒闌命友閒爲戲，打揭兒、非常愜意。各自輸贏只賭是。賞罰采、分明須記。小五出來無事，卻跋翻和九底。若要十一花下死，管十三、不如十二。〔註 51〕

打揭，爲古代的雙陸〔註 52〕遊戲，具有博戲性質。李清照〈打馬圖序〉說「打褐（揭）、大小豬窩、族鬼、胡畫、數倉、賭快之類，皆鄙俚不經見。」〔註 53〕這首詞本就乏人問津，又以戲筆寫俚俗棋藝，可謂雙雙冷落，無人在意的一場「殘局」，然而，經由黃庭堅的舞墨增色，〈笛鼓令・戲詠打偈〉當是紅塵之外的一場殘局，非俗也。起寫酒闌鐘磬息，宴會散場時，而「非常愜意」已是口語，可見黃庭堅頗能打揭取樂，此樂是與人他人競技的輸贏快感，也是自己演爲樂府的漏永嘯歌。「各自輸贏只賭是」，「是」可解作「此」，整句的意思是：輸贏各自歡樂，各自哀愁，「只賭是」，有放手一「搏」的豪邁，既然強調

〔註 50〕〔清〕王奕清編，孫通海、王景桐校點：《欽定詞譜》（北京：學苑出版社，2008 年），上冊，卷 11，頁 526。

〔註 51〕〔宋〕黃庭堅著，馬興榮、祝振玉校注：《山谷詞校注》（上海：上海古籍出版社，2011 年），頁 149。

〔註 52〕「雙陸」出現於今人目光，並非黃庭堅〈鼓笛令〉，多半見於關漢卿名作〔南呂〕〈一枝花套・不伏老〉：「我也會圍棋、會蹴鞠、會打圍、會插科、會歌舞、會吹彈、會嚥作、會吟詩、會雙陸。」「雙陸」的定義爲：「雙方各執棋馬十五枚，在十二道的棋盤上擲骰行馬，因棋盤橫道左右各六，兩兩相對，故名雙陸。」見沈惠如：《袖珍曲選》（臺北：里仁書局，2004 年），頁 127。關漢卿的引文「我也」兩字本爲襯字，字體理應小於正文，然而註腳文字已小，難以呈現，故暫不更動，特此說明。

〔註 53〕〔宋〕李清照著，黃墨谷輯校：《重輯李清照集》（北京：中華書局，2009 年），卷 6，頁 104。

了「是」，也就是「此」，詞意便產生放手一「博」的異趣。下闋費解，《山谷詞校注》只言「不詳待考」四字，根據本文的考索，並參考朱南銑《中國象棋史叢考》所收〈打馬考略〉一文〔註 54〕，歸納如下：下闋出現的數字應是古代的遊戲「博采」，爲打馬的一種。「花」指的是「骰子的點數」，此遊戲分成賞采、罰采和散采三種形式，賞采是得分的骰面，以擲出「四四四」爲最高采，稱作「印堂」，因此詞說「管十三、不如十二」，就是爭取勝利的意思；罰采是指擲出小的點數：「一二三」或者「一二一」；詞說的「若要十一花下死」，爲散采的其中一種，也就是擲出十一點。〔註 55〕至於「花下死」的意義，此遊戲若與上位玩家擲出一模一樣的組合，叫眞撞；與上位玩家擲出相同的采數，叫傍撞，這兩種情形都必須改由上位玩家行動，並罰錢。因此黃庭堅說「花下死」，十足的戲言，「死」又諧音「四」，嘆未能擲出「四四四」之印堂也，同時看出他沉浸在打馬的世界，尚能以文學自娛。

其他詞牌之下，黃庭堅都不假掩飾，使用「戲」字，例如〈漁家傲〉的序文說：「予嘗戲作詩云…」，又另一首〈漁家傲〉的序文說：「江寧江口阻風，戲效寶寧勇禪師作古漁家傲」〔註 56〕，可說是無所不戲。雜劇反映出時代，其實時代也反映著雜劇，文人之作多有俳語，明顯從雜劇而來。

（二）作詩正如作雜劇

因爲雜劇是一套完整的藝術表演，不得不重視安排與布置，然而詩貴自然，若以雜劇之法爲詩，頗具討論的空間。單從題目的命名來說，蘇、黃的戲題詩題目有些很長，單一句話無法道盡，與詩

〔註 54〕朱南銑：《中國象棋史叢考》（北京：中華書局，2003 年重編本），頁 136～155。

〔註 55〕散采十一點的情形有：點數「五一五」稱爲「小鎗」；「四一六」稱爲「急火鑽」；「四三四」稱爲「紅鶴」；「三五三」稱爲「飥飳兒」。

〔註 56〕以上兩闋見馬興榮、祝振玉校注：《山谷詞校注》，頁 75、77。

序無異，例如蘇軾〈梅聖俞詩集中有毛長官者，今於潛令國華也。聖俞沒十五年，而君猶爲令，捕蝗至其邑，作詩戲之〉、黃庭堅〈戲答李子眞河上見招來詩，頗誇河上風物，聊以當嘲云〉；甚至，有些長題的程度，已有散文化的趨向，例如蘇軾〈子由在筠作東軒記，或戲之爲東軒長老。其婿曹煥往筠，余作一絕句送曹以戲子由。曹過廬山，以示圓通愼長老。愼欣然，亦作一絕，送客出門，歸入室，趺坐化去。子由聞之，乃作二絕，一以答余，一以答愼。明年余過圓通，始得其詳。乃追次愼韻〉、黃庭堅〈南安試院無酒飲周道輔自贛上攜一榼，時時對酌，惟恐盡試畢，僕大言尙有餘樽，木芙蓉盛開，戲呈道輔〉，以上這種「長題」，本質上就是一種創意，它顚覆了絕大多數的唐詩命題。

題目的設定，宜言簡意賅，但又不能把內容說盡，否則價自減半矣。蘇、黃戲題詩的長題，這種「以詩序爲題」的現象，略似雜劇的「嗔拳」。根據任中敏《唐戲弄》說：「嗔拳所用，既爲『戴面』，當即面具。…明代尙以裝面演故事，成爲舞隊，與《武林舊事》所載魁舞隊情形正合。」〔註 57〕也就是說，在戲題詩開始以前，這些長題便是戴上面具的動作，原爲角抵（相撲）開場的動作，嗔是發怒之意，故蘇、黃立眉而作戲詩，長題有成群結隊之意，尤其，黃庭堅的戲題詩擅以組詩並之，欲在詩中插科，則套假頭，且須蒙身，要打諢，則執翳以舞。戲題詩的「怒起」，與讀完後的「一笑」，這種異質的碰撞，在題目的設定上，便是一種巧思，有別於唐詩的簡約。以下分成「能絕倒者，已是可人」、「蘇才豪，黃費安排」來探討。

1、能絕倒者，已是可人

根據曾永義〈中國古典戲劇的形成〉的說法，中國古典戲劇是在搬演故事，以詩歌爲本質，密切結合音樂和舞蹈，加上雜技，而以講唱文學的敘述方式，通過俳優妝扮，運用代言體，在狹隘的劇上所表

〔註 57〕任中敏：《唐戲弄》，上冊，頁 202。

現出來的綜合文學和藝術。〔註58〕〔明〕王驥德（？～1623）《曲律》認爲各曲的分屬各宮調，本自古詩歌，而今不得悖也。〔註59〕將曲的音樂性，回歸於古詩歌。張高評《宋詩之新變與代雄》直言：「古典戲劇是一種詩劇」〔註60〕，將詩歌與雜劇的關係拉近。王直方《王直方詩話》說：「山谷云：『作詩正如作雜劇，初時布置，臨了需打諢，方是出場』，蓋是讀秦少章詩，惡其終篇無所歸也。」〔註61〕黃庭堅詩學杜甫，已爲定論，故其作詩有布置、有法度。雜劇的「布置」，即是每折的組織與場面，「臨了需打諢，方是出場」，則是說明每折結尾都要說些笑料，使觀眾捧腹，才算完成一折，例如黃庭堅〈戲答俞清老道人寒夜三首・其一〉結尾說：「有人夢超俗，去髮脫儒冠。平明視清鏡，正爾良獨難。」〔註62〕該詩本事，根據王直方《王直方詩話》說：

> 山谷云，金華俞清老名子中，三十年前，與予共學於淮南。元豐甲子相見於廣陵，自云荊公欲使之脫縫掖，著僧伽棃，奉香火於半山宅寺，所謂報寧禪院者。予之僧名紫琳，字清老，無妻子之累，去作半山道人，似不爲難事。然生龜脫筒，亦難堪忍。後數年，見之，儒冠自若，因嘗戲和清老詩曰……子瞻屢哦此詩，以爲妙。〔註63〕

與蘇軾的戲題詩相比，黃庭堅喜用組詩的方式，連綴成詩，使詩與詩之間，產生某種程度的安排與布置。俞子中既已有僧名，又無家累，本可如實做個「半山道人」。然而「生龜脫筒，亦難堪忍」，要一隻烏

〔註58〕曾永義：《詩歌與戲曲》（臺北：聯經出版社，1988年），頁80。

〔註59〕〔明〕王驥德著，陳多、葉長海注釋：《曲律注釋》（上海：上海古籍出版社，2012年），卷2，頁91。

〔註60〕張高評：《宋詩之新變與代雄》，頁376。

〔註61〕〔宋〕王直方：《王直方詩話》，郭紹虞輯：《宋詩話輯佚》，上冊，頁14。

〔註62〕《黃庭堅詩集注》，第1冊，內集卷10，頁368。

〔註63〕〔宋〕王直方：《王直方詩話》，郭紹虞輯：《宋詩話輯佚》，上冊，頁62～63。

龜活生生與殼分離，是違背自然，且血肉模糊的。所以數年後，俞子中便回歸塵俗，黃庭堅戲其中途棄佛，「有人夢超俗，去髮脫儒冠」，此老的「清」，過於短暫，只是一場「夢」。又說「平明視清鏡，正爾良獨難」，平明之時，赴照鏡子，本是「一片冰心」，絕冷空寂，超凡脫俗，然而照鏡只能照出官服、禮冠，這些「縫掖」不脫，獨自照鏡只有慚愧而已。黃庭堅〈戲答俞清老道人寒夜三首·其二〉說：「富貴但如此，百年半曲肱。早晚相隨去，松根有茯苓。」〔註64〕茯苓寄生於腐朽的松根上，可以入藥，寫富貴生塵俗，而松根生靈藥。杜甫〈嚴氏溪放歌行〉：說「知子松根長茯苓，遲暮有意來同煮。」〔註65〕由此詩意，映於黃庭堅此詩，更有浮生若夢，居無定所，戲嘲俞子中晚年本宜修佛定神，如今卻作飄散。〈戲答俞清老道人寒夜三首·其三〉：「金華風煙下，亦有君履跡。何為紅塵裏，頷鬚欲雪白。」〔註66〕俞子中既已「儒冠自若」，涉及風煙之塵，不見風月之清，結尾反用「雪白」之意，雪白於紅塵裡，本應出淤泥而不染，如今雪白的卻是面容，頷鬚伸長。這三首詩彼此相承，第一首戲其夢於凡俗，第二首嘲其同煮松根與茯苓，第三首笑其復留「俗跡」，接軌於第一首的「清」，短短數年，卻已作黃粱一夢。這三首合為組詩，全以機鋒，布置俗事，並安排禪意之物入詩，一折復一折，臨了皆打諢，以清淡之姿出場，對於諷刺的犀利，猶有保留。

又如黃庭堅〈次韻子瞻題無咎所得與可竹二首粥字韻，戲嘲無咎人字韻詠竹·其一〉：「此郎如竹瘦，十飯九不肉」〔註67〕，直寫對方骨瘦如竹，或者〈次韻子瞻題無咎所得與可竹二首粥字韻，戲嘲無咎人字韻詠竹·其二〉：「應懷斲泥手，去作主林神」〔註68〕，寫文同（1018～1079，字與可）妙於墨竹，運斤成風，聽而斲之，

〔註64〕《黃庭堅詩集注》，第1冊，內集卷10，頁369。
〔註65〕〔清〕楊倫箋注：《杜詩鏡銓》，上冊，卷10，頁468。
〔註66〕《黃庭堅詩集注》，第1冊，內集卷10，頁369。
〔註67〕《黃庭堅詩集注》，第1冊，內集卷7，頁275。
〔註68〕《黃庭堅詩集注》，第1冊，內集卷7，頁276。

黃庭堅嘲其應當法師。與蘇軾相較，黃庭堅的戲題詩出現「組詩」的次數勝出，在文本一前一後之間，黃庭堅的「布置」跡象，似乎更加明朗。蘇軾詩如雜劇的現象，多表現在長句上，例如呂本中《童蒙詩訓》說：

> 老杜歌行，最見次第，出入本末。而東坡長句，波瀾浩大，變化不測；如作雜劇，打猛諢入，卻打猛諢出也。〈三馬贊〉：「振鬣長鳴，萬馬皆瘖」，此記不傳之妙。學文者能涵詠此等語，自然有入處。〔註69〕

其言「老杜歌行，最見次第」，黃庭堅詩學杜甫，故其詩亦見次第，只是未必限於歌行體。蘇軾稍不同，因爲他喜歡白居易、陶淵明的詩〔註70〕，兩人在文學的喜好上本不同源，蘇軾說「振鬣長鳴，萬馬皆瘖」，英俊挺拔的馬長鳴之時，其餘的馬便悄然無聲，此謂之不傳。打猛，是潛水的姿態，故「打猛諢入，卻打猛諢出也」，是形容蘇軾長句直入水底，又直出水面的洶湧、吞吐之態。〔宋〕葛立方（？～1165）《韻語陽秋》說：

> 魯直謂東坡作詩未知句法，而東坡題魯直詩云：「每見魯直詩，未嘗不絕倒。然此卷甚妙，而殆非悠悠者可識。能絕倒者，已是可人。」又云：「讀魯直詩，如見魯仲連、李太白，不敢復論鄙事，雖若不適用，然不爲無補。」如此題識，其許之乎？其譏之也。〔註71〕

〔註69〕〔宋〕呂本中：《童蒙詩訓》，郭紹虞輯：《宋詩話輯佚》，下冊，頁590。

〔註70〕蘇軾喜歡陶淵明詩，已爲公論，至於其慕白居易，可參考王直方《王直方詩話》：「東坡平生最慕樂天之爲人，故有詩云：『我甚似樂天，但無素與蠻』；又云：『我似樂天君記取，華顛賞遍洛陽春』，又云：『他時要指集賢人，知是香山老居士』；又云：『定似香山老居士，世緣終淺道根深』；又云：『淵明形神似我，樂天心相似我。』東坡在杭又與樂天所留歲月略相似，其詩云：『在郡依前六百日』者是也。」見郭紹虞輯：《宋詩話輯佚》，上冊，頁45。

〔註71〕〔宋〕葛立方：《韻語陽秋》，〔清〕何文煥輯：《歷代詩話》（北京：中華書局，2006年重印版），頁497。

黃庭堅「自成一家」的文學自覺頗深，不願步人後塵，因此喜用冷僻的典故、艱澀的詞彙等，以保有自我的性格，這些都是公論。詩的「句法」，類於雜劇的「初時布置，臨了打諢」，但不是所有的詩，包括戲題詩，都定能使人發笑，因此存在著隔閡，在黃庭堅的詩中，處處皆有掉書袋的毛病，故蘇軾認爲讀黃庭堅的詩「不敢復論鄙事」，因爲充盈的學問使人自負，少了些許含蓄的滋味。

2、蘇才豪，黃費安排

〔宋〕魏慶之（約 1240 年前後在世）《詩人玉屑》引朱熹：「蘇、黃只是今人詩，蘇才豪，黃費安排。」〔註 72〕道出黃庭堅詩「費安排」的特質，雖未解釋，但一個「費」字，語帶負評，而蘇軾並非自持「才豪」而炫者。延續「費安排」之說，〔宋〕魏泰（？～？）《臨漢隱居詩話》多有抨擊：

> 黃庭堅喜作詩得名，好用南朝人語，專求古人未使之事，又一二奇字，綴葺而成詩，自以爲工，其實所見之僻也。故句雖新奇，而氣乏渾厚。吾嘗作詩題其編後，略曰：「端求古人遺，琢抉手不停，方其拾璣羽，往往失鵬鯨。」蓋謂是也。〔註 73〕

詩求「安排」、「布置」、「法度」並不代表「拾璣羽，失鵬鯨」。作詩如作雜劇，兩者互有牽引，互有拉鋸，但是，詩歌失去鵬鯨，則失去意義，徒有勾勒之跡。王國維《宋元戲曲考》說：「宋之滑稽戲，雖托故事以諷時事；然不以演事實爲主，而以所含之意義爲主。至其變爲演事實之戲劇，則當時之小說，實有力焉。」〔註 74〕滑稽戲是雜劇的一種，其搬演「以所含之意義爲主」，詩歌亦然。詩歌是抽象的藝術，氣之所以動物，物之所以感人，不會停在文字本身。張高評〈翁

〔註 72〕〔宋〕魏慶之著，王仲聞點校：《詩人玉屑》（北京：中華書局，2007 年），下冊，卷 12，頁 373。

〔註 73〕〔宋〕魏泰著，陳應鸞校注：《臨漢隱居詩話校注》（成都：巴蜀書社，2001 年），卷 2，頁 94。

〔註 74〕王國維：《宋元戲曲考》，《王國戲曲論文集》，頁 37。

方綱《石洲詩話論宋詩宋調——以蘇、黃詩爲核心》〉提出較爲公允的意見：

> 黃庭堅作詩，刻意使用古人未嘗使用之奇特字，蔚爲陌生與新奇之閱讀效應。此與翁方綱肌理説，標榜「以古人爲師」，正本探源，與以學問爲詩諸提法，遙相契合。故批評《隱居詩話》評山谷詩：「句雖新奇，而氣乏渾厚」云云，以爲「未盡山谷之意」。〔註75〕

陌生與新奇，類於俳優吸引群眾的目光，既然作詩如做雜劇，此當爲「楔子」，後續尚有更多的搬演片段。這樣的寫詩態度，有違傳統，卻產生另一種愉悅的閱讀效果，且琢手拾璣羽，不是黃庭堅的寫作本意，因爲他在〈書贈韓瓊秀才〉說：「在朝之士，觀其見危之大節。在野之士，觀其奉身之大義。以其日力之餘，玩其華藻。以此心術作爲文章，無不如意，何況翰墨與世俗之士哉。」〔註76〕可見黃庭堅並不反對「玩」，但是他有前提，此爲人所忽略，即需要「觀其見危之大節」、「觀其奉身之大義」，心有餘力，發爲文章，並不損害文人的風骨。黃庭堅具有俳優意味的文本，當推〈題傳神〉：「道是魯直也得，道不是魯直也得，道似魯直也得，道不似魯直也得。世間八萬四千，究竟誰分皀白？」〔註77〕以叨絮的口吻，訴說人事的是非，終究只能暗自點頭，略有雜劇十二科〔註78〕中「隱居樂道」的風格。

不只「黃費安排」，作詩如雜劇，蘇軾也有類似的情形，根據葉

〔註75〕張高評：〈翁方綱《石洲詩話》論宋詩宋調——以蘇、黃詩爲核心〉，《文與哲》第22期，2013年6月），頁419。

〔註76〕〔宋〕黃庭堅著，屠友祥校注：《山谷題跋校注》（上海：上海遠東出版社，2011年），卷1，頁26。

〔註77〕屠友祥校注：《山谷題跋校注》，卷6，頁148。

〔註78〕雜劇十二科分別爲：「一曰神仙道化；二曰隱居樂道（又曰林泉丘壑）；三曰披袍秉笏（也稱君臣雜劇）；四曰忠臣烈士；五曰孝義廉節；六曰叱奸罵讒；七曰逐臣孤子；八曰鏺刀趕棒（又名脱膊雜劇）；九曰風花雪月；十曰悲歡離合；十一曰煙花粉黛（也稱花旦雜劇）；十二曰神頭鬼面（即神佛雜劇）。」見〔明〕朱權著，姚品文點校、箋評：《太和正音譜箋評》，頁38～39。

夢得《石林詩話》的說法：

> 詩終篇有操縱，不可拘用一律。蘇子瞻詩「林行婆家初閉戶，翟夫子舍尚留關。」始讀殆未測其意，蓋下有「娟娟缺月黃昏後，裊裊新居紫翠間。繫懣豈無羅帶水，割愁還有劍鋩山」四句，則入頭不怕放行，寧傷於拙也！然「繫懣」、「羅帶」、「割愁」、「劍鋩」之語，大是險諢，亦何可屢打。〔註79〕

其所捉及的「險諢」、「屢打」，是雜劇的「打諢」之意，也就是在表演中，穿插一些令人捧腹的笑語，尤其是臨場終了，再以打諢，便是一種「猛出」。懣不能繫，蘇軾偏說「繫懣」；「羅帶」的「帶」，本指絲織的衣帶，此處作動詞用，形成「羅帶水」的特殊造語；「愁」本不可排遣，從來只有添愁、生愁，甚至是愁更愁，蘇軾反說「割愁還有劍鋩山」，以愁寫山勢，而非山勢惹人愁，且上下句之間，形成一個巧妙的連接，因爲鋩，尙有針鋩，即細微之意，以針縫羅帶，反而將哀愁緊貼自己，戲中有戲，觀葉夢得用「險諢」來形容，便是說此笑料險絕，要冒風險，因爲觀眾未必買單，或者不解其謔意。延續險諢之說，亦有以「句法」來解釋蘇軾遣詞造語的安排，像是〔宋〕張炎（1248～1320）《詞源》說：

> 詞中句法，要平穩精粹，安能句句高妙，只要拍搭襯副得去，於好發揮筆力處，極要用功，不可輕易放過，使人讀之擊節可也。如東坡楊花詞云：「似花還似非花，也無人惜從教墜。」又云：「春色三分，兩分塵土，一分流水。」……此皆平易中有句法。〔註80〕

這闋詞本是蘇軾的次韻章楶之作〈水龍吟〉，因此不能排除有競技的成分。「拍搭襯副」，皆是戲劇用語，非文學用語。究其句法，花非花，是本於單字的複沓，並翻轉其意，而「春色三分」，如雜劇角色上場，

〔註79〕〔宋〕葉夢得著，逯銘昕校注：《石林詩話校注》，卷上，頁46。

〔註80〕〔宋〕張炎：《詞源》，唐圭璋編：《詞話叢編》，第1冊，卷下，頁258。

先上一人，爾後「兩分塵土，一分流水」，則數人上場，於唱白之際，如水渾渾，使人不得不注目轉神，因爲出場時是一個春色少年，出場後卻是塵土滿身的老朽，人生如隙，亦如戲也。蘇珊玉《人間詞話之審美觀》嘗以王國維「游戲說」來詮釋此作，並歸結天才具有遣玩的意興〔註81〕，若此，遊戲於句法，與經營於句法，當自不同。

行文至此，略能將創意的句法，與前述雜劇的意義作一統攝。蘇、黃可爲詩的「行家」，其所行爲舉止，被視作「把戲」，而非「眞本領」。姚品文箋注《太和正音譜》時，已有所指，並提出：

> 在文人眼裡，雜劇的性質是由其文學決定，而不是演員表演決定的一種藝術。但是在觀賞演出過程中，文學作者往往被忽略，給觀眾留下印象的是演員的表演，慢慢地，就有其把演員的表演稱爲「行家」了。〔註82〕

透過此觀念，通融於戲題詩的作家，或許當用「戾家」的角度審視，更能得出眞意。蘇、黃不僅自成一家，更是大家。西方新批評崛起後，「作者」日漸式微，文字本身才是文學實質的價值，在這樣的條件之下，戲題詩重視技藝，抒情的方式早已質變，讀者被其文字的新奇所吸引，而非作者。大家背負著文學史的影響和發展。杜甫以戲詩爲遣，終究寂寞，隻身一人，相較之下，蘇、黃戲題詩的群體性質較強，也多了趣味，甚至帶點玩世不恭、大智若愚的特質，與主流的「蘇、黃」視野，有所轉換、超脫。王驥德《曲律・論章法》說：

> 於曲，則在劇、戲，其事原有步驟；作套數曲，遂絕不聞有知此竅者。只漫然隨調，逐句湊泊，掇拾爲之。非不間得一二好語，顛倒零碎，終是不成格局。〔註83〕

既便戲題詩被歸爲雜體詩、俳諧體，判別優劣的要點，當是「漫然隨調，逐句湊泊，掇拾爲之」與否。純粹的遊戲之作，若本於眞性情，

〔註81〕蘇珊玉：《人間詞話之審美觀》（臺北：里仁書局，2009年），頁189～200。

〔註82〕〔明〕朱權著，姚品文點校、箋評：《太和正音譜箋評》，頁44。

〔註83〕〔明〕王驥德著，陳多、葉長海注釋：《曲律注釋》，卷2，頁160。

仍是可取的，蘇、黃的戲題詩，肯定具有格局，因為戲題詩到了蘇、黃的手中，已無形中成為一種主題詩。張高評《宋詩之新變與代雄》便肯定蘇軾的戲題詩「跌宕頓挫，頃刻變化，與雜劇打諢之『戲言而近莊，反言以顯正』，亦自有相通融之處」。〔註84〕崔成宗〈論黃山谷之滑稽詩風〉一文，則認為黃庭堅晚年自刊其詩，不論詩題是否嵌有戲字，都可知黃庭堅崇尚滑稽諧趣，不分孔、孟、老、莊。〔註85〕無論詩文、生平，蘇、黃都表現了對雜劇的濃厚興趣。

第二節　內在因素

內在因素，乃係於蘇、黃兩人的心理結構，以及審美認知，例如蘇軾〈與參寥子二十一首．其十八〉說：「老師年紀不小，尚留情句畫間為兒戲事耶？然此回示詩，超然真遊戲三昧也。」〔註86〕已有用「遊戲」來論詩的跡象，本節再以蘇軾所稱的「效庭堅體」為因，以下分為「從思想人格探討」、「從效庭堅體觸機」來討論。

一、從思想人格探討

蘇、黃皆具有「文如其人」的特質。王昌齡〈奉酬睢陽路太守見貽之作〉說：「盛才膺命世，高價動良時」〔註87〕，李商隱〈有感〉說：「中路因循我所長，古來才命兩相妨」〔註88〕。才華與際遇，往往是相互背離的，因此就算價高，也未必能償一「良時」。蘇、黃學際天人，彼此喜歡討論文藝，交流想法，常有不吐不快的舉動，受到才華的刺激，多發為機鋒之語。然而，言者無意，聽者有心，機鋒之語往往無形中得罪他人。個性所以為一關鍵，因為蘇門為一文學集

〔註84〕張高評：《宋詩之新變與代雄》，頁389。
〔註85〕崔成宗：〈論黃山谷之滑稽詩風〉，頁101。
〔註86〕《蘇軾文集》，第5冊，卷61，頁1865。
〔註87〕〔唐〕王昌齡著，李國勝注：《王昌齡詩校注》（臺北：文史哲出版社，1973年），頁251。
〔註88〕〔唐〕李商隱著，〔清〕馮浩箋注：《玉谿生詩集箋注》，頁141。

團，然而，蘇軾對於門下四學士：黃庭堅、秦觀、張耒、晁補之，經常不假掩飾道出自己的意見，不說場面話，蘇門四學士亦為之濡染。戲題詩的創作，之於個性拘謹保守，步步為營者，可能無法暢抒己見。以下分為三點討論。

（一）直抒胸臆，嶔崎磊落

蘇軾天才橫溢，招致許多忌羨的眼光。他對於政治頗有改革之志，例如〈策別安萬民二〉：「嗚呼，世人之患，在於不務遠見」〔註89〕，認為政府短視近利，不重族者；〈策斷一〉：「加賦而不已，則凡暴取豪奪之法，不得不施於今之世矣」〔註90〕，認為政府對於外患的態度溫吞，進不能戰，退不能守，導致軍費拖垮經濟。這些具有建設性的論述，並不能被政府全然接受，相對的，不同聲音的提出，也勢必招致懷疑與批判的眼光，例如〔清〕趙翼（1727～1814）《甌北詩話》說：

> 東坡一生，以才得名，亦以才得禍。當熙寧初，王安石初行新法，舉朝議論沸騰，劉貢父出倅海陵，坡送之詩云：「君不見阮嗣宗，臧否不掛口；莫誇舌在齒牙牢，是中惟可飲醇酒。」是固知當時語言文字之必得禍矣。〔註91〕

蘇軾的才華，光芒顯露，稍遜於內斂，常不自覺得罪於人。這種不諳人情世故的性格，對為官者來說，是不利的，因為「人不和」，便難「政通」。對於不拘小節的蘇軾來說，稀鬆平常的舌齒之言，容易被誤解為浮誇或炫耀。〔宋〕葉夢得（1077～1148）《石林詩話》說：「時子瞻數上書論天下事，退而與賓客言，亦多以時事為譏誚，同極以為不然，每苦口力戒之，子瞻不能聽也。」〔註92〕顯示蘇軾擇善固執的一面，同時，也看出時人對於時事多半粉飾太平，不肯吐露真心，間

〔註89〕《蘇軾文集》，第1冊，卷8，頁257。
〔註90〕《蘇軾文集》，第1冊，卷9，頁282。
〔註91〕〔清〕趙翼著，霍松林、胡主佑校點：《甌北詩話》（北京：人民文學出版社，2006年），卷5，頁66。
〔註92〕〔宋〕葉夢得著，逯銘昕校注：《石林詩話校注》，卷中，頁87。

接導致朝政專權腐敗、謊言充斥。對於他人的迫害，根據〔宋〕孫升（約 1086 年前後在世）《孫公談圃》的記載：

> 子瞻得罪時，有朝士賣一詩策，內有使墨君事者，遂下獄。李定、何正臣劾其事，以指斥論，謂蘇曰：「學士素有名節，何不與他招了。」蘇曰：「軾爲人臣，不敢萌此心，卻未知何人造此意。」一日，禁中遣馮宗道按獄，止貶黃州團練副使。〔註 93〕

蘇軾爲自己抱屈，但終不怨懟，這樣磊落的性格，在「戲」字的視野下，更能觀察出：蘇軾對於人事的體會是深刻的，有些話，以「戲」吐之，多少能削弱「使墨君事」的誤解。再者，喜談詼諧之事，是蘇軾爲人的本色之一，至於他是「如何」詼諧，〔宋〕朱弁（1085～1144）《曲洧舊聞》說：

> 東坡性不忍事，嘗云：「如食中有蠅，吐之乃已。」晁美叔每見，以此爲言。坡云：「某被昭陵擢在賢科，一時魁舊，往往爲知己。上次對便殿，有所開陳，悉蒙嘉納。已而章疏屢上，雖甚剴切，亦終不怒。使某不言，誰當言者。子之所慮，不過恐朝廷殺我耳。」美叔默然，坡浩歎之，曰：「朝廷若果見殺我，微命亦何足惜，只是有一事，殺了我後好了你。」遂相與大笑而起。〔註 94〕

不忍事，幾乎可說是「戲」字的意涵之一。因爲戲題詩的具有酬贈、應答的性質，彼此一來一往，寫詩戲人，即「如食中有蠅，吐之乃已」，因爲所寫的對象可「有笑」之意，因此「調笑」其人。作者與所寫對象的關係是貫串的、即興的，調笑他人，倘若一字於窮歲月，苦吟而成，較不符合情理。上述逸事，晁美叔即晁端彥，他是晁補之的叔叔，因慮蘇軾恐被朝廷殺之，故蘇軾自嘲微命不足惜，直言「殺了我後好了你」，將生殺之事轉移，化解了沉重的僵局。

〔註 93〕〔宋〕孫升：《孫公談圃》，朱易安、傅璇琮等主編：《全宋筆記》（鄭州：大象出版社，2008 年），第 2 編第 1 冊，卷上，頁 146。

〔註 94〕〔宋〕朱弁著，孔凡禮點校：《曲洧舊聞》（北京：中華書局，2002 年），卷 5，頁 158。

蘇軾〈思堂記〉說：「言發於心而衝於口，吐之則逆人，茹之則逆余。以為寧逆人也，故卒吐之。」〔註 95〕或者〈密州通判廳題名記〉：「余性不慎語言，與人無親疎，輒輸寫臟腑，有所不盡，如茹物不下，必吐出乃已。而人或記疏以為怨咎，以此尤不可與深中而多數者處。」〔註 96〕這兩篇記文，寫作時間非常接近，〈思堂記〉寫於元豐元年，〈密州通判廳題名記〉雖無繫年，但與〈思堂記〉為同卷。在短暫的時間內，蘇軾反覆強調了「茹」與「吐」的選擇，他忠於自己的本心，非常難得。從中亦可見，蘇軾對於官場不能說眞話的環境，感悟頗深。蘇軾的文學，無關體裁，皆具有自然率眞的特質，由此平行的思考模式，即是蘇軾擁有幽默感，喜歡開玩笑；但是以垂直思考來看，在幽默感的背後，恐非全然的嬉戲與玩笑而已，因為蘇軾苦悶至極，他並非不知吐之逆人的可能後果，於是他選擇以「戲」為題，他人以為超然於遊戲，但對蘇軾來說，它減輕文字賈禍，也沖淡藏於幽默後的悲傷。

關於黃庭堅的為人，蘇軾〈跋魯直為王晉卿小書爾雅〉說：「魯直以平等觀作欹側字，以眞實象出游戲法，以磊落人書細碎事，可謂『三反』。」〔註 97〕其中的「以眞實象出游戲法」出於《妙法蓮華經》：「若於曠野中，積土成佛，乃至童子戲，聚沙為塔，如是諸人等，皆已成佛道。若人為佛故，建立諸形相，刻雕成眾相，皆已成佛道。」〔註 98〕象，即相，童子戲沙為塔，是將佛道具體化，所以遊戲法本似孩童之戲。黃庭堅其人磊落，無不可告人之事，因為心胸是寬闊的，所以面對他人的嗤笑、怒罵，不輕易為其所動。〔宋〕許顗（？～？）《彥周詩話》說：「黃魯直愛與郭功父戲謔嘲調，雖不當盡信，至如曰：『公作詩費許多力氣做甚？』此與切當，有益於學者，不可不知

〔註 95〕《蘇軾文集》，第 2 冊，卷 11，頁 363。

〔註 96〕《蘇軾文集》，第 2 冊，卷 11，頁 376。

〔註 97〕《蘇軾文集》，第 5 冊，卷 69，頁 2195。

〔註 98〕《妙法蓮華經》，卷 1，《大正新脩大藏經》，CBETA，T09，NO.0262，0007c09。

也。」〔註 99〕這則文獻的重點，除了黃庭堅喜愛戲謔，更重要的是「公作詩費許多力氣做甚？」點出作詩應坦率，這個坦率不是隨便、潦草，而是誠摯之意。人際關係，若彼此各懷鬼胎，算機萬千，是難以戲謔對方的，更遑論以戲題詩往來交流。〔宋〕張鎡（1153～1235）《詩學規範》說：

> 以聲律作詩，其末流也。自唐至今詩人謹守之。獨黃魯直一掃古今，直出胸臆，破棄聲律，作五七言，如金石未作，鐘磬和聲，渾然有律呂之意。近來作詩者，頗有此體，然自吾魯直始也。〔註 100〕

這則評論能解釋上述的「許多力氣」，它可推斷爲詩的聲律。「意在筆前」，是一流作家共同的特質，作詩費許多力氣，便陷入講求詩法的困境，不易說出眞心話，因爲「筆」已經超過了「意」，鑿痕太過。從另一個層面來說，黃庭堅此說，尙有通俗之意，然而通俗並非全爲貶意，通俗代表一種基本需求，宋代的詩話興起，文人喜歡討論文藝，這與唐人作詩而不言詩的風氣不同。例如〔明〕李東陽（1447～1516）《懷麓堂詩話》說：「唐人不言詩法，詩法多出於宋；而宋人於詩無所得。」〔註 101〕黃庭堅與蘇軾相同，兩人經常切磋學問、交換意見，並提出個人見解。這種交際是屬於私人的，他們不是爲了應酬，說些場面話，因此這些討論文藝的詩話、筆記資料，反而凸顯了蘇、黃個性的直言坦率、疏朗明暢。

黃庭堅〈書王知載朐山雜詠後〉說：「詩者，人之性情也，非強諫於庭，怨忿詬於道，怒鄰罵座之所爲也。」〔註 102〕詩本於眞實的感情，不可強作，這正是「直出胸臆」的表現。相對的，戲題詩存有

〔註 99〕〔宋〕許顗：《彥周詩話》，〔清〕何文煥輯：《歷代詩話》，上冊，頁391。

〔註 100〕〔宋〕張鎡：《詩學規範》，郭紹虞輯：《宋詩話輯佚》，下冊，頁607～608。

〔註 101〕〔明〕李東陽：《懷麓堂詩話》，李慶立校釋：《懷麓堂詩話校釋》（北京：人民文學出版社，2009年），頁27。

〔註 102〕〔宋〕黃庭堅著，屠友祥校注：《山谷題跋校注》，卷2，頁44。

「強諫於庭」、「怨忿詬於道」、「怒鄰罵座」的爭議，黃庭堅一個「非」字，鐵證如山。例如黃庭堅〈戲答劉文學・知命〉說：「人鮓甕中危萬死，鬼門關外更千岑。問君底事向前去，要試平生鐵石心。」〔註103〕戲寫危命，卻絲毫沒有任何的謾罵，或流於粗俗。鮓者，醃魚也，將人比喻爲甕中的醃魚，甕中既熟、既死，更遑論甕外的待宰之魚。仕途嶺外尚有千岑，因此「要試平生鐵石心」，此「鐵石心」的「鐵石」正是醃漬的壓石步驟，同時用「鐵石心」暗示性格的頑強，不肯屈就，往往不利於人際的發展。詩讀到最後，使人會心一笑，感受不到強烈的怨忿、怒罵。

關於黃庭堅的性格，再根據釋惠洪〈跋山谷字二首・其二〉說：

> 山谷初謫，人以死弔，笑曰：「四海皆昆弟，凡有日月星宿處，無不可寄此一夢者。」此帖蓋其喜得黔、戎有過從之詞，其喜氣可搏掬。山谷得瘴鄉有游從，其情如此。使其坐政事堂，食箸下萬錢，以天下之重，則未必有此喜也。〔註104〕

若非胸懷坦蕩者，所見、所想當非「四海皆昆弟」，而日月星宿，皆能安身立命。總歸於一個「夢」字，幾度新涼，幾度沉醉，初謫對黃庭堅來說，並非全然的落寞，反而多了些喜悅。其「情」如此，這個「情」不是權位之高，更不是他人之死弔，當是磨而不磷，涅而不緇的性格。引文用「笑曰」，這個「笑」，未經深思，還帶有一絲對於人性的警悟。又據〔宋〕張耒（1054～1114）〈與魯直書〉說：

> 蘇公黜官，貶走數千里外，放之大荒積水之上，飦粥不給，風雨不蔽，平日之譽德美者皆諱之矣，誰復議于蘇公之徒哉！宜遂滅息揜抑，而莫敢言之矣。然言足下姓名文章，不減于昔而有加焉。〔註105〕

〔註103〕《黃庭堅詩集注》，第2冊，內集卷12，頁427。

〔註104〕〔宋〕釋惠洪著，〔日〕釋廓門貫徹注，張伯偉等點校：《注石門文字禪》，下冊，卷27，頁1555。

〔註105〕〔宋〕張耒著，李逸安等點校：《張耒集》（北京：中華書局，2005年重印版），下冊，卷55，頁827。

蘇軾貶走蠻荒，親朋疏離，深怕牽累，黃庭堅仍與蘇軾維持交情，且詩文與日俱增。有話直說，直抒胸臆，第一個層面是擇善固執，第二個層面當是忠於自己，忠於自己的性格與喜好，不隨外物改變。在這樣的條件下，蘇、黃寫詩慣常以戲字成題，是一種本色，兩人對於遠離政治核心，沒有沉溺於埋怨、失落之中，反而多了一絲喜悅，不必爲名利煩惱，可以淹留詩書叢中。再據《宋史・黃庭堅列傳》所記：

> 既而院史考閱，恐有據依，所餘才二十二事。庭堅書「用鐵龍爪治河，有同兒戲」。至是首問焉。對曰：「庭堅時官北都，嘗親見之，眞兒戲耳。」凡有問，皆直辭以對，聞者壯之。」〔註 106〕

黃庭堅毫不避諱，以「兒戲」抨擊官吏的迂腐，草率使用鐵龍爪來治水。鐵龍爪爲王安石的治水新政，王安石設置「濬川司」，用鐵數斤爲爪形，沉之水底，繫緪，以船曳之而行。其法最終宣告失敗，因爲「都水外監丞」范子淵明知此法不可行，卻在工程期間謊報進度、美化監察，導致一連串的失敗。黃庭堅壯語雖豪，卻因此得罪了新黨，種下禍根，元豐二年（1079），黃庭堅受「烏臺詩案」牽連，坐罰銅二十斤，轉授吉州太和縣令。〔註 107〕「直辭」的性格，黃庭堅與蘇軾相同，甚至可說，黃庭堅頗仰慕蘇軾的風神，他在〈上蘇子瞻書〉說：

> 庭堅齒少且賤，又不肖，無一可以事君子。故嘗望見眉宇於眾人之中，而終不得使令於前後。伏惟閣下學問文章，度越前輩，大雅豈弟（愷悌），約博後來，立朝以直言見排，裍補郡輒上最課。〔註 108〕

更說明黃庭堅的待人處事，受到蘇軾的影響。所謂「學問文章」，包含表裡，若只有「玉壺」而沒有「一片冰心」，稱不上「大雅」。同樣

〔註 106〕《新校本宋史并附編三種》，第 16 冊，卷 444，頁 13110。
〔註 107〕鄭永曉：《黃庭堅年譜新編》，頁 81～82。
〔註 108〕《豫章黃先生文集》，卷 19，頁 193。

的，明知執政昏庸而隱言，罔顧民生，也稱不上「愷悌」。本節所談「直出胸臆，嵚崎磊落」，道出蘇、黃的胸襟灑脫，這對於戲題詩的創作是有助益的，以文學作爲溝通的媒介，若不能說出眞心話語，只是照譜塡詞的社交生活。「戲己」有著無奈，「戲人」是爲了團體的和諧，增進友誼，尤其是黃庭堅於熙寧八年（1075），與妹夫王世弼等人吟詠唱和，已具有小型詩社的規模〔註 109〕，在這樣的條件下，更能證明以詩交友的風尚，日趨活絡，既要「活絡」，則不能故步自封，流於枯槁，顯得沒有人性。

（二）超逸絕塵，謫在人間

蘇軾是一位大雅君子，光風霽月，這樣的性格與戲題詩的關係，即是「戲」的特質，除了揶揄、調侃，還需幽默感，否則便成了捉弄他人的「戲作」，更精準來說，是不落俗套的幽默感。由於蘇軾「文如其人」，幾爲定論，故本文先從作品入手，以彰其貌。明確被指出具有「神仙」特質的是蘇軾〈水調歌頭〉。根據〔宋〕蔡絛（？～1126）《鐵圍山叢談》記載：

> 東坡公昔與客遊金山，適中秋夕，天宇四垂，一碧無際，加江流傾湧，俄月色如晝。遂共登金山山頂之妙高臺，命綯（袁綯）歌其〈水調歌頭〉曰：「明月幾時有？把酒問青天。」歌罷，坡爲起舞，而顧問曰：「此便是神仙矣。」吾謂文章人物，誠千載一時，後世安所得乎？〔註 110〕

時逢中秋，蘇軾隨歌而舞，登高望遠，水到渠成，使文學作品與現實的差距若即若離，給人一股不食煙火的氣質。〔清〕江順詒（？～？）《詞學集成》引〈如冠九都轉心庵詞序〉說：「『明月幾時有』，詞而仙者也。『吹縐一池春水』，詞而禪者也。仙不易學，而禪可學。」〔註 111〕

〔註 109〕鄭永曉：《黃庭堅年譜新編》，頁 60。

〔註 110〕〔宋〕蔡絛：《鐵圍山叢談》，朱易安、傅璇琮等主編：《全宋筆記》，第 3 編第 9 冊，卷 3，頁 200。

〔註 111〕〔清〕江順詒：《詞學集成》，唐圭璋編：《詞話叢編》，第 4 冊，卷 7，頁 3294。

點出〔五代〕馮延巳（903～960）〈謁金門〉〔註112〕的禪意可學，至於蘇軾〈水調歌頭〉則爲仙意不可學。」〔清〕李佳（？～？）《左庵詞話》亦認爲東坡此詞：「此老不特與興會高騫，直覺有仙氣飄邈於毫端。」〔註113〕除了點出「神仙」，尚具體說明這種神仙的「縹緲」特質，是無所羈絆，飄忽不定的一種自由，亦是一種自信的展現。戲題詩之難，乃在分寸的拿捏，若非作者腹有詩書，氣不能華，這股「仙氣」多少能解釋，蘇軾的戲題詩數量之多。

蘇軾的學問文章，翰飛戾天，骨勁氣猛，看似與戲題詩有所衝突，因爲調笑他人，可能說些通俗而獻媚的話，又每人的天資不同，未必能理解戲題詩的「戲」，具有何義。據此延伸出一個重點：創作戲題詩需要過人的才華，人與人的溝通，並非一成不變的制式，甚至落入窠臼，否則蘇、黃詩題只作「贈」、「呈」、「效」即可，無須加上一個「戲」字。又據釋惠洪〈跋東坡與佛印帖〉說：

> 東坡騎鯨上天去，十九白矣！平生文章流落世間者，所在神物護持。然士大夫罕蓄之，多見山人野士之室。汝水旼禪者，出此帖示予，雖其一期酧酢之語，而謙光燭人。三復之，想見幅巾杖屨，翛然行儋石水溢間，如淵明在柴桑斜川時。某題。〔註114〕

蘇軾如「流落世間者」，即謫仙之意，此正是一種戲，一種玩笑。引文又言「騎鯨上天去」，點出蘇軾吞吐八荒的氣慨，然而，評論、攻訐蘇軾的士大夫們，多見「山人野士之室」，以爲粗豪，不見蘇軾「翛然行儋石水溢間」的謙光，如陶淵明隱居時「且極今朝樂，明日非所

〔註112〕馮延巳〈謁金門三首・其三〉：「風乍起，吹縐一池春水。閑引鴛鴦香徑裏，手挼紅杏蕊。斗鴨闌干獨倚，碧玉搔頭斜墜。終日望君君不至，舉頭聞鵲喜。」見孔范今編：《全唐五代詞釋注》（西安：陝西人民出版社，1998年），頁725。

〔註113〕〔清〕李佳：《左庵詞話》，唐圭璋編：《詞話叢編》，第4冊，卷下，頁3173。

〔註114〕〔宋〕釋惠洪著，〔日〕釋廓們貫徹注，張伯偉等點校：《注石門文字禪》，下冊，卷27，頁1546。

求。」(〈遊斜川〉)〔註115〕的風流。戲題詩的本質,不能排除具有「塵俗氣」,然而它並不與「神仙氣」衝突,因爲「戲」是形式,屬於外在的表徵,更是未被正式正名的一種「詩題」。「塵俗氣」,代表基本的需求,不全然是負面的意義,換句話說,在諸多的戲題詩背後,嬉笑謔語,以資閒談,看似極其塵俗,或許更反襯出蘇、黃的不凡,因爲「笑裡」可以藏刀,更能藏淚。〔註116〕此外,〔宋〕王之望(1102～1170)〈跋魯直書東坡卜算子詞〉說:

> 東坡此詞出〈高唐〉、〈洛神〉、〈登徒〉諸賦之右,以出三界入遊戲中,故其筆力蘊藉超脫如此。山谷屢書之,且謂非食煙火人語,可謂妙於立言矣。蓋東坡詞如國風,山谷跋如小序,字畫之工,亦不足言也。〔註117〕

「三界」屬佛家說法,分別爲欲界、色界、無色界。此評認爲蘇軾「出三界」,即是說明蘇軾超逸絕塵,能擺脫人世的欲念,雖過於誇張,但點出了「蘊藉超脫」。要言之,「超脫」並不是全然的捨棄,而是以「蘊藉」來超脫,故能「入遊戲中」。其實,引文所言是文學創作者的一種精神狀態,之所以遊戲,因苦難太重,大詩人擔荷了一個時代的重量,它或許是懷才不遇,有著《詩經‧國風》的美刺。黃庭堅〈題東坡字後〉談及蘇軾:「…性喜酒,然不能四五龠,已爛醉,不辭謝而就臥,鼻鼾如雷。少焉蘇醒,落筆如風雨。雖謔弄,皆有義味,眞神仙中人。此豈與今世翰墨之士爭衡哉。」〔註118〕更道出本文所欲探討的核心:「雖謔弄,皆有義味」,看似尋常笑語,卻能咀嚼無滓,富有文學的性質。

不只是蘇軾的「爲人」,就連「字跡」,也堪稱有仙氣。黃庭堅〈題

〔註115〕〔晉〕陶淵明著,逯欽立校注:《陶淵明集》(北京:中華書局,2008年重印版),頁45。

〔註116〕屠友祥校注:《山谷題跋校注》,卷2,頁36。

〔註117〕〔宋〕王之望:《漢濱集》,《文淵閣四庫全書》(臺北:商務印書館,1983～1986年),集部冊1139,卷15,頁866。

〔註118〕屠友祥校注:《山谷題跋校注》,卷5,頁121。

東坡字後〉又說：「東坡簡札，字形溫潤，無一點俗氣。今世號能書者數家，雖規摹古人自有長處，至於天然自工，筆圓而韻勝，所謂兼四子之有以易之，不與也。」〔註 119〕與其相似的評論，另見黃庭堅〈跋東坡蔡州道中和子由雪詩〉：「此字和而勁，似晉宋間人書。中有草書數字極佳，每能如此，便勝文與可十倍。蓋都無俗氣耳。」〔註 120〕從「仙氣」到「遊戲」，中間的過程是模糊的，仙者，卓然不群，然而遊者、戲者，未必與世隔離。〔宋〕何遠（1077～1145）《春渚紀聞》直稱蘇軾為「坡仙」，並記錄了蘇軾辭世前的逸事：「七月十二日，疾少間，曰：『今日有意喜近筆研，試為（錢）濟明戲書數紙。』…」〔註 121〕可見蘇軾在疾病纏身的暮年，仍有戲意，此「戲書數紙」的「戲」字，不如說是「悲辛」，若非耳聾齒落、親朋離散、潦倒至極，無須反說、潛藏一個「戲」字。又據朱弁《曲洧舊聞》引參寥之語：

> 東坡天才，無施不可以少也。實嗜夢得詩，故造詞遣言，峻峙淵深，時有夢得波峭。然無己（陳師道）此論，施於黃州以前可也。坡自元豐末還朝後，出入李杜，則夢得已有奔逸絕塵之歎矣。〔註 122〕

蘇軾的絕塵之姿，當聚焦於黃州以後，更令人心悅誠服。因為此「仙」乃「謫仙」，只有「仙」而沒有「謫」，是淺薄而張揚的。蘇軾具有人生的沉潛作為底蘊，元祐三年（1088），蘇軾任翰林學士兼侍讀〔註 123〕，一時榮寵。但是謫仙之意，並非階級、貧富的差異，而是眼界、胸懷的差異。蘇軾年少時「造詞遣言，峻峙淵深」，已有深度、仙氣，但歷練與處世態度，隨時間消磨，定有所不同。

〔註 119〕屠友祥校注：《山谷題跋校注》，卷 5，頁 121。
〔註 120〕屠友祥校注：《山谷題跋校注》，卷 8，頁 225。
〔註 121〕〔宋〕何薳著，張明華校點：《春渚紀聞》（北京：中華書局，2007 年重印版），頁 85。
〔註 122〕〔宋〕朱弁著，孔凡禮點校：《曲洧舊聞》，卷 9，頁 208。
〔註 123〕「翰林學士」在宋代前期是沒有品秩的，主要工作為草擬朝廷的制誥、赦敕、國書，是政治中央的核心單位，元豐年間改制以後，翰林學士官居正三品，因此蘇軾當時擔任此官，是極高的榮譽與富貴。

黃庭堅少時家境並不優渥，年譜稱其「淮南時期，正當少年，宴遊嬉戲，時有紈綺之氣」〔註 124〕，很難將「紈綺之氣」連結至「神仙之氣」。蔡絛《西清詩話》說：「黃魯直少警悟，八歲能作詩。〈送人赴舉〉云：『送君歸去明主前，若問舊時黃庭堅，謫在人間今八年。』此已非髫稚語也。」〔註 125〕黃庭堅自比爲仙，謫在人間，這是一種自信，更是一種強烈的作者自覺。意即，黃庭堅是一個早慧的詩人，洞見自己的不凡，且詩的上句爲「若問舊時黃庭堅」，則通篇來看，還帶有自嘲的況味，因爲黃庭堅於嘉祐八年（1063）赴考，得洪州第一，以鄉貢進士入京師（開封），參加省試。〔註 126〕黃庭堅於考場未嘗敗績，卻笑看自己「謫在人間今八年」，此話看似矛盾，實際上卻是淡泊於名利。所謂仙氣，並非離群索居，而是看破俗世的價値觀，不被物役。蘇軾〈答黃魯直五首．其一〉說：

> 然觀其文以求其人，必輕外物而自重者，今之君子莫能用也。其後李公澤於濟南，則見足下之詩文愈多，而得其人益詳，意其超逸絕塵，獨立萬物之表，馭風騎氣，以與造物者遊，非獨今世之君子所不能用，雖如軾之放浪自棄，與世闊踈者，亦莫得而友也。〔註 127〕

黃庭堅與蘇軾皆文如其人，對於講究「其人」、「知人」的古典詩學，此述評是很高的評價。詩文越是累積，一個人的表裡越是清晰可見，據此，戲題詩不斷顯露的「戲」字，更能視作一種表徵，具有特定，但未明確的意義。蘇軾說：「雖如軾之放浪自棄，與世闊踈者，亦莫得而友也。」語意頹廢，還帶點玩笑的性質，彷彿已對現實感到絕望，罕遇知音。相對的，蘇軾越稱黃庭堅「超逸絕塵，獨立萬物之表，馭風騎氣」，越是品藻出自己的風骨。因而蘇、黃兩人的不凡，是一體

〔註 124〕鄭永曉：《黃庭堅年譜新編》，頁 18。
〔註 125〕〔宋〕蔡絛：《西清詩話》，蔡鎮楚編：《中國詩話珍本叢書》（北京：北京圖書館出版社，2004 年），卷下，頁 381～382。
〔註 126〕鄭永曉：《黃庭堅年譜新編》，頁 19。
〔註 127〕《蘇軾文集》，第 4 冊，卷 52，頁 1532。

兩面的。

為了進一步理解黃庭堅的性格，可參考〔宋〕晁補之（1053～1110）〈書魯直題高求父揚清亭詩後〉所說：

> 魯直於怡心養氣，能為人所不為，故用於讀書、為文字，致思高遠，亦似其為人。陶淵明泊然物外，故其語言多物外意，而世之學淵明者，處喧為淡，例作一種不工無味之辭，曰吾似陶淵明，其質非也。元祐辛未清明前一日，符離舟中。〔註128〕

入宋以後，無人不喜陶淵明，蘇、黃皆是更甚者，但是鮮少有人稱陶淵明是「仙」，而晁補之所說的「不工無味之辭」，是指「世之學淵明者」，不如陶詩的不工而有味。究其因，蘇、黃受制於時代，以及個人的文學觀點，不得不變，要「變」就不得已要「工」來支持。蘇軾〈答黃魯直五首．其二〉說：「晁君騷詞，細看甚奇麗，信其家多異材耶？然少有意，欲魯直以己意微箴之。凡人文字，當務使平和，至足之餘，溢為怪奇，蓋出於不得已也。」〔註129〕蘇軾是有遠見的，「至足之餘」代表平和的文字需練到極致，才能進階談「溢為怪奇」。否則便原地踏步，隨時代的塵埃，一同殞沒。

黃庭堅的神仙氣質，主要表現在詩歌上，其〈戲題斌老所作兩竹梢〉說：「是中有目世不知，吾宗落筆風煙隨」〔註130〕，寥寥幾筆，既言「世不知」，隱然有超凡之處，又落筆隨風，何其快哉。胡仔《苕溪漁隱叢話．前集》說：「若循習陳言，規摹舊作，不能變化，自出新意，亦何以名家。魯直詩云：『隨人作記終後人。』又云：『文章最忌隨人後。』誠至論也。」〔註131〕不願從俗，是怕矮子觀戲，隨人短長，在這背後的深沉意義，是為了自闢宇宙。因

〔註128〕〔宋〕晁補之：《雞肋集》，《文淵閣四庫全書》，集部冊1118，卷33，頁649。

〔註129〕《蘇軾文集》，第4冊，卷52，頁1532。

〔註130〕《黃庭堅詩集注》，第5冊，別集補，頁1757。

〔註131〕〔宋〕胡仔：《苕溪漁隱叢話．前集》，卷49，頁332。

此，蘇、黃兩人的「超逸絕塵，謫在人間」，以實質而論，即是將文學視爲終身事業，不肯輕易隨波逐流。上文已述黃庭堅仰慕蘇軾的爲人，延續此觀點，黃庭堅〈跋子瞻醉翁操〉說：「人謂東坡作此文因難以見巧，故極工。余則以爲不然。彼其老於文章，故落筆皆超軼絕塵耳。」〔註 132〕黃庭堅落筆也有相似於蘇軾之處，不趨於熙攘的市聲。針對〈跋子瞻醉翁操〉，王宇根《萬卷：黃庭堅和北宋晚期詩學中的閱讀與寫作》認爲此作的意義是：「他在一開始的時候明確地做出某種中規中矩的傳統陳述，但最後實際上走向的卻是看起來與之完全相反的道路。」〔註 133〕超逸絕塵，對文學來說是不可能的，因爲藝術品定是人爲的藝術，琴聲按譜塡詞，終非天然。黃庭堅雖然說「余則以爲不然」，但是文學史的定位，他肯定足以擔當「因難以見巧」，甚至是「極工」。據此，「塵俗氣」與「神仙氣」的背離則不攻自破，塵俗是身在江湖的搖落，不可改變；神仙是戲在仕途的窮困，猶有蘊藉。立場看似針鋒不相對，實則一脈相承，因爲神仙飄然於天，過於完美，沒有意義。他人以爲蘇軾〈醉翁操〉巧奪天工，好新務奇，是爲了超越前輩，以求名聲，其實不然。蘇軾〈醉翁操〉說：「此意在人間，試聽徽外三兩弦。」〔註 134〕文字渾厚，略帶從容，此筆出於平時的練習、琢磨，也就是持續創作，只有一次性的完美書寫，是炫技，是干謁，是僞裝出的超然，非眞心於文學者。黃庭堅〈青玉案〉的殘句：「棄我之官窮海上，鯨呑舟楫，蜃噓樓觀，落筆添清壯。」〔註 135〕寥寥數句，眞如謫在人間，清壯頓挫的仙者。此所謂窮也，所謂戲也，最根本的原因是百無聊賴、頹唐至極，想要遣懷。

〔註 132〕屠友祥校注：《山谷題跋校注》，卷 2，頁 34。
〔註 133〕王宇根：《萬卷：黃庭堅和北宋晚期詩學中的閱讀與寫作》（北京：生活・讀書・新知三聯書店，2015 年），頁 131。
〔註 134〕《蘇軾詞編年校注》，中冊，頁 452。
〔註 135〕馬興榮、祝振玉校注：《山谷詞校注》，頁 246。

（三）機智幽默，亦莊亦諧

蘇軾爲人風趣，不拘泥小節，與蘇門的關係亦師亦友，加上逸事頗多，〔清〕梁廷枬（1796～1861）《東坡事類》卷十二有「游戲」類〔註136〕，錄有五十八則，又今人沈宗元編有《東坡逸事》，內容有「戲謔」類。光是專書的層面，就足以證明蘇軾的遊戲之心，其餘詩話或者筆記書中的記載，更爲豐碩，只是乏人詳加探討。例如〔宋〕孫宗鑑（？～？）《西畬瑣錄》：

> 東坡喜嘲謔。以呂微仲豐碩，每戲之曰：「公眞有大臣禮，此《坤・六二》所謂『直大方』也。」微仲拜相，東坡當制，其詞曰：「果藝以達，有孔門三子之風；直而大方，得坤爻六二之動。」一日，東坡謁微仲，微仲方晝寢，久而不出，東坡不能堪。良久，見於便坐，有菖蒲盆畜綠毛龜。東坡曰：「此龜易得，若六眼龜則難得。」微仲問六眼龜出何處。東坡曰：「昔唐莊宗同光中，林邑國常進六眼龜兒，號曰六隻眼兒，分明睡一覺，抵別人三覺。」〔註137〕

呂微仲，指呂大防（1027～1097），因身形豐碩，使蘇軾忍不住以坤爻戲稱他「直大方」，意即耿介，胸襟開闊。時至呂大防拜相，蘇軾絲毫沒有提防權勢與地位，因而改變自己的性格。蘇軾在久候期間，見一尋常綠毛龜，便提及後唐莊宗時的貢物：六眼龜，以此妙語傳達呂大防貪於晝寢，睡一覺，抵別人三覺。此外，龜的行動遲緩、笨拙，又暗指呂大防的身形，可謂善言者。這則引文的重點，不單是「東坡喜嘲謔」，嘲謔並非易事，若非資質聰穎，博覽史籍，難以在一時片刻，援引故實，使賓主盡歡，不失禮儀。胡仔《苕溪漁隱

〔註136〕 值得一提的是，《東坡事類》「游戲」類又分爲「閒情」之屬、「戲謔」之屬，從這微妙的區分之中，透露出遊戲之詩的內容，不完全只是傳統印象的戲謔、好笑而已，它還可以是富有生活品味的「閒情」之意。見〔清〕梁廷枬：《東坡事類》（臺北：廣文書局，1991年），卷12頁1左。

〔註137〕 〔宋〕孫宗鑑：《西畬瑣錄》，朱易安、傅璇琮等主編：《全宋筆記》，第3編第4冊，頁8。

叢話・前集》說：

> 東坡嘗云：「黃魯直詩文，如蝤蛑（螃蟹）、江珧柱（貝蛤），格韻高絕，盤飧盡廢。然不可多食矣，多食則發風動氣。」山谷亦云：「蓋有文章妙一世，而詩句不逮古人者。此指東坡而言也。」二公文章，自今視之，世自有公論。豈至各如前言。蓋一時爭名之詞耳，俗人便以為誠然，遂為譏議。所謂蚍蜉撼大樹，可笑不自量者邪。〔註138〕

黃庭堅詩文如珍稀海鮮，味美而不可多食。這種譬喻與第一章引述吳訥：「譬諸飲食，既薦味之至者，而奇異苦鹹酸辛之物，雖蜇吻裂鼻，縮舌澀齒，而咸有篤好之者，獨文異乎？」互為映照。嬉笑之詞，恐非主流觀念中的「味之至者」，然而，詩不可以題概內容，尤其，蘇、黃兩人的戲題詩數量破百首，更遑論詩題無戲字者，在縮舌澀齒之間，「味」是自己嚐的，而非他人。「格韻高絕」雖不能等同於戲題詩的風格，但是「盤飧盡廢」，卻能道破戲題詩的本色。杜甫〈客至〉說：「盤飧市遠無兼味，樽酒家貧只舊醅。」〔註139〕盤飧即菜餚，它是常人的配菜，有生活的滋味，對詩人來說，卻是一種餘味。杜甫所言「無兼味」，恰能說明這層被誤解的關係，「無兼味」並非沒有味道，而是太統一，太制式，當詩集中盡是山水詩、詠物詩、送別詩主題，看似萬象，實則包藏單調。唐代的詩人雖有戲題詩，但未成體系，戲題詩的出現只是偶一為之。「盤飧盡廢」則不思主食，以罕見料理取勝，此亦黃庭堅稱蘇軾「詩句不逮古人者」。胡仔說得透徹：「所謂蚍蜉撼大樹，可笑不自量者邪。」譏議蘇、黃喜以嘲弄之事爭名，是陋見者。本文以為，這是蘇、黃兩人很有默契的相處模式，他們放下了「師徒」的輩分，用比喻的方式，閒話文學；超脫了「朋友」的情分，用「忘形到爾汝」的態度，戲說彼此。人性使然，越是挖苦對方，越代表兩人的情意深厚，因為彼此都知道對方的心意，不會因玩笑而動

〔註138〕〔宋〕胡仔：《苕溪漁隱叢話・前集》，卷49，頁332。
〔註139〕〔清〕楊倫箋注：《杜詩鏡銓》，上冊，卷8，頁342。

怒，傷了和氣。因此，與其說是相互爭名，不如說是高手過招，至於他人以非來言是，並不足掛齒。

至於蘇、黃「如何」善謔，有一部分直接體現在兩人的相處上，胡仔《苕溪漁隱叢話．前集》說：

> 山谷云：「嘗作得兩句云：『清鑑風流歸賀八，飛揚跋扈付朱三。』未知可贈誰，遂不能成章。」又嘗嘲一浴濁者人云：「濁氣撲不破，清風倒射回。」東坡言無以復加。〔註 140〕

「賀八」、「朱三」，屬於人名對，可能是黃庭堅虛構的人物，而「清鑑風流」、「飛揚跋扈」皆付諸荒誕，恐有笑看時局、警醒人生之意。在形式上，屬於純粹的戲作，因此「遂不能成章」。第二首「濁氣撲不破，清風倒射回」，「撲」字解作輕拂，李賀（790~816）〈南園〉：「春水初生乳燕飛，黃蜂小尾撲花歸。」〔註 141〕可為輔證。「濁氣」給人的感覺是厚重的、揮之不去的，只下「撲」字，定不能逐散其味。清風倒射回，則形容浴濁者一身塵埃，語帶尖新。從這些日常生活的片段，顯現了黃庭堅以詩品人，不單以空幽、清淡見長，略有刁鑽、辛辣之處。又據〔宋〕趙令畤（1051～1131）《侯鯖錄》說：

> 黃魯直戲東坡曰：「昔王右軍字為換鵝書。韓宗儒性饕餮，每得公一帖，於殿帥姚麟許換羊肉數斤，可名二丈書為換羊書矣。」坡大笑。一日，公在翰苑，以聖節製撰紛冗，宗儒日作數簡以圖報書，使人立庭下督索甚急。公笑謂曰：「傳語本官，今日斷屠。」〔註 142〕

王羲之性癖賞鵝，時以字帖換鵝，蔚為美談。韓宗儒幸得蘇軾的真跡，卻在大庭廣眾下吆喝，換取羊肉數斤，可謂煞風景，故蘇軾大笑。不久，適逢天子生辰，蘇軾免不了處理許多公文，而韓宗儒卻想藉機得

〔註 140〕〔宋〕胡仔：《苕溪漁隱叢話．前集》，卷 48，頁 328。

〔註 141〕〔唐〕李賀著，〔清〕王琦彙解：《李長吉歌詩王琦彙解》，《三家評注李長吉歌詩》（上海：上海古籍出版社，1998 年），卷 1，頁 62。

〔註 142〕〔宋〕趙令畤：《侯鯖錄》，朱易安、傅璇琮等主編：《全宋筆記》，第 2 編第 6 冊，卷 1，頁 198。

到蘇軾的筆墨，表現出汲汲營營的醜態。蘇軾一語「傳語本官，今日斷屠」，拒換羊書。寥寥八字，展露機智、果決的爲官頭腦。在討論書法之餘，蘇、黃也相互譏誚，〔宋〕曾敏行（1118～1175）《獨醒雜志》有記載：

> 東坡嘗與山谷論書，東坡曰：「魯直近字雖清勁，而筆勢有時太瘦，幾如樹梢挂蛇。」山谷曰：「公之字固不敢輕議，然間覺褊淺，亦甚似石壓蝦蟇。」二公大笑，以爲深中其病。〔註 143〕

事實上，黃庭堅乃學蘇軾書者。〔註 144〕「筆勢太瘦」，有憔悴、枯槁之感。「樹梢挂蛇」喻其字纏繞潦草，無奔騰之力。黃庭堅稱蘇軾的筆勢。「石壓蝦蟇」，有粗豪生硬之感，同時富有「一瘦一胖」、「蛤蟆貌醜」的笑料。此外，石壓蝦蟇，將成一具乾屍，這是「間覺褊淺」之意。最後「二公大笑」，可謂互爲知己。

機智之於詩歌，多有「以學問爲詩」的疑慮。然而，蘇、黃非畫地自限者，文學除了言志抒情，也能單向的、沒有利益的「遊戲」，未必有實質的意義。針對此議題，蘇珊玉〈自覺與新變——「戲」說蘇軾聯章回文詞〈菩薩蠻〉之創新風格〉，便探討乏人問津的蘇軾回文詞，並以布洛（Edward Bullough，1880～1934）的「距離的矛盾」（The Antinomy of Distance），來解釋蘇軾「亦莊亦諧」的遊戲筆墨〔註 145〕，爲「雜體詞」的研究，奠定基礎。蘇、黃的戲題詩在體裁上便是一種「雜體詩」。進一步來理解黃庭堅的幽默所在，可參考〔金〕

〔註 143〕〔宋〕曾敏行：《獨醒雜志》，朱易安、傅璇琮等主編：《全宋筆記》，第 4 編第 5 冊，卷 3，頁 138。

〔註 144〕蘇軾〈記奪魯直墨〉：「黃魯直學吾書，輒以書名於時，好事者爭以精紙妙墨求之，常攜古錦囊，滿中皆是物也。一日見過，探之，得承晏墨半挺。魯直甚惜之，曰：『群兒賤家雞，嗜野鶩。』遂奪之，此墨是也。元祐四年三月四日。」見《蘇軾文集》，第 5 冊，卷 70，頁 2226。

〔註 145〕蘇珊玉：〈自覺與新變——「戲」說蘇軾聯章回文詞〈菩薩蠻〉之創新風格〉，《師大學報・語言與文學類》第 58 卷第 1 期（2013 年 3 月），頁 53。

王若虛（1174～1243）《滹南詩話》的說法：

> 山谷詞云：「新婦磯邊眉黛愁，女兒浦口眼波秋。」自謂以山光水色替卻玉肌花貌，眞得漁父家風。東坡謂其太瀾浪，可謂善謔。蓋漁父身上，自不宜及此事也。〔註 146〕

「漁父」在古典文學中，代表「隱逸」。黃庭堅描寫漁家婦女，借山光水色，側寫其美貌。但是，蘇軾覺得過於魯莽，有失莊重，直言「可謂善謔」。本文以爲，「可謂善謔」未必是負評，因爲黃庭堅的缺點，便是其優點。〔註 147〕「蓋漁父身上自不宜及此事也」，是從高古、沖淡的角度來看，即漁父應寡欲無求，與俗異軌，何以言漁父，便不能言新婦、女兒，這是違背事實的。黃庭堅以詼諧之態，解構了詩詞中「不苟言笑」的漁父，因爲「女兒浦口眼波秋」，似著神儀嫵媚，舉止妍倩，有損素樸。但是這位「女兒」終成人婦，也會有「新婦磯邊眉黛愁」的顧盼，此善謔之點也。黃庭堅〈漁父〉：「偶然垂餌得鱘，魚大船輕力不任。隨遠近，共浮沉，萬事從輕不要深。」〔註 148〕則幽人空山，古樸許多，可見「瀾浪」，只是一種面向。

其次，蘇、黃不只有「戲題詩」，也有「戲題文」。例如蘇軾〈戲書赫蹏紙〉：「此紙可以鑱錢祭鬼。東坡試筆，偶書其上。後五百年，當成百斤之直。物固有遇不遇也。」〔註 149〕赫蹏紙，爲古代的小幅絹帛，相傳可祭鬼神。蘇軾偶書其上，認爲「冥紙」當成「百斤之直」，直，乃報酬之意。由此說明人才需要伯樂，否則終究無用武之地，蘇軾於日常瑣碎，隨物賦形，戲書成文。蘇軾不只本人「善談」諧謔之

〔註 146〕〔金〕王若虛：《滹南詩話》，丁福保輯：《歷代詩話續編》，上冊，卷 2，頁 520。

〔註 147〕此論的視野本於呂本中《童蒙詩訓》：「學古人文字，須得其短處。…東坡詩有汗漫處；魯直詩有太尖新，太巧處，皆不可不知。東坡詩如『成都畫手開十眉』，「『楚山固多猿，青者黠而壽』。皆窮極思致，出新意於法度，表前賢所未到，然學者專力於此，則亦盡失古人作詩之意。」見郭紹虞校輯：《宋詩話輯佚》，上冊，頁 241。

〔註 148〕馬興榮、祝振玉校注：《山谷詞校注》，頁 254。

〔註 149〕《蘇軾文集》，第 5 冊，卷 69，頁 2196。

事，也「善記」諧謔之事，其〈記道人戲語〉載：

> 紹聖二年（1095）五月九日，都下有道人坐相國寺賣諸禁方，緘題其一曰：賣賭錢不輸方。少年有博者，以千金得之。歸，發視其方，曰：「但止乞頭。」道人亦善鬻術矣，戲語得千金，然未嘗敢欺少年也。〔註150〕

宋哲宗年間，有道士兜售「賣賭錢不輸方」的禁方，但十賭九輸，堪稱戲語。間有喜好博弈的年少，以千金得之，後曰：「但止乞頭。」乞頭，是賭局的抽頭，每在勝者身上覓取錙銖，所謂「必勝」。這則故事並非蘇軾的親身經歷，其作戲文，記實而已。「戲語得千金，然未嘗敢欺少年也」，將此語等量觀於戲題詩，在捧腹之餘，大家的遊戲之作，雖云「戲語」，但不涉欺瞞，當以公允的態度來審美，否則無法「値千金」，反而是「擲千金」。此外，黃庭堅〈戲草秦少游好事近因跋之〉說：「三十年作草，今日乃似造微入妙，恨文與可不在世耳。此書當與與可老竹枯木並行也。」〔註151〕與可，爲文同的字，善畫。黃庭堅稱讚秦觀的樂府高絕精妙，遺憾無畫可配，此一「戲」字，略帶辛酸，因爲〈好事近‧夢中作〉乃秦觀生平的最後一闋詞〔註152〕，也是秦觀存詞中，唯一的〈好事近〉。黃庭堅〈東坡居士戲墨賦〉說：「東坡居士游戲於管城子褚先生之間，作枯槎壽木叢篠斷山，筆力跌宕於風煙無人之境，蓋道人之所易，畫工之所難，如印印泥，霜枝風葉先成於胸次者歟。」〔註153〕黃庭堅稱蘇軾的繪畫爲「戲墨」，可是一點都沒有使人發笑的意思，「戲墨」在引文裡的意義是「意在

〔註150〕《蘇軾文集》，第5冊，卷73，頁2383。

〔註151〕屠友祥校注：《山谷題跋校注》，卷8，頁225。

〔註152〕胡仔《苕溪漁隱叢話‧前集》：「秦少游在處州，夢中作長短句曰：『山路雨添花，花動一山春色，行到小溪深處，有黃鸝千百。飛雲當面化龍蛇，夭矯挂空碧。醉臥古藤陰下，杳不知南北。』後南遷，久之北歸，逗留於藤州，遂終於瘴江之上光華亭，時方醉起，以玉盂汲泉欲飲，笑視之而化。」見《苕溪漁隱叢話‧前集》，卷50，頁342。

〔註153〕《豫章黃先生文集》，卷1，頁4。

筆先，恣意揮灑」，與〈戲草秦少游好事近因跋之〉皆爲反證。

黃庭堅的幽默，在尺牘中也表露無遺，他經常用「笑」字來表達情誼，例如〈上蘇子瞻書二首・其一〉說：「以職事在山中食笋，得小詩輒上寄一笑。」〔註 154〕詩成便上寄蘇軾，聊作一笑，互相分享近況和心情，何等雅事。又如〈與王庠周彥書〉說：「所寄詩文，反覆讀之，如對笑也。意所主張，甚近古人，但其波瀾枝葉，不若古人爾。」〔註 155〕王庠（？～？），字彥周。先以笑來形容讀其文之感，又譏王庠「眼高手低」，有意的理論，沒有意的實踐，只是空言能了。又如〈與王觀復書三首・其三〉說：

今年戎州荔子盛登，一種柘枝頭出於過臘平，大如鷄卵，味極美，每斤才八錢。日飫此品凡一月，此行又似不虛來。恨公不同此味，又念公無罪耳，一笑一笑。〔註 156〕

先以輕鬆的筆調，稱己貪食便宜又碩大的荔枝，再說能連吃一個月荔枝，被貶至戎州也「不虛此行」，當眞自嘲，因爲對方無罪而不得嚐此美味。後用「一笑一笑」，來表達對方不能品嚐美味的遺憾。其實，「恨公不同此味」的「味」，除了荔枝之外，更是無人同樂的孤單。

二、從師友交遊觸機

蘇、黃的相處，並不止於師徒關係，有時候他們像是知己，互相嘲謔，切磋詩藝，或者訴說近況。雖然蘇、黃同樣精通詩歌，卻沒有瑜亮情結，從他們身上顯現的，反而是一種默契，一種珍惜，一種淪落，一種揮灑，甚至是一種神交。這種互動，多以詼諧幽默的方式呈現，卻又不只是好笑而已，因爲幽默需要天分，相處但求緣分。爲了進一步釐清蘇、黃的遊戲精神，以下從「學養深厚，無施不可」、「孔顏樂處，相知相惜」來討論。

〔註 154〕《豫章黃先生文集》，卷 19，頁 194。
〔註 155〕《豫章黃先生文集》，卷 19，頁 200。
〔註 156〕《豫章黃先生文集》，卷 19，頁 203。

（一）學養深厚，無施不可

蘇、黃的交遊，有一部分，是建立在學問上。這種學問並非以鑽研爲工，而是將生活，活成了一門學問。根據黃庭堅〈上蘇子瞻二首・其二〉說：

> 比以職事，在山中食笋，得小詩輒上寄一笑。旁州士大夫和詩，時有佳句，要自不滿人意，莫如公待我厚，願爲落筆，思得申紙疾讀，如老杜所謂「一洗萬古凡馬空」者。朝夕須報，惟君子之四時，體道一致，神明其相之。〔註 157〕

黃庭堅偶有佳作，便上寄蘇軾，只爲「一笑」。蘇軾對待黃庭堅，提拔的情意，溢於言表，黃庭堅面對蘇軾的「浩瀚」，有如「斯須九重眞龍出」，讓天下平庸之輩，頓時失色。蘇、黃無所不能詩，無所不能戲，看似流於粗疏率意，然而，若非學問的涵養，行於有意無意之間，是難以做到的。例如釋惠洪〈跋東坡山谷帖二首・其一〉說：

> 東坡、山谷之名，非雷非霆，而天下震驚者，以忠義之效與天地相始終耳，初不止於翰墨。……予於雲巖訥室觀此帖，皆其海上窮困時自適之語，然高標遠韻，凌秋光、磨月色，令人手玩，一飯不置。若訥當藏之名山，以增雲林之佳氣。〔註 158〕

引文的重點當爲「初不止於翰墨」，蘇、黃才高，且詩歌產量多，然而他們又不限於詩歌，或者說：不以詩歌自限。就戲題詩而言，也並非他們文藝的全部，但卻具有代表性，是不容忽視的一塊領域。在論詩歌內容以前，詩歌所寫成的文字，也就是書法，竟能使人「令人手玩，一飯不置」，不僅是詩人的遊戲翰墨，還是讀者的陶然共醉，這一切緣起，是因蘇、黃的才力特高，所以在創作文學時，總帶有幾分不羈，似乎無法被束縛，因爲是他們駕馭著文學體裁，而不是被文學體裁所框架、制約，甚至，他們試圖創造新的文學世界。所謂「皆其

〔註 157〕《豫章黃先生文集》，卷 19，頁 194。

〔註 158〕〔宋〕釋惠洪著，〔日〕釋廓門貫徹注，張伯偉等點校：《注石門文字禪》，下冊，卷 27，頁 1544。

海上窮困時自適之語」，不只是蘇軾的失意，黃庭堅同樣受黜，因爲兩人的學養使然，發爲詩歌，有些戲語和笑意，是一種對生命的曠達，讓蘇、黃看淡世事，因爲所見所聞，皆從挫折中歷練而來，所以詩歌不僅是學養，更是他們的眼界。當眼界變得寬廣，內容也就無施不可，像流寓人間的天才，處處與俗相違，卻又處處舞墨筆端。又據黃庭堅〈跋東坡書遠景樓賦後〉說：「余謂東坡書，學問文章之氣，鬱鬱芊芊，發於筆墨之間，此所以他人終未能及爾。」〔註 159〕蘇軾的學問不只是文學裡的博學或逞才之處，而是行於無跡，總在其文學中，流露著某種無法被模仿的特質。因此「發於筆墨之間」，即學問和涵養，並非被稀釋，而是被內化爲個人情感，是一種行於有形的短暫浪遊，實則行於無形的終生事業。

至於黃庭堅的學養，根據鄭永曉《黃庭堅年譜新編》說：「其詩學杜甫而自成一家，尤爲當世及後代所重。與蘇軾齊名，並稱『蘇、黃』。後呂本中作《江西詩社宗派圖》，奉其爲宗主，影響深遠，後世幾無可匹敵者。」〔註 160〕既已明言黃庭堅「尤爲當世及後代所重」，又與蘇軾齊名，他的學養是無庸置疑的。又蘇軾〈與黃魯直五首・其一〉說：

> 軾笑曰：「此人如精金美玉，不即人而人即之，將逃名而不可得，何以我稱揚爲？」然觀其文以求其爲人，必輕外物而自重者，今之君子莫能用也。其後過李公擇於濟南，則見足下之詩文愈多，而得其爲人益詳，意其超逸絕塵，獨立萬物之表，馭風騎氣，以與造物者遊，非獨今世之君子所不能用，雖如軾之放浪自棄，與世闊疎者，亦莫得而友也。〔註 161〕

這段文字是蘇軾對黃庭堅才華的高度肯定，然而光有才華是不夠的，還必須「觀其文以求其爲人」，這個「文如其人」、「人如其文」的進

〔註 159〕屠友祥校注：《山谷題跋校注》，卷 5，頁 129。
〔註 160〕鄭永曉：《黃庭堅年譜新編》，頁 14。
〔註 161〕《蘇軾文集》，卷 52，頁 1532。

程，是由詩文的累積而來，並非一時一地之作。也就是說，一時近於完美的文學表現，可能是炫技，尙不足以「得其爲人益詳」，能夠持續寫作不輟，才是眞正的「文學家」，而不僅是途窮的「文人」。沒有深厚的學養，不太可能「則見足下之詩文愈多」，這代表黃庭堅一面創作，也一面閱讀，兩者不可偏廢。雖然蘇軾自謙「亦莫得而友也」，然而若非眞正的朋友，不可能看出黃庭堅超逸絕塵之處，因爲此人格特質，並非文學史上，黃庭堅給人的一般印象。又因爲「與造物者遊」，有遊戲人間，鵬高自舉的逍遙姿態，所以戲言近莊，無論學問或者胸襟，都有超然物外的不可拘執。觀其引文說「雖如軾之放浪自棄，與世闊疎者」，看似遊戲，實則放曠。

蘇、黃的天資，尙表現在集會的主題上，熊海英《北宋文人集會與詩歌》說：「集會的逞才使氣，也突出表現在唱和詩立意的翻新出奇方面。」〔註 162〕又說：「集會的娛樂功能決定了一部分詩歌創作的動機和功用，是在朋友間『資談笑、助諧謔』，或是『發人意思，消磨光景』。」〔註 163〕文學與娛樂連結以後，削弱了獨白的性質，取而代之的是技藝的精進，因爲宴會上的詩歌唱和，幾乎都是即席創作，蘇、黃兩人俱爲北宋文壇領袖，他們的才氣皆高，更有過人的膽識，所以大量的戲題詩創作，足以豐富成爲一個主題詩的範疇，定不能以尋常眼光看待。關於主題性的相關看法，可參考〔法〕羅蘭・巴特（Roland Barthes，1915～1980）《羅蘭・巴特論羅蘭・巴特》的說法：

> 最近幾年來，主題的批評突然不再流行。但是，我們卻不可太早丟棄此種批評的觀念。對於描述的運作而言，主題的意念很有用，因爲它說明在論述此處之中身體乃是在其自身的「責任」底下往前行進，同時化解了記號的遊戲：

〔註 162〕熊海英：《北宋文人集會與詩歌》（北京：中華書局，2008 年），頁 72。

〔註 163〕熊海英：《北宋文人集會與詩歌》，頁 74。

> 比如：「粗糙的」（rcgucux）這個字，既非符徵，在於，亦非符旨或是兩者同時都是：它固定在此，但同時又指涉遙遠。〔註164〕

戲題詩在蘇、黃詩集中，儼然已形成一個主題，逐漸完善。引文的「主題的意念很有用」點出重點，戲題詩每帶一個「戲」字，定義多元且複雜，具有粗糙的性質，加上定義因其內容而異，不過可以肯定的是，戲題詩出現，已代表詩人具有某種「意識」、「理念」在進行創作活動。戲題詩無關乎品德，也無關乎淡泊，「以詩為戲」或者「以戲為詩」，中間存在爭辯的可能。從另外一個角度來看，戲題詩反而提升了文學的純粹性，因為言志、緣情的路線都不能完全概括。詩以「無所謂而為」的形式出現，少了知識分子沉重的包袱。以蘇軾〈劉貢父見余歌詞數首，以詩見戲，聊次其韻〉為例：「刺舌君今猶未戒，炙眉吾亦更何辭。相從痛飲無餘事，正是春容最好時。」〔註165〕雖云為戲，但次韻詩難度頗高，若非學養深厚，不可能「以戲見才」。引錐刺舌〔註166〕，戒以謹口；炙其眉頭〔註167〕，口不敢言。這首詩旨寫時人不能容狂直之言，遂戲作，消弭針鋒相對的危機，同時也能間接說明，戲題詩並非全部「遊戲而已」，不能排除詩中有寄託的成分。

〔註164〕〔法〕羅蘭・巴特（Roland Barthes）著，劉森堯譯：《羅蘭・巴特論羅蘭・巴特》（臺北：麥田出版社，2012年），頁248。

〔註165〕《蘇軾詩集》，第2冊，卷13，頁649。

〔註166〕《隋書・賀若弼傳》：「賀若弼字輔伯，河南洛陽人也。父敦，以武烈知名，仕周為金州總管，宇文護忌而害之。臨刑，呼弼謂之曰：『吾必欲平江南，然此心不果，汝當成吾志。且吾以舌死，汝不可不思。』因引錐刺弼舌出血，誡以慎口。」見〔唐〕魏徵等：《新校本隋書附索引》（臺北：鼎文書局，1980年），第3冊，卷52，頁1343。

〔註167〕《晉書・郭舒傳》：「王澄聞其名，引為別駕。澄終日酣飲，不以眾務在意，舒常切諫之。……荊土士人宗廞嘗因酒忤澄，澄怒，叱左右棒廞。舒厲色謂左右曰：『使君過醉，汝輩何敢妄動！』澄恚曰：『別駕狂邪，誑言我醉！』因遣掐其鼻，灸其眉頭，舒跪而受之。澄意少釋，而廞遂得免。」見《新校本晉書并附編六種》，第2冊，卷43，頁1241～1242。

（二）孔顏樂處，相知相惜

從學問乃至於爲人處事，蘇、黃的相處，某種程度上，頗似孔子和顏淵。《論語・雍也》說：「賢哉回也！一簞食，一瓢飲，在陋巷。人不堪其憂，回也不改其樂。賢哉回也！」〔註 168〕匱乏的生活，其實是沒有趣味的。它之所以產生趣味，是文人彼此「相知相惜」的難得之情，窮困之樂，除非自己能「苦中作樂」，還樂於有與自己志向相契的人。孔子相當欣賞顏淵，《論語・爲政》說：「吾與回言終日，不違如愚。退而省其私，亦足以發。回也，不愚。」〔註 169〕顏淵能夠和孔子討論學問或政事「終日」，顏淵對於孔子的意見從不反駁，看似愚昧，實則透徹，是大智若愚的表現。便是因爲顏淵的「順從」，《論語・先進》說：「回也非助我者也，於吾言無所不說。」〔註 170〕顏淵對於孔子的見解洗耳恭聽，全盤接受，不過孔子這段話，是褒或貶，有言外之意。《論語・子罕》對顏淵評價說：「惜乎！吾見其進也，未見其止也。」〔註 171〕顏淵不斷進步，似乎沒有停止的時候，表達孔子對顏淵人格和學問的讚許。《論語・先進》又說：「子畏於匡，顏淵後。子曰：『吾以女爲死矣。』曰：『子在，回何敢死？』」〔註 172〕孔子遲遲不見顏淵前來，以爲他死了，顏淵反說，老師仍在，我不敢死。孔、顏的師徒相處，也有詼諧的一面，孔子對顏淵的喜歡，溢於言表；顏淵對孔子的尊敬，化爲無形。

蘇軾視人的眼光獨到，他在〈答李昭玘書〉說：「軾蒙庇粗遣，每念處世窮困，所向輒值牆谷，無一遂者。獨於文人勝士，多獲所欲，如黃庭堅魯直、晁補之無咎、秦觀太虛、張耒文潛之流，而軾獨先知之。」〔註 173〕由此可證，蘇軾具有伯樂的條件，且他爲宋代文壇領

〔註 168〕〔魏〕何晏集解，〔宋〕邢昺疏：《論語注疏》（臺北：藝文印書館，1993 年，影印〔清〕阮元《校刻十三經注疏校勘》本），卷 6，頁 53。

〔註 169〕《論語注疏》，卷 2，頁 17。

〔註 170〕《論語注疏》，卷 11，頁 96。

〔註 171〕《論語注疏》，卷 9，頁 80。

〔註 172〕《論語注疏》，卷 11，頁 99。

〔註 173〕《蘇軾文集》，第 4 冊，卷 49，頁 1439。

袖，是許多人學問上的老師。再據《宋史・周敦頤傳》說：

> 掾南安時，程珦通判軍事，視其氣貌非常人，與語，知其爲學知道，因與爲友，使二子顥、頤往受業焉。敦頤每令尋孔、顏樂處，所樂何事，二程之學源流乎此矣。故顥之言曰：「自再見周茂叔後，吟風弄月以歸，有『吾與點也』之意。」〔註174〕

程珦（1006～1090）欣賞周敦頤（1017～1073）的氣宇不凡，與其結交爲友。其中「所樂何事」，所樂者當是：自己爲千里馬，遇上了伯樂。除此之外，彼此之間還能互相慰藉生活的苦悶，討論文藝的工拙，吟詠人生的短暫，甚至是自娛娛人的嬉戲。顏淵學孔子之道已足以自樂，又能安於貧賤，所以他的樂來自於「無所企求」，與世無爭而有味。蘇、黃的樂稍有些許轉換，因爲兩人相處的方式，或者尺牘中行文的口氣，「上呈下令」的階級意識是薄弱的，取而代之的是友誼情懷，他們雖然時有「互相譏誚」的情形，卻止乎於禮。歸根究底，因爲黃尊蘇，卻又不屈於蘇；蘇惜黃，卻又指出黃詩過於格高精美，孰褒孰貶，似乎難以盡言。這種「只說三分話」，便能讓對方明白的相處模式，是蘇、黃同爲天才的至樂處。孔顏樂處，雖然最初指的是宋代理學的修養工夫，使其置於蘇、黃身上，卻意外使此樂倍增，因爲他們顯現出來的快樂，除了精神上的快樂，還帶有純粹的快樂，也就是感官的快樂。同爲天涯淪落的境遇，是能苦其所苦，然而更多的時候，蘇、黃尚能「同樂」，與其埋怨生活的枯燥，不如去發掘生活的樂趣。

孔顏樂處之於蘇、黃，以詩歌來說，蘇軾〈送楊孟容〉一詩，題目上雖然沒有「戲」字，但是黃庭堅認爲這首詩是蘇軾「收斂光芒，入此窘步以見笑」而戲效自己的詩。蘇軾稱其爲「效庭堅體」，這個「體」字代表蘇軾在有意無意之間，已經具有戲題詩的概念。對於蘇軾稱「效庭堅體」，〔清〕沈德潛（1673～1769）《說詩晬語》認爲：「蘇

〔註174〕《新校本宋史并附編三種》，第16冊，卷427，頁12712。

子高於黃魯直，而己所賦詩云『效魯直體』，以推崇之。古人胸襟，廣大爾許！」〔註 175〕可知「效庭堅體」，原是謙詞，還有提拔之意。蘇軾〈送楊孟容〉原詩爲：

> 我家峨眉陰，與子同一邦。相望六十里，共飲玻璃江。
> 江山不違人，遍滿千家窗。但苦窗中人，寸心不自降。
> 子歸治小國，洪鐘噎微撞。我留侍玉座，弱步攲豐扛。
> 後生多高才，名與黃童雙。不肯入州府，故人餘老龐。
> 殷勤與問訊，愛惜霜眉厖。何以待我歸，寒醅發春缸。
>
> 〔註 176〕

既稱「窘步」，意謂黃庭堅並未將這類型的詩視爲「主流」，其所抒之情，也並非桑蓬之志。內容上，楊孟容於熙寧年間議論新法，與執政者不合，後來宋哲宗賜其「清節」二字。這首詩使用了「江韻」，此部所收的字很少，屬於「窄韻」，增加了創作難度。這種形式上「困難」、「稀少」的感覺，恰恰符合「相望六十里，共飲玻璃江」的遙遠語境。蘇軾、楊孟容皆有才無命，只能從事低階的職位，因此「子歸治小國，洪鐘噎微撞」；又官場失意，興起歸去之感，因此「我留侍玉座，弱步攲豐扛」。本詩的核心句爲「不肯入州府，故人餘老龐。」老龐，指的是龐德公（？～？），本名不詳。根據〔晉〕習鑿齒（？～383）《襄陽耆舊記》的記載：「躬耕田里，夫妻相待如賓，休止則正巾端坐琴書自娱，睹其貌者肅如也。」可知龐德公不仕，即詩中所言的「不肯入州府」。又《襄陽耆舊記》引《先賢傳》說：「鄉里舊語，目諸葛孔明爲臥龍，龐士元爲鳳雛，司馬德操（司馬徽）爲水鏡，皆德公之題也。」〔註 177〕因爲「後生多高才」，而蘇軾也是受到歐陽脩的提拔，因此「效庭堅體」的「效」，便是效仿龐德公目諸葛亮、龐

〔註 175〕〔清〕沈德潛：《說詩晬語》（北京：人民文學出版社，2005 年重印版），卷下，頁 256。

〔註 176〕《蘇軾詩集》，第 5 冊，卷 28，頁 1479～1480。

〔註 177〕以上兩則見〔晉〕習鑿齒著，〔清〕任兆麟訂：《襄陽耆舊記》，《續修四庫全書》（上海：上海古籍出版社，1995 年），冊 548，卷 1，頁 350～351。

統、司馬徽爲奇才，這個「效」字帶點玩味，實則略顯嚴肅的意義。既然如此有才，同時擁有伯樂，卻「不肯入州府」，存有仕或隱的抉擇與矛盾。「殷勤與問訊」出於《晉書・郗超傳》：「王獻之兄弟，自超未亡，見愔，常躡履問訊，甚修舅甥之禮。及超死，見愔慢怠，屐而候之，命席便遷延辭避。」〔註 178〕可知「殷勤問訊」本是可貴之情，難在長久，且不作表面工夫。「愛惜霜眉庬」出於杜甫〈戲韋偃爲雙松圖歌〉：「松根胡僧憩寂寞，龐眉皓首無住著。」〔註 179〕句中的「庬」有「大」的意義，和「龐」字相同，不過在杜甫詩中的「龐眉」指雜色的眉毛，但不管杜詩或蘇詩，皆指老人之態。詩末「何以待我歸，寒醅發春缸」，表達蘇軾對於重逢的渴望，願能與楊孟容一起飲酒。這首詩題旨爲送別，在立意上，卻寫出朋友離別，各在一方的酸楚。又據〔清〕王士禎（1634～1711）《帶經堂詩話》說：

> 蘇文忠作詩常云「效山谷體」，世因謂蘇極推黃，而黃每不滿蘇詩，非也。黃集有云：「吾詩在東坡下，文潛、少游上，雜文與無咎伯仲耳。」此可證俗論傅會之謬。《野老記聞》載：林季野目黃魯直詩未必篇篇佳，但格制高耳。〔註 180〕

可見蘇軾的「效」，因爲經常性的戲言，常使俗論生謬。蘇門皆雅好討論文藝，這是不爭的事實，不過評斷高下，有時僅是亦師亦友的情感表現，並不能肯定此行爲就是「蘇極推黃，而黃每不滿蘇詩」。黃庭堅既已明言「吾詩在東坡下」，但卻引出另一條線索「格制高」，黃庭堅戲題詩的數量足以成爲一個獨立的「體制」，但是「格調」卻需要更多的文本來佐證。

對於蘇軾的戲效，黃庭堅以〈子瞻詩句妙一世，乃云效庭堅體，蓋退之戲效孟郊、樊宗師之比文滑稽耳，恐後生不解故次韻道之〉回應：

〔註 178〕〔唐〕房玄齡等：《新校本晉書并附編六種》（臺北：鼎文書局，1980 年），第 3 冊，卷 67，頁 1804。

〔註 179〕〔清〕楊倫箋注：《杜詩鏡銓》，上冊，卷 7，頁 328。

〔註 180〕〔清〕王士禎著，張宗柟纂集，戴鴻森校點：《帶經堂詩話》（北京：人民文學出版社，2006 年重印版），卷 1，頁 46。

我詩如曹鄶，淺陋不成邦。公如大國楚，吞五湖三江。
赤壁風月笛，玉堂雲霧窗。句法提一律，堅城受我降。
枯松倒澗壑，波濤所舂撞。萬牛挽不前，公乃獨力扛。
諸人方嗤點，渠非晁張雙。但懷相識察，床下拜老龐。
小兒未可知，客或許敦厖。誠堪婿阿巽，買紅纏酒缸。

〔註 181〕

這首詩在王直方《王直方詩話》裡，看似「述而不論」〔註 182〕，純粹收錄原詩，「有詩無話」，間接說明該詩的題目，乃至於內容實已自證。又或者，此舉已顯現戲題詩開始受到詩話作者的關注。黃庭堅自謙詩不如蘇軾，一則淺陋，一則吞江，並點出了「法」、「律」的概念。唐人一般做詩而不言詩，跟宋人相比，與人討論詩藝的情形較少，因為詩涉字句、格體，有傷風骨，並且易有鑿痕。故詩說「句法提一律」，是黃庭堅有意的反說，指自己的詩沒有法度與規範，窄小如曹、鄶之國，淺陋如無邦之國。「堅城受我降」，指受降城〔註 183〕，原為漢朝接受匈奴貴族投降而建，此為黃庭堅戲言自己詩不如蘇軾。「諸人方嗤點，渠非晁張雙」，用杜甫〈戲為六絕句〉的句意：「庾信文章老更成，凌雲健筆意縱橫。今人嗤點流傳賦，不覺前賢畏後生。」〔註 184〕「後生可畏」為一熟爛之語，杜甫反用其意，黃庭堅用杜甫此詩，表達蘇軾是無法超越的「前賢」，詩題說「恐後生不解」，更是點出黃庭堅自比詩在蘇軾之下，因此蘇軾說「效庭堅體」，恐有三分戲言雅謔，七分獎掖後進。「渠非晁張雙」指的是張耒和晁補之，黃庭堅詩實在

〔註 181〕《黃庭堅詩集注》，第 1 冊，內集卷 5，頁 191～192。

〔註 182〕〔宋〕王直方：《王直方詩話》，郭紹虞輯：《宋詩話輯佚》，上冊，頁 93～94。

〔註 183〕《史記・匈奴傳》：「是歲，漢使貳師將軍廣利西伐大宛，而令因杅將軍敖築受降城。其冬，匈奴大雨雪，畜多飢寒死。兒單于年少，好殺伐，國人多不安。左大都尉欲殺單于，使人閒告漢曰：『我欲殺單于降漢，漢遠，即兵來迎我，我即發。』初，漢聞此言，故築受降城，猶以為遠。」見《新校本史記三家注并附編二種》，第 4 冊，卷 110，頁 2915。

〔註 184〕〔清〕楊倫箋注卷 9，頁 397。

晁、張兩人之上，此又再次反說。「但懷相識察，床下拜老龐」，呼應了蘇軾詩中的「不肯入州府，故人餘老龐」，自古伯樂難尋，「老龐」識得有才之士，自己卻不肯爲官。該詩最後四句，根據任淵的注：

> 終上句相知之意，且欲爲其子求婚於蘇氏，抑東坡或嘗以此許之也。山谷在黔中〈與王瀘州帖〉云：「小子相今年十四，骨氣差厖厚。」以此帖觀之，在京師時，三四歲矣。「阿巽」蓋蘇邁伯達之女，東坡之孫。山谷雖有此言，其後契闊，竟不成婚。〔註 185〕

「小兒」，指黃庭堅的兒子，黃相，巾奉大大。根據《黃庭堅年譜新編》的記載，黃相娶石諒之女〔註 186〕，對照引文所謂的「且欲爲其子求婚於蘇氏」，可知黃庭堅事與願違，求親未果。「敦厖」，有豐足之意，「小兒未可知，客或許敦厖」，是黃庭堅認爲自己的兒子堪爲女婿的人選，而「誠堪婿阿巽，買紅纏酒缸」，「纏酒缸」即是古代的訂婚習俗。這首詩以曹、鄶小國起勢，以蘇、黃聯姻作結，都是「小境」，通篇充斥著黃庭堅的謙遜，不敢高於蘇軾。然而，從用韻來說，黃庭堅戲答蘇軾的〈送楊孟容〉，蘇軾先用了窄韻「江韻」，在創作條件上頗爲困難，黃庭堅又用了和韻詩中最困難的「次韻」〔註 187〕一類，來回答蘇軾，更是難上加難。這種形式上的「困難」，正好映照了內容的「困難」，即「老龐」尋覓之難，「小兒」成婿之難。值得一提的是，蘇軾使杜甫〈戲韋偃爲雙松圖歌〉之事，黃庭堅用杜甫〈戲爲六絕句〉之典，同樣在戲作詩中運用了戲題詩，恐非巧合，而是有意的唱和之作。

〔註 185〕《黃庭堅詩集注》，第 1 冊，內集卷 5，頁 192。

〔註 186〕根據《黃庭堅年譜新編》的世系簡表，可知黃庭堅只有一子一女，因此黃相爲其獨子，黃庭堅自然寄予厚望，希望能和蘇軾親上加親。見鄭永曉：《黃庭堅年譜新編》，頁 10。

〔註 187〕所謂次韻，是所有和韻最困難的一種，它的韻腳必須和原作相同，且位置也要相同；難度其次爲用韻，它的韻腳必須和原作相同，但是位置不用相同；再者爲依韻，只要韻部與原作相同即可，可以不同字。

〔清〕潘德輿（1785～1839）《養一齋詩話》對此詩有獨到見解：

> 《學齋占畢》云：「魯直次東坡韻曰：『我詩如曹鄶，淺陋不成邦。公如大國楚，吞五湖三江。』其尊坡公，可謂至矣，而實不然。其深意乃自負，而諷坡詩之不入律也。曹、鄶雖小，尚有四篇詩入《國風》；楚雖大國，而《三百篇》絕無取焉，至屈原而始以《騷》稱，爲變風矣。魯直又嘗謂坡『以文章妙一世，而詩句不逮古人』，信斯證也。」予謂此說魯直不甚服坡詩可也，謂其曹、鄶、楚之喻，暗含譏刺，殊失朋友忠直之道，似與魯直爲人不類。蓋曹、鄶、楚云云，自就詩之氣象言耳。謂以此自負而刺坡，則《楚騷》亦不易到，而魯直平時之詩，豈眞能與《國風》抗衡，而敢以之自負哉！以晚近文人相輕之心，測度古賢，予不以爲然。〔註 188〕

黃庭堅此戲詩，詮解上無論尊蘇或刺蘇，都不難看出自負。自負，可以鞏固詩人的創作的信心和立意，同時也易流於剛愎自用，甚至畫地自限。蘇、黃並稱，除了文學上的立場，更重要的是相處上的進退，黃庭堅詩題既言「恐後生不解」，已表就中有所誤會、訛傳，蘇、黃彼此的「戲」，是詩中所說的「諸人方嗤點，渠非晁張雙」，晁補之、張耒和黃庭堅同遊於蘇門，因此被諸人「同相詬病」，意即黃庭堅對蘇軾的「戲」，是敢於不服蘇詩的膽識，並非純然攻訐的惡意。〔清〕薛雪（1681～1770）《一瓢詩話》便言：「詩不可無爲而作。試看古人好詩，豈有無爲而作者？無爲而作者，必不是好詩。」〔註 189〕問題的癥結在於「戲詩」是否等於「無爲」，而蘇、黃也並非寫不出「好詩」，對於才力有餘的詩人來說，無爲而作，某程度上顯示了他們在藝術上的破體與變格：破除藝術高高在上的距離感；改變過度正經，缺乏嬉鬧或者悠遊的另一層人性。

〔註 188〕〔清〕潘德輿著，朱德慈輯校：《養一齋詩話》（北京：中華書局，2010 年），卷 1，頁 14。

〔註 189〕〔清〕薛雪著，杜維沫校注：《一瓢詩話》（北京：人民文學出版社，2005 年重印版），頁 96。

第三章　蘇、黃戲題詩的命意旨趣

在第二章，本文已點出「效庭堅體」，爲蘇軾的創作自覺，且黃庭堅又唱和其詩，使戲題詩「體」的概念漸漸浮現，它可以嚴格定義爲體例、體裁，也能夠寬鬆泛指「好笑的詩」、「有趣的詩」，彼此並非對立，一刀足以兩斷者。再者，大凡詩的分類皆落落難合，類與類之間，或有偶合之處。戲題詩每首皆帶一「戲」字，頗重形式，數量上又以黃庭堅勝，內容相對的也多。本章從蘇、黃戲詩的命名著手，進而探討詩的內容，區分爲「戲贈類」、「戲答類」、「戲書／戲詠類」、「戲呈／其他類」，脈絡上先談蘇軾詩，復論黃庭堅詩，若有共通者，便一起討論。

第一節　戲贈類

贈詩，本於友誼，常見於離別之作，一個「贈」字顯現出贈者對於受贈者的誠懇之意。題爲「戲贈」，然而「贈」宜篤實，不宜「戲」，戲字可能破壞贈詩的詠懷、積思，但卻可能開展出適俗、傲嘯的豪放風格。蘇軾說：「街談市語，皆可入詩」〔註 1〕，贈詩的對象既然是「人」，

〔註 1〕語出周紫芝《竹坡夜話》：「東坡在黃州時，嘗赴何秀才會，食油果甚酥。因問主人，此名爲何。主人對以無名。東坡又問爲甚酥，坐客皆曰：『是可以爲名矣。』又潘長官以東坡不能飲，每爲設醴，坡

吸引對方的目光，便顯得格外重要，這個「吸引」的因素未必是言志的嚴謹、沉重，也能是老嫗之語、日常所聞。蘇軾〈戲贈〉：「惆悵沙河十里春，一番花老一番新。小樓依舊斜陽裏，不見樓中垂手人。」〔註 2〕此詩描寫西湖海樓晚景，花落花開，人是物非，唯獨不見廣袖拂紅塵的舞者。以「戲贈」命名，因為這位「垂手人」或許與蘇軾沒有深刻的友誼關係，僅是萍水相逢，甚至只是一種臨江懷古的情感，故以戲字為贈，適合若有似無、偶然的情感展現。以下分為「振危釋憊的美刺」、「鬥巧爭奇的隱語」來討論。

一、振危釋憊的美刺

本小節標目語出劉勰《文心雕龍・諧隱》：「贊曰：古之嘲隱，振危釋憊。雖有絲麻，無棄菅蒯。會義適時，頗益諷誡。空戲滑稽，德音大壞。」〔註 3〕代表真正稱得上「嘲」的詩，定有所諷誡，非童稚之戲。振危，振作危言也，危言即諫言；釋憊，解除沉重的枷鎖，使心暢然，千里快哉風。由於黃庭堅的戲贈詩，並沒有明確的美刺特質，本文不能強制把黃庭堅的戲贈詩，硬扣上「振危釋憊的美刺」，因此本小節在內容的討論，只有蘇軾。根據邵伯溫（1056～1134）《邵氏聞見錄》說：

笑曰：『此必錯著水也。』他日忽思油果，作小詩求之云：『野飲花前百事無，腰間惟如一葫蘆。已傾潘子錯著水，更覓君家為甚酥。』李端叔嘗為余言，東坡云：『街談市語，皆可入詩，但要人鎔化耳。』此詩雖一時戲言，觀此亦可以知其鎔化之功也。」蘇軾日思無名之油果，作詩求食，並以「已傾潘子錯著水」，戲言潘長官所賜的甜酒誤滲入水，應配上酥脆的油果，方享花前的無事之景。一塊「無名」的油果，屬於日常瑣碎小事，其因酥脆而得名。引文的「鎔化」，不以他人詩詞、歷史典故為對象，而是稀鬆平常的街談市語，其詩意尚能博君一笑，也能替苦悶的生活增添樂趣。見〔宋〕周紫芝：《竹坡夜話》，〔清〕何文煥輯：《歷代詩話》，上冊，頁 354。

〔註 2〕《蘇軾詩集》，第 2 冊，卷 8，頁 395。

〔註 3〕〔梁〕劉勰著，黃淑琳注，李詳補注，楊明照校注拾遺：《增訂文心雕龍注》，上冊，卷 3，頁 195。

> 元豐變法之後，重以大兵大獄，天災數見，盜賊紛起，民不聊生。神宗悔之，欲復祖宗舊制，更用舊人，遽厭代未暇，而德音詔墨具在，可爲一時痛惜者也。〔註4〕

身處於這樣「民不聊生」下的蘇軾，反對新法，致使受貶，外表的疲憊，轉爲佯裝；內心的幽怨，化爲嬉笑。胡雲翼《宋詩研究》論蘇軾詩，認爲其文藝獨大的原因在於「充實而豐富的生活」，這種生活是「變動的生活」、「情緒的生活」。〔註5〕載浮載沉的貶謫生活，在遷徙的過程中，涉及許多無可避免的應酬、社交生活，然而蘇軾對於人物的情懷是厚實的，儘管他的口氣總帶點玩笑，但是，在玩笑的背後，或許是不可言說、不便言說的嚴肅。蘇軾〈次韻黃魯直戲贈〉說：

> 昨夜試微涼，汗衾初退紅。我願偕秋風，隨身入房櫳。
> 君王不好事，只作好驚鴻。細看卷蕫尾，我家眞栗蓬。
> 〔註6〕

元豐年間，黃庭堅和趙挺之（1040～1107）有隙，故被趙挺之誣陷操行淫穢，蒙受惡聲。這件事本質上是「他人恩怨」，且是一件嚴肅，不宜張揚之事，儘管黃庭堅與蘇軾交誼超然，蘇軾也沒有直接爲他辯詞，而以次韻戲詩呈現，這種以荒唐視正經的反常筆觸，帶來了不同的效果。「君王不好事，只作好驚鴻」，根據佚名《梅妃傳》的記載：「卒不至。其恃寵如此。後上與妃鬥茶，顧諸王戲曰：『此梅精也，吹白玉笛，作驚鴻舞，一座光輝。鬥茶今又勝我矣。』」〔註7〕指唐明

〔註4〕邵伯溫著，李建雄、劉德權點校：《邵氏聞見錄》（北京：中華書局，1983年），卷11，頁118。

〔註5〕胡雲翼：《宋詩研究》（四川：巴蜀書社，1993年），頁48。

〔註6〕《蘇軾詩集》，第5冊，卷30，頁1598。

〔註7〕佚名：《梅妃傳》，魯迅校錄：《唐宋傳奇集》（濟南：齊魯書社，1997年），頁208。陶宗儀《說郛》卷38題爲唐人曹鄴所作，但有存疑處。章培恆〈大業拾遺記、梅妃傳等五篇傳奇的寫作時代〉認爲《梅妃傳》是僞作。見章培恆：〈大業拾遺記、梅妃傳等五篇傳奇的寫作時代〉，《深圳大學學報》第1期（2008年），頁106～110。無論作者爲誰，可以肯定的是，今日所見《梅妃傳》，已是一個經過修改、潤飾後的版本。

皇耽溺於女色，不務朝政，此般的意有所指，已多少具有諷刺詩的意涵。詩末，「蠆」是蠍類的毒蟲，或指蜻蜓的幼蟲，此言女子髮末曲上卷然。「我家眞栗蓬」，房破無可居，但一句「我願偕秋風」，讓詩境不墮入絕望之中，能戲己亦能贈人，聊表慰問。蘇門榮辱，非繫於一人之身，謝琰《北宋前期詩歌轉型研究》說：「私人遭際變成了公共事件，集中表現在朋黨的合法化、秩序化。」〔註 8〕以戲詩來寫政事，蘇軾有意寬慰黃庭堅，卻無能爲力於黨爭的調停。又如蘇軾〈戲贈虔州慈雲寺鑑老〉：

居士無塵堪洗沐，道人有句借宣揚。
窗間但見蠅鑽紙，門外惟聞佛放光。
遍界難藏眞薄相，一絲不挂且逢場。
卻須重說圓通偈，千眼熏籠是法王。〔註 9〕

蘇軾自海外歸來，至虔上，見慈雲寺浴長老明鑑，魁梧如世所畫慈恩然，故作詩戲之。先以蠅飛、佛光相互比擬，在對仗上屬於「偏對」，張高評《創意造語與宋詩色》曾提到宋詩的反常有一點是「遠距異質之對偶」〔註 10〕，此可略證。而一天之內唯有「一絲不挂」時屬於「生」，入流方成正覺，從沐浴的生活瑣事，進階寫到於熏籠焙浴具，得大安樂，即是法王。佛雖不聖，且能放光，詩意落在一個「空」字，法王是萬法之王，也是空王。詩旨戲人身材高大粗壯，偏說「薄相」，而「逢場」者，當是爲五斗米折腰的高官，卻說「一絲不卦」。佛本無光無靈，猶在洗垢之前，與蠅鑽窗隙類似，無所觸因，故不能得果。能見到佛光者，往往是「門外」者，己身縱然無所遮蔽，無旁人觀之，仍是有迷障的。

蘇軾的戲贈詩，也有篇幅短小的，多以絕句呈現，例如〈戲贈孫公素〉：「披扇當年笑溫嶠，握刀晚歲戰劉郎。不須戚戚如馮衍，便與

〔註 8〕謝琰：《北宋前期詩歌轉型研究》（北京：北京大學出版社，2013 年），頁 192。
〔註 9〕《蘇軾詩集》，第 7 冊，卷 45，頁 2449。
〔註 10〕張高評：《創意造語與宋詩特色》，頁 43。

時時說李陽。」〔註 11〕孫公素娶程公之女，性格悍妒。而孫權的妹妹性格「才捷剛猛」〔註 12〕，與其相似，故蘇軾以孫權妹妹之於劉備為喻。復說「不須戚戚如馮衍」，〔漢〕馮衍，（？～？）字敬通，京兆杜陵人也。馮衍的妻子任氏性格同樣悍妒，甚至不准馮衍納侍妾，雖為女兒身，卻有男兒之志，不屈於貧窮。〔註 13〕〔晉〕李陽（？～？）是幽州刺史，時人稱為大俠，王夷甫其妻性格亦妒，且貪財無厭，王夷甫借李陽之聲名，暗示妻子「李陽亦謂卿不可」，方始收斂。〔註 14〕與其說這是一首贈詩，不如說是一首「警詩」，畏內之男子，不復有求坡公書扇而「扳扇當年」的風流。又〈戲贈田辨之琴姬〉：「流水隨絃滑，清風入指寒。坐中有狂客，莫近繡簾彈。」〔註 15〕詩意簡明暢快，狂客寓有狂心，或在高山，或在流水，或在日常。「莫近繡簾彈」用李龜年在岐王宅事，李聞繡簾內有人彈琴，先曰楚聲，後云秦聲，並直指人名，果有狂心者，使二妓驚服。又〈戲贈秀老〉：「拆卻相公

〔註 11〕《蘇軾詩集》，第 7 冊，卷 45，頁 2457。

〔註 12〕《三國志・蜀書・法正傳》：「初，孫權以妹妻先主，妹才捷剛猛，有諸兄之風，侍婢百餘人，皆親執刀侍立，先主每入，衷心常凜凜；亮又知先主雅愛信正，故言如此。」見〔晉〕陳壽：《新校本三國志注附索引》（臺北：鼎文書局，1980 年），第 2 冊，卷 37，頁 960。

〔註 13〕《後漢書・馮衍傳》：「衍娶北地任氏為妻，悍忌，不得畜媵妾，兒女常自操井臼，老竟逐之，遂埳壈於時。然有大志，不戚戚於賤貧。居常慷慨歎曰：『衍少事名賢，經歷顯位，懷金垂紫，揭節奉使，不求苟得，常有陵雲之志。三公之貴，千金之富，不得其願，不槩於懷。貧而不衰，賤而不恨，年雖疲曳，猶庶幾名賢之風。修道德於幽冥之路，以終身名，為後世法。』」見〔南朝宋〕范曄：《新校本後漢書并附編十三種》（臺北：鼎文書局，1981 年），第 2 冊，卷 28 下，頁 1002～1003。

〔註 14〕《世說新語・規箴》：「王夷甫婦郭泰寧女，才拙而性剛，聚斂無厭，干豫人事。夷甫患之而不能禁。時其鄉人幽州刺史李陽，京都大俠，猶漢之樓護，郭氏憚之。夷甫驟諫之，乃曰：『非但我言卿不可，李陽亦謂卿不可。』郭氏小為之損。」見〔南朝宋〕劉義慶著，〔梁〕劉孝標注，朱鑄禹集注：《世說新語集注彙校》（上海：上海古籍出版社，2008 年重印版），頁 476～477。

〔註 15〕《蘇軾詩集》，第 8 冊，卷 48，頁 2587。

庵，泥卻駙馬竹。天下人總知，流入傳燈錄。」〔註 16〕前兩句在《蘇軾詩集》中言「句義未詳」，相公、駙馬皆喜事，卻欲拆欲泥，頗不尋常，他們都流入了禪宗典籍，推測多有披衣坐虛堂之意。

又蘇軾〈將之湖州戲贈莘老〉：

餘杭自是山水窟，仄聞吳興更清絕。
湖中橘林新著霜，溪上苕花正浮雪。
顧渚茶芽白於齒，梅溪木瓜紅勝頰。
吳兒膾縷薄欲飛，未去先說饞涎垂。
亦知謝公到郡久，應怪杜牧尋春遲。
鬢絲只可對禪榻，湖亭不用張水嬉。〔註 17〕

蘇軾前往湖州與孫莘老議築松江隄堰，本爲嚴肅的政事，卻在出發前夕，以戲詩贈之，舒緩了官場相處的緊張。起頭以「仄聞」的側聽、旁觀角度切入，表示對吳興清絕山水的陌生、期待，更使人料想實際到此後的眼界。唐人吳昭德，善造鱸膾，故膾若遇吳，鏤細花舖，蘇軾未到先饞，詩意從莊重中解放。詩中「謝公」即謝安（320～385），蘇軾〈八聲甘州〉：「願謝公、雅志莫相違」〔註 18〕，亦述謝安的退隱之志，謝安因爲醉心於吳興山水，故求爲此郡之守，爲一時佳話。而杜牧佐宣城幕時，聞湖州多奇麗，往之，驚見一女姝，故嘆尋春遲，杜牧（803～852）〈歎花〉說：「自恨尋芳到已遲，往年曾見未開時。如今風擺花狼藉，綠葉成蔭子滿枝。」〔註 19〕花落結果，自己的追尋卻無結果，相遇於短暫的明媚，蘇軾以此故事讚譽湖州。詩無達詁，杜牧尋春一事，河錫光考證恐是訛傳〔註 20〕，若此，「應怪杜牧尋春

〔註 16〕《蘇軾詩集》，第 8 冊，卷 48，頁 2626。

〔註 17〕《蘇軾詩集》，第 2 冊，卷 8，頁 396。

〔註 18〕《蘇軾詞編年校注》，中冊，頁 668。

〔註 19〕〔唐〕杜牧著，河錫光校注：《樊川文集校注》（四川：巴蜀書社，2007 年），下冊，頁 1379。

〔註 20〕河錫光認爲這首詩的本事，恐是好事者所衍，而杜牧在大中三年（849）、四年（850）的兩年中，四次上書宰相，請求外放，先求杭州，不能得，始求湖州，因此並非專求湖州。又根據唐制，地方官吏娶百姓女爲妻妾，屬於「有踰格律」，杜牧以刺史身分，欲娶本地

遲」則是戲說杜牧自請外放不成，困於宣州，遙望湖州波光粼粼。然而，不論再好的風光、佳人，終究是虛幻的，鬢絲對禪榻，則有茶煙逐風輕之意，自傷於老，也自歛於寂。「湖亭不用張水嬉」指清明的競舟之戲，此「戲」本爲活動之意，之於題目「將之湖州戲贈莘老」的「戲」字，兩個戲字的錯落，遂生新意，題目說「將之」，表示即將動身，尚未到湖州，清明以前，季節是「疾風甚雨」的寒食〔註21〕，故詩末說「不用」，彷彿未到清明，水已漲落，這是是一種「未歌先咽」〔註22〕的預知之感，也契合清明以前，度過寒食「預辦熟食」的「提前」之意，這份洶湧於其中的張水，它沖淡了等待來臨的苦，以及逃離官場的澀，收於張水清明的嬉。

二、鬥巧爭奇的隱語

黃庭堅的詩，本質是奇，更精確來說是「出奇」，根據胡仔《苕溪漁隱叢話．後集》說：

> 後山謂魯直作詩，過於出奇。誠哉是言也，如〈和文潛贈無咎〉詩：「本心如日月，利慾食之既。」〈王聖塗二亭歌〉：「絕去藪澤之羅兮，官于落羽。」洪玉父云：「魯直言羅者得落羽以輸官。」凡此之類，出奇之過也。〔註23〕

可見黃庭堅的奇詩，甚至是「羅者得落羽以輸官」的奇語。黃庭堅非但詩奇，連對於詩意的理解，也是出於常人的。出奇的原因是爲

女爲妾，是違反紀律的事情。

〔註21〕〔梁〕宗懍《荊楚歲時記》：「寒食無定日，或二月或三月，去冬至一百五日，即有疾風甚雨，謂之寒食節，又謂之百五節，秦人呼寒食爲熟食日，言不動爐火，預辦熟食過節也，齊人呼爲冷煙節。」見〔梁〕宗懍著，王毓榮校注：《荊楚歲時記校注》（臺北：文津出版社，1988年），頁126。

〔註22〕語出周邦彥〈風流子〉：「新綠小池塘，風簾動、碎影舞斜陽。羨金屋去來，舊時巢燕，土花繚繞，前度莓牆。繡閣鳳幃深幾許，聽得理絲簧。欲說又休，慮乖芳信，未歌先咽，愁近清觴。」見〔宋〕周邦彥著，〔宋〕陳元龍集注：《宋刊片玉集》（福建：福建人民出版社，2008年，據宋刻本影印原書版），頁25～26。

〔註23〕〔宋〕胡仔：《苕溪漁隱叢話．後集》，卷32，頁656。

了致勝，當詩成爲競技，或多或少削弱了情感的層面，畢竟筆在意先。這是一般讀者對於黃庭堅詩的梗概，不過，〔宋〕陳師道（1053～1101）《後山詩話》說：「詩欲其好，則不能好矣。王介甫以工，蘇子瞻以新，黃魯直以奇，而子美之詩，奇常、工易、新陳，莫不好也。」〔註 24〕戲題詩必帶一個戲字，「欲」的成分不能排除，欲詩好卻又能使詩好，無非是「奇」發生的效用，這個「奇」有競賽之工，也有刁鑽之辣，發爲隱語，端看如何「隱而秀」。贈詩要以戲字爲之，從題目上就已經是「奇」，則所贈之人當有趣事可言，黃庭堅〈戲贈家安國〉說：

家侯口吃善著書，常願執戈王前驅。
朱紱蹉跎晚監郡，吟弄風月思天衢。
二蘇平生親且舊，少年筆硯老杯酒。
但使一氣轉洪鈞，此老矍鑠還冠軍。〔註 25〕

家侯，指家安國（？～？），字復禮。雖年邁，仍存抱青雲之器，例如他對宋神宗改作尚書省一事〔註 26〕，危言危行，由史入理，分析軒輊，實屬難得。監郡指監御史，在梁陳之間，爲無所事事、徒有其名的閒官，故詩言「蹉跎」，非單指年歲而已。根據《全宋文》對家安國職官的記載：「崇寧中，爲奉議郎、充講議司檢討文字，提舉江南西路茶事。」〔註 27〕奉議郎，宋初沿唐制，從六品上，稱不上大官。

〔註 24〕〔宋〕陳師道：《後山詩話》，〔清〕何文煥輯：《歷代詩話》，頁 306。
〔註 25〕《黃庭堅詩集注》，第 2 冊，內集卷 13，頁 487。
〔註 26〕家安國〈論尚書省宜改作疏〉說：「今尚書令公廳、左右僕射，乃周冢宰布政之地，謂之朝堂，見處九卿之位；六曹省部，分治官府，今據三公之地。堂正子之位，養陰邪之氣，所以陰陽失道，天下異心，朝廷庶政，變異不常，宰輔大臣，始終無幾，豈皆人爲所召，疑由天造使然。竊聞本省訖工，纔經考落。神宗得唐制尚書省圖按規，已有意改作，但聖心天事，倚伏至今。安國僻學旁搜，豈是盡天人之理論？今考古猶能決耳目之疑，欲望改修尚書省，伏乞收采施行。」見曾棗莊、劉琳主編：《全宋文》，第 84 冊，卷 1837，頁 301～302。
〔註 27〕曾棗莊、劉琳主編：《全宋文》，第 84 冊，卷 1837，頁 301。

講議司在崇寧元年乃由宰相推舉，乍看榮耀，但宰相亦能隨時廢舉其職，其下又設檢討官，可以參與討論政事，但只限於「討論」，基本上沒有「同意權」，因此不能算擁有實權。這首詩的關鍵句在於「二蘇平生親且舊，少年筆硯老杯酒」，「舊」指兩人感情深厚，就算官途顛簸，各在一方，仍不忘彼此。黃庭堅以蘇軾、蘇轍的晚年「兄弟白髮」，寬解家安國以翁之軀，欲陶萬類的志。這樣的戲贈詩，其實是藏哀的，「戲」於此，更多的是風魔與佯裝，因爲吾儕歸老，遊宦天倫，在「親」與「舊」之間，是不可伸張的更深一層無奈。

黃庭堅〈戲贈米元章二首・其一〉說：「萬里風帆水著天，麝煤鼠尾過年年。滄江靜夜虹貫月，定是米家書畫舡。」〔註28〕米元章，即米芾（1051～1107），善書畫，黃庭堅〈跋米元章書〉說：「余嘗評米元章書如快劍斫陣，強弩射千里，所當穿徹。書家筆勢亦窮於此。然似仲由未見孔子時風氣耳。」〔註29〕敘其書之速度，穿勢驚人，同時也點出其書偶有伉直、好勇之失。麝煤原是製墨的原料，此指墨而言，鼠尾則指畫筆，因此詩的前兩句是說米芾在船行之際作畫、賞畫、品畫，頗爲風雅。根據任淵引《詩含神霧》：「瑤光如虹蜺，貫月正白，感女樞，生顓頊」，並注此詩：「此借用，言舡中有寶氣。崇寧間，元章爲江淮發運，揭牌於行舸之上，曰米家書畫舡云。」〔註30〕米芾曾任江淮發運一職，主要掌控漕運之事。因爲職務之利以及擅於繪畫的關係，米芾經常攜帶書畫置於船上，遊歷山水，成爲一時的美談。杜牧〈鄭瓘協律〉說：「廣文遺韻留樗散，雞犬圖書共一船。」〔註31〕也談及此事，黃庭堅所稱的「滄江靜夜虹貫月」，即是說船中有寶氣，脫俗於其他的征帆。而〈戲贈米元章二首・其二〉說：「我有元暉古印章，印刓不忍與諸郎。虎兒筆力能扛鼎，教字元暉繼阿章。」

〔註28〕《黃庭堅詩集注》，第2冊，內集卷15，頁563。
〔註29〕屠友祥校注：《山谷題跋校注》，卷5，頁144。
〔註30〕《黃庭堅詩集注》，第2冊，內集卷15，頁564。
〔註31〕〔唐〕杜牧著，河錫光校注：《樊川文集校注》，上冊，頁438。

〔註32〕元暉，即謝朓（464～499），虎兒，是米芾之子，這首詩第一個章字是「印章」，第二個章字是「米芾之子」，有繼承衣缽之意，故雖字面重複，仍不致有礙。「教字元暉繼阿章」是頗高的讚譽，謝朓時代早於米芾之子，虎兒不可能「教字元暉」，這句看似玩笑話，卻將「青出於藍而勝於藍」的旨要湧出。

再如黃庭堅〈戲贈世弼用前韻〉：「盜跖人肝常自飽，首陽薇蕨向來饑。誰能著意知許事，且爲元長食蛤蜊。」〔註33〕世弼，即袁陟（？～？），根據《莊子・盜跖》的說法，盜賊膾人肝〔註34〕，而伯夷、叔齊因恥食周物，遂餓死於首陽山。〔註35〕元長，指王融（467～493），根據《南史》的記載，王融躁於名利，自視甚高，因爲沈昭略不認識自己，心中有所不平。而沈昭略說：「不知許事，且食蛤蜊。」這使王融回答：「物以羣分，方以類聚，君長東隅，居然應嗜此族。」認爲沈昭略爲蠻荒之人，所以自然嗜食蛤蜊。〔註36〕這首詩用兩種食物來比喻「不食」，黃庭堅反說「且爲元長食蛤蜊」，王融自言「出於扶桑」，無人不知，而扶桑後多借指爲太陽，即《南史》所稱的「照耀天下」。此詩譏王融「高自標置如此」，不嗜海鮮，又稱人居於東隅，竟然不認識自己。在人際的相處上，王融顯得拙劣而缺乏善意。又黃

〔註32〕《黃庭堅詩集注》，第2冊，內集卷15，頁564。

〔註33〕《黃庭堅詩集注》，第3冊，外集卷4，頁884。

〔註34〕《莊子・盜跖》：「孔子不聽，顏回爲御，子貢爲右，往見盜跖。盜跖乃方休卒徒太山之陽，膾人肝而餔之。」見〔清〕郭慶藩編：《莊子集釋》（臺北：萬卷樓出版社，2007年），下冊，卷9下，頁1086。

〔註35〕《莊子・盜跖》：「世之所謂賢士，伯夷、叔齊，伯夷、叔齊辭孤竹之君，而餓死於首陽之山，骨肉不葬。鮑焦飾行非世，抱木而死。」見〔清〕郭慶藩編：《莊子集釋》，下冊，卷9下，頁1093。

〔註36〕《南史・王融傳》：「融躁於名利，自恃人地，三十內望爲公輔。初爲司徒法曹，詣王僧祐，因遇沈昭略，未相識。昭略屢顧盼，謂主人曰：『是何年少？』融殊不平，謂曰：『僕出於扶桑，入於湯谷，照耀天下，誰云不知，而卿此問？』昭略云：『不知許事，且食蛤蜊。』融曰：『物以羣分，方以類聚，君長東隅，居然應嗜此族。』其高自標置如此。」見〔唐〕李延壽：《新校本南史附索引》（臺北：鼎文書局，1981年），第1冊，卷21，頁576。

庭堅〈戲贈南安倅柳朝散〉：

柳候風味晚相見，衣袂頗薰荀令香。
桃李能言妙歌舞，樽前一曲斷人腸。
洞庭歸客有佳句，庾嶺梅花如小棠。
乘興高帆少相待，淮湖秋月要傳觴。〔註 37〕

起寫〔東漢〕荀彧（163～212）衣袖薰風，有「荀令君至人家，坐席二日香」〔註 38〕之稱。又以「桃李不言，下自成蹊」之說，反說「桃李能言」，使人斷腸的，並非感情，盡是生活瑣事、渾然閒事。「洞庭歸客」所對者爲「瀟湘故人」，從中寄寓了「故人」之情，既是多年舊友，聯絡不頻，理爲寒暄，然而黃庭堅一擺這種陳詞和語調，遇有才者心之所嚮「齊敏」，雖然「少相待」，只能借月授爵，傳遞思懷。全詩戲的成分少，反而贈的意味多，正因佳句脫出，所以故人重逢，可見荀令之香，其實是書香。這樣富於巧思的戲贈詩，亦可舉黃庭堅〈戲贈高述六言〉：「江湖心計不淺，翰墨風流有餘。相期乃千載事，要須讀五車書。」〔註 39〕這是一首六言詩，在蘇、黃的戲題詩中非常罕見，由於句子字數爲雙數，在語氣上較難做出轉折，〔清〕錢良擇（1605～？）《唐音審體》便說：「六言詩聲促調板，絕少佳什。」〔註 40〕黃庭堅將此詩前兩句各分爲「二二二」的節奏，後兩句分爲「二一三」的節奏，「乃」字在詩中少見，「相期乃千載事，要須讀五車書」爲散文句法，此爲以文爲詩，降低了詩的流暢，卻營造出停頓的口吻，彷彿相會無期，只能埋首書海，以此詩法表達了時間的凝固感。開端既說「江湖心計」，多指黃庭堅爲人誣陷一事〔註 41〕，莫可奈何，只

〔註 37〕《黃庭堅詩集注》，第 4 冊，外集卷 9，頁 1068。

〔註 38〕〔宋〕陳敬：《陳氏香譜》，《四庫全書珍本》（臺北：商務印書館，1973 年，據國立故宮博物院所藏文淵閣本影印），第 194 冊，頁 2 右。

〔註 39〕《黃庭堅詩集注》，第 4 冊，外集卷 16，頁 1358。

〔註 40〕〔清〕錢良擇：《唐音審體》，丁福保輯：《清詩話》（上海：上海古籍出版社，2015 年），下冊，頁 812。

〔註 41〕《宋史．黃庭堅傳》：「紹聖初，出知宣州，改鄂州。章惇、蔡卞與其黨論實錄多誣，俾前史官分居畿邑以待問，摘千餘條示之，謂爲

能憑藉翰墨揮灑。彼此相期是「無期」，朋友之間要能心神契合，是困難的，這樣的深味，似乎只能在書海中尋得，或者體會而出，而讀書、論書、寫書，卻也成了他們共同的興趣，這個前提，正是「要須讀五車書」。

再看黃庭堅〈戲贈曹子方家鳳兒〉：

揀芽入湯獅子吼，荔子新剝女兒頰。
鳳郎但喜風土樂，不解生愁山疊疊。
目如點漆射清揚，歸時定自能文章。
莫隨閩嶺三年語，轉卻中原萬籟簧。〔註42〕

獅子吼，本為佛教用語，出於《維摩詰所說經．佛國品》:「演法無畏，猶師（獅）子吼，其所講說，乃如雷震，無有量，已過量」〔註43〕，蘇軾〈聞潮陽吳子野出家〉亦出現此語:「當為獅子吼，佛法無南北。」〔註44〕其義根據索達吉堪布仁波切《佛說無量壽經廣釋》的說法:「佛陀能無有畏懼地宣說佛法，就像獅子能無有畏懼地在野獸群中吼叫一樣。」〔註45〕此詩喻新泡之茶足以平息眾聲，消除萬慮，有如佛獅吼。而荔子初破，嫩如臉頰，從中形容鳳兒一派天眞，不解人生愁苦。曹子方於哲宗元祐中為福建路轉運使，故鳳兒應隨其遷移漂泊，只見其眉目清秀，散發文采，「歸時定自能文章」喻示將有一番作為。詩末云在福建待久，輕則流連山水，重則恐灰心喪志，最怕語隨閩轉，失去奔赴中原的壯志。全詩之戲聚焦於「風土樂」，多有樂不思蜀之意，尤其對於剛起步的青年，最怕空有才華與抱負，隔著層層山巒，忘卻了憂傷，也忘卻了功業，是好是壞，就中取捨，令人深思。

無驗證。」見《新校本宋史并附編三種》，第16冊，卷444，頁13110。

〔註42〕《黃庭堅詩集注》，第4冊，外集卷17，頁1373。

〔註43〕《維摩詰所說經》，卷1，《大正新脩大藏經》，CBETA，T14，No.0475，0537a07。

〔註44〕《蘇軾詩集》，第8冊，卷47，頁2554。

〔註45〕索達吉堪布仁波切：《佛說無量壽經廣釋》（臺北：心一堂出版社，2015年），頁254。

文人之間的交流，因爲文學上知遇的寬與深，尤其是難以表達的細微憂鬱，化成文字後，演爲藝術品，許多的善與惡便在其中消彌了，所以梅家玲《漢魏六朝文學新論——擬代與贈答篇》說：「此一別出聖賢、將士的『文士』階層，也就在彼此詩文酬贈、酣歌遊宴之中，獲得了安身立命之道。」〔註46〕以黃庭堅〈戲贈諸友〉來說：

> 駑駘無長塗，一月始千里。騂騮嘶清風，衹在一日耳。
> 詩酒廢書史，諸友勿自疑。寧爲駑駘懶，當效騂騮嘶。
> 疏水必有源，析薪必有理。不須明小辨，所貴論大體。
> 生死命有制，富貴天取裁。儻能領眞意，何有於我哉。
> 討論銷白日，聖知在黃卷。自此宜數來，作詩情繾綣。
>
> 〔註47〕

黃庭堅賦此詩，時在詔下，題目一口氣「贈諸友」，似有訣別之意，卻又說戲贈，這與在詔下的小心翼翼，相去甚遠，亦是一種作詩的挑戰。千里馬一日千里，自己卻是駑駘，一月始千里，黃庭堅〈謝答聞善二兄九絕句・其二〉明言：「無有一日不吟詩」〔註48〕，可見並非「駑駘懶」。本詩似乎暗示黃庭堅蒙受不白〔註49〕，故言「不須明小辨」，傾訴諸友，表達自己「欲辯已忘言」，或許是詩中所謂的「眞意」。而銷白日者本是朗吟詩歌，而非討論國事，塵網誤入既深，難以自拔，難以抗「聖知」。繾綣，具有不捨之意，黃金少年盡在黃卷，若爲功

〔註46〕梅家玲：《漢魏六朝文學新論——擬代與贈答篇》（北京：北京大學出版社，2004年），頁131。

〔註47〕《黃庭堅詩集注》，第2冊，內集補卷15，頁555。

〔註48〕原詩爲：「未嘗頃刻可去酒，無有一日不吟詩。詩狂克念作酒聖，意態忽如少年時。」見《黃庭堅詩集注》，第2冊，內集卷15，頁555。

〔註49〕相關記載甚多，可參考〔宋〕費衮《梁溪漫志》：「元祐黨禍烈於熾火，小人交扇其焰，傍觀之君子深畏其酷，惟恐黨人之塵點汙之也。而東坡之在儋，儋守張中事之甚至，且日從叔黨棋以於東坡。洎張解官北歸，坡凡三作詩送之。魯直之在戎，戎守彭知微每遣吏李珍調護其逆旅之事，無不可人意。當是之時，而二守乃能如此，其義氣可書。張竟以此坐謫云。」見〔宋〕費衮著，金圓校點：《梁溪漫志》（上海：上海古籍出版社，2012年），卷4，頁104。

名來，宜捨此無所求。又黃庭堅〈戲贈王晦之〉：

故人適在登封居，折腰從事意何如。
月明曾聽吹笙否，我亦未見緱山鳧。
棲苴世上風波惡，情知不似田園樂。
未知嵩陽禪老之一言，何似黃石仙翁之三略。〔註 50〕

王晦之，其人未詳。此詩勸人隱退，並述自己也身陷官場，風波越惡，越泛田園之佳氣，而《三略》是部兵書，此與禪老之言相對，一進一退之間，恰巧符合黃庭堅和王晦之的狀態，無法全然身退，亦不能奮力進取。站在矛盾的仕隱之端，林泉之心本應多些，但詩末說「何似黃石仙翁之三略」，可見黃庭堅仍心繫功名。又黃庭堅〈幾復讀莊子戲贈〉：

蜩化搶榆枋，鵬化摶扶搖。大椿萬歲壽，糞英不重朝。
有待於無待，定非各逍遙。譬如宿舂糧，所詣豈得遼。
漆園槁項翁，聞風獨參寥。物情本不齊，顯者桀與堯。
烈風號萬竅，雜然吹籟簫。聲隨器形異，安可一律調。
何嘗用吾私，總領使同條。惜哉向郭誤，斯文晚未昭。
胡不棄影事，直以神理超。木資不才生，雁得不才死。
投身死生中，未可優劣比。深藏無所用，一寓不得已。
逍遙同我誰，歲暮于吾子。〔註 51〕

本來是黃幾復在讀《莊子》，但是這首戲贈詩，看來比較像是黃庭堅在抒發心得，且引眾多《莊子》內容典故，例如扶搖、逍遙、無待，似乎戲少而學問多，從另一個角度來說，這未嘗不是一種戲於學問之海，略有灑落精神。黃庭堅在莊學上並不完全認同向秀和郭象，主要認爲萬物不齊，乃物之本情，所以「齊物」並非要人眞正的「齊一萬物」，誤解罷了。而歲莫霜雪時，無人與之同雙，這樣的機感領會，與題目的「戲贈」，有所距離，此詩之戲，倒不如說是「荒唐時局」，黃庭堅因爲對《莊子》有獨到的見解，借黃幾復覽籍之事，加以漫說，

〔註 50〕《黃庭堅詩集注》，第 5 冊，外集補卷 1，頁 1562。
〔註 51〕《黃庭堅詩集注》，第 5 冊，外集補卷 2，頁 1588。

世上眞正能夠逍遙的人，或者讀懂逍遙之義的人，是非常稀少的。關於詩的隱語，〔明〕謝榛（1495～1575）《四溟詩話》說：

> 黄山谷曰：「彼喜穿鑿者，棄其大旨，取其發興於所遇林泉、人物、草木、魚蟲，以爲物物皆有所託，如世間商度隱語，則詩委地矣。」予所謂「可解、不可解、不必解」，與此意同。〔註52〕

黃庭堅認爲詩壞於難解，若隱而不秀，縱使文字再好，亦是枉然，這即是它強調的「大旨」。據此，逆推回戲贈詩，其人旨恐非「戲」，也非「贈」，因爲「未可優劣比」，越是精準將題目的戲字，甚至贈字掛上名日、意義，皆非原作者之意。然而，黃庭堅的詩本身便有「商度隱語」的現象，故實多、學問豐，又因爲題目已言「戲」，似乎不能完整呈現，進而理解詩的內容，只存一個「宏旨」，王國維《人間詞話》說：「詩之三百篇十九首，詞之五代北宋，皆無題也。非無題也，詩詞中之意不能以題盡之也。」〔註53〕由此觀之，戲題詩的「戲」字，它像是一個符碼（code），連結、導引著作者背後的涵義，否則連篇出現的戲詩，數量龐大，已自成系統。又略談主題分類的第一種，已見戲題詩並非通篇「可戲」，更多的是「可嘆」。和王國維的論點略有出入的是胡適（1891～1962）〈詞選自序〉，該文認爲詞原本是「歌者的詞」，以蘇軾爲分界，開始變成「詩人的詞」，而蘇軾一類的天才，他們用詞來寫作他們的「新詩」。該文又說：

> 詞體到了他手裏，可以詠古，可以悼亡，可以談禪，可以說理，可以議論。同時王荊公也這樣做；蘇門的詞人黃山谷，秦少游，晁補之，也都這樣做。……詞人的個性和風格越發表現出來。無論什麼題目，無論什麼內容，都可以入詞。……這個時代的詞也有他（擬疑爲「它」字）的特

〔註52〕〔明〕謝榛著，宛平校點：《四溟詩話》（北京：人民文學出版社，2005年重印版），卷1，頁13。

〔註53〕王國維著，徐調孚校注：《校注人間詞話》（臺北：頂淵文化，2001年），頁33。

徵。第一，詞的題目不能少了，因爲內容太複雜了。第二，詞人的個性出來了；東坡是東坡，稼軒是稼軒，希眞（朱敦儒）是希眞，不能隨便混亂了。〔註54〕

這段引文的重點在於「詞人的性格開始出現」，原本詞只是「歌者的詞」，屬於酒筵歌席上的娛樂產物。但是當詞到了天才的手裡，內容、形式皆顯得無所不能，所以詞的題目，不再像過去那樣單純，出現了「序」，出現了「調下加題」的現象，由於思想的領域，以及情感的表達，變得比過去更爲複雜，所以作者必須給讀者更多的提示，從此「題目」興起「交代本事」的風氣，且此風氣一開，便不能輕易閉鎖。從戲題詩反推胡適和王國維的觀點，「戲」字可以說是蘇、黃有意或無意的提示，它可能只是一時的風尚，又或者他們眞有某種戲意，無論如何，都不能替題目「戲」字作出定義，因爲要「視內容而定」。王國維的主張是較爲保守的，因爲古典文學貴在有餘韻，不把題旨說盡。然而胡適的說法較貼近蘇、黃的想法，戲題詩本身就是一種詩的變革、破體、出位，誠然，它的題目設定也更具藝術性，這個藝術性不可否認有雕琢的痕跡，然而這也並非盡是戲題詩的缺點，因爲觀看的角度不同。從反向來看，直接明確告訴讀者「本詩爲戲作」，倘若內容並非讀者期待或預期的戲意，在心理層面，便產生了一種碰撞。所以戲題詩的題目看似板滯，不停重複，然而每首詩的戲字意義，卻不盡相同，反而豐富了閱讀的樂趣，此外，也使題目的語言，從文言趨於白話。

第二節　戲答類

答詩，繫於有問，這個「答案」在戲答詩中，往往出人意料，吳彩娥〈性靈與遊戲：二袁以戲嘲爲題詩歌析論〉說：「詩的遊戲性應該還包含詩人和文化社會間的拆解、拉鋸、建構、認同等等的對話姿

〔註54〕胡適：《胡適文集・第三集》（臺北：遠東圖書，1983年），卷7，頁633～634。

態」〔註 55〕，「拆解」是最先被讀者看到的，因爲一個「戲」字，破壞了古典詩既有的抒情傳統，變質的表現方式，孰輕孰重，需要更多的文本來佐證，這樣拉鋸的才是有火花的，非逞才或刻意反對。以下分爲「氣骨不衰的自嘲」、「揚棄悲哀的清狂」來討論：

一、氣骨不衰的自嘲

自嘲是建立在嘲人之中，可能有害於詩的氣骨，因爲以俳諧體來審視戲題詩，蘇、黃偶爾使用輕薄、率意、重複的語言遊戲其中，連帶使詩的氣骨落俗，失去昂揚挺拔的雄姿，關於這種現象，《中國古代俳諧詞史論》說：

> 雖然古人常把淺俗之作稱爲俳諧，但是俳諧體並不能等同於俗體，有些俳諧詩文恰恰表達了詩人內心苦澀酸楚的複雜情感，在自嘲的感懷中試圖消解心中的塊壘，滲透著一種「含淚的微笑」。〔註 56〕

戲謔他人，卻又夾帶自嘲，即是一種複雜的情感表達。笑中帶淚和苦中作樂頗爲相似，在情感上產生一種衝突，尤其詩人在自嘲時，易使詩意產生凝滯感。以下舉例說明，蘇軾〈偶與客飲，孔常父見訪，方設席延請，忽上馬馳去，已而有詩，戲用其韻答之〉說：

> 揚雄他文不皆奇，獨稱觀瓶居井眉。
> 酒客法士兩小兒，陳遵張竦何曾知。
> 主人有酒君獨辭，蟹螯何不左手持。
> 豈復見吾衡氣機，遣人追君君絕馳。
> 盡力去花君自癡，醍醐與酒同一卮，
> 請君更問文殊師。〔註 57〕

題目的「孔常父」，指孔武仲（1041～1097），字常父。詩的起句用典：西漢的陳遵（？～？）、張竦（？～？）俱以列侯歸長安，而陳門車

〔註 55〕吳彩娥：〈性靈與遊戲：二袁以戲嘲爲題詩歌析論〉，《彰化師大國文學誌》第 14 期（2007 年 6 月），頁 3。
〔註 56〕王毅：《中國古代俳諧詞史論》，頁 23。
〔註 57〕《蘇軾詩集》，第 5 冊，卷 28，頁 1501～1502。

滿，張門冷落，揚雄作〈酒箴〉稱陳遵如「觀瓶居井眉」，並謂張竦「吾與爾猶是」。〔註 58〕蘇軾借此典故說明酒與佛的關係，雖能「衡氣機」，還「遣人追君」，可惜到頭來皆是「君自癡」。蘇軾所戲答的原詩，爲孔武仲〈謁蘇子瞻因寄〉，其詩說：「二豪兀坐渾如痴，錯認醍醐是酒卮，誰將此景付畫師。」〔註 59〕從「答」的角度來說，蘇軾並沒有回答，而是要孔武仲「請君更問文殊師」，畫師寫意，而禪師應寫一個「空」字，詩中妙答之意，頗令人玩味。醍醐，酥酪之美者，而人聞正法，如食醍醐，但它與酒終究是不同的，並非前述的「吾與爾猶是」，蘇軾偏說「醍醐與酒同一卮」，將「醉意」融入句中，因爲它們分明非同一卮，還戲言此番分別，只能求問菩薩。又蘇軾〈戲答王都尉傳柑〉：「侍史傳柑玉座傍，人間草木盡天漿。寄與維摩三十顆，不知薝蔔是餘香。」〔註 60〕上元時節，上御以溫州進柑，分賜群臣，謂之「傳柑」。薝蔔，爲梵語音譯，外形似梔子花，色白味濃，既然不知它是「餘香」，間接戲言柑之味美，詩短更顯柑之味遠。

蘇軾對於美食的品味，還展現在〈戲答佛印〉：「遠公沽酒飲陶潛，佛印燒豬待子瞻。採得百花成蜜後，不知辛苦爲誰甜。」〔註 61〕根據查注，佛印住金山寺時經常燒豬以待蘇軾，一日爲人所竊，故蘇軾戲作小詩。佛印不能吃葷，故其燒豬待蘇軾，自己卻無緣舌尖，一如工

〔註 58〕《漢書・陳遵傳》：「初，遵爲河南太守，而弟級爲荊州牧，當之官，俱過長安富人故淮陽王外家左氏飲食作樂。……遵既免，歸長安，賓客愈盛，飲食自若。久之，復爲九江及河內都尉，凡三爲二千石。而張竦亦至丹陽太守，封淑德侯。後俱免官，以列侯歸長安。竦居貧，無賓客，時時好事者從之質疑問事，論道經書而已。而遵晝夜呼號，車騎滿門，酒肉相屬。先是黃門郎揚雄作酒箴以諷諫成帝，其文爲酒客難法度士，譬之於物，曰：『子猶瓶矣。觀瓶之居，居井之眉，處高臨深，動常近危。』」見〔漢〕班固著，〔唐〕顏師古注：《新校本漢書集注并附編二種》（臺北：鼎文書局，1981 年），第 5 冊，卷 92，頁 3711～3712。

〔註 59〕北京大學古文獻研究所編：《全宋詩》（北京：北京大學出版社，1998 年），第 15 冊，卷 880，頁 10262。

〔註 60〕《蘇軾詩集》，第 6 冊，卷 36，頁 1956。

〔註 61〕《蘇軾詩集》，第 8 冊，卷 48，頁 2654。

蜂辛勤，終非爲己。又〈戲答佛印偈〉:「百千燈作一燈光，盡是恆沙妙法王。是故東坡不敢惜，借君四大作禪床。」〔註62〕此詩的百千燈是「燈」，一燈光是「心燈」，佛法浩瀚，根據達亮《蘇東坡與佛教》的說法，蘇軾〈雪堂記〉:「吾非逃世之事，而逃世之機」，此話最能概括蘇軾的妙悟。〔註63〕蘇軾自謙不能進入禪境，只能如杜甫〈旅夜書懷〉般「飄飄何所似？天地一沙鷗」〔註64〕，旅居於無垠的曠野中，因爲長期的所見所聞，俱非中原慣見景色，時間一久，眼界遂成寬穩，看什麼都似相同，這是參禪的「見山是山，見水是水」之境，也就是不興波瀾。筆者以爲，白燈是俗世之眼，總追尋耀眼的光，以爲那是一種道、禪，或者體悟，然而，微弱的燈火並不怯於皓月，因爲自己的內心是篤定而踏實的，不隨星移而感物換，所以四大皆空，禪床挺舉，垂釣睡眠。另外蘇軾有一首較長的〈病中，大雪數日，未嘗起，觀虢令趙薦以詩相屬，戲用其韻答之〉:

經旬臥齋閣，終日親劑和。不知雪已深，但覺寒無那。
飄蕭窗紙鳴，堆壓檐板墮。風飆助凝冽，幃幔困掀簸。
惟思近醇釀，未敢窺璨瑳。何時反炎赫，卻欲躬臼磨。
誰云坐無氈，尚有裘充貨。西鄰歌吹發，促席寒威挫。
崩騰踏成逕，繚繞飛入座。人歡瓦先融，飲儁瓶屢臥。
嗟予獨愁寂，空室自困坷。欲爲後日賞，恐被遊塵涴。
寒更報新霽，皎月懸半破。有客獨苦吟，清夜默自課。
詩人例窮寒，秀句出寒餓。何當暴雪霜，庶以躡郊賀。

〔註65〕

病中尚能寫戲答詩，在情感上，蘇軾具有某種程度的自我寬慰，乃至於療人。這首戲答詩，出現了三次的寒：「寒無那」、「寒威挫」、「寒更」，以及隱藏在「誰云坐無氈」句中的「寒氈」，蘇軾本非苦吟詩人，

〔註62〕《蘇軾詩集》，第8冊，卷48，頁2626。
〔註63〕達亮：《蘇東坡與佛教》（臺北：文津出版社，2010年增補版），頁231。
〔註64〕〔清〕楊倫箋注：《杜詩鏡銓》，上冊，卷12，頁570。
〔註65〕《蘇軾詩集》，第1冊，卷4，頁158。

孟郊多寒而李賀多鬼，此借疾戲言，這樣的調笑效果，如「何時反炎赫，卻欲躬臼磨」，遙望五月炎日，又寄勞務以使身體發熱，或者「人歡瓦先融，飲雋瓶屢臥」，強顏歡笑，似能融雪，又如人飲水，冷暖自知，句句歡苦交雜，一把辛酸，卻泰然自若，氣壓霜雪。根據李廌《師友談記》說：

> 東坡嘗言：文章之任，亦在名世之士，相與主盟，則其道不墜。方今太平之盛，文士輩出，要使一時之文有所宗主。昔歐陽文忠常以是任付與某，故不敢不勉。異時文章盟主，則在諸君，亦如文忠公之付授也。〔註66〕

蘇軾之所以病中還寫詩，除了「文窮」以外，因爲他重視人際的往來，趙廌既以詩相屬，則不可不答，不可不回，尤其，蘇軾於當時文壇具有很高的影響力，儘管病榻多戲言，仍不忘文章之任重。越是「嗟予獨愁寂，空室自困坷」，越是戲言著一切，這樣的戲答詩在人生取向上是正面的，反而不是落魄到底的癡人說夢、遊戲過頭。上文所引「逃世之機」，正可說明蘇軾雖以樂筆寫哀事，看似頽廢，其所以「逃世之機」，因已陶然忘機，故蘇軾衰於文字，卻不衰於文氣，猶見氣骨，傲岸於紙。

再以黃庭堅〈戲答荊州王充道烹茶四首〉爲例：

> 三徑雖鋤客自稀，醉鄉安穩更何之。
> 老翁更把春風椀，靈府清寒要作詩。（其一）
>
> 茗椀難加酒椀醇，暫時扶起藉糟人。
> 何須忍垢不濯足，苦學梁州陰子春。（其二）
>
> 香從靈堅壟上發，味自白石源中生。
> 爲公喚覺荊州夢，可待南柯一夢成。（其三）
>
> 龍焙東風魚眼湯，箇中即是白雲鄉。
> 更煎雙井蒼鷹爪，始耐落花春日長。（其四）〔註67〕

〔註66〕〔宋〕李廌著，孔凡禮點校：《師友談記》，頁44。
〔註67〕《黃庭堅詩集注》，第2冊，內集卷16，頁582～584。

題目的「王充道」，其人未詳。舊本黃庭堅自注：「居士酒徒，不喜茗飲，故多戲句。」既然對方戲句頗多，黃庭堅又以戲句答之，等於是「以戲對戲」，在旨意上已有碰撞的火花。第一首寫幕下郎官，鋤客稀少，連酒客也無。面對無客訪跡的孤獨，以春風椀中的「溫酒」，對府中的「清寒」，點出人情世故的冷暖自知。此中或有眞意，僅能寫詩聊爾嘲人。而黃庭堅其人若非「清貧苦寒」，便不能以勁瘦氣韻之詩來回應，故第一首的「要作詩」，還可能有自嘲之意。第二首寫王充道不喜歡喝茶，所以黃庭堅戲言茶濃不復添加酒醇，還帶有反說之意，因爲王充喜酒不喜茶，應說「酒椀難加茶椀香」。「糟」，本爲釀酒時濾下來的渣滓，此句工寫「糟人」，戲稱喝醉酒的人，還靠另一個腳步顚簸的人扶起，這分明是種自嘲，因爲黃庭堅也是嗜酒之人，他能理解王充道的狂心瀟灑，表面上是「以戲對戲」，實際上還帶有同病相憐之意，只是，黃庭堅以戲言來間接表達，還用一個「藉」字，削弱了飲酒太過的惡。第二首復說王充道因酒而荒廢生活，學晉人陰子春「身服垢汙，腳數年一洗，言每洗則失財敗事，云在梁州，以洗足致梁州敗」〔註68〕，故糟人與梁州，俱敗。這樣十足的荒誕之詞，卻寄寓了王充道如同陰子春，具有「廉潔」的美德，不可以嗜酒之事而評斷其人，爲「諧中有隱」的表現。第三首重見第一首已用過的「靈」字，又連下兩個「夢」字，並非黃庭堅不工，恰恰相反，便是形式上的「恍然粗疏」，反而彰顯了題旨的爛醉之意，這是戲意於形式上的展現。荊州是古來兵家必爭之地，能坐擁其地，佔據資源者少，多是不斷攻與退，爭與讓，一切的追求只是南柯一夢，名利何其虛妄，偏說「可待南柯一夢成」，其實早已知道「不成」。第四首是該組詩的壓卷之作，王充道不喜品茗，黃庭堅偏說「龍焙」，名貴的茶，也無緣品嚐，且還寫「魚眼湯」，以魚眼形容水沸所生的泡沫。因此

〔註68〕《南史・陰子春傳》：「子春雖無佗才行，臨人以廉潔稱。閨門混雜，而身服垢汙，腳數年一洗，言每洗則失財敗事，云在梁州，以洗足致梁州敗。」見《新校本南史附索引》，第2冊，卷64，頁1555。

整句「龍焙東風魚眼湯」，在乍暖還寒的時候，啜飲龍焙，此意恰如身在「白雲鄉」〔註69〕，即仙境，黃庭堅戲說自己正飲茶自樂，苦無伴一起品茗。「更煎雙井蒼鷹爪」，雙井的茶葉形如曲鉤，故稱蒼鷹爪，復言高級茗品，不投王充道的「興趣」所好。詩末言「始耐落花春日長」，「耐」字見戲，因爲在一個人面前，反覆言說其不喜之物，無非是「考驗耐心」，故此詩具有輕微的虐人，還呼應題目的「烹茶」。烹茶需小火，如本詩緩緩解嘲，以筆尖觸碰到對方的痛處，不流於叫囂。而春日長，閒思何其多，教人不禁酣飲一杯，至於杯中是何物，則形乎善謔與自嘲。

二、揚棄悲哀的清狂

吉川幸次郎《宋詩概說》說：「宋人認爲人生不一定是完全悲哀的，從而採取了揚棄悲哀的態度。」〔註70〕原本趣少的詩，透過詩人的戲答來汎詠皋壤，反而使原詩討論的主題活絡起來，讓詩不再只是痛苦的深淵，添了些許生活的平淡、粗糙，像是黃庭堅〈戲答陳元輿〉：

平生所聞陳汀州，蝗不入境年屢豐。
東門拜書始識面，鬢髮幸未成老翁。
官饔同盤厭腥膩，茶甌破睡秋堂空。
自言不復蛾眉夢，枯淡頗與小人同。
但憂迎笑花枝紅，夜窗冷雨打斜風。
秋衣沉水換薰籠。銀屏宛轉復宛轉，
意根難拔如薤本。〔註71〕

詩誇陳軒任主客郎中，政績昌平，只是秋來風雨，更添新愁。蛾眉夢，

〔註69〕《莊子・天地》：「夫聖人鶉居而鷇食，鳥行而無彰；天下有道則與物皆昌，天下無道則修德就閒；千歲厭世，去而上僊，乘彼白雲，至於帝鄉。三患莫至，身常無殃，則何辱之有！」見〔清〕郭慶藩編：《莊子集釋》，上冊，卷5上，頁462。

〔註70〕〔日〕吉川幸次郎著，鄭清茂譯：《宋詩概說》，頁26。

〔註71〕《黃庭堅詩集注》，第1冊，內集卷8，頁298。

謂螓首蛾眉，即美夢也，銀屏宛轉，乃宮廷夜景旖旎，而薤自地下鱗莖叢生，故難拔，黃黃庭堅戲稱「意根」，其義費解，根據黃庭堅〈跋所書戲答陳元輿詩〉：「紹聖三年九月壬寅，林表亭與東萊呂東玉對棋罷，眉山陽明叔作墨瀋，請作大字。試舒城張眞筆，燒燭寸餘。摩圍閣老人書。」〔註72〕黃庭堅在戲答詩後敘述一場對弈的殘局，並請作大字，誌其自號「摩圍閣老人」，由此推之，陳軒能做到「蝗不入境年屢豐」，但自己卻是「鬢髮幸未成老翁」，有力不從心之感，故此詩的「意根」多是「秋意」，縱有天題字，不如樽前醉，故言「茶甌破睡」，卻「秋堂空」，知之者少，似乎只能聊復一笑，與眾小臣蝸角爭利。這首古詩本押平聲東韻，末兩句轉用銑韻和阮韻，而銑韻和阮韻屬於鄰韻（旁韻），詩末兩句又彼此互相押韻，〔明〕梁橋（？～？）《冰川詩式》稱爲「古詩末句變韻法」、「漏底韻法」〔註73〕。黃庭堅之所以使用此法，恐非炫技，因爲「銀屏宛轉復宛轉」，意義上本有回環往復之感，故詩末兩句協韻，聲音宛轉，情感也間接產生了宛轉，又「意根難拔如薤本」，拔薤有剷除豪強、惡勢力的意思，所以末句變韻，形如「拔韻」，以映照內容的「意根難拔」，即「官饔同盤厭腥膩」的醜態，此沉重的東韻一拔，則「茶甌破睡秋堂空」的愜意之姿，便折腰而出。

黃庭堅的戲答詩，有蘇軾所未有的六言體裁，在〈有惠江南帳中香者戲答六言二首・其一〉說：「百鍊香螺沉水，寶薰近出江南。一穟黃雲繞几，深禪想對同參。」〔註74〕根據詩注：「洪駒父《香譜》有李主帳中香法，以鵝梨汁蒸沉香用之。」此詩主要寫江南名香，沉水繞雲，使深於禪者如面同樣修禪之人，即異香成穗，百鍊成鋼之意。又黃庭堅〈有惠江南帳中香者戲答六言二首・其二〉：「螺甲

〔註72〕屠友祥校注：《山谷題跋校注》，卷8，頁225。

〔註73〕〔明〕梁橋：《冰川詩式》，周維德集校：《冰川詩式》，第2冊，頁1668。

〔註74〕《黃庭堅詩集注》，第1冊，內集卷3，頁120。

割崑崙耳，香材屑鷓鴣斑。欲雨鳴鳩日永，下帷睡鴨春閒。」〔註 75〕螺甲，即香螺，以刀斫成坎，黃庭堅工於用字，以「割崑崙耳」妙喻，因爲道家稱頭爲崑崙，此當爲割香之頭、耳，復以酒蜜熬煮，再以雨水浸之，刮去白木，其香結名鷓鴣斑。鳴鳩，代表天將下雨，意味著薰香將完成。「睡鴨」便是鴨型香爐，煙從口出，得睡人間。兩首詩在遊戲之中，找到一絲閒適，又香料多來自西方，或古時高、竇等州之山林，焚香多有禪定、寓外之意，無論是產地、行爲皆具有「閒」意，且用「鷓鴣」遙對「睡鴨」，兩者皆非實質禽類，而是香的化身，當眞戲耳。

戲答詩的精彩處在於一來一往之間，亦莊亦諧的分寸拿捏，或者讓人拍案叫絕的絕問與妙答，尤其還是蘇、黃彼此的戲答詩，例如黃庭堅〈子瞻以子夏、丘明見戲，聊復戲答〉：

> 化工見彈太早計，端爲失明能著書。
> 邇來似天會事發，淚睫見光猶隕珠。
> 喜公新賜紫琳腴，上清虛皇對久如。
> 請天還我讀書眼，願載軒轅訖鼎湖。〔註 76〕

左丘明爲春秋盲人史官，卻著成左史，此詩開端已點出「詩書隱約」〔註 77〕的特質，其所以隱約，乃因微言大義，或有志難伸，忍作隱語，這是原本「詩書隱約」的意旨。左丘明兼具「詩書隱約」的憂憤，以及「視力隱約」的殘缺，黃庭堅遂以戲言反撥「失明」，頗具力道。黃庭堅回應了蘇軾〈次韻黃魯直赤目〉所言：「誦詩得非子夏學，紬

〔註 75〕《黃庭堅詩集注》，第 1 冊，內集卷 3，頁 121。

〔註 76〕《黃庭堅詩集注》，第 1 冊，內集卷 6，頁 221。

〔註 77〕〔漢〕司馬遷《史記・太史公自序》：「夫詩書隱約者，欲遂其志之思也。昔西伯拘羑里演周易；孔子戹陳蔡，作春秋；屈原放逐，著離騷；左丘失明，厥有國語；孫子臏腳，而論兵法；不韋遷蜀，世傳呂覽；韓非囚秦，說難、孤憤；詩三百篇，大抵賢聖發憤之所爲作也。此人皆意有所鬱結，不得通其道也，故述往事，思來者。」見《新校本史記三家注并附編二種》（臺北：鼎文書局，1981 年），第 4 冊，卷 130，頁 3300。

史正作丘明書。天公戲人亦薄相，略遣幻翳生明珠。」〔註 78〕瞳孔爲白膜所蒙蔽，故成幻翳，黃庭堅眼睛近況不佳，「淚睫見光猶隕珠」乃自比爲鮫人〔註 79〕，淚落成珠，具有居於水的「游」意。黃庭堅似見大事發生，又飲紫琳腴之酒，良對許久，陷入對於黑暗的思索中，無奈眼疾是造化弄人，故說「天公戲人」，而「薄相」進一步的怪天輕薄，可見戲題詩所言戲語，並不全然出於「捉弄人」，是出於不可抗拒的疾運。蘇軾〈次韻黃魯直赤目〉後段尚言：「賴君年來屏鮮腴，白干燈光同一如。書成自寫蠅頭表，端就君王覓鏡湖。」以鏡湖之光難覓，對比於蠅頭文字，黃庭堅戲答「請天還我讀書眼」，說明男兒讀書五車，折煞視力，此外這個「讀書眼」還兼有「慧眼」之意，也就是領略能力，這與作詩強調「奇」的黃庭堅不謀而合，讀書之眼當如月。〔註 80〕鼎湖是皇帝升仙所在，既爲傳說，則呼應了蘇軾所言「幻翳」，髮蒼視茫，淚光隕珠，是天公戲人，也是讀書之眼未開的混沌、執迷。

蘇軾的問，是樂觀面對眼疾，猶能覓湖與著述，《東坡志林》說：「余患赤目，或言不可食膾。余欲聽之，而口不可，曰：『我與子爲口，彼與子爲眼，彼何厚，我何薄？以彼患而廢我食，不可。』子瞻不能決。」〔註 81〕戲言自己貪食不肯戒膾，不顧赤目之疾，又搬演「口」

〔註 78〕《蘇軾詩集》，第 5 冊，卷 27，頁 1457。

〔註 79〕〔晉〕張華《博物志》：「南海外有鮫人，水居如魚，不廢織績，其眼能泣珠。」見〔晉〕張華著，范寧校證：《博物志校證》（臺北：明文書局，1981 年），卷 2，頁 24。

〔註 80〕蘇軾〈弔李臺卿〉說：「看書眼如月，罅隙靡不照。我老多遺忘，得君如再少。」見《蘇軾詩集》第 4 冊，卷 21，頁 1131。說明年少時讀書，遍及罅隙，博學強記，如今垂垂老朽，光芒黯淡，才知一字不識的浩瀚之境。蘇軾〈弔李臺卿〉還說：「從橫通雜藝，甚博且知要」，戲言所學爲「雜藝」，正說明蘇軾本有狂心，深諳詩法便是無法，一如唐人高處在作詩，而不在論詩。故說雜藝，自我調侃之餘，尚有一絲文學自覺。

〔註 81〕王松齡點校：《東坡志林》（北京：中華書局，2010 年重印版），卷 1，頁 14。

的擬人對話，明明是眼睛的錯，卻要嘴巴受罪，萬萬不可。一句「子瞻不能決」寫出自己的任性，卻又流露純真的一面。黃庭堅的答，是戲謔迎向生命的虛無，但求學問能使面目流露從容，而語言有味。黃庭堅想要重拾讀書眼，無非是窮愁，這與第二章所引金聖歎：「凡有戲字詩只如此」，有所偶合。《史記・虞卿傳》明言：「然虞卿非窮愁，亦不能著書以自見於後世云。」〔註 82〕能著書、能寫詩，還是寫戲詩，更加證明戲題詩的內涵，並非文字本身，或者創作態度、行文口氣上的顧盼自雄而已。

黃庭堅亦有連章的長篇戲答詩，例如〈戲答公益春思二首・其一〉：

能狂直須狂，會意自不惡。蚤知筋力衰，此事屬先覺。
公詩應鍾律，豈異趙人鐸。我爲折腰吏，王役政敦薄。
文移亂似麻，期會急如雹。賦斂及逋逃，十九被木索。
公思當此時，清興何由作。前日東山歸，花如萎莎落。
徑欲共公狂，知命知此樂。公家胡蜀葵，雖晚尚隱約。
晴明好天氣，蹔對亦愜適。妝恨朱粉輕，舞憐衫袖窄。
衣襦相補紉，天吳亂瀏鶒。草茅多奇士，蓬蓽有秀色。
西施逐人眼，稱心最爲得。食魚誠可口，何苦必魴鯽。
清狂力能否，人生天地客。不者尚能來，南窗理塵跡。
草玄續周書，摋策定漢歷。有意許見臨，爲公酤一石。
〔註 83〕

承接上述所言「揚棄悲哀」，此詩以狂心展開，對應後文的「徑欲共公狂」，有天涯淪落的感嘆，爾後對此狂心定義爲「清狂」，「清狂」和「輕狂」差之千里，清狂是痴狂之意，表達自己身爲「折腰吏」的無奈。詩說「會意自不惡」，可見戲詩呈現的「意」，並非皆是「惡」的。整首詩的核心在於「稱心」、「可口」，也就是外在的「西施容貌」和「魴鯽肥美」，永不及內在的體悟、反思，空有形式而已。故讀周

〔註 82〕《新校本史記三家注并附編二種》，第 3 冊，卷 76，頁 2376。
〔註 83〕《黃庭堅詩集注》，第 5 冊，外集補卷 1，頁 1549。

書、策漢歷，遙想風流人物的一壁江山，只能將此意寄託於「爲公酤一石」的一樽瀟灑，雖云戲答，卻說知命，在笑看人生的麻、雹重阻之餘，反而更加篤定知悉了泡影般的仕途。又黃庭堅〈戲答公益春思二首．其二〉：

> 昔人有眞意，政在無美惡。微言見端緒，垂手延後覺。
> 大聲久輟響，誰繼夫子鐸。長笑二南閒，斯道公不薄。
> 性懷如珮環，詩筆若隕雹。前篇戲調公，深井下短索。
> 子雲最清靜，亦動解嘲作。光塵貴和同，土心尚磊落。
> 眾人開眼眠，公獨寤此樂。昔在西宮遊，初非朝夕約。
> 邂逅二三子，蛾眉能勸客。坐嫌席閒疏，酒恨盞底窄。
> 驪駒我先返，看朱已成碧。況聞公等醉，歌舞恣所索。
> 舞餘必纏頭，歌罷皆舉白。清狂稍稍出，應節自不錯。
> 譬如觀俳優，誰能不一噱。何爲苦解紛，迺似自立敵。
> 人生忽遠行，車馬無歸跡。黃粱一炊頃，夢盡百年歷。
> 棄置勿重陳，虛心待三益。〔註84〕

該詩索字重韻，果眞「能狂直須狂」。黃庭堅對於自己的「戲答」行爲，做出「再答」：「前篇戲調公，深井下短索」，故其所戲者，不過「短索」，志在探意，不在深究，這樣的說法容易使人產生誤解，似乎戲題詩果眞「只是遊戲」，剛好相反，深井用長索，雖然符合工具之效，也就是表達的方式，然而，綆短汲深，其中的「距離」反而「被顯現」出來，而不是「顯現」出來的明白。歌舞恣出，裙帶、弦索，無一不「長」擺，又說「譬如觀俳優，誰能不一噱」，黃庭堅反將其意變爲「執書嘔噱，不能離手」，讀詩如觀劇，使人絕倒。內容盡是酒筵歌席，心聲卻是杯盤狼藉，故其以戲作答，猶如短索無形，下探夢遠井深，換來一顆不自滿的心。一句「虛心待三益」，則有短索懸念、釣意、憑空的衍伸意義，即是「人生忽遠行，車馬無歸迹」，長短互見，更以短補長。

〔註84〕《黃庭堅詩集注》，第5冊，外集補卷1，頁1550。

第三節　戲書／戲詠類

由於蘇軾的戲詠詩只有〈戲詠子舟畫兩竹兩鴝鵒〉，此詩又重見於黃庭堅詩集。其次，蘇軾「戲書」類的內容，和「戲詠」類有相似之處，以詠物詩居多，再加上黃庭堅以「戲書」命名者稀少，一進一退之間，此小節將「戲書」、「戲詠」兩類合併。以下分為「聊爾作戲的愉悅」、「一時譏誚的風物」來討論。

一、聊爾作戲的愉悅

蘇軾有詩就稱「戲書」兩字而已，題目後並無接續，因此「戲書」就是「戲以成書」、「戲以成詩」的意思，並沒有「書於某事」的連結。蘇軾〈戲書〉說：

> 五言七言正兒戲，三行兩行亦偶爾。
> 我性不飲只解醉，正如春風弄羣卉。
> 四十年來同幻事，老去何須別愚智。
> 古人不住亦不滅，我今不作亦不止。
> 寄語悠悠世上人，浪生浪死一埃塵。
> 洗墨無池筆無冢，聊爾作戲悅我神。〔註85〕

作詩本不全然嚴格正經的蘇軾〔註86〕，在流浪生死後，悠游詩的字裡行間，非不正經也，而是正經會被官場人情、生活日常磨光，蘇軾〈贈山谷子〉便說：「不憂老子難為父，平生倔強今心降」。〔註87〕五言七言是詩的常態，近體詩或古體詩皆然，這樣的尋常景象，是多數人所見到的表象，故能飲者未必能醉，這是沐春風，而非如沐春風，有根本上的差異。蘇軾的古體詩大抵比近體詩好，其中又以七古為優，〔清〕施補華（1835～1890）《峴傭說詩》說：「東坡最長於七古，沉雄不如杜，而奔放過之；秀逸不如李，而超曠似之，又有文學以濟其才。有

〔註85〕《蘇軾詩集》，第8冊，卷47，頁2552。

〔註86〕〔清〕賀裳《載酒園詩話》評蘇軾詩：「多粗豪處、滑稽處、草率處，又多以文為詩，皆詩之病。然其才自是古今獨絕」。見郭紹虞編，富壽蓀校點：《清詩話續編》，第1冊，頁427。

〔註87〕《蘇軾詩集》，第8冊，卷49，頁2724。

宋三百年無敵手也。」〔註 88〕李立信〈蘇東坡七古用韻考〉稱東坡七古的用韻：「別開生面，多所變化。」〔註 89〕俱爲例證，除了古詩質樸的特質，較契合蘇軾的人格，主要是近體的格律無法束縛蘇軾之才，此外，在實踐上，蘇軾也的確有許多「五言七言正兒戲」，不拘爲古體詩而已，以下以題名有「嘲」字的詩爲例，蘇軾〈嘲子由〉說：「誰知聖人意，不盡書籍中。」〔註 90〕戲言盡信書不如無書，生命裡，學問從來都是其次的，所獲得的名，其實都是「身後名」，都是虛妄的。又〈次韻黃魯直嘲小德。小德，魯直子，其母微，故其詩云：解著《潛夫論》，不妨無外家〉說：

> 進饌客爭起，小兒那可涯。莫欺東方星，三五自橫斜。
> 名駒已汗血，老蚌空泥沙。但使伯仁長，還與絡秀家。
>
> 〔註 91〕

戲言黃庭堅小兒如蚌珠出於泥沙，「小兒那可涯」，指小兒的行爲不受拘束，「欺」字帶有嘲意，下字精準，寫出小兒的嬉戲與可人，要小兒別仗山谷詩名，欺負無名如小星者，當眞呼爲一笑。王易《詞曲史》說：「歌戈端莊，麻馬放縱」〔註 92〕，此詩押放縱的麻韻，聲情結合，更顯小兒的青春在旁，識之自然。而〈戲書〉所言「臨川墨池」，乃是王羲之學書之處，池水盡黑〔註 93〕，由此可見蘇軾體會到的「戲」

〔註 88〕〔清〕施補華：《峴傭說詩》，丁福保輯：《清詩話》，下冊，頁 1024。

〔註 89〕李立信：〈蘇東坡七古用韻考〉，《逢甲大學人文社會學報》第 5 期（2002 年 11 月），頁 22。

〔註 90〕《蘇軾詩集》，第 8 冊，卷 47，頁 2523。

〔註 91〕《蘇軾詩集》，5 冊，卷 30，頁 1595。

〔註 92〕王易：《詞曲史》（台北：廣文書局，1971 年 3 版），頁 283。

〔註 93〕曾鞏〈墨池記〉：「臨川之城東，有地隱然而高，以臨於溪，曰新城。新城之上，有池窪然而方以長，曰王羲之之墨池者，荀伯子臨川記云也。羲之嘗慕張芝臨池學書，池水盡黑，此爲其故跡，豈信然邪？方羲之之不可強以仕，而嘗極東方，出滄海，以娛其意於山水之間，豈其徜徉肆恣，而又嘗自休於此邪？」見〔宋〕曾鞏著，陳杏珍、晁繼周點校：《曾鞏集》（北京：中華書局，2013 年重印版），卷 17，頁 279。

並非眞實的「兒戲」，而是一顆赤子之心，故能「悅我神」。這首詩爲蘇軾晚年所作，不感物哀，反覺物靜，因爲所歷山水越深，心志越平穩，能將人所不能掌握的大事：生與死，以戲觀之，例如蘇軾得知被貶南方時，〈被命南遷，途中寄定武同僚〉竟說：「只知紫綬三公貴，不覺黃粱一夢游」〔註94〕，能說出「不覺」兩字，定已坦然。

又蘇軾〈遊諸佛舍，一日飲釅茶七盞，戲書勤師壁〉說：「示病維摩元不病，在家靈運已忘家。何須魏帝一丸藥，且盡盧仝七碗茶。」〔註95〕釅茶，即濃茶，飲之七碗，當面目清醒。「示病維摩元不病」，意指眾生不得病，則維摩病滅。「在家靈運已忘家」，指謝靈運（385～433）在會稽「傍山帶江，盡幽居之美。與隱士王弘之、孔淳之等放蕩爲娛，有終焉之志。」〔註96〕可見謝靈運流連山水，四處冶遊，故在家，也忘了在家。如果眞的出家，便不須要透過和隱士交往，來顯示自己心若禪定，此詩似乎有言外之意。「何須魏帝一丸藥」，即長生不老藥，飲之生翼，而盧仝因爲七碗茶仍「喫不得」〔註97〕，從孤悶到通靈，一如自己飲釅茶七盞，似濃似淡，兩兩相依。又蘇軾〈劉景文家藏樂天身心問答三首，戲書一絕其後〉：「淵明形神自我，樂天身心相物。而今月下三人，他日當成幾佛。」〔註98〕詩中所言「形神」，

〔註94〕《蘇軾詩集》，第8冊，卷47，頁2555。

〔註95〕《蘇軾詩集》，第2冊，卷10，頁508。

〔註96〕《宋書・謝靈運傳》：「靈運父祖並葬始寧縣，并有故宅及墅，遂移籍會稽，修營舊業。傍山帶江，盡幽居之美。與隱士王弘之、孔淳之等放蕩爲娛，有終焉之志。每有一首詩至都下，貴賤莫不競寫，宿昔間士庶皆徧，名動都下。」見〔梁〕沈約等：《新校本宋書附索引》（臺北：鼎文書局，1980年），第1冊，卷19，頁539。

〔註97〕盧仝〈走筆謝孟諫議寄新茶〉：「……一碗喉吻潤，兩碗破孤悶。三碗搜枯腸，唯有文字五千卷。四碗發輕汗，平生不平事，盡向毛孔散。五碗肌骨清，六碗通仙靈。七碗喫不得也，唯覺兩腋習習清風生。蓬萊山，在何處，玉川子。乘此清風欲歸去，山上群仙司下土。地位清高隔風雨，安得知百萬億蒼生命，墮在巔崖受辛苦。便爲諫議問蒼生，到頭還得蘇息否。」見《全唐詩》（北京：中華書局，1992年），第12冊，卷388，頁4379。

〔註98〕《蘇軾詩集》，第6冊，卷34，頁1818。

當爲陶淵明的組詩〈形影神〉，其中〈形影神・神釋〉說：「縱浪大化中，不喜亦不懼，應盡便須盡，無復獨多慮。」〔註99〕這樣的「自我」是不隨物而喜悲的，月下三人，是指蘇軾、白居易和陶淵明，因此「影」是被隱蔽的、被放逐的，如同不受到福禍牽引的心，蘇軾〈贈劉景文〉曾說：「荷盡已無擎雨蓋，菊殘猶有傲霜枝。一年好景君須記，正是橙黃橘綠時。」〔註100〕王文誥（1764～？）案語說：「此是名篇，非景文不足以當之。景文忠臣之後，有兄六人皆亡，故贈此詩。」據此可知蘇軾對劉季孫的才與遇有所關懷，且賞其忠義，甚至對其家中所藏了書插科使砌，從白居易詩，上引至陶淵明，是故詩尾說「他日當成幾佛」，趣言劉季孫「家藏佛」，還略帶蘇軾個人的憐憫於其中。

蘇軾對於有趣的事物常懷好奇心，並忠實記錄，其結論多以「笑」作結，並非偶然，觀其文如〈書茶墨相反〉：「此又可以發來者之一笑也」，或〈記溫公論茶墨〉：「大眾一笑而去」〔註101〕，不勝枚舉。這般博物又博笑的例子，可再舉蘇軾〈戲書吳江三賢畫像三首〉：

> 誰將射御教吳兒，長笑申公爲夏姬。
> 卻遣姑蘇有麋鹿，更憐夫子得西施。（其一）
>
> 浮世功勞食與眠，季鷹眞得水中仙。
> 不須更說知機早，直爲鱸魚也自賢。（其二）
>
> 千首文章二頃田，囊中未有一錢看。
> 卻因養得能言鴨，驚破王孫金彈丸。（其三）〔註102〕

第一首寫夏姬狐媚淫亂，後俘虜至楚國，楚莊王爲之傾倒，有意納爲妻妾，但是申公巫臣勸不可。〔註103〕「卻遣姑蘇有麋鹿」指荒廢政

〔註99〕〔晉〕陶淵明著，逯欽立校注：《陶淵明集》（北京：中華書局，2008年重印版），卷2，頁37。

〔註100〕《蘇軾詩集》，第5冊，卷32，頁1713。

〔註101〕以上兩則見《蘇軾文集》，第5冊，卷70，頁2227。

〔註102〕《蘇軾詩集》，第2冊，卷11，頁564～566。

〔註103〕《左傳・成公二年》：「楚之討陳夏氏也，莊王欲納夏姬。申公巫臣曰：『不可。』君召諸侯，以討罪也。今納夏姬，貪其色也，貪色爲淫，淫爲大罰。周書曰：『明德愼罰』。文王所以造周也。」見〔晉〕

事，宮中生荊棘，露霑衣也。該詩用西施比之吳姬，而范蠡比之巫臣，巫臣因女子而使楚奔命於吳，范蠡因女子而佐越滅吳，一笑一憐之間，只有一線之隔。第二首寫晉人張翰因秋風起，而思吳膾，遂命駕而歸〔註104〕，然而當時冏辟掌權，張翰此退被喻爲「見機」，也就是自知抱負無所施展。蘇軾此詩「歸意」更高，因爲他並非見機，而是心中眞有山水的人，是不需要借山水來表達辭官，故說「直爲鱸魚也自賢」，並非鱸魚羹勾起詩人思鄉或者仕隱的情懷，而是情懷本在眠食的稀鬆日常中。第三首先說自己「文章千首」，無庸置疑，「二頃田」指良田，若有愧於二頃田，就算配有相印也是枉然，相對的，結果是「囊中未有一錢看」，窮困潦倒，一如杜甫〈空囊〉所說：「囊空恐羞澀，留得一錢看」〔註105〕，杜甫尚有「一錢」可看，詩意具餘地，蘇軾直言「未有一錢」，戲言處殘留憂患。「能言鴨」指詩人陸龜蒙馴養一欄鬥鴨，被路過的驛使挾彈斃其尤者，後來陸龜蒙說這些鴨善狀人言，使者懼而塞金窒口。〔註106〕「金彈丸」指漢代韓嫣好彈，以金爲丸，故京師之童每逐其後，望拾彈之所落。〔註107〕這首詩在戲

杜預注，〔唐〕孔穎達等正義：《春秋左傳正義》（臺北：藝文印書館，1993年，影印〔清〕阮元《校刻十三經注疏校勘》本），卷25，頁428。

〔註104〕《晉書‧張翰傳》：「翰因見秋風起，乃思吳中菰菜、蓴羹、鱸魚膾，曰：『人生貴得適志，何能羈宦數千里以要名爵乎！』遂命駕而歸。著首丘賦，文多不載。俄而冏敗，人皆謂之見機。然府以其輒去，除吏名。」見《新校本晉書并附編六種》，第3冊，卷92，頁2384。

〔註105〕〔清〕楊倫箋注：《杜詩鏡銓》，上冊，卷6，頁263。

〔註106〕白居易《白孔六帖》說：「陸龜蒙居雲澤之南，有鬬鴨一欄。有驛使過，挾彈斃其尤者，於是龜蒙請而駭之，曰：『此鴨能人語，見待附進使者斃之，奈何使人恐盡與橐中。』金龜蒙始焚其章，問人語之由，曰：『能自呼其名。』」見〔唐〕白居易著，〔宋〕孔傳續撰：《白孔六帖》，《文淵閣四庫全書》，子部冊892，卷98，頁543。

〔註107〕〔晉〕葛洪《西京雜記》說：「韓嫣好彈，常以金爲丸．所失者日有十餘．長安爲之語曰：『苦飢寒，逐金丸。』京師兒童每聞嫣出彈，輒隨之，望丸之所落，輒拾焉。」見〔晉〕葛洪：《西京雜記》，《文淵閣四庫全書》，子部冊1035，卷4，頁16～17。

言中拉開貧富之距，略帶社會寫實的意義。

蘇軾對詠物詩的見解，可參考〔清〕王夫之（1619～1692）《薑齋詩話》:「蘇子瞻謂『桑之未落，其葉沃若』，體物之工，非『沃若』不足以言桑，非桑不足以當『沃若』，固也。」〔註108〕戲書類的詠物詩又更難工，「物」與「戲」彼此的指涉、拉鋸和錯落，往往是「物易」而「戲難」，好比蘇軾〈戲書李伯時畫御馬好頭赤〉:

> 山西戰馬飢無肉，夜嚼長稭如嚼竹。
> 蹄間三丈是徐行，不信天山有坑谷。
> 豈如廄馬好頭赤，立仗歸來臥斜日。
> 莫教優孟卜葬地，厚衣薪櫝入銅歷。〔註109〕

楚莊王的愛馬死於病肥，欲以士大夫禮葬之，被群臣勸阻。有一優孟諫楚莊王以士大夫禮失於薄，應該人君禮葬之，因爲此事楚莊王犯下「重馬而輕人」的過錯，後來優孟又建議楚莊王，以葬牲畜的方法處理愛馬，並把馬交給了主管宮中膳食的太官，避免此事宣揚出去。〔註110〕李伯時所畫爲「御馬」，蘇軾卻用「優孟」哭之，此馬「不信天山有坑谷」，力裕而不求逞，只怕馬被冠上「御」字，如同被自己的

〔註108〕〔清〕王夫之著，舒蕪校點:《薑齋詩話》(北京:人民文學出版社，2005年重印版)，卷1，頁142。

〔註109〕《蘇軾詩集》，第5冊，卷30，頁1590。

〔註110〕《史記·優孟傳》:「優孟，故楚之樂人也。長八尺，多辯，常以談笑諷諫。楚莊王之時，有所愛馬，衣以文繡，置之華屋之下，席以露牀，啗以棗脯。馬病肥死，使羣臣喪之，欲以棺槨大夫禮葬之。左右爭之，以爲不可。王下令曰:『有敢以馬諫者，罪至死。』優孟聞之，入殿門。仰天大哭。王驚而問其故。優孟曰:『馬者王之所愛也，以楚國堂堂之大，何求不得，而以大夫禮葬之，薄，請以人君禮葬之。』王曰:『何如?』對曰:『臣請以彫玉爲棺，文梓爲槨，楩楓豫章爲題湊，發甲卒爲穿壙，老弱負土，齊趙陪位於前，韓魏翼衛其後，廟食太牢，奉以萬戶之邑。諸侯聞之，皆知大王賤人而貴馬也。』王曰:『寡人之過一至此乎!爲之柰何?』優孟曰:『請爲大王六畜葬之。以壠竈爲槨，銅歷爲棺，齎以薑棗，薦以木蘭，祭以糧稻，衣以火光，葬之於人腹腸。』於是王乃使以馬屬太官，無令天下久聞也。見《新校本史記三家注并附編二種》，第4冊，卷126，頁3200。

溺愛而蒙蔽雙眼的楚莊王，下了錯誤的決策。御馬「蹄間三丈是徐行」，這是「物態」，屬於易寫的層面，而「莫教優孟卜葬地」則是「物理」，墳上起舞的優孟，在行爲上是一種「衝突」，哭笑本不能兩全。又詩寫皇帝御馬，錦上添花者多，蘇軾以楚莊王愛馬比之御馬，這匹御馬終究是眼前畫上之物。「厚衣薪槱入銅歷」，將鍋鼎作爲棺材，以火爲衣，使馬葬之於人腹腸。整首詩本詠良馬之外觀、速度，唯獨沒有論其品格，畫馬亦同，物之品格難工，非顏料足以盡繪。結以走板卻不至荒腔的優孟登場，起先欲以美玉雕紋之棺葬之，最後在地上起灶葬之，哭馬之成敗，總歸一笑。

詠物之外，亦有「效人」之作，例如黃庭堅〈戲書效樂天〉：

> 造物生成嵇叔嬾，好人容縱接輿狂。
> 鳥飛魚泳隨高下，蟻集蜂衙聽典常。
> 母惜此兒長道路，兄嗟予弟困冰霜。
> 酒壺自是華胥國，一醉從他四大忙。〔註 111〕

詩題爲「戲效樂天」，即慕白居易的爲人，據黃庭堅〈跋自樂遊天三洞序〉說：「樂天以贊善大夫是日上疏論天下根本，所言忤君相按劍之意……觀其言行，藹然君子也。余來三遊洞下，未嘗不想見其人。」〔註 112〕黃庭堅認爲白居易是仁義藹如之人，上疏知忤人，仍盡吐之，不願逆己之意。此詩的「效」，是效其眞。首聯寫嵇康的「嬾」，通「懶」，然而「嵇叔嬾」三字連用時，有特殊意義，嵇康（223～262）的好友山濤（205～283），勸其出仕，嵇康遂寫〈與山巨源絕交書〉來明志，其言：「性復疏嬾，筋駑肉緩……今但願守陋巷，教養子孫，時與親舊敘闊，陳說平生，濁酒一盃，彈琴一曲，志願畢矣。」〔註 113〕由此可見，稽康的「嬾」是忠於本性的任眞，也是不願登王塗，不惜與好友絕交的「狂」。又嵇康著有〈聖賢高士傳〉，其中錄有「狂接輿」

〔註 111〕《黃庭堅詩集注》，第 5 冊，外集補卷 4，頁 1710。

〔註 112〕屠友祥校注：《山谷題跋校注》，卷 9，頁 249。

〔註 113〕〔清〕嚴可均輯：《全上古三代秦和三國六朝文》（北京：中華書局，2012 年重印版），第 2 冊，全三國文卷 47，頁 1321。

條目，因此一二句並非賣弄以使事，彼此之間有脈絡的相承。不過「狂」並非為其姓氏，接輿本名陸通，字接輿。嵇康以「狂接輿」錄其名，可見真狂人也。第二句「好人容縱接輿狂」，語出《論語‧微子》：「楚狂*接輿*歌而過孔子曰：『鳳兮！鳳兮！何德之衰？往者不可諫，來者猶可追。已而，已而！今之從政者殆而！』孔子下，欲與之言。趨而辟之，不得與之言。」〔註 114〕因此，楚國的狂人接輿，和嵇康相同，皆棄儒慕道，不逐車馬跡。頷聯寫魚鳥相隨，又以「典常」為本，以蕃土室，蜂蟻皆有「成群」的物性，亦有「工蜂」、「工蟻」的階級，不如蝶、燕，有成雙飛舞的意涵。因此，本聯以蟻蜂聽典常，以后為首，不如魚鳥相親之率真。頸聯語出《詩經‧魏風‧陟岵》：「陟彼岡兮，瞻望兄兮。兄曰：嗟！予弟行役，夙夜必偕。上慎旃哉！猶來無死。」〔註 115〕行役之苦，牽動著一家人的心情起伏，母惜兄嗟，皆有感冰霜嚴峻，道路迢遞。尾聯的「華胥國」，語出《列子‧黃帝》：「晝寢而夢，遊於華胥氏之國。華胥氏之國在弇州之西，台州之北，不知斯齊國幾千萬里；蓋非舟車足力之所及，神游而已。」〔註 116〕故「華胥國」指黃庭堅嚮往無利害的怡然之境，又根據《山谷詩集續補》注：「四大」為「地、水、火、風」〔註 117〕，可以理解尾聯旨寫人生短暫，且苦如風霜行役，不如沉醉於天地萬物之間。這首詩從「戲效」的角度出發，似乎說明著戲題的旨意，有理念的根源，代表此嬾、狂的作戲、佯裝，事出有因。

〔註 114〕〔魏〕何晏集解，〔宋〕邢昺疏：《論語注疏》，頁 165。

〔註 115〕〔漢〕毛亨傳，〔漢〕鄭玄箋，〔唐〕孔穎達等正義，〔清〕阮元校勘：《毛詩正義》（臺北：藝文印書館，1993 年，影印〔清〕阮元《校刻十三經注疏校勘》本），頁 209。

〔註 116〕〔春秋〕列禦寇著，〔晉〕張湛注：《列子》（臺北：藝文印書館，1971 年再版），卷 2 頁 19。原文確實作「遊而」、「神游」，使用不同字。

〔註 117〕陳永正、何澤棠注：《山谷詩集續補》（上海：上海古籍出版社，2012 年），卷 2，頁 264。

二、一時譏誚的風物

蘇、黃作戲詩本是爲了排解苦悶，而非獲得詩名，加上兩人學問雄厚，頗好討論文藝，信手拈來之處多，黃公渚《黃山谷詩‧導言》認爲黃庭堅過於「險怪」的詩：「若東坡所云，乃係一時譏誚之辭，不可據爲典要；蓋東坡於山谷相契相狎，至於其詩，固未嘗不推重也。」〔註 118〕戲詩通常具有險怪的性質，然而「一時譏誚之辭」的背後意義，卻是値得探討的，尤其黃庭堅戲詩數量龐大，內容混雜，恐非「一時」，而是「長時」。以黃庭堅〈戲詠猩猩毛筆二首〉爲例：

> 桄榔葉暗賓郎紅，朋友相呼墮酒中。
> 正以多知巧言語，失身來作管城公。（其一）
>
> 明窗脫帽見蒙茸，醉著青鞋在眼中。
> 束縛歸來儻無辱，逢時猶作黑頭公。（其二）
>
> 跋：錢穆父奉使高麗，得猩猩毛筆，甚珍之。惠予，要作詩。蘇子瞻愛其柔健可人意，每過予書案，下筆不能休。此時二公俱直紫微閣，故予作二詩，前篇奉穆父，後篇奉子瞻。〔註 119〕

西山，又稱紫微山，其西北最高處稱爲紫微閣。錢穆父，即錢勰（？～？），由於詩序文並未說明錢勰所任何官，根據「奉使高麗」，可推斷其職務含有外交之事，而宋代職掌外交的機關是鴻臚寺。錢勰出使高麗得猩猩毛筆，堪稱異筆，〔韓〕崔世珍（1473～1542）《朴通事諺解》稱爲「高麗筆」〔註 120〕，爲罕物，孔武仲〈猩猩毛筆與黃魯直同賦〉說：「物以異爲貴，嗟哉皆自戕」〔註 121〕，同樣是以戲意來寫

〔註 118〕黃公渚：《黃山谷詩》（臺北：商務印書館，1971 年），頁 8。

〔註 119〕《黃庭堅詩集注》，第 1 冊，內集卷 3，頁 150～151。

〔註 120〕〔韓〕崔世珍《朴通事諺解》：「小子沒甚麼鄉產與先生，這的高麗筆墨和二十張大紙將去，人事與相識弟兄，多謝，正是難得之物…」見〔韓〕崔世珍：《朴通事諺解》（臺北：聯經出版社，1978 年，奎章閣叢書本），頁 383。

〔註 121〕北京大學古文獻研究所編：《全宋詩》（北京：北京大學出版社，1998 年），第 15 冊，卷 880，頁 10258。

猩猩毛筆的珍貴，「自戕」實爲「自嘲」。蘇軾對猩猩毛筆也愛不釋手，不過，黃庭堅〈跋東坡論筆〉提到蘇軾最喜「諸葛筆」〔註 122〕，並非猩猩毛筆。黃庭堅先說「正以多知巧言語」，好筆能使增色文章，「失身來作管城公」則是成爲作家、詩人之意，延展其句意，則可知文人得筆，表面上是物態合宜，從逆向上來看，猩猩筆這般珍異，其選擇的主人也是詩風上偏向奇險的黃庭堅，因此不如說是「筆選主人」。第二首「醉著青鞋在眼中」，青鞋，乃「青鞋布襪」，指平民生活，於詩中多有隱居之意，故醉眼入青鞋，灑掃官場的泥滓，繼續未竟的山水。「束縛歸來儻無辱」寫蘇軾起自謫籍，卻不改倜儻不羈之色，「逢時猶作黑頭公」用故實，《北史・古弼傳》說：「弼頭尖，帝常名之曰『筆頭』，時人呼爲『筆公』。屬官懼誅。」〔註 123〕據此典故內容，一開始因爲〔北魏〕古弼（？～？）將肥馬給弱者，不給騎人，觸怒天顏，但是，魏太武帝最後改觀，並說：「筆公果如朕卜，可謂社稷之臣。」此當黃庭堅本意，又「黑頭公」原典是指外貌，該詩卻將「黑」

〔註 122〕黃庭堅〈跋東坡論筆〉：「東坡平生喜用宣城諸葛筆，以爲諸葛之下者猶勝他處工者。平生書字，每得諸葛筆，則宛轉可意，自以謂筆論窮於此。見几研間有棗核筆，必嗤消，以爲今人但好奇尚異，而無入用之實。然東坡不擅雙鉤懸腕，故書家亦不伏此論。」見屠友祥校注：《山谷題跋校注》，卷 5，頁 127。

〔註 123〕《北史・古弼傳》：「太武大閱，將校獵於河西，弼留守。詔以肥馬給騎人，弼命給弱者。太武大怒曰：『尖頭奴敢裁量朕也！朕還臺，先斬此奴！』弼頭尖，帝常名之曰『筆頭』，時人呼爲『筆公』。屬官懼誅。弼告之曰：『吾謂事君使田獵不適盤游，其罪小也。不備不虞，使戎寇恣逸，其罪大也。今北狄孔熾，南虜未滅，狡焉之志，窺伺邊境，是吾憂也。故選肥馬備軍實，爲不虞之遠慮。苟使國家有利，吾寧避死乎？明主可以理干，此自吾罪。』帝聞而歎曰：『有臣如此，國之寶也。』賜衣一襲，馬二疋，鹿十頭。後車駕田於山北，獲麋鹿數千頭，詔尚書發車牛五十乘運之。帝尋謂從者曰：『筆公必不與我，汝輩不如馬運之速。』遂還。行百餘里而弼表至，曰：『今秋穀懸黃，麻菽布野，豬鹿竊食，鳥雁侵費，風波所耗，朝夕參倍。乞賜矜緩，使得收載。』帝謂左右曰：『筆公果如朕卜，可謂社稷之臣。』」見〔唐〕李延壽：《新校本北史并附編三種》（臺北：鼎文書局，1980 年），第 2 冊，卷 25，頁 907。

喻爲「毀謗」，頗具匠心。

蘇軾面對流言的態度，〈次韻秦太虛見戲耳聾〉說得好：「今君疑我特佯聾，故作嘲詩窮嶮怪。須防額癢出三耳，莫放筆端風雨快。」〔註 124〕蘇、黃的戲題詩產生了交集，他們的戲題詩善狀人物虯姿與媚姿，看似以醜爲美，腹中卻有寂寞，故發爲戲語，本爲略解：君不見黃落驚山樹，故予佯裝耳聾，搔出三耳的「聶」，小聲而細碎訴說此愁，故沉著中寓有痛快。又黃庭堅〈戲詠蠟梅二首〉：

金蓓鎖春寒，惱人香未展。雖無桃李顏，風味極不淺。（其一）

體薰山麝臍，色染薔薇露。披拂不滿襟，時有暗香度。（其二）

跋：京洛間有一種花，香氣似梅花，五出而不能晶明，類女功撚蠟所成，京洛人因謂蠟梅，木身與葉乃類蒴藋。竇高州家有灌叢，能香一園也。〔註 125〕

第一首寫花蕾的無賴、可愛，迎春鎖鄉心，戲言處在「惱」字。跋既說「能香一園也」，蠟梅今在眼前，「雖無桃李顏」，卻更加誘使人料想蕾內的氣息，雖說是花惱人，其實是詩人詼諧的自惱。第二首寫麝香，麝食柏葉，蹄尖彈臍，牠至寒香滿的特質與蠟梅類似，黃庭堅又以「色染薔薇露」相襯其味濃烈，宋代金陵宮人以薔薇水染生帛，一夕忘收，故宮中一時流露鮮翠。花香終究只是物態，若暗香懷袖，居處無事，不用像黃庭堅〈蠟梅〉所說：「埋玉地中成故物，折枝鏡裏異新妝」〔註 126〕，這般費煞心思，埋玉又折枝，〈戲詠蠟梅二首〉內容皆濃得化不開，似乎香氣逼人，折服意味強，而暗香是浮動的、蟄伏的，黃庭堅戲詠梅的香氣「類女功撚蠟所成」，天然反像人工雕琢而成，以及等待盛開的苦與甜。

〔註 124〕《蘇軾詩集》第 3 冊，卷 18，頁 951。

〔註 125〕《黃庭堅詩集注》，第 1 冊，內集卷 5，頁 201～202。

〔註 126〕《黃庭堅詩集注》，第 1 冊，內集卷 5，頁 203。

要擺脫純粹的物態描寫，還要兼顧使人發笑的誘因，造成戲詠類的詩難寫，若刻畫深，詩寫意；寫意深，輪廓淺，其間還貫穿著一道笑語，又恐流於議論。黃庭堅〈見諸人唱和酴醾詩輒次韻戲詠〉說：

梅殘紅藥遲，此物共春歸。名字因壺酒，風流付枕幃。
墜鈿香徑草，飄雪淨垣衣。玉氣晴虹發，沉材鋸屑霏。
直知多不厭，何忍摘令稀。常恨金沙學，顰時正可揮。
〔註 127〕

酴醾原爲酒名，因其花顏色類似酴醾酒，故以此命名。全詩內容不重見「酴醾」兩字，從形式的根本上，算是成功的詠物詩。前八句皆狀物態，紅藥翻階，梅瓣已疏，時人取酴醾落花爲枕囊，其香氣聲響如鉅木屑，綿綿不絕。人的物質享受提升了，滿園春景卻是寂寞，花稀人遠。「常恨金沙學」，爲里人效西施顰之意，酴醾色濃又可入酒，成爲被摘取的對象，故其美是一顰一笑，俗人釀之、藏之，都作枉然。這首詩是和韻詩，黃庭堅偏取名「戲詠」，和韻詩本身就是一種效仿，故此戲字傳神，在於摘花與吟詩之別，不扶而直。又黃庭堅〈戲詠煖足缾二首〉：

小姬煖足臥，或能起心兵。千金買腳婆，夜夜睡天明。
（其一）

腳婆元不食，纏裹一衲足。天明更傾瀉，類面有餘燠。
（其二）〔註 128〕

黃庭堅所詠之物是不起眼的小物：煖足缾，俗稱湯婆子，只是冬日暖腳，卻冥茫引發兵心，因此「千金買腳婆」便戲成「千金買兵」，只求安穩一眠，不再夜夜起疑。次首將煖足缾喻爲腳婆，待天明瀉出變涼的熱水，洗臉時尚感餘溫。兩首詩點出「客睡」之意，客睡他鄉，羈旅行役未肯停歇，故有天不明，即失眠的症，如今「小姬」成「腳婆」，食之炎燠，除去夜長夢多。又黃庭堅〈戲詠高節亭邊山礬花二

〔註 127〕《黃庭堅詩集注》，第 1 冊，內集卷 7，頁 275
〔註 128〕《黃庭堅詩集注》，第 1 冊，內集卷 7，頁 576

首〉：

> 序：江南野中有一種小白花，本高數尺，春開極香，野人謂之鄭花，王荊公嘗欲作詩而陋其名，予請名曰山礬，野人采鄭花葉以染黃，必借礬而成色，故名山礬，海岸孤絕處，補陀山譯者謂小白花山，予疑即此花爾，不然，何以觀音老人堅坐不去耶。
>
> 北嶺山礬取意開，輕風正用此時來。
> 平生習氣難料理，愛著幽香未擬迴。（其一）
>
> 高節亭邊竹已空，山礬獨自倚春風。
> 二三名士開顏笑，把斷花光水不通。（其二）〔註129〕

在進入詩以前，黃庭堅的序文便令人絕倒，其言觀音老人堅坐不去小白花山，揶揄觀音久踞白花，又間接說明神明孤絕。第一首不言「隨意開」而言「取意開」，前者缺乏精魂，彷彿只是信筆成詩，落俗文字而已；後者有「取」的動作，則多了一點停頓、選擇，似乎此花只開在海岸孤絕處，人煙罕至，能見者誠屬緣分。「平生習氣難料理」的「料理」是處理、照顧之意，山礬性格冷峻，給人一種孤芳自賞的只可遠觀之感，黃庭堅將其比作一個人的脾氣、風格，雖然獨來獨往，卻具有品格，飄散幽香。第二首寫竹空，根據蘇軾〈於潛僧綠筠軒〉說：

> 可使食無肉，不可使居無竹。無肉令人瘦，無竹令人俗。
> 人瘦尚可肥，俗士不可醫，旁人笑此言，似高還似癡。
> 若對此君仍大嚼，世間哪有揚州鶴。〔註130〕

此詩前四句常以截句批評的方式的出現，今復原貌，見一「笑」字，笑其重視物質的拙於用大，而不若「大嚼」的「雖不得肉，貴且快意」。竹空則人俗，人之所以俗是因爲不若山礬倚春風的恣意、從容，而山礬本陋其名，具有野生的氣息，這是長期身處官場，且求名得利的文人所欠缺的。開顏笑者爲「名士」，數量又只有「二三」，呼應了絕塵

〔註129〕《黃庭堅詩集注》，第2冊，內集卷19，頁682～684。
〔註130〕《蘇軾詩集》，第2冊，卷9，頁448。

稀少的山礬，而「把斷」是擁有之義，故「把斷花光水不通」，便是人潮洶湧，造成水洩不通，這與具備「幽香」特質的山礬不符，此詩似乎暗指趨之若鶩的賓至，也就是非「二三名士」的俗人，大肆飽覽山水，卻無所得，倘若反折於蘇軾所稱「旁人笑此言」，此「笑」是他人嬉鬧，更是自己心如止水的平靜，介於「笑看」與「譏笑」之間，有輕輕撩撥的旨趣。因爲魚與熊掌不可兼得，「世間哪有揚州鶴」的意思是：有竹又有肉，欲望甚多，如同「腰纏十萬貫，騎鶴上揚州」〔註131〕，既想成仙，又放不下名利，根本不可能。

第四節　戲呈／其他類

除了「戲呈類」以外，本節主要歸納較難分類的戲題詩，例如：部分題目本身即有「戲題」兩字，也就是「題於某物」的意思，並非本論文題目「戲題」的定義，屬於「戲題詩中的戲題詩」，歸爲其他類。由於戲呈類的首數有限，與其他三節相比，其項下實難再分小節，若單立爲節，比例上似乎失衡。然而「戲呈」又允爲獨立的一類，所以本節將它與其他類合併。以下分成「打破應酬的嘲弄」、「重於形式的讜論」、「嬉笑怒罵皆文章」來討論。

一、打破應酬的嘲弄

相較於寄贈詩，「呈詩」有莊重、恭敬之意，無論是立意、形式上，皆不宜用「戲呈」，在命名的本色上，這是一種衝突，所以本小

〔註131〕〔宋〕王象之《輿地紀勝》：「有四人各言所願，甲曰：『願得多財。』乙曰：『願爲揚州太守。』丙曰：『願爲仙。』丁曰：『腰纏十萬貫，騎鶴上揚州。』」見〔宋〕王象之：《輿地紀勝》（北京：中華書局，2012年重印版，影印清道光二十九年刊本），第2冊，卷37，頁1572。又根據黃東陽〈《騎鶴上揚州」非殷芸《小說》佚文辨正〉，該文指出最早完整記錄「揚州鶴」此事，出自《輿地紀勝》。見黃東陽：〈《騎鶴上揚州」非殷芸《小說》佚文辨正〉，《文獻季刊》第4期（2007年10月），頁48。

節稱「打破應酬的嘲弄」，「呈」的應酬之意無可避免，以「戲呈」爲名，屬於一種破體。蘇、黃的創作自覺頗深，嚴羽《滄浪詩話・詩辨》說：

> 近代諸公乃作奇特解會，遂以文字爲詩，以才學爲詩，以議論爲詩。夫豈不工，終非古人之詩也。蓋於一唱三嘆之音，有所歉焉。且其作多務使事，不問興致；用字必有來歷，押韻必有出處，讀之反覆終篇，不知著到何在。……至東坡、山谷始自出己意以爲詩，唐人之風變矣。山谷用工尤爲深刻，其後法席盛行，海內稱爲江西宗派。〔註 132〕

引文指出核心：「至東坡、山谷始自出己意以爲詩」，既然有所意識，不再作「古人之詩」，寫詩呈於某人的情志，似乎也有了質變。蘇軾只有一首戲詩以「呈」字爲名，因爲用呈字意味著「以下敬上」，具有階級的區隔，同時用呈字給人恪守規矩的方正感，加上蘇軾自己本爲文壇領袖，故少戲呈之詩。蘇門四學士，蘇軾亦未分門別類，待人接物上，蘇軾寬容多於批判。蘇軾〈鹽官部役戲呈同事兼寄述古〉說：

> 新月照水水欲冰，夜霜穿屋衣生稜。
> 野廬半與牛羊共，曉鼓卻隨鴉鵲興。
> 夜來履破裘穿縫，紅頰曲眉應入夢。
> 千夫在野口如林，豈不懷歸畏嘲弄。
> 我州賢將知人勞，已釀白酒買豚羔。
> 耐寒努力歸不遠，兩腳凍硬須公軟。〔註 133〕

述古，指陳襄（1017～1080），是蘇軾的好友，蘇軾〈卜算子・自京口還錢塘，道中記述古太守〉：「莫惜尊前仔細看，應是容顏老」〔註 134〕，感舊故吳蜀風流，不如歸去。詩的起句「新月照水水欲冰」便用頂眞，十分罕見，因爲頂眞通常是「上句與下句」的關係，此處濃縮於一句之中，加深水成冰的溫度極寒之意。「夜來履破裘穿縫，紅

〔註 132〕〔宋〕嚴羽著，郭紹虞校釋：《滄浪詩話校釋》，頁 26。
〔註 133〕《蘇軾詩集》，第 2 冊，卷 8，頁 391。
〔註 134〕《蘇軾詞編年校注》，上冊，頁 52。

頩曲眉應入夢」，物質生活的匱乏，還能夢有佳思，王文誥讚「紅頩曲眉」四字「挺拔」，紅頩、曲眉本形容女子之詞，此處卻形容自己心情愉悅，豐頩眉開，「應該」可以安眠。唐時設酒宴款待遠歸的人稱爲「軟腳」，又唐玄宗臨幸每從華清宮行至東城門，路途遙遠，折返時隨從皆謂之「軟腳」。〔註135〕因此「耐寒努力歸不遠，兩腳凍硬須公軟」乃云鹽官縣的官員辛勞，需兼及武事，難有賢能之士得以勝任，故釀酒買羔以禦寒，蘇軾說著稀鬆平常的「努力」之詞，彷彿將腳步「用力」凍結，唯有如此，朝廷才會想起這群辛勞工作的官員，設宴勞卜。

黃庭堅〈戲呈孔毅父〉說：

管城子無肉食相，孔方兄有絕交書。
文章功用不經世，何異絲窠綴露珠。
校書著作頻詔除，猶能上車問何如。
忽憶僧牀同野飯，夢隨秋雁到東湖。〔註136〕

黃庭堅於元豐八年（1085）四月任職校書郎，此詩諷刺貴族的醜陋。「管城子無肉食相」，語出韓愈〈毛穎傳〉：

秦皇帝使恬賜之湯沐，而封諸管城，號曰管城子，日見親寵任事……後因進見，上將有任使，拂試之，因免冠謝。上見其發禿，又所摹畫不能稱上意。上嘻笑曰：「中書君老而禿，不任吾用。吾嘗謂中書君，君今不中書邪？」對曰：「臣所謂盡心者。」因不復召，歸封邑，終於管城。〔註137〕

〈毛穎傳〉本身就是遊戲之筆，毛穎就是毛筆，這是一篇毛筆的傳記，

〔註135〕《新唐書・楊國忠傳》：「帝常歲十月幸華清宮，春乃還，而諸楊湯沐館在宮東垣，連蔓相照，帝臨幸，必徧五家，賞賚不訾計，出有賜，曰『餞路』，返有勞，曰『軟腳』。遠近饋遺閣稚、歌兒、狗馬、金貝，踵疊其門。」見《新校本新唐書附索引》（臺北：鼎文書局，1981年），第7冊，卷131，頁5849。

〔註136〕《黃庭堅詩集注》，第1冊，內集卷6，頁225。

〔註137〕原文甚長，本文只能引用部分，全文見馬其昶校注，馬茂元整理：《韓愈文集校注》（上海：上海古籍出版社，1998年），頁566～569。

雖是虛構的寓言，卻比眞實的歷史更有感染力，似乎有「不言而喻」的形式意義。毛穎爲秦始皇盡心盡力，老了反而招致皇帝的嘲弄，認爲毛穎現在老朽禿頭，已經不能勝任「中書」這個職位，也不符合「中書」的名稱。通篇皆用詼諧的筆調，美刺皇帝的薄情寡義。第二句的「孔方兄」，指錢，因爲古代的錢幣外形「內則其方，外則其圓。其積如山，其流如川」〔註138〕。因此「孔方兄有絕交書」，反說錢與文人絕交，則文人便落得「失之則貧弱」的下場，起兩句已經點出「文人途窮」的旨趣。「文章功用不經世，何異絲窠綴露珠」，根據〔梁〕顏之推（531～591）《顏氏家訓・勉學》說：

> 梁朝全盛之時，貴遊子弟，多無學術，至於諺云：「上車不落則著作，體中何如則祕書。」無不熏衣剃面，傅粉施朱，駕長簷車，跟高齒屐，坐棋子方褥，憑斑絲隱囊，列器玩於左右，從容出入，望若神仙。〔註139〕

著作郎和祕書郎都是梁代重要的職位，卻始終掌握在上位者中，即使毫無才華的門閥子弟，只會寫句「體中何如」的制式語，也能當官。「校書著作頻詔除，猶能上車問何如」，根據任淵的注：「山谷元豐八年四月爲校書郎，元祐二年正月爲著作佐郎」〔註140〕，皆是和校對書籍有關的職務，因此這兩句是黃庭堅的自況，戲言自己雖然官職不高，仍比不學無術的紈褲子弟，來得有作爲。「猶能上車問何如」一句，是說反話，因爲黃庭堅不僅能作「何如」，能寫公文，能校書籍，還能寫戲題詩。東湖爲黃庭堅的故鄉豫章，因此「忽憶僧床同野飯，夢隨秋鴈到東湖」，大有辭官遠走、書沉夢遠之意。此詩本是牢騷，

〔註138〕《晉書・魯褒傳》引魯褒所作《錢神論》:「錢之爲體，有乾坤之象，內則其方，外則其圓。其積如山，其流如川。動靜有時，行藏有節，市井便易，不患耗折。難折象壽，不匱象道，故能長久，爲世神寶。親之如兄，字曰『孔方』，失之則貧弱，得之則富昌。」見《新校本晉書并附編六種》，第3冊，卷94，頁2437。

〔註139〕〔梁〕顏之推著，〔清〕趙曦明注，〔清〕盧文弨補注：《顏氏家訓》（臺北：商務印書館，1986年臺2版），卷3，頁30。

〔註140〕《黃庭堅詩集注》，第1冊，內集卷6，頁225。

題目卻用一個「戲」字，有股笑看自己官場生涯的意味。這樣的寫作方式，恰如雜劇的搬演，本是校書著作，高高在上，卻臨場一轉爲僧床野飯，夢隨秋鴈，具有戲劇的起伏效果。又黃庭堅〈阻水戲呈幾復二首〉：

秋風落木秋天高，月入金樽動酒豪。

過眼衰榮等昏曉，勿嗟遲速把心勞。（其一）

月明遙夜見秋高，桂影依稀數兔豪。

散髮行歌野田上，一樽可慰百年勞。（其二）〔註141〕

第一首又說秋風，又說秋天，本已不工，然而黃庭堅並非寫出不極工的詩，其言「勿嗟遲速把心勞」，正是要黃幾復別對生存過於認眞，因爲滿目山河，只換來空念遠之慨。第二首以「豪」形容「兔」，頗具匠心，兔豪，則自在跳躍，一如自己散髮行歌，雖然心有羈絆，只要一杯酒便能暢然。兩首詩用韻皆同，連位置也不更改，形式上非常率意，便是這種漫不經心，忽焉復醉的形式感，反而凸顯「戲呈」兩字的精神。黃幾復是黃庭堅少時好友，黃庭堅〈讀書呈幾復二首·其一〉說：「得君眞似指南車，杖策方圖問燕居」〔註142〕，可見黃庭堅相當重視這位朋友，而越是熟稔的交情，相處上越是不拘小節。詩題的「戲」、「呈」彼此本是不可俱存的，戲字玩弄而呈字愼重，對於知己而言，應酬詩的逢場作戲，不如一己眞心話語。

又黃庭堅〈南安試院無酒飲，周道輔自贛上携一榼，時時對酌，惟恐盡，試畢，僕夫言尙有餘樽，木芙蓉盛開，戲呈道輔〉：

聞說君家好弟兄，窮鄉相見眼俱青。

偶同一飯論三益，頗爲諸生醉六經。

山邑已催乘傳馬，曉窗猶共讀書螢。

霜花留得紅妝面，酌盡齋中竹葉瓶。〔註143〕

首聯寫周道輔彼此正眼看待，厚愛重視。頷聯敘說天涯淪落的朋友，

〔註141〕《黃庭堅詩集注》，第5冊，外集補卷3，頁1638。
〔註142〕《黃庭堅詩集注》，第5冊，外集補卷3，頁1638。
〔註143〕《黃庭堅詩集注》，第5冊，外集補卷4，頁1738。

偶然相聚，是難得的「益友」，也是「佳客」，並醉於書海，而非酒肆。考生苦讀六經，是爲了科舉，本是嚴肅之事，黃庭堅爲其而「醉」，有感懷之意，因爲即使求取功名，也未必能一展抱負。頸聯指考期即將結束，車馬已趨，聲聲「催喚」，上聯富有動作，下聯卻是靜謐的「讀書螢」，流螢點點，經書的文字卻有萬千，伸手指取，讀進的恐是功名催意。尾聯點出詩旨木芙蓉，花開而仕途未開，更指詩人襟抱未開，在禁絕欲望的齋室，聊作飲酒，戲其秋意如妝，而竹葉瓶所盛之酒，想來也淡，因爲試盡酒也恐盡，雙雙落空。又黃庭堅〈戲呈田子平六言〉：

> 茸割即非茸割，肥羊自是肥羊。
> 老夫纔堪一筯，諸生贊詠甘香。
> 卻歎佳人纖手，晚來應廢紅妝。
> 荊州衣冠千户，厚意獨有田郎。〔註 144〕

這首詩以六言爲律句，用字複沓「茸割」、「肥羊」，幾乎是純粹的遊戲詩作。首聯有正反相對的哲思，茸割非彼，肥羊卻又是此。頷聯承接首聯的肥羊之意，羔羊爲祭祀之美物，戲稱自己爲「老夫」，舉一筷，而諸生詠，有「一筯盡得甘香」之意。頸聯寫美人有纖細手指，卻要晚來廢妝，史容認爲：「此言田家庖婢或岐內子，如老杜所云『喚婦出房親自饌』也。」〔註 145〕因此佳人雖有纖手，卻要入廚，還可能使自己的妝容被炊煙所染。尾聯的「田郎」，根據〔漢〕趙岐（？～210）《三輔決錄》：「長陵田鳳，字季宗，爲尚書郎，儀貌端正。入奏事，靈帝目送之，因題殿柱曰：『堂堂乎張京兆田郎。』」〔註 146〕此詩以田子平比喻爲田鳳，兩人皆姿儀端莊，不作潦倒態。根據史容的注解，田子平是荊南人，故「荊州衣冠千戶」，指其家大業大。此外，黃庭堅〈戲簡朱公武、劉邦直、田子平五首・其一〉亦言：「雖

〔註 144〕《黃庭堅詩集注》，第 4 冊，外集卷 17，頁 1397。
〔註 145〕黃庭堅詩集注》，第 4 冊，外集卷 17，頁 1397。
〔註 146〕〔漢〕趙岐著，〔晉〕摯虞注：《三輔決錄》，《百部叢書集成》（臺北：藝文印書館，1966 年，《二酉堂叢書》本），頁 7 左。

無季子六國印，要讀田郎萬卷書」〔註 147〕，所指爲同一人同一事，所謂的「堂堂乎張京兆田郎」，乃由讀書的潛移默化而來，無法矯作而成。

再如黃庭堅〈又戲呈康國〉:「整冠行客莫先嘗，楊子家無數仞牆。假借肅霜令弄色，勾添寒日與爭黃。」〔註 148〕題目的「康國」，指張康國（1056～1109），字賓老。這首詩的前身爲黃庭堅〈呈楊康國〉:「君家秋實羅浮種，已作纍纍半拂墻。莫遣兒童酸打盡，要看霜後十分黃。」〔註 149〕根據任淵的注，其考證《盧氏雜說》一書，認爲「秋實羅浮種」指的是浙西的羅浮山柑，因不結子，甚異。既然羅浮山柑不結子，便不可能「已作纍纍半拂墻」，也不可能「整冠行客莫先嘗」，所以黃庭堅反用羅浮山柑的「不結子」特質。因爲家無高牆遮蔽，此詩戲使用「瓜田李下」之旨，因爲李下不整冠，是爲了避免誤會，詩說「楊子家無數仞牆」，代表行客嚐山柑，恐被發現。「肅霜」爲九月，秋色本不爭，人逐其色而已，「勾添寒日與爭黃」的「黃」，即是山柑結果成熟的樣子。整首詩寫九月肅霜，遊人爭食山柑，但其實「無色」，因爲「羅浮山柑本無果」，只有寒日與其爭色。又黃庭堅〈戲呈聞善二兄〉:「匏懸籬落鴉窺井，草上階除雪袞風。想得尊前攲醉帽，渾家兒女笑山公。」〔註 150〕題目的「聞善」，指黃友聞（？～？），字聞善，侍御史昭之第二子。起寫匏懸籬落，生活閒散，而鴉窺井，渴欲索水。「雪袞風」的「袞」，通「滾」，因爲「袞」只能當名詞用，爲官服之意。「攲醉帽」爲用典，指〔西魏——北周〕獨孤信（504～557）的容貌「信美風度」，因爲「其帽微側」，蔚爲一時風尚，使眾人相繼模仿。〔註 151〕最後一句「渾家兒女笑山公」，出自〔晉〕山濤於高陽

〔註 147〕《黃庭堅詩集注》，第 2 冊，內集卷 15，頁 529。
〔註 148〕《黃庭堅詩集注》，第 2 冊，內集卷 15，頁 537。
〔註 149〕《黃庭堅詩集注》，第 2 冊，內集卷 15，頁 536。
〔註 150〕《黃庭堅詩集注》，第 2 冊，內集卷 15，頁 554。
〔註 151〕《北史·獨孤信》:「信美風度，雅有奇謀大略。周文初啓霸業，唯有關中之地，以隴右形勝，故委信鎮之。既爲百姓所懷，聲震鄰國。

池「置酒輒醉」的故事，〔註 152〕取其兒童笑語，以山濤的日夕酒醉，嘲謔黃友聞耽於酒中。

又黃庭堅〈戲呈聞善〉:「堆豗病鶴怯雞群，見酒特地生精神。坐中索起時被肘，亦任旁人嫌我眞。」〔註 153〕一二句的原意是「昂昂然若野鶴之在雞群」〔註 154〕，黃庭堅於反用此典，變成病鶴心怯，在雞群面前顯得落寞，無所精神。三四句原意取自杜甫〈遭田父泥飮美嚴中丞〉:「高聲索果栗，欲起時被肘。」〔註 155〕野村生活，在索取水果時被不經意的「肘撞」，有無禮、鄙棄之意。又杜甫〈暇日小園散病，將種秋菜，督勒耕牛，兼書觸目〉說:「不愛入州府，畏人嫌我眞。」〔註 156〕杜甫不喜歡因公前往官衙，因爲自己的性格執拗，不善交際，本來「任眞」是可貴的，如今卻成爲被嫌棄的缺點。不過，黃庭堅卻寫「亦任旁人嫌我眞」，一個用「畏」字，一個反用「任」字，該詩顯得坦率許多，少了志屈，多了戲意。要打破應酬，並以嘲弄的姿態搬演出一首詩，這種創作方式，類似喜劇理念，〔美〕雅克·

東魏將侯景之南奔梁也，魏收爲檄梁文，矯稱信據隴右，不從宇文氏，乃云『無關西之憂』，欲以委梁人也。又信在秦州，嘗因獵日暮，馳馬入城，其帽微側，詰旦而吏人有戴帽者，咸慕信而側帽焉。其爲隣境及士庶所重如此。」見《新校本北史并附編三種》，第 3 冊，卷 61，頁 2170。

〔註 152〕《晉書·山濤傳》:「永嘉三年，出爲征南將軍、都督荊湘交廣四州諸軍事、假節，鎭襄陽。于時四方寇亂，天下分崩，王威不振，朝野危懼。簡優游卒歲，唯酒是耽。諸習氏，荊土豪族，有佳園池，簡每出嬉遊，多之池上，置酒輒醉，名之曰高陽池。時有童兒歌曰:『山公出何許，往至高陽池。日夕倒載歸，茗艼無所知。時時能騎馬，倒著白接䍦。舉鞭向葛疆，何如并州兒？』疆家在并州，簡愛將也。」見《新校本晉書并附編六種》，第 2 冊，卷 43，頁 1229～1230。

〔註 153〕《黃庭堅詩集注》，第 2 冊，內集卷 15，頁 562。

〔註 154〕《晉書·嵇紹傳》:「紹始入洛，或謂王戎曰:『昨於稠人中始見嵇紹，昂昂然如野鶴之在雞群。』戎曰:『君復未見其父耳。』累遷汝陰太守。」見《新校本晉書并附編六種》，第 3 冊，卷 89，頁 2298。

〔註 155〕〔清〕楊倫箋注:《杜詩鏡銓》，上冊，卷 9，頁 394。

〔註 156〕〔清〕楊倫箋注:《杜詩鏡銓》，下冊，卷 16，頁 777。

巴森（Jacques Barzun，1907～2012）《文化的衰頹》說：

> 喜劇之所以能取悅觀眾，是因為內容與人生處境相似，把人類一些愚蠢的特色當作笑柄，進而反思道德，而這就是所謂在笑謔之餘移風易俗（castigat ridendo mores）的喜劇理念。他們並不認為語言本身會限制情節與道德訊息，就像莎士比亞的喜劇那樣。〔註 157〕

以上的戲呈詩，在本身的「戲」、「呈」意義之間，未見內容，已先有所激盪。呈是一種尊重、禮貌，也是向有權位者展現自己才華的機會，正因為如此，用調笑的方式來「呈」，屬於逆向的書寫策略，也就是說，以原本慣常的口吻、形式來創作「呈詩」，是四平八穩的，雖然不失儀態，卻可能較為平庸，無法凸出個別的差異。然而，蘇、黃戲題詩的對象，幾乎都是自己的好友，並非「奉呈」，也沒有流於「奉承」，反而以一種喜劇的方式呈現，且多以酒醉有關。在笑柄的背後，表現蘇、黃的幽默，頗有與生俱來的特質，因為這些戲呈詩的內容並非大業，也不是傷逝，而是把具有特色的笑料將以放大。所謂「進而反思道德」，即是這些戲呈詩不只是好笑而已，並非徒有「戲」，而無「呈」。只是這個「呈」，已經產生質變，並非純然的「上呈」，反而是一種「敬邀」與「笑看」，態度上較為灑落，例如〈戲呈田子平六言〉的六言形式，使人讀之拗口，而〈戲呈聞善〉短短七絕，卻四句皆用典故，字裡行間，未見戲的「率意」，反而將英雄淪落的氣息，淹留於其中，任憑他人嘲謔、無禮於自己，仍存一真。

二、重於形式的譏論

既要揚棄悲哀，蘇軾作戲題詩當是為了遣悶，其所處環境陷於封閉、險惡，需要「笑」的撫慰、調劑。蘇軾〈書退之詩〉說：「退之詩云：『我生之辰，月宿南斗。』乃知退之德磨蝎為身宮。而僕乃以

〔註 157〕〔美〕雅克・巴森（Jacques Barzun）：《文化的衰頹》（臺北：橡實文化，2016 年），頁 125～126。

磨蝎爲命，平生多謗譽，殆是同病也。」〔註 158〕天涯淪落，更自知有心人士的「謗多於譽」，甚至可以說，其「謗出於譽」，因爲蘇軾詩的優點同時是缺點，相對的，如果反看便成了缺點同時是優點，側重點不同。戲題詩越多，代表詩人在體裁、題材、視野和創作態度上的開拓，卻也可能給人草率、背離的感受。例如蘇軾〈西山戲題武昌王居士・并引〉：

> 序：予往在武昌，西山九曲亭上有題一句云：「玄鴻橫號黃槲峴。」九曲亭，即吳王峴山，一山皆槲葉，其旁即元結陂湖也，荷花極盛。因爲對云：「皓鶴下浴紅荷湖。」座客皆笑，同請賦此詩。
>
> 江干高居堅關扃，犍耕躬稼角掛經。
> 篙竿繫舸菰茭隔，笳鼓過軍雞狗驚。
> 解襟顧景各箕踞，擊劍賡歌幾舉觥。
> 荊笄供膾愧攪聒，乾鍋更戛甘瓜羹。〔註 159〕

這是典型的遊戲詩，故意將同聲母的字並列或交錯，使人讀之拗口。遊戲詩並不代表沒有內容，只是詩的形式強過於內容，換句話說，這首詩乃「以形式表現內容」，和絕大多數「形式爲內容服務」的詩歌不同，看似反客爲主，實則不然，因爲這首詩形式上的拗口、不順，正好將詩意所要表的「險阻」，擊劍而出。再者，攤開全詩所見之字，冷僻艱澀，生硬錯置，畫面形如兵荒馬亂之象。內容上，「笳鼓過軍雞狗驚」點出軍旅之苦，既驚雞狗，表示戰爭禍及民間，因爲雞鳴不已，狗吠深巷，本是農村恬淡之景。詩末言「荊笄供膾愧攪聒」，「笄」指十五歲的少女，若連結上文的行役之事，此當爲閨中少婦，早已知愁，因爲「荊」有貧窮之意，而乾鍋難炊，徒然罷了，此詩又更深一層意義，因爲就算供得膾羹，丈夫亦無法享用。這是一首邊塞詩，寓有閨怨，卻用柴米油鹽的瑣碎之語，疊床架屋，建構成一個破碎的家

〔註 158〕《蘇軾文集》，第 5 冊，卷 67，頁 2122。
〔註 159〕《蘇軾詩集》，第 4 冊，卷 21，頁 1120

庭，此遊戲詩當抑鬱難發之懷的一種雜體、變體。

「解襟顧影各箕踞，擊劍賡歌幾舉觥」，寫出醉意洶湧，兩腿舒展而坐，又擊劍續歌，看似豪暢，但是「笳鼓」聲悲，實寫行役之苦。

蘇軾尚有其他拗口詩，例如〈戲和正輔一字韻〉：

> 故居劍閣隔錦官，柑果薑蕨交荊菅。
> 奇孤甘挂汲古綆，僥覬敢揭鈎金竿。
> 已歸耕稼供藁秸，公貴幹蠱高巾冠。
> 改更句格各謇吃，姑固狡獪加間關。〔註160〕

題目的「正輔」，指程之才（？～？），字正輔。根據查慎行的看法：「蓋雙聲者，同音而不同韻也，疊韻者，同音又同韻也。今所云一字韻，乃古之雙聲也。」〔註161〕再根據〔宋〕蔡啓（？～？）《蔡寬夫詩話》說：

> 聲韻之興，自謝莊、沈約以來，其變日多。四聲中又別其清濁以爲雙聲，一韻者以爲疊韻，蓋以輕重爲清濁爾，所謂「前有浮聲，則彼有切響」是也。王融〈雙聲詩〉云：「園蘅眩紅葩，湖荇曄黃華。回鶴橫淮翰，遠越合雲霞」，以此求之可見。自唐以來，雙聲不復用，而疊韻間有。……〔註162〕

可知一字韻的「一」有統一的聲律意思，蔡啓認爲「一韻者以爲疊韻」，查慎行又認爲「所云一字韻，乃古之雙聲也」，實際看蘇軾〈戲和正輔一字韻〉，主要使用雙聲，但又有涉及疊韻者，例如「故居劍閣隔錦官」的「閣」爲入聲藥韻，「隔」爲入聲陌韻，同音卻不同韻；「柑果薑蕨交荊菅」的「柑」爲平聲覃韻，「菅」爲平聲刪韻，也是同音卻不同韻，並不能算嚴格意義上的疊韻，也就是要「同音又同韻也」。蘇軾此詩明用「謇」字，也就是拗口，此詩題爲「戲和正輔一字韻」，蘇軾以一字韻唱和，嘲謔程之才的雙聲詩過於「狡獪」，在形式上，

〔註160〕《蘇軾詩集》，第7冊，卷39，頁2113～2114。

〔註161〕《蘇軾詩集》，第7冊，卷39，頁2113。

〔註162〕蔡啓：《蔡寬夫詩話》，郭紹虞輯：《宋詩話輯佚》，下冊，頁379～380。

有「以暴制暴」的衝突美感，因爲蘇軾也用「間關」，設下障礙、陷阱，使人讀之拗口。在歡快卻時而停頓的節奏中，此詩亦涉讖論，因爲「僥覬敢揭鉤金竿」有「妄希逢赦」的意義〔註 163〕，原指唐朝的鄠縣令崔發，因受誤辱而入獄，和其他的囚犯一起在金雞竿下，等待被釋放。明顯的，卻又隱性的，蘇軾用這首詩拗口詩，勸勉程之才勿逞文字和口舌之快，否則將眞的被「加間關」，有苦不能言，有冤不能申，陷入窘境。

蘇軾還有一首戲作的拗口詩，其〈戲作切語竹詩〉說：

隱約安幽奧，蕭騷雪藪西。交加工結構，茂密渺冥迷。
引葉油雲遠，攢叢聚族齊。奔鞭迸壁背，脫籜吐天梯。
煙篠散孫息，高竿拱桷枅。漏蘭零露落，庭度獨蜩啼。
掃洗修纖筍，窺看詰曲溪。玲瓏綠醽醴，邂逅盍閑攜。
〔註 164〕

此詩同樣詰屈聱牙，主題爲詠竹，而竹的外形有分節的特性，語言如竹，則切分錯落，題目「切語」的「切」，若作動詞，有語言斷裂、分割的意思；若作形容詞，有急促、密合的意思。起寫竹的外觀「交加工結構」，環節相承，而「茂密渺冥迷」，新綠覆舊綠，一層又一層，蔭下使人望之迷茫。「煙篠散孫息」寫農村景致，兒童嬉戲，一哄而散，又「高竿拱桷枅」，將竹作成竹竿、屋椽或其他建材，寫其實用價值。「玲瓏綠醽醴」的「醽醴」，本指湖南衡陽縣東酃湖湖水所釀製的酒，後泛指美酒，「邂逅盍閑攜」，詩意以「湖綠」隱然遙對於「竹綠」，又攜酒暢飲，留下一個「竹杯」，遊戲筆法中，卻可能寄託：蘇軾對生活渴望於詩首的一個「安」字，不希望被如竹作切語，否則何

〔註 163〕《舊唐書・敬宗紀》：「禮畢，御丹鳳樓，大赦，改元寶曆元年。先是，鄠縣令崔發坐誤辱中官下獄，是日，與諸囚陳於金雞竿下俟釋放。忽有內官五十餘人，環發而毆之，發破面折齒，臺吏以席蔽之，方免。」見〔後晉〕劉昫等：《新校本舊唐書附索引》（臺北：鼎文書局，1981 年），第 1 冊，卷 17 上，頁 513。

〔註 164〕《蘇軾詩集》，第 8 冊，卷 48，頁 2618。

以下「窺看詰曲溪」，因為不能看，只能衷心欣羨來「窺」其美好。

黃庭堅亦有遊戲文字之作，和拗口詩類似，在文字上作出刻意且強烈的形式，眩人耳目，可一併討論。其於〈衝雨向萬載道中得逍遙觀託宿遂戲題〉說：

> 逍遙近道邊，憩息慰憊懣。晴暉時晦明，謔語諧讜論。
> 草萊荒蒙蘢，室屋壅塵坌。僕僮侍側仄，涇渭清濁混。
> 〔註 165〕

〔宋〕佚名《漫叟詩話》針對〈西山戲題武昌王居士・并引〉、〈衝雨向萬載道中得逍遙觀託宿遂戲題〉兩首詩說：「一老亦作詩戲邪？」〔註 166〕這首詩每句的字，部首皆相同。讜論，指正直的言論，黃庭堅此詩中的讜論，恐是指蘇軾，根據《宋史・蘇軾傳》說：「自為舉子至出入侍從，必以愛君為本，忠規讜論，挺挺大節，群臣無出其右。但為小人忌惡擠排，不使安於朝廷之上。」〔註 167〕讜論，又作黨論，引文所述「忠規讜論」，勢必見罪於不同立場、不同派系之人，所以詩說「晴暉時晦明」，就算晴日，也有隱約的陰霾聚散，這樣的感覺，便是朝廷意見的交鋒，蘇軾縱有舌戰群儒的能力，態度亦持「挺挺大節」，從容不迫，侃侃而談，也抵不過「小人忌惡擠排」，暗箭難防矣。因為不能防禦，只能「謔語諧讜論」，把耿介的胸懷，說得曖昧、說得模糊，甚至說得荒唐，除了防範他人以詩「大做文章」，同時，以「諧」為詩，也抒發了部分難以排遣的愁苦、遺憾。又根據黃庭堅〈與王庠周彥書〉說：

> 東坡先生遂捐館舍，豈獨賢士大夫悲痛不能已，人之云亡，邦國殄瘁者也，可惜，可惜！立朝堂堂，危言讜論，切於事理，豈復有之。然有自常州來云：東坡病極時，索沐浴，改朝衣，談笑而化，其胸中固無憾矣。所惜子由不得一見，又未得一還鄉社，使後生瞻望此堂堂爾。欲作詩文道其意，

〔註 165〕《黃庭堅詩集注》，第 2 冊，內集卷 14，頁 590。
〔註 166〕〔宋〕佚名：《漫叟詩話》，郭紹虞輯：《宋詩話輯佚》，上冊，頁 354。
〔註 167〕《新校本宋史并附編三種》第 13 冊，卷 338，頁 10817。

亦未能成。〔註 168〕

危言讜論，不能擔心惹怒聖心，不擅逢迎作戲的蘇軾，只能把忠言化爲戲詩，現實中的諂媚之「戲」，機鋒一轉，遂作戲題詩，成爲謔語之「戲」。蘇軾之所以暢所欲言，只因「其胸中固無憾矣」，身爲人臣，危言既出，責任已盡，接不接受並不是一介文官足以撼動。謔浪話頭，看似輕鬆的玩笑，又帶有讜論的嚴肅，彼此能「諧」，定各退一步：笑中有所寄託，而讜論解放文以載道的框架，開啓一扇新窗。又「僕僮侍側仄，涇渭清濁混」，將整首詩的龍蛇混雜、晴暗交疊，總收於涇渭分明之陰陽兩端。即使「二老亦作詩戲邪」，對讀者來說，仍驚艷於蘇、黃的詩才，因爲常人要成「詩戲」，尚欠天賦與經驗。只是，此類詩不可多作，雖然形式、內容兼備，因爲「謔語諧讜論」有五個言，「憩息慰懭懣」有五個心，還以懣作結，隱約說著：言多必失，忿忿不平，讀者往往見隱而不見秀。

三、嬉笑怒罵皆文章

本小節歸納較難明確定義的戲題詩，故統稱爲嬉笑怒罵，代表蘇、黃兼擅各體，無施不可，且詩裡的情緒亦起伏、變動甚大，偶爾罵鄰，偶爾苦笑，偶爾嘲弄，沒有固定的形式可以分類。「嬉笑怒罵」一詞，除了本文第二章引黃庭堅〈東坡先生眞贊三首・其一〉已經提及，〔清〕葉燮（1627～1703）《原詩》也說：「如蘇軾之詩，其境界皆開闢古今之未有，天地萬物，嬉笑怒罵，無不鼓舞於筆端，而適如其意之所欲出。此韓愈後之一大變也，且盛極矣。」〔註 169〕其用「無不鼓舞」來形容「嬉笑怒罵」，可見笑罵之詩文，有盡情揮灑的特色，較不受制於常規。然而，黃庭堅〈答洪駒父書〉說：「東坡文章妙天下，其短處在好罵，愼勿襲其軌也。」〔註 170〕其見罵而不見笑，錢

〔註 168〕屠友祥校注：《山谷題跋校注》，卷 19，頁 200。

〔註 169〕〔清〕葉燮著，蔣寅箋注：《原詩箋注》（上海：上海古籍出版社，2014 年），內篇上，頁 69～70。

〔註 170〕《豫章黃先生文集》，卷 19，頁 204。

鍾書（1910～1998）認爲黃庭堅此說「絕非抹摋全體之謂」〔註171〕，更可知「好罵」只是蘇詩特質之一，更何況非止於罵而已，此「嬉笑怒罵」，是靈動變化的。其實，黃庭堅的戲題詩，也具有「嬉笑怒罵」的特質，例如黃庭堅〈又戲題下巖〉說：「往往携家來託宿，裙襦參錯佛衣巾。未嫌滿院油頭臭，蹋破苔錢最惱人。」〔註172〕詩寫託宿者混雜，汙穢淨坊，而裙襦參錯，對比於老僧靜穆而整潔的風流，一寡一眾，怎耐人語擾寺。讀至「未嫌滿院油頭臭」，猛然一笑，煩惱千丈者既多，蓬頭垢面，沾染塵埃，與滿寺光頭遙遙相望，頂上之惹黑與光亮，亦「參錯」出新的火花，進行一場雅俗的文化交流。「蹋破苔錢最惱人」乃因寺階生苔，爲絕無人跡之景，秋光落院，青松側旁，黃庭堅戲言「惱人」，把佛語的「嗔」意引出，這群煞風景的托宿者，定不只「攜家」，尚且「帶眷」。末句的詩意並非文字表面的「蹋破苔錢」，當是「嗔破秋色」，秋聲之喻也。蘇轍（1039～1112）〈答黃庭堅書〉說：

> 比聞魯直吏事之餘，獨居而蔬食，陶然自得。蓋古之君子不用於世，必寄於物以自遣。阮籍以酒，嵇康以琴。阮無酒，嵇無琴，則其食草木而友麋鹿，有不安者矣。獨顏氏子飲水啜菽，居於陋巷，無假於外，而不改其樂，此孔子所以歎其不可及也。今魯直目不求色，口不求味，此其中所有過人遠矣，而猶以問人，何也？聞魯直喜與禪僧語，蓋聊以是探其有無耶？漸寒，比日起居甚安，惟以時自重。〔註173〕

明確點出「聞魯直喜與禪僧語」，又「目不求色，口不求味」，當眞肅穆之人，卻喜作戲詩，無非是「獨居」之故。上文已經探討戲贈、戲答類的詩，黃庭堅皆與人爲善，略帶詼諧，他肯定是喜歡交友的，囿

〔註171〕錢鍾書：《談藝錄》（臺北：書林出版社，1988年增訂版），頁12。
〔註172〕《黃庭堅詩集注》，第2冊，內集卷14，頁510。
〔註173〕〔宋〕蘇轍著，曾棗莊、馬德富校點：《欒城集》（上海：上海古籍出版社，2009年2版），上冊，卷22，頁492。

於現實，困守一地，仍不改其「以文學爲樂」的情志，當眞難得。黃庭堅對生活是具有品味的，例如〈戲題巫山縣用杜子美韻〉：

巴俗深留客，吳儂但憶歸。直知難共語，不是故相違。

東縣聞銅臭，江陵換袷衣。丁寧巫峽雨，愼莫暗朝暉。

〔註 174〕

杜甫原詩指〈巫山縣汾州唐使君十八弟宴別，兼諸公攜酒樂相送，率題小詩，留於屋壁〉，使用適合表達纖細情感的「微」韻。杜甫久病巴東，「接宴身兼杖，聽歌淚滿衣」〔註 175〕，感慨經歷遠謫生活的磨損，已成「自古江胡客」的死灰之心。黃庭堅便以「客心」，表達自己身爲巴客，難以適應吳人的俗陋吁怪。「銅臭」是巫山江上二石，又名「鐵錢堆」，此地爲荊州和夔州的分界點，黃庭堅既不言「過」，也不下「穿」字，偏說「東縣聞銅臭」，爲特殊用法，刁鑽險絕，聞銅臭的「聞」在此雙關爲「嗅」與「見」。「袷衣」指無絮的薄衣，黃庭堅至江陵時逢初夏，「江陵換袷衣」，此處的「換」字有股「終於擺脫」之意，雖然遠離巴俗吳儂，卻躲不過巫峽陰雨。「朝暉」爲神女之意，「愼莫暗朝暉」語近黃庭堅〈和王觀洪駒父謁陳無己長句〉：「食貧各仕天一方，佳人可思不可忘」〔註 176〕，神女可憶可思，在如此陰霾的日子裡，只見扶桑生朝暉，大有白日將長的綿延之意。

優人善笑，故其哀被掩蓋在濃妝豔抹的臉龐，以及熟練揮舞的動作底下，不爲人知。蘇軾有非常多的詩歌，都描述「詩窮」，例如〈僧清順新作垂雲亭〉：「天憐詩人窮，乞與供詩本」〔註 177〕；〈與毛令方尉遊西菩寺二首・其二〉：「一笑相逢那易得，數詩狂語不須刪」〔註 178〕；〈次韻仲殊雪中遊西湖二首・其一〉：「秀語出寒餓，

〔註 174〕《黃庭堅詩集注》，第 2 冊，內集卷 14，頁 511。
〔註 175〕〔清〕楊倫箋注：《杜詩鏡銓》，下冊，卷 18，頁 908。
〔註 176〕《黃庭堅詩集注》，第 2 冊，內集卷 14，頁 513。
〔註 177〕《蘇軾詩集》，第 2 冊，卷 9，頁 452。
〔註 178〕《蘇軾詩集》，第 2 冊，卷 12，頁 584。

身窮詩乃亨」〔註179〕；或者〈送王竦朝散赴闕〉:「胡爲三十載，尚作苦窮詞」〔註180〕，這些詩的口吻都有不假掩飾，盡情吐露的戲味，是苦笑著訴說一切。再如蘇軾〈戲子由〉:

宛丘先生長如丘，宛丘學舍小如舟。
常時低頭誦經史，忽然欠伸屋打頭。
斜風吹帷雨注面，先生不愧旁人羞。
任從飽死笑方朔，肯爲雨立求秦優。
眼前勃蹊何足道，處置六鑿須天游。
讀書萬卷不讀律，致君堯舜知無術。
勸農冠蓋鬧如雲，送老虀鹽甘似蜜。
門前萬事不挂眼，頭雖長低氣不屈。
餘杭別駕無功勞，畫堂五丈容旂旄。
重樓跨空雨聲遠，屋多人少風騷騷。
平生所慚今不恥，坐對疲氓更鞭箠。
道逢陽虎呼與言，心知其非口諾唯。
居高志下眞何益，氣節消縮今無幾。
文章小技安足程，先生別駕舊齊名。
如今衰老俱無用，付與時人分重輕。〔註181〕

這首詩可從關鍵句:「任從飽死笑方朔，肯爲雨立求秦優」切入，方朔，指東方朔（154～93B.C.），爲史上的滑稽名臣，班固甚至稱他爲「滑稽之雄」〔註182〕，東方朔與侏儒領同樣的薪水，一個飽死，一個餓死，〔註183〕蘇軾以戲言寬慰蘇轍，兄弟兩人才德兼備，卻與許多沒有實

〔註179〕《蘇軾詩集》，第6冊，卷34，頁1750。
〔註180〕《蘇軾詩集》，第6冊，卷34，頁1828。
〔註181〕《蘇軾詩集》，第2冊，卷7，頁324～326。
〔註182〕《漢書・東方朔傳》:「其滑稽之雄乎！朔之詼諧，逢占射覆，其事浮淺，行於眾庶，童兒牧豎莫不眩燿。而後世好事者因取奇言怪語附著之朔，故詳錄焉。」見《新校本漢書集注并附編二種》，第4冊，卷65，頁2874。
〔註183〕《漢書・東方朔傳》:「上知朔多端，召問朔:『何恐朱儒爲？』對曰:『臣朔生亦言，死亦言。朱儒長三尺餘，奉一囊粟，錢二百四十。臣朔長九尺餘，亦奉一囊粟，錢二百四十。朱儒飽欲死，臣朔

學、賣弄權力的人平起平坐，領取同樣的報酬，故滿腹經書者餓死，一無所長者飽死。這樣的戲言，恐非訕笑、鄙笑，而是佯裝下的抃笑，表達蘇轍不肯折腰。「肯爲雨立求秦優」指的是陛楯郎在雨中佇立，求於秦的優人優旃。〔註 184〕其故事旨趣爲：秦始皇時，置酒而天雨，陛楯郎，也就是執楯立於殿陛兩側的侍衛，因爲站在門外而受風寒，而有一位侏儒名爲優旃，認爲侍衛因爲長得高大，因此「雨立」，而自己因爲身材矮小，主要爲皇帝表演滑稽之戲，所以能夠「休居」。這樣的詩意無疑是一種顛覆，因爲在一般情況下，世人都認爲身材高大者，幸甚於身材矮小者。同樣的，才華洋溢的人，應該比賣弄權術的人，擁有更有好的官職與際遇，然而在現實中，往往是相反的，所以顯得殘酷。再根據〔宋〕朋九萬（？～？）《東坡烏臺詩案》說：

> 言弟轍家貧官卑，而身材長大，所以比東方朔、陛楯郎。而以當今進用之人，比侏儒優旃也。又云：「讀書萬卷不讀律，致君堯舜知無術。」是時朝廷新興律學，軾意非之，以謂法律不足以致君於堯舜，今時又專用法律而忘詩書。故言：「我讀萬卷書，不讀法律。」蓋聞法律之中，無致君堯舜之術也。又云：「勸農冠蓋鬧如云，送老齏鹽甘似蜜。」以譏諷朝廷，新聞提舉官，所至苛細生事，發謫官吏，惟學官無吏責也。弟轍爲學官，故有是句。又云：「平生所慚今不恥，坐對疲氓更鞭箠。」是時多徒配犯鹽之人，例皆飢貧。言鞭棰此等貧民，軾平生所慚，今不恥矣。以譏諷朝廷，鹽法太急也。又云：「道逢陽虎欲與言，心知其非口

飢欲死。臣言可用，幸異其禮；不可用，罷之，無令但索長安米。』上大笑，因使待詔金馬門，稍得親近。」見《新校本漢書集注并附編二種》，第 4 冊，卷 65，頁 2843。

〔註 184〕《史記·優旃傳》:「優旃者，秦倡侏儒也。善爲笑言，然合於大道，秦始皇時，置酒而天雨，陛楯者皆沾寒。優旃見而哀之，謂之曰：『汝欲休乎？』陛楯者皆曰：『幸甚。』優旃曰：『我即呼汝，汝疾應曰諾。』居有頃，殿上上壽呼萬歲。優旃臨檻大呼曰:『陛楯郎！』郎曰:『諾。』優旃曰：『汝雖長，何益，幸雨立。我雖短也，幸休居。』於是始皇使陛楯者得半相代。」見《新校本史記三家注并附編二種》，第 4 冊，卷 126，頁 3202。

喏唯。」是時張靚、俞希旦作監司，意不喜其人，然不敢與之爭議，故毀詆之爲陽虎也。〔註185〕

根據引文，已將〈戲子由〉的內容摘出其要。蘇軾引東方朔之典，無疑取其「餓」意，與其說詩名是〈戲子由〉，不如說是〈哭子由〉，這個「戲」字遠比「哭」字，更道出途窮，哭中有戲，戲中卻未必見淚，這個微妙的差異，係於如今詩書不如法律，一個知識分子的情與志，並非律學足以逐一條例、圈點。又讀律學是爲了求官，並非爲政，本質上已經扭曲，故蘇軾發爲戲言，有不能直說的無奈，觀此詩用形式較爲自由的七古，而非方正的七律來戲言蘇徹，已稍見蘇軾「欲從規矩中解放」的心理。其中，「文章小技安足程，先生別駕舊齊名」，別駕爲官名，是州刺史的佐官，顧名思義，別駕出巡時不與刺史同駕，故稱別駕。此時蘇軾任職杭州通判，而「先生」指的是蘇轍，蘇軾感慨自己和蘇轍齊名於一時，也是上述《東坡烏臺詩案》引文的「惟學官無吏責也」，蘇轍有官名確無官實，又不滿意朝廷施行新法太急，且蘇軾亦不喜歡張靚、俞希旦的爲人，所以將其比喻爲「陽虎」，而「陽虎」是季孫氏的家宰，作風專橫跋扈，最後失敗逃於晉國，蘇軾此詩題名爲「戲」，恐是有所顧慮，然而心中又有不吐不快的衝動，所以每在句間意有所指，卻又不敢過度張揚。

黃庭堅〈戲招飲客解酲〉說：「破卯扶頭把一盃，燈前風味喚仍回。高陽社裏如相訪，不用閑携惡客來。」〔註186〕扶頭酒，乃易醉之酒，李清照（1084～約1151）〈念奴嬌・春情〉上闋：「險韻詩成，扶頭酒醒，別是閑滋味。征鴻過盡，萬千心事難寄。」〔註187〕寫出詞人醉於游春意，一片情疏跡遠，其所以「易醉」，乃詞用險韻，也就是用艱澀、不常見的字爲韻腳，故詩成頗自豪，在自豪的同時，卻

〔註185〕〔宋〕朋九萬：《東坡烏臺詩案》（北京：中華書局，1985年，《函海》本），頁7。

〔註186〕《黃庭堅詩集注》，第5冊，外集補卷3，頁1660。

〔註187〕〔宋〕李清照著，黃墨谷輯校：《重輯李清照集》，卷2，頁22。

也感到「詩成」只是「形式上的完成」，相思依舊難表。〈戲招飲客解醒〉詩戲稱不飲者爲「惡客」，燈前風味，正賞簷下風煙，不飲酒便了無雅致。這首詩題目既言「解醒」，表示自己已爛醉如泥，卻不停歇，還要「招飲客」，以酒解酒，當眞是黃庭堅〈送陳氏女第至石塘河〉所言：「人言離別愁難遣，今日眞成始欲愁」〔註 188〕，這是因爲「哀愁」乃司空慣見之詞，如同詩人飲酒，寫愁容易，狂飲也容易，可是要能體會酒中的哀愁卻是困難的，所以黃庭堅戲招飲客，惹來無數哀愁，從沒想過有成眞的一天，不信詩竟成狂。

〔註 188〕《黃庭堅詩集注》，第 5 冊，外集補卷 3，頁 1661。

第四章　蘇、黃戲題詩的藝術表現

戲題詩的題目必帶一個戲字，爲醒目的標記，也是一種創作手法的制約，對詩的藝術性產生了一種符碼（code），隱約說明：當詩人連綿不絕，重複說著同樣的話，對內是一扇門，吐露心聲；但是對外，易成圍牆，使讀者兜於「戲」的圈子。其制約有兩種現象：其一，讀者、詩話作者慣性視作遊戲之詩，眼光是從「詩戲」切入，認爲戲題詩不過是「詩戲」，甚至不承認此體爲詩。意即：戲題詩往往被忽略題目上的戲字，已有自成體系的現象，畢竟歷來沒有詩話直言蘇、黃的戲題詩頗多，他們討論方向聚焦於「蘇、黃善戲謔」一事上；其二，蘇、黃創作戲題詩，具有強烈的創作自覺，題目上戲字的反覆言說，留下鑿痕。從另外一個角度來說，某些戲題詩的題目摘去戲字，對該詩亦無顯著影響，若此，題目的戲字將變得食之無味，棄之可惜。富有旨趣的是，便是這種殘存的「玩味」，使戲題詩從本身的制約中，溢出滋味。

本文上章從蘇、黃戲題詩的命名，論其旨要，約略呈現蘇軾、黃戲題詩的內容，屬於宏觀的視野。其中點出許多蘇、黃戲題詩的語言魅力，例如蘇軾〈將之湖州寄贈莘老〉的「湖亭不用張水嬉」，以競舟之「戲」，以奇趣對於題目的「戲」贈；蘇軾〈偶與客飲，孔常父見訪，方設席延請，忽上馬馳去，已而有詩，戲用其韻答之〉的「陳遵張竦何曾知」，單句中就出現兩個人名，精煉故實，不拖沓成兩句；黃庭堅〈戲答公益春思二首・其二〉：「前篇調戲公，深井下短索」，公既可調戲，豈足稱深井，此即創意發想，又「深井下短索」爲當句對；〈戲詠猩猩毛筆二首・其二〉的「逢時猶作黑頭公」，將頭尖如筆，轉化爲毀謗之汙。這些令人驚豔的字字句句，缺乏微觀的視野，將蘇、黃別出心裁的奇趣作一釐清，即：如何使「奇」成爲一種「趣」，使他人也使自己申發一笑，又不失嚴肅性。以下分成「馭奇以執正」、「創意性造語」、「戲中的特質」來討論。

第一節　馭奇以執正

劉勰《文心雕龍・定勢》說：「夫情致異區，文變殊術，莫不因情立體，即體成勢也。」又說：「舊練之才，則執正以馭奇；新學之銳，則逐奇而失正；勢流不反，則文體遂弊。」〔註1〕所謂「定勢」，是因文學的特定體式、體裁，進而形成的某種勢態，屬於藝術表現的先決條件，或者詩人對藝術表現的認知，甚至是自覺。由於本文論題是戲題詩，屬於一種特定的主題，因此其藝術表現，定有某種慣性的表現方式。戲題詩雖然並非蘇、黃原創，但是此主題的研究偏少，所以其勢未定，不能稱爲「執正以馭奇」，反而是「馭奇以執正」。這個概念的轉換，是因爲戲題詩非詩的正體，又被歸爲雜體、俳諧類，本非「執正」，本文在第一章多次提到戲題詩「正名」的相關問題，由《文心雕龍・定勢》反推，戲題詩應是「馭奇以執正」，更能以其自身的「奇」，爲奇求「正」。也就是說，本章不以戲題詩的「體」，進而審視其「藝術表現」，而是逆從「藝術表現」，回溯其「體」。過去的文人詩，可能停在「文人」名上的畫地自限，卻未正視自己是「英雄」，更精確來說，蘇、黃詩似乎已不能再純粹以「文人詩」的眼光

〔註1〕以上兩則見〔梁〕劉勰著，黃淑琳注，李詳補注，楊明照校注拾遺：《增訂文心雕龍注》，卷6。402、404

看待，進而審視，蘇軾〈英雄自相服〉說：

> 桓溫之所成，殆過於劉越石，而區區慕之者。英雄必自有以相服，初不以成敗言耶？以此論之，光武之度，本不如玄德；唐文皇之英氣，未必過劉寄奴也。〔註2〕

蘇軾此論別開生面，不以成敗論英雄，才高而意更高。〔晉〕桓溫（312～373）領軍北伐，聲威顯赫，軍權勝於皇權，本可篡位，只因最後一次北伐失敗而未能如願。劉越石，指〔晉〕劉琨（270～318），《晉書》稱其：「琨善於懷撫，而短於控御，一日之中，雖歸者數千，去者亦以相繼。然素奢豪，嗜聲色，雖暫自矯勵，而輒復縱逸。」〔註3〕劉琨未能善用所長，敗於朱門習氣，綱維不舉，故蘇軾說「殆過於劉越石」。將此意用於文學，戲題詩善於與人對話，「一肚皮不入時宜」〔註4〕的蘇軾，慣看官場，也笑看官場；而「嘆知音者難得」〔註5〕的黃庭堅，唾句成珠，也唾句成淚。從第一章的探討可知戲題詩被歸爲雜體，向來不受重視，被冠上「詩戲」的名號，久久不能擺除，又或者用詞較輕的「戲詩」，亦不能論其爲一成功的詩作。便是這番「敗」的衰微感、無奈感和冷落感，使戲題詩亦作悲劇英雄貌，自古英雄惜英雄，這種感情類於蘇門的交往，尤以蘇、黃爲要，他們創作詩歌的眼光非遜於嚴整，戲題詩看似助長「文人相輕」，總是嘲謔他人，其實不然，當蘇、黃的戲題詩並非「偶一爲之」，這樣的微差已是「成

〔註2〕《蘇軾文集》，卷65，頁2026。

〔註3〕《新校本晉書并附編六種》，第3冊，卷62，頁1681

〔註4〕〔宋〕費袞《梁溪漫志》說：「東坡一日退朝，食罷，捫腹徐行，顧謂侍兒曰：『汝輩且道，是中有何物？』一婢遽曰：『都是文章。』坡不以爲然；又一人曰：『滿腹都是識見。』坡亦未以爲當。至朝雲，乃曰：『學士一肚皮不入時宜。』坡捧腹大笑。」見〔宋〕費袞著，金圓校點：《梁溪漫志》（上海：上海古籍出版社，2012年），卷4，頁104。

〔註5〕〔宋〕胡仔《苕溪漁隱叢話．後集》說：「魯直過平輿懷李子先詩：『世上豈無千里馬，人中難得九方皋。』題徐孺子祠堂詩：『白屋可能無孺子，黃堂不是欠陳蕃。』二詩命意絕相似，蓋嘆知音者難得耳。」見〔宋〕胡仔：《苕溪漁隱叢話．後集》，卷32，頁658。

體的戲論」。蘇、黃的戲言戲語，是英雄之詞，李清照〈夏日絕句〉說得絕妙：「生當作人傑，死亦爲鬼雄。至今思項羽，不肯過江東」〔註 6〕，英雄的敗，深沉卻又無法訴說，相較之下，文人的哀感頑豔，何足掛齒，故發爲笑語，以笑帶淚，從「遣懷」的行吟之騷，到「自娛」的鼓笛之聲，後者的主題性是不明確的，給人「欲發」的感覺，因爲戲題詩似笑非笑，有時這種笑，更像是瀕臨絕望時的一笑，有英雄天各一方的胸襟。以下從「工於命意」、「知詩之病」來探討。

一、工於命意

〔宋〕范溫（？～？）《潛溪詩眼》說：「老坡作文，工於命意，必超然獨立於眾人之上。」〔註 7〕又施補華《峴傭說詩》說：「蓋東坡用力，韋公（韋應物）不用力；東坡尚意，韋公不尚意，微妙之詣也。」〔註 8〕蘇軾的詩文，命意頗強，這裡所謂的「命意」，可以是「意在筆先」的「意」，而「命」，從本文的角度，亦可從「戲」字的命名著手。王直方《王直方詩話》說：「山谷論詩文不可鑿空強作，待境而生便自工耳。每作一篇先立大意，長篇須曲折三致意乃成章耳。」〔註 9〕黃庭堅同樣強調作詩「立意」的重要。再如〔清〕吳之振（1640～1717）《宋詩鈔・序》：說「黜宋詩者曰『腐』，此未見宋詩也。宋人之詩，變化於唐，而出其所自得，皮毛落盡，精神獨存。」〔註 10〕作爲宋詩代表的蘇、黃詩，技有高才，卻很少有人注意到其詩的「精神」所在，尤其，戲題詩的本身，戲字已是最大的命意，體成勢在，蘇軾〈梅聖俞詩集中有毛長官者，今於潛令國華也。聖俞沒十五年，而君猶爲令，捕蝗至其邑，作詩戲之〉說：「更將調笑嘲朋友，人道獮猴騎土牛」

〔註 6〕〔宋〕李清照著，黃墨谷輯校：《重輯李清照集》，頁 86。

〔註 7〕〔宋〕范溫：《潛溪詩眼》，郭紹虞輯：《宋詩話輯佚》，上冊，頁 333。

〔註 8〕〔清〕施補華：《峴傭說詩》，丁福保輯：《清詩話》，下冊，頁 1016。

〔註 9〕〔宋〕王直方：《王直方詩話》，郭紹虞輯：《宋詩話輯佚》，上冊，頁 4。

〔註 10〕〔清〕吳之振、〔清〕呂留良、〔清〕吳自牧選：《宋詩鈔》（北京：中華書局，1996 年），頁 3。

〔註 11〕，戲題詩的本質是調笑朋友，然而，重點除了調笑，更在「朋友」的身上，因爲一個人在遊戲，另一個人在配合遊戲，戲題詩時有「和韻」的情形，意即友朋詩侶，反覆創作。工於命意，尚能稱爲「鍊意」，根據〔清〕劉大勤所編《師友詩傳續錄》：「問：『又云鍊句不如鍊字，鍊字不如鍊意，意何以鍊？』答：『鍊意或謂安頓章法、慘澹經營處耳。』」〔註 12〕意的鍛鍊是無形於詩中的謀篇與布局，且王士禎用「安頓」形容，代表此意能恰到好處，使人感到舒適愉悅。又「慘澹經營」本出於杜甫〈丹青引贈曹將軍霸〉：「詔謂將軍拂絹素，意匠慘澹經營中。」〔清〕楊倫（1747～1830）注爲：「所謂良工心苦」〔註 13〕，心苦從身的食貧漂泊而來，也從心的體物細微而來，故稱爲「意匠」，背後有多少辛酸。在第三章，本文從「題目上」初步分類戲題詩的命意，於此將延伸至「藝術表現」，以見其命意工拙，或者是否具有其他涵義。蘇軾〈和邵同年戲贈賈收秀才三首・其一〉說：

傾蓋相歡一笑中，從來未省馬牛風。
卜鄰尚可容三徑，投社終當作兩翁。
古意已將蘭緝佩，招詞閑詠桂生叢。
此身自斷天休問，白髮年來漸不公。〔註 14〕

題目的「邵」，指邵迎（？～1073），與蘇軾同登進士第。這群同年裡最優秀的考生，短暫相遇，付於一笑，之後各奔西東，不再有關係。此詩寫官場的摯友難尋，用「卜鄰」，可知好友的交往，尚非己意能控制。「三徑」爲隱居之地〔註 15〕，有人煙稀少之意，因此「卜鄰尚可容三徑」，既然隱沒江湖，應無「鄰居」，偏說「卜鄰」，有試探知

〔註 11〕《蘇軾詩集》，第 2 冊，卷 12，頁 582。
〔註 12〕〔清〕劉大勤編與問，〔清〕王士禎答：《師友詩傳續錄》，丁福保輯：《清詩話》，上冊，頁 161。
〔註 13〕〔清〕楊倫箋注：《杜詩鏡銓》，上冊，卷 11，頁 530。
〔註 14〕《蘇軾詩集》，第 2 冊，卷 8，頁 401～402。
〔註 15〕〔漢〕趙岐《三輔決錄》：「漢蔣詡辭官不仕，隱於杜陵，閉門不出，舍中竹下三徑，只有羊仲與求仲出入。」見〔漢〕趙岐著，〔晉〕摯虞注：《三輔決錄》，《百部叢書集成》，頁 15 右。

音之意，而「可容三徑」是種「知我者少」的自嘲。始登第，便已預想未來「終當作兩翁」，承接上句的「卜」意，此為自卜。尾聯直取杜甫〈曲江三章章五句·其三〉:「自斷此生休問天，杜曲幸有桑麻田」〔註16〕之意，從「休問天」變成「天休問」，蘇軾的命意更有自主性，有股不信命運的豪放。「白髮」和「兩翁」看似重意，其意本指一時功名，終將垂老，是世間不變的公道、眞理，但是，當自己願意拋棄官名，投身桑田，便眞能信服於白髮。此詩用意戲於「仕老」、「隱老」之間。蘇軾〈和邵同年戲贈賈收秀才三首·其二〉說：

朝見新荑出舊槎，騷人孤憤苦思家。
五噫處士大窮約，三賦先生多誕誇。
帳外鶴鳴匳有鏡，筒中錢盡案無鮭。
玉川何日朝金闕，白晝關門守夜叉。〔註17〕

首聯寫賈收（？～？）欲再娶之事，文人之所以感到孤憤，皆因煩悶之極，表現對家的想望。頷聯的「五噫」，指五噫之歌〔註18〕，為東漢梁鴻的騷詞，而「三賦先生」，指司馬相如（179B.C.～117B.C.），蘇軾用此二事，有文人渴望知遇之意，協於首聯賈收以夫求婦的情感。頸聯寫鶴鳴求相應，而匳有鏡，則房有婦。「筒中錢盡」，指蘇軾於黃州「以大竹筒別貯用不盡者，以待賓客」〔註19〕一事，原意是蘇軾力求節儉，將所賸錢塊，貯於筒中，此詩反用其意，故說「筒中錢

〔註16〕〔清〕楊倫箋注：《杜詩鏡銓》，上冊，卷2，頁45。
〔註17〕《蘇軾詩集》，第2冊，卷8，頁402～403。
〔註18〕《後漢書·梁鴻傳》:「因東出關，過京師，作五噫之歌曰：『陟彼北芒兮，噫！顧覽帝京兮，噫！宮室崔嵬兮，噫！人之劬勞兮，噫！遼遼未央兮，噫！』肅宗聞而非之，求鴻不得。」，見《新校本後漢書并附編十三種》，第4冊，卷83，頁2766～2767
〔註19〕蘇軾〈答秦太虛七首·其四〉:「初到黃，廩入既絕，人口不少，私甚憂之。但痛自節儉，日用不得過百五十，每月朔便取四千五百錢，斷為三十塊，掛屋樑上，平旦用畫叉挑取一塊，即藏去叉，仍以大竹筒別貯用不盡者，以待賓客，此賈耘老法也。度囊中尚可支一歲有餘，至時，別作經畫，水到渠成，不須預慮。以此，胸中都無一事。」見《蘇軾文集》，第4冊，卷52，頁1536。

盡」。而「案無鮭」〔註 20〕，指食貧無肉。尾聯用「夜叉」，本爲佛教文化中身手矯健的鬼，此爲對妻子戲謔之稱。時人對賈秀才再娶，不以爲然，因爲其娶的女子爲眞氏，「賈」諧音「假」，夫婦一眞一假，頗有誕謗之意，即使「白晝關門」，「夜叉」蟄伏於夜色中，仍未出現，故此「夜叉」從鬼變成了「妻子」，猶爲一笑。又蘇軾〈和邵同年戲贈賈收秀才三首・其三〉：

> 生涯到處似檣烏，科第無心摘頷鬚。
> 黃帽刺船忘歲月，白衣擔酒慰鰥孤。
> 狙公欺病來分栗，水伯知饞爲出鱸。
> 莫向洞庭歌楚曲，煙波渺渺正愁予。〔註 21〕

首聯首兩句便言「生涯」，起語勢重，故意難工。檣是船的桅桿，故檣烏隨船漂泊，居無定所，但見汪洋，無心爭名，與科第的人海，有心於逐次，自有不同。縱然「科第無心摘頷鬚」，頷鬚仍日漸伸長，有不可逆之意。頷聯刺船之郎多戴黃帽，因五行中土剋水，土色爲黃。白衣，指做官之人，即登第者，尚且捎酒寬解喪妻之痛。頸聯寫善馴猿者，將「朝三暮四」作「朝四暮三」，取悅眾猿。〔註 22〕水伯，爲朝陽谷神，出自《山海經・海外東經》：「朝陽之谷，神曰天吳，是爲水伯、在䖝䖝北兩水間。其爲獸也，八首人面，八足八尾，皆青黃。」〔註 23〕水伯爲獸，因爲長期「在䖝䖝北兩水間」，故善知魚之所在，蘇軾用兩則「知音」的典故，憐取眼前失去親人的賈收。尾聯總收組詩三首的情意，楚曲哀怨，於南方歌唱，哀更淒絕，因地而觸情，恰

〔註 20〕《南史・庾杲之傳》：「清貧自業，食唯有韮葅瀹韮生韮雜菜。任昉嘗戲之曰：『誰謂庾郎貧，食鮭嘗有二十七種。』」〔唐〕李延壽：《新校本南史附索引》（臺北：鼎文書局，1981 年），第 2 冊，卷 49，頁 1209。

〔註 21〕《蘇軾詩集》，第 2 冊，卷 8，頁 403。

〔註 22〕《莊子・齊物論》：「狙公賦芧，曰：『朝三而暮四。』眾狙皆怒。曰：『然則朝四而暮三。』眾狙皆悅。」見〔清〕郭慶藩編：《莊子集釋》，卷 1 上，頁 78。

〔註 23〕袁珂校注：《山海經校注》（成都：巴蜀書社，1992 年），海經卷 4，頁 303～304。

似在諸多同年登第者之中，最難提及「功名」。煙波渺渺，隱沒了這群終成白髮的科舉新人。整體來說，第一首是命運的不公，第二首是匹配的眞假，第三首是無心的依循。〔元〕韋居安（？～？）《梅磵詩話》說：「詩人喜用全語…下語皆渾然天成，然非詩之正體。」〔註24〕這三首詩雖然用了許多全語、套語，例如「馬牛風」、「三賦先生」，或「狙公欺病」，都是常見的意旨。但是蘇軾一氣呵成，使這些熟稔之詞的意脈相成，以和詩之體，競於笑意，終於曲意。

再以黃庭堅〈出禮部試院，王才元惠梅花三種皆妙絕，戲答三首〉爲例：

城南名士遣春來，三月乃見臘前梅。
定知鎖著江南客，故放綠陰春晚回。（其一）

舍人梅塢無關鎖，携酒俗人來未曾。
舊時愛菊陶彭澤，今作梅花樹下僧。（其二）

病夫中歲屏杯杓，百葉緗梅觸撥人。
拂殺官黃春有思，滿城桃李不能春。（其三）

跋：州南王才元舍人家，有百葉黃梅妙絕。禮部鎖院，不復得見。開院之明日，才元遣送數枝。蓋是歲大雨雪，寒甚，故梅亦晚開耳。

又一跋：元祐初，鎖試禮部，阻春雪，還家已三月。王才元舍人送紅黃多葉梅數種，爲作三詩，付王家素素歌之。〔註25〕

題目的「王才元」，指王棫（？～？），其子爲王直方，著有《王直方詩話》。第一首寫黃梅遲開，鎖住春意，也鎖住千萬江南客。其戲意在於因禮部「鎖」院，也「鎖」住了梅，使黃庭堅不得賞梅，但是當禮部開院後，黃梅卻又「鎖」住了觀客，一個遲開，一個遲歸，各自精采。第二首延續「鎖」意，梅花塢四周高而中間低，勢如「鎖」。

〔註24〕〔元〕韋居安：《梅磵詩話》，丁福保輯：《歷代詩話續編》，中冊，卷上，頁545。
〔註25〕《黃庭堅詩集注》第1冊，內集卷1，頁327～328。

趨之若鶩來賞梅的客，多爲庸俗之人，雖能看見黃梅，卻不能看見黃梅的絕俗意。陶淵明愛菊嗜酒，無人不知，從秋菊的風流，一瞬轉爲「梅花樹下僧」，從情轉爲理，而「僧」又有絕塵之意，且不能飲酒，與「攜酒」俗人有所區別。菊梅之意，往往寄情於酒，而酒只是形體之具，這些遊人雖然鎖於梅花塢，卻鮮少沉醉。第三首寫黃梅似解人意，憐其病體，不言「人觸撥」，反說「觸撥人」，細於肌理。官黃，爲正黃色，此處將黃梅拂遍，猶感春思不能往，勾牽深冬。結語「滿城桃李不能春」，不思桃李，即遠離氾濫的情感，但作一「病僧」，爲梅犯戒「屏杯杓」。此組詩拆開分說，便失意，第一首以鎖連結第二首，第二首以僧連結第三首，以正黃色的「官眼」賞梅，或以不飲酒的「僧眼」觀梅，渾然一身，皆作隨人起鬨的「江南客」，因此「滿城桃李不能春」，是以「冷眼」笑看未逢新春，人潮已先魚貫。

二、知詩之病

蘇、黃詩在詩學史上，有「奇」的特色，幾成定論，然而他們兩人的作詩主張，皆表明「奇」乃詩之病。蘇軾〈論作詩二首・其二〉說：「詩須要有爲而後作，用事當以故爲新，以俗爲雅，好新務奇，乃詩之病。柳子厚晚年詩，頗似陶淵明，知詩之病也。」〔註26〕黃庭堅〈與王觀復書三首・其三〉：「好作奇語，自是文章病，但當以理爲主，理得而辭順，文章自然出群拔萃。觀杜子美到夔州後詩，韓退之自潮州還朝後文章，皆不煩繩削而自合矣。」〔註27〕奇語入詩，總不如平淡，或者得而辭順，水到渠成之處，「奇」乃自現。關於奇與不奇的問題，對其藝術表現的研究，影響頗深。蘇軾的詩奇，有一部分與他好罵有關，然而，事出有因，根據陳善《捫蝨新話》說：

> 然予觀坡題李白畫像云：「西望太白橫峨岷，眼高四海空無人。平生不識高將軍，手涴吾足乃敢嗔。」又嘗有詩曰：「七

〔註26〕《蘇軾文集》，第6冊，佚文彙編拾遺卷下，頁2668。
〔註27〕《豫章黃先生文集》，卷19，頁201。

尺顧軀走世塵，十圍便腹貯天眞。此中空洞渾無物，何止容君數百人。」且自言：「我所謂君者，自王茂洪之流爾。豈謂此等輩哉！」乃知坡雖好罵，尚有事在。〔註28〕

調笑他人，暗罵他人，一線之隔而已。從第三章的命意旨趣，略知戲題詩有美刺，更有譏論之旨意，然而蘇軾好罵，亦不能否認，其詩有爭奇處，然事出有因，蘇軾以過於天眞的態度，面對官場的險惡，終究有損。而罵的過程，卻也讓蘇軾從奇崛歸於平淡，所謂「王茂洪之流爾」，即「清士」。又根據〔宋〕強幼安（？～？）《唐子溪文錄》說：

古之作者，初無意于造語，所謂因事以陳詞，如杜子美〈北征〉一篇，直紀行役爾，忽云：「或紅如丹砂，或黑如點漆。雨露之所濡，甘苦齊結實。」此類是也。文章只如人家書乃是。〔註29〕

蘇軾明知奇爲詩之病，卻在詩中形色斑駁，自顧英姿，從此直截的思考點反過來說，當奇便成了經常、尋常，那麼奇的炫目，自然削弱許多。與其說是「因事以陳詞」，或者「以故爲新」，不如說是「因事見奇」。就以戲題詩來說，並非詩之正體，但是可以肯定其意爲正，戲體既已成型，這是「因事」，要使人申發一笑，若無奇聞新語，難以圓詩之旨。蘇軾〈予初謫嶺南，過田氏水閣，東南一峰，豐下銳上，俚人謂之雞籠山，予更名獨秀峰。今復過之，戲留一絕〉說：「倚天巉絕玉浮圖，肯與彭郎作小姑。獨秀江南知有意，要三二別四三壺。」〔註30〕既然題爲「戲留一絕」，不爲他人而留，出於詩興，故筆勢放縱。「小姑」是江南相傳的的兩座孤山，大者爲大姑，小者爲小姑。「彭郎」爲洞庭之下的沙洲，又名「彭郎磯」。蘇軾此詩偏不以大姑對小姑，以彭郎對小姑，除了本意上的山洲之遙對，尚產生了字面上的男女相配之戲意。「要三二別四三壺」一句之中，出現四種數字，詩中的「壺」，指蓬萊，全詩寫出山巖交錯於沙洲之中，高低起伏，但見

〔註28〕〔宋〕陳善：《捫蝨新話》，上集卷1，頁4。
〔註29〕〔清〕何文煥輯：《歷代詩話》，上冊447。
〔註30〕《蘇軾詩集》，第7冊，卷45，頁2428。

自己命名的「獨秀峰」，而此峰有絕無僅有的「一峰」之意，倚於東南，客辭山白轉。再如蘇軾〈戲作鮰魚一絕〉：「粉紅石首仍無骨，雪白河豚不藥人。寄語天公與河伯，何妨乞與水精鱗。」〔註31〕這首詩奇過頭，險成怪。〔清〕趙克宜（？～？）認為：「此眞惡詩，不値徐凝一笑矣。」〔註32〕鮰魚無骨，河豚有毒，從題材的選擇上，已具備「奇」，又要有「戲」，便難上加難。無骨則無骨氣，有毒則有害，皆須善治之人，所以無論寄語天公或河伯，皆為無用之功，水精鱗浮光，嘲此二魚體滑無鱗，鮰魚為人所圈養，河豚為之所朵頤，皆具有喪身之哀，若解此意，則此詩並非惡詩。

黃庭堅對於作詩頗有心得，既知奇為詩之病，卻也知奇能使詩精益求精，它是一體兩面的。其於〈與王子子書〉說：

> 古人有言：「并敵一向，千里殺將。」要須心地收汗馬之功，讀書乃有味，棄書策而游息，書味猶在胸中，久之乃見。古人用心處如此，則盡心於一兩書，其餘如破竹節，皆迎刃而解耳。古人嘗喻植楊，蓋楊天下易生之木也，倒植之而生，橫植之而生；然一人植之，一人拔之，雖千日之功皆棄。此最善喻。〔註33〕

這段文字的主旨是讀書貴精，運用於詩，「奇」往往被視為詩之「味」所在，如此反而將敵人分散了，因為過度專致於每句的奇意，甚至是戲意，反而掩蓋了「之所以為奇」的眞正用意。藝術表現，仍要回歸詩的本質：吟詠性情。黃庭堅〈戲贈頓二主簿・不置酒〉說：

> 桐植客亭欣款曲，歌傾家釀匆徘徊。
> 百年中半夜分去，一歲無多春蹔來。
> 落日園林須秉燭，能言桃李聽傳盃。
> 紅疏綠暗明朝是，公事相過得幾回。〔註34〕

〔註31〕《蘇軾詩集》，第4冊，卷24，頁1257。

〔註32〕〔清〕趙克宜：《角山樓蘇詩評注彙鈔》（臺北：新興書局，1967年，清咸豐二年趙氏原刻本），第3冊，附錄下，頁1842。

〔註33〕《豫章黃先生文集》，卷19，頁200。

〔註34〕《黃庭堅詩集注》第5冊，外集補卷3，頁1661。

這首七律，黃庭堅沒有使用任何典故，於其詩集中非常罕見，卻也逆向成爲一種「奇」。首聯寫客心流連於歌酒，頷聯爲數字對，且「百年中半」，年逾半百，而夜晚又佔去了生命的一半。話鋒一轉「一歲無多」，卻又渴望著新春歲長，在頷聯頻繁出現的「數字」，表達了時間的逼迫，以及時間的逝去。夜去酒意闌，尙且尋春，只是快樂終究是短暫的。頸聯寫桃李本無言，傳杯得意，及時行樂，看遍夕陽，訪盡園柳。此聯「落日」對「能言」，雖不工卻稱奇，落日即是黃昏，爲時間之屬，且爲成套之語，通常不可拆，而「能言」是情貌的表現，兩字是組合而來，屬於異類相對，即句法相對，意卻不對，符合黃庭堅詩奇崛的特色，也是一種「不泥於屬對」的造語表現。王直方《王直方詩話》說：

> 荊公云：「凡人作詩，不可泥於對屬。如歐陽公作〈泥滑滑〉云：『畫簾陰陰隔宮燭，禁漏杳杳深千門。』千字不可以對宮字。若當時作朱門，雖可以對，而句力便弱耳。」〔註35〕

將此意用於黃庭堅〈戲贈頓二主簿・不置酒〉，「落日」的「落」字，不可以對「能言」的「能」字，但是，作詩倘若有奇意，又「意在筆先」最爲可貴，「意」始終先於，也高於「字」。既造「能言」，則桃李不再是無言，無情物彷彿有情，且桃李慣臨春風，實是「欲言酒一杯」。頸聯承接頷聯的「春蹔來」的暖意，所以「能言桃李」於此，便間接有了怒放之意。尾聯寫庸碌於公事，無心於紅疏綠暗，因酒而醉，因醉而以迷離之眼，細看尋常景色，別有一番滋味。通篇自然，造語明白，奇在平淡之中，而非併奇一向。因爲詩的副標題爲「不置酒」，因此「公事相過得幾回」的最後，藏了一個「醉」字沒有寫出來。

又黃庭堅〈戲答龍泉余尉問禪二小詩・其一〉：「重簾複幕鎖蛾眉，銀燭金荷醉舞衣。長爲扶頭欠斟酒，不關禪病減腰圍。」〔註36〕

〔註35〕〔宋〕王直方：《王直方詩話》，郭紹虞輯：《宋詩話輯佚》，上冊，頁90。

〔註36〕《黃庭堅詩集注》第5冊，外集補卷4，頁1730。

這是一首閨怨詩，卻又寫禪意，非常奇特。蛾眉深鎖，重門畫樓，皆冷於銀燭之光。飲下易醉的「扶頭酒」，腰圍減少，自能作掌上舞，又醉而舞，可以想見其舞姿將更加曼妙、折腰。禪之所以為病，因為不計種種色相〔註37〕，不妄求一絲一毫。黃庭堅〈戲答龍泉余尉問禪二小詩・其二〉說：「黐頭作尾掉枯藤，臘月花開更造冰。何似清歌倚桃李，一爐沉水醉紅燈。」〔註38〕黐頭作尾，則頭如尾瘦，又接詞「掉枯藤」，勾勒出凋零之意。臘月為季冬，為祭祀之月，梅開則春近，清歌不發，桃李不言，共醉於紅燈。紅燈，本有燈紅酒綠之意，於佛之眼，紅燈為一種背離、叛逆，甚至不倫的色彩，黃庭堅因醉，而戲其「失序」。紅色本為顯著之色，一爐沈水，香消猶有餘味。

第二節 創意性造語

創意性造語，是一種改變：有別於他人的陳言俗語，詩人欲自闢宇宙的格局、規模、器識。在談改變以前，應先從根本的立意著手，它的重要性先於學問、風格。〔宋〕歐陽脩（1107～1072）《六一詩話》說：「聖俞嘗謂余曰：『詩家雖率意，而造語亦難。若意新語工，得前人所未者，斯為善也。…』」〔註39〕明確指出詩有「造語」之工，這個「造」字具有鍛鍊、琢磨的意義，而其表現又以「新」為佳。造語要「得前人所未者」，自是難事，因此需要「創意」，〔清〕方東樹（1772～1851）《昭昧詹言》說：

〔註37〕《大乘入楞伽經・集一切法品第二之三》：「大慧！不依執著種種幻相，言一切法如幻。大慧！以一切法不實速滅如電，故說如幻。大慧！譬如電光見已即滅，世間凡愚悉皆現見一切諸法，依自分別自共相現亦復如是，以不能觀察無所有故，而妄計著種種色相。」見《大乘入楞伽經》，卷3，《大正新脩大藏經》，CBETA，T16，No.0672，0603c26。

〔註38〕《黃庭堅詩集注》第5冊，外集補卷4，頁1731。

〔註39〕〔宋〕歐陽脩著，克冰評注：《六一詩話》（北京：中華書局，2014年），頁42。

> 一曰創意艱苦，避凡俗、淺近、習熟、迂腐、常談、凡人意中所有。二曰造語，其忌亦同創意，及常人筆下皆同者，必別造一番言語，大約皆刻意求與古人遠。〔註40〕

能與古人有所區別，代表具有個人特色，擁有某程度的不可取代性，然而，「刻意求與古人遠」，便使詩走上爲藝術而藝術的道路，爲其缺點，同時也是優點。自〔魏〕曹丕（187～226）《典論・論文》提出：「文人相輕，自古皆然。」〔註41〕此概念與「抒情傳統」最核心的精神：「表現在士大夫階層的詩（含詞）、文（包括駢文和古文）上」〔註42〕，有所交集，不管是第二章所揭示的：高友工所謂的「贈答體」或「自省體」的抒情，這些文本都不能脫離「文人」的生活圈，也難以跨越學科之間。延續「文人相輕」之說，陳善《捫蝨新話》更有「文人相譏」〔註43〕之說，無論如何，純粹的詩歌創作已不能滿足宋人，他們競相論起詩來。以下從「漸老漸熟乃造平淡」、「雖隻字半句不輕出」來探討。

一、漸老漸熟乃造平淡

承接上小節，由於「意」是抽象的，蘇軾的命意、寄託，未必求人能解，甚至不必解。劉勰《文心雕龍・隱秀》說：「使醞藉者蓄隱而意愉，英銳者抱秀而心悅。」〔註44〕本文以爲，既已感到命意的「工」，則「必超然獨立於眾人之上」便是「隱而秀」的進程，猶如

〔註40〕〔清〕方東樹：《昭昧詹言》（北京：人民文學出版社，1984年），頁267。

〔註41〕〔魏〕曹丕：《典論》（臺北：中華書局，1985年），頁1。

〔註42〕呂正惠：〈抒情傳統與現代文學——一篇隨筆〉，《清華中文學報》第3期（2009年12月），頁291。

〔註43〕陳善《捫蝨新話》：「東坡〈醉白堂記〉，荊公謂是韓、白優劣論，而荊公〈虔州州學記〉，東坡謂之學校策。范文正公〈岳陽樓記〉，或者又曰：此傳奇體也。文人相譏，蓋自古而然。」見〔宋〕陳善：《捫蝨新話》，上集卷4，頁36。

〔註44〕〔梁〕劉勰著，黃淑琳注，李詳補注，楊明照校注拾遺：《增訂文心雕龍注》，中冊，卷8，頁492。

「隱」的巨大鎖鍊被拉出一環，則全盤可解，是謂「秀」。若只停在隱晦，僅是詩謎，於情於志，都被遊戲的意味所掩蓋。蘇軾〈與二郎侄一首〉說：

> 二郎姪：得書，知安，并議論可喜，書字亦進。文字亦若無難處，止有一事與汝說。凡文字，少小時須令氣象崢嶸，采色絢爛，漸老漸熟乃造平淡；其實不是平淡，絢爛之極也。汝只見爺伯而今平淡，一向只學此樣，何不取舊日應舉時文字看，高下抑揚，如龍蛇捉不住，當且學此。只書字亦然，善思吾言！〔註45〕

文字無他，熟能生巧而已，不過，其「巧」本於年少時的「高下抑揚，如龍蛇捉不住」，需要無數的揮灑與練習，才能臻於此境。造語的創意，新手往往學習老手的「平淡」，欲走捷徑，卻忽略了平淡無所可造，乃從絢爛中變化而來。嚴羽《滄浪詩話・詩辨》所說：「盛唐諸人惟在興趣，羚羊掛角，無跡可求。」〔註46〕蘇軾所謂的平淡，類於此論，並非眞的無跡可求，而是所有的跡，已融裁成情。胡仔《苕溪漁隱叢話・後集》說：

> 余觀東坡南遷以後詩，全類子美夔州以後詩，正所謂老而嚴者也。子由云：「東坡謫居儋耳，獨喜爲詩，精鍊華妙，不見老人衰憊之氣。」魯直亦云：「東坡嶺外文字，讀之使人耳目聰明，如清風自外來也。」觀二公之言如此，則余非過論矣。〔註47〕

蘇軾南遷以後，著述不斷，觀其〈和陶王撫軍座送客〉：「懸知冬夜長，不恨晨光遲。夢中與汝別，作詩記忘遺。」〔註48〕苦悶的海外生活，作詩是爲了「記忘遺」，雖是戲言，卻有淡然無事，生無依歸的惆悵。〈和陶游斜川〉：「過子詩似翁，我唱而輒酬。未知陶彭澤，頗有此樂

〔註45〕《蘇軾文集》，第6冊，佚文彙編卷4，頁2523。

〔註46〕〔宋〕嚴羽著，郭紹虞校釋：《滄浪詩話校釋》，頁26。

〔註47〕〔宋〕胡仔：《苕溪漁隱叢話・後集》，卷30，頁639。

〔註48〕《蘇軾詩集》，第7冊，卷42，頁2326。

不。」〔註 49〕蘇軾於儋，寫了許多和陶詩，亦有不少和詩，更有戲題詩，無論如何，持續且維持一定質量、數量的創作，這些豐富的寫詩經驗，以及與他人和詩、論詩的切磋滋乳，使蘇軾詩藝臻熟，得一樂字，也得一戲字。以下分爲「盡去圭角」、「苦中作樂」兩項討論。

（一）盡去圭角

其實蘇軾在南遷以前，於惠州時期，詩中已顯「漸老漸熟乃造平淡」之意。陳善《捫蝨新話》說：

> 坡自晚年更涉世患，痛自摩治，盡去圭角，方更純熟。故其詩曰：「我生本強鄙，少以氣自擠。扁舟到江海，赤手攬象犀。還來輒自悟，留氣下暖臍。」觀此詩便可想見其爲人矣。大抵高人勝士類是，不能徇俗俯仰，其謾罵玩侮亦其常事。〔註 50〕

文儒貴有情志，當它被生活磨得精光，年少的銳氣和稜角便漸脫去，一笑雖然不能盡泯恩仇，卻能使詩人得到一種遣懷。蘇軾〈章質夫送酒六壺，書至而酒不達，戲作小詩問之〉說：

> 白衣送酒舞淵明，急掃風軒洗破觥。
> 豈意青州六從事，化爲烏有一先生。
> 空煩左手持新蟹，漫繞東籬嗅落英。
> 南海使君今北海，定分百榼餉春耕。〔註 51〕

題目所提章質夫，指章楶（1027～1102），字質夫，爲蘇軾好友。詩起寫白衣，此當指負責送酒的僮僕。陳師道《後山詩話》說：「東坡居惠，廣守月饋酒六壺，吏嘗跌而亡之。坡以詩告曰：『不謂青州六從事，翻成烏有一先生。』」〔註 52〕交代了詩本事，且與原詩的文字有所出入。根據《後山詩話》所載的內容，詩題雖有一個「謝」字，

〔註 49〕《蘇軾詩集》，第 7 冊，卷 42，頁 2318～2319。
〔註 50〕〔宋〕陳善：《捫蝨新話》，上集卷 1，頁 4。
〔註 51〕《蘇軾詩集》，第 7 冊，卷 39，頁 2155～2156。
〔註 52〕〔宋〕陳師道：《後山詩話》，〔清〕何文煥輯：《歷代詩話》，上冊，頁 315。

但未必是「酬謝」，更趨近於「相問」的意義。蘇軾該詩是戲問，情感面相上略有不同。又〔宋〕黃徹（1093～1168）《碧溪詩話》說：「人有疑『舞』字太過者，及觀庾信〈答王褒餉酒〉詩：『未能扶畢卓，猶足舞王戎。』蓋有所本。」〔註 53〕畢卓（322～？）飲酒成痴，嘗云：「得酒滿數百斛船，四時甘味置兩頭，右手持酒杯，左手持蟹螯，拍浮酒船中，便足了一生矣。」〔註 54〕下引頸聯「空煩左手持新蟹」之句。王戎（234～305）不以飲酒出名，卻能洞悉阮籍的飲酒之意：「卿輩意亦復易敗耳！」〔註 55〕蘇軾此詩，自比陶淵明，再根據第二句「急掃風軒洗破觥」所言，則首句應指尚不知酒化爲烏有，有被捉弄的感。〔金〕王若虛（1174～1243）《滹南詩話》持不同意見：「予謂疑者但謂淵明身上不宜用耳，何論其所本哉。」〔註 56〕陶淵明本無意於詩者〔註 57〕，故舞字之於陶淵明，有溢色之感，故名爲求本，實求詩技也。「急掃風軒洗破觥」，表達自己對好酒將至的期待，匆忙打掃室內，又洗滌酒杯，與前所下「舞」字形成杯觥交錯的詩意，且把畢卓爛醉、王戎解醉融於其中，更深一層呈現了「萬事俱備，只欠酒六壺」的情狀。「豈意青州六從事，化爲烏有一先生」，再次呼喊六壺贈酒尚未抵達，期待就要落空。此頷聯的對仗屬於「假對」，又稱借

〔註 53〕〔宋〕黃徹：《碧溪詩話》，丁福保輯：《歷代詩話續編》，上冊，卷 8，頁 385。

〔註 54〕《新校本晉書并附編六種》，第 2 冊，卷 49，頁 1381。

〔註 55〕《晉書・王戎傳》：「戎嘗與阮籍飲，時兗州刺史劉昶字公榮在坐，籍以酒少，酌不及昶，昶無恨色。戎異之，他日問籍曰：『彼何如人也？』答曰：『勝公榮，不可不與飲；若減公榮，則不敢不共飲；惟公榮可不與飲。』戎每與籍爲竹林之游，戎嘗後至。籍曰：『俗物已復來敗人意。』戎笑曰：『卿輩意亦復易敗耳！』」見《新校本晉書并附編六種》，第 2 冊，卷 43，頁 1232。

〔註 56〕〔金〕王若虛：《滹南詩話》，《歷代詩話續編》，上冊，卷 2，頁 514。

〔註 57〕黃庭堅〈論詩〉：「謝康樂、庾義城之於詩，爐錘之功不遺力也。然陶彭澤之牆數仞、謝庾未能窺者，何哉？蓋二子有意於俗人贊毀其工拙，淵明直寄焉耳。」見屠友祥校注：《山谷題跋校注》，卷 7，頁 171。陳師道《後山詩話》說：「淵明不爲詩，寫其胸中之妙爾。」見《歷代詩話》，上冊，頁 304。

對，根據〔日〕弘法大師（空海，俗名佐伯眞魚，774～835）《文鏡秘府論》說：「詩曰：『不獻胸中策，空歸海上山。』或有人以『推薦』偶『拂衣』之類是也。」〔註58〕「青州」的「青」、「烏有」的「烏」皆非顏色，這裡借以爲對，這樣無雙的對仗，字面上看來頗精巧，其實不然，用「假對」，正取其「借虛比實」的意義，把等待贈酒心情的起起伏伏，而等待拉長，撲空、虛幻的感覺也越重，恰好是「用形式來強調內容」的顯例，也符合第二章點出的「重於形式」。「空煩左手持新蟹，漫繞東籬嗅落英」，說酒仍未送至，只能對杯空舉，寄情於陶淵明的秋菊，猶有佳色。——不過王戎典出西晉，陶淵明典出東晉，總歸於晉，歡欣也酒，喪志也酒。「南海使君今北海，定分百榼餉春耕」，南海使君指章楶，指如今他像〔漢〕孔融（153～208）一樣好客〔註59〕，除了分酒之外，定能將此美意用於農事，春耕夏耘，詩意呈現：既使自己位於惠州，身爲「南海」官，也能像「北海」官一樣，以酒交友，以友輔文，最後留下一個笑問，一個殘響：酒未至矣。從以上的分析，這種文字節約，用典又用不盡其意的表現，實爲盡去圭角，最醒目、最塵俗、最超然的意，皆有了收斂。

蘇軾對於語言的創造、翻新，似乎沒有滿足，有虎踞鯨吞之勢。對於造語之說，尚可參考〔明〕趙世顯（1542～1610）《趙仁甫詩談》：「器不厭舊，詞不厭新。新而無失之纖巧，則善之善矣。」〔註60〕可知造語並不以新爲病，只是過於出奇，容易給人弄巧之感。而蘇軾貶

〔註58〕〔日〕弘法大師著，王利器校注：《文鏡秘府論》（北京：中國社會科學出版社，1983年），頁264。

〔註59〕《北史・夏侯道遷傳》：「於京城西水次市地，大起園池，殖列蔬果，延致秀彥，時往遊適。妓妾十餘，常自娛樂，國秩歲入三千餘匹，專供酒饌，不營家產。每誦孔融語曰：『坐上客恆滿，罇中酒不空，餘非吾事也。』識者多之。」見《新校本北史并附編三種》，第3冊，卷45，頁1655。

〔註60〕〔明〕趙世顯：《趙仁甫詩談》，陳廣宏、侯榮川編校：《稀見明人詩話十六種》（上海：上海古籍出版社，2014年，閔中趙氏原刊本），上冊，卷上，頁502。

至嶺外後，平淡之味更現，黃庭堅〈與歐陽元老書〉便說：「…寄示東坡嶺外文字，今日方暇遍讀，使人耳目聰明，如清風自外來也。」〔註 61〕文自平淡如清風，豁人耳目，是創作盡去圭角，臻於純熟的表現。蘇軾〈吳子野絕粒不睡，過作詩戲之，芝上人、陸道士皆和，予亦次其韻〉說：

聊爲不死五通仙，終了無生一大緣。
獨鶴有聲知半夜，老蠶不食已三眠。
憐君解比人間夢，許我時逃醉後禪。
會與江山成故事，不妨詩酒樂新年。〔註 62〕

詩題所提吳子野，即吳復古（1004～1101），號遠遊；芝上人，即曇秀（？～？），爲一僧人；陸道士，未詳。根據王文誥的注：「佛具六通，而神仙眾特五通而已，五通則不死，六通無生無死。」故「聊爲不死五通仙」指蘇軾彷彿、暫且成得道，雖然「不死」，仍存有「生」的業障和因果，而「終了無生一大緣」一句，根據《注大乘入楞伽經．集一切法品》：「與無種有種三緣和合而生者，龜應生毛，沙應出油。然龜本無毛。沙本無油。合亦不生。三緣體空。如何生果。」〔註 63〕無種、有種、識爲三緣，它們不能和合生因，因爲所有的事業，都空虛無義。蘇軾卻戲言無生是「大緣」，從三緣縫隙的掙扎中，直挺而出，化爲一大緣，顛覆了佛典的原意。〔清〕袁枚（1716～1797）《隨園詩話》說：「身在名場五十餘年，或未識面而相憎，或未識面而相慕：皆有緣、無緣故也。」〔註 64〕唱和詩本傷詩的情志，因爲很難擺脫應酬的姿態，此一「大緣」，把蘇軾與其好友們的「相識」更加凝聚起來，官名也好，佛名也罷，都作如是觀。「獨鶴有聲知半

〔註 61〕《豫章黃先生文集》，卷 19，頁 200。
〔註 62〕《蘇軾詩集》，第 7 冊，卷 40，頁 2213～2214。
〔註 63〕《注大乘入楞伽經》，卷 2，《大正新脩大藏經》，CBETA，T39，No.1791，0446c03。
〔註 64〕〔清〕袁枚著，顧學頡校點：《隨園詩話》（北京：人民文學出版社，2006 年重印版），卷 3，頁 86。

夜，老蠶不食已三眠」，寫枕上失眠，因鶴鳴而知夜深，而蘇軾〈雨中游天竺靈感觀音院〉說「蠶欲老，麥半黃，前山後山雨浪浪。農夫輟耒女廢筐，白衣仙人在高堂。」〔註 65〕老蠶不食，並非個體，實指一簇俱老，蘇軾該詩是和詩，又原詩多人唱和，故為「一簇」。「三眠」原指蠶蛻皮時不食不動，呈現睡眠狀態，既已三眠，則「春蠶到死絲方盡」，與前句之意交相建構成：長夜漫漫，絲盡而詩成的「不死」徵象。「憐君解比人間夢，許我時逃醉後禪」，人間有夢，皆成空矣，亦不必強解夢，與詩類似。該詩的核心為「憐君解比人間夢，許我時逃醉後禪」，「逃禪」語出杜甫〈飲中八仙歌〉：「蘇晉長齋繡佛前，醉中往往愛逃禪」，根據〔清〕仇兆鰲（1638～1717）解釋：「逃禪，猶云逃墨逃楊，是逃而出，非逃而入。」楊朱和墨翟的思想，都是先秦時代的顯學，楊朱主張「貴己」，墨翟強調「兼愛」，皆過於極端，是一種塵世的束縛，使人想要逃離。「會與江山成故事，不妨詩酒樂新年」，江山搖落，此夜頗寂，但戲說夢，詩酒、新年有即時行樂之意，卻沒有眞正的快樂，情緒欲說還休，圭角盡落，落下一個禪字。

黃庭堅的戲題詩有涉禪者，可為蘇軾的戲題詩互證，〈戲題葆眞閣〉說：

> 眞常自在如來性，肯綮修持祗益勞。
> 十二因緣無妙果，三千世界起秋毫。
> 有心便醉聲聞酒，空手須磨般若刀。
> 截斷眾流尋一句，不離兔角與龜毛。〔註 66〕

根據《山谷詩注續補》解首二句：「意謂學佛者須善葆其眞如本體，無須勞筋骨以求修持也。」〔註 67〕頷聯所述十二因緣為：無明、行、識、名色、六入、觸、受、愛、取、有、生、老死〔註 68〕，皆無常於

〔註 65〕《蘇軾詩集》，第 2 冊，卷 7，頁 337。
〔註 66〕《黃庭堅詩集注》第 5 冊，外集補卷 3，頁 1636。
〔註 67〕陳永正、何澤棠注：《山谷詩注續補》，卷 1，頁 59。
〔註 68〕《長阿含經・大本經》：「若無明滅盡，是時則無行；若無有行者，

世界，枝微末節，細細發端。頸聯「般若刀」，出自《維摩詰所說經・菩薩行品》：「以智慧劍，破煩惱賊；出陰界入，荷負眾生，永使解脫。」〔註 69〕黃庭堅以手喻刀，有「戒酒」之意，然而，無酒則無詩，故「截斷眾流尋一句」，醉別江樓，又說「不離兔角與龜毛」，兔本無角，龜本無毛，不可強也，與蘇軾〈吳子野絕粒不睡，過作詩戲之，芝上人、陸道士皆和，予亦次其韻〉所說的「江山故事」，皆是逃離大千世界〔註 70〕外的「醉後禪」。再如黃庭堅〈戲贈惠南禪師〉：

佛子禪心若葦林，此門無古亦無今。
庭前柏樹祖師意，竿上風幡仁者心。
草木同霑甘露味，人天傾聽海潮音。
胡牀默坐不須說，撥盡寒灰劫數深。〔註 71〕

首聯寫禪心無古亦無今，不隨時移世易，無愛亦無憎，純然若葦林，矗立排列，卻又不著物象。頷聯雖重「心」字，一則以禪，一則以仁，頗有戲言競作「祖意」的玩味所在。頸聯由渺小的甘露恩澤，拓展眼界，遂爲洶湧卻規律的海潮音。尾聯提到「胡牀」，漢人坐胡牀，是文化融合也是文化衝突。黃庭堅〈書張仲謀詩集後〉說：「作語多而知不離爲工，事久而知世間無巧，以此自成一家，可傳也。」〔註 72〕寫詩越久，造語越多，越知好的造語出於天然，不削自工。這首詩沒

則亦無有識；若識永滅者，亦無有名色；名色既已滅，即無有諸入；若諸入永滅，則亦無有觸；若觸永滅者，則亦無有受；若受永滅者，則亦無有愛；若愛永滅者，則亦無有取；若取永滅者，則亦無有有；若有永滅者，則亦無有生；若生永滅者，無老病苦陰；一切都永盡，智者之所說。十二緣甚深，難見難識知；」見《長阿含經》，卷 1，《大正新脩大藏經》，CBETA，T01，No.0001，0007b21。

〔註 69〕《維摩詰所說經》，卷 3，《大正新脩大藏經》，CBETA，T14，No.0475，0554b06。

〔註 70〕《大方廣佛華嚴經・十地品二十六之六》：「此三昧現在前時，有大寶蓮華忽然出生。其華廣大，量等百萬三千大千世界，以眾妙寶間錯莊嚴，超過一切世間境界。」見《大方廣佛華嚴經》，卷 39，《大正新脩大藏經》，CBETA，T10，No.0279，0205b02。

〔註 71〕《黃庭堅詩集注》第 5 冊，外集補卷 3，頁 1636。

〔註 72〕屠友祥校注：《山谷題跋校注》，卷 7，頁 187。

有用典，既言「祖師意」、「仁者心」，又言「甘露味」、「海潮音」，當眞「赤手攬象犀」，祖意有仁心，而海潮味本應鹹，詩意卻是甘，因此「象犀」並非物象的珠玉精工，而是除去遣詞造句痕跡的命意，形於自然，象牙犀角，何等尖銳，卻又何等珍稀，以象犀入詩是砌詞，以象犀的巨獸之意入詩，便是力在其中，讀者不自覺而已。

又蘇軾〈瓊、儋間，肩輿坐睡。夢中得句云：千山動鱗甲，萬谷酣笙鐘。覺而遇清風急雨，戲作此數句〉：

> 四州環一島，百洞蟠其中。我行西北隅，如度月半弓。
> 登高望中原，但見積水空。此生當安歸，四顧眞途窮。
> 眇觀大瀛海，坐詠談天翁。茫茫太倉中，一米誰雌雄。
> 幽懷忽破散，永嘯來天風。千山動鱗甲，萬谷酣笙鐘。
> 安知非羣仙，鈞天宴未終。喜我歸有期，舉酒屬青童。
> 急雨豈無意，催詩走羣龍。夢雲忽變色，笑電亦改容。
> 應怪東坡老，顏衰語徒工。久矣此妙聲，不聞蓬萊宮。
>
> 〔註 73〕

夢中得句，則詩題的戲字已不止於戲作而已，因爲夢是虛幻的，戲作卻成空，大有遊戲之姿：既然躲不過瓊、儋之放逐，不如享受，故騷言成哲語，羈旅成壯遊。蘇軾初至海南島，心情是淒然的，何曾料想戲作成詩，他在〈試筆自書〉說：

> 吾始至海南，環視天水無際，淒然傷之，曰：「何時得出此島耶？」已而思之，天地在積水之中，九州在大瀛海中，中國在少海中，有生孰不在島者？覆盆水於地，芥浮於水，蟻附於芥，茫然不知所濟。少焉水涸，蟻即徑去，見其類，出涕曰：「幾不復與子相見。豈知俯仰之間，有方軌八達之路乎？」念此可以一笑。戊寅九月十二日，與客飲薄酒少醉，信筆書此紙。〔註 74〕

此文與〈瓊、儋間，肩輿坐睡。夢中得句云：千山動鱗甲，萬谷酣笙

〔註 73〕《蘇軾詩集》，第 7 冊，卷 41，頁 2246～2248。
〔註 74〕《蘇軾文集》，佚文彙編卷 5，頁 2549。

鐘。覺而遇清風急雨，戲作此數句〉的內容大抵相同，不同題、不同體而已。蘇軾剛到海南島，便茫然於遼闊的海水，如詩所言「茫茫太倉中，一米誰雌雄。」蠻荒空無，蘇軾一心想逃離此地。但是，當他見蟻類附芥，一夕輕雷之間，便不再相見，只能死於島中，而海無路，故無轍跡，卻還戲言不知「四通八達的道路」，若非瀕臨死亡者，絕難有此語。從文之「何時得出此島耶」，到詩之「喜我歸有期，舉酒屬青童」，其實不是尚存希望，而是苦中作樂，故文說「念此可以一笑」，在最深的絕望中，因爲已無物可以失去，純然一身，類於第三章所談的「一絲不挂且逢場」，僅是蟻生蟻滅，亦作一笑，因爲「不復生矣」，此「笑」當是「笑看」。而詩說「夢雲忽變色，笑電亦改容」，笑電指不下雨的閃電，有天笑之意，從「急雨」瞬轉「笑電」的「不雨」，總上，這樣的笑，這樣的戲，已非嘲弄他人的態度輕鬆，觀其用詞，無不絢爛，是絕處逢生後的雲淡風輕。施補華《峴傭說詩》稱此詩：「精神飽滿，才氣坌涌」〔註 75〕，精神飽滿，則流如彈丸，觀其詩言：「應怪東坡老，顏衰語徒工」，自我解嘲，面對年邁無能爲力，而滿紙詩文，只是荒唐言，又說「久矣此妙聲，不聞蓬萊宮」，「久矣」是散文的句法，並非詩的句法。「久矣此妙聲」爲倒裝句，原句應爲「此妙聲久矣」，「久矣」提前，強化了蓬萊仙境的不可觸及，間接點出海南島於宋代，屬於不宜人居的「惡地」。而妙聲久留，是急雨聲，也是沒有雨注的雷聲，更是蘇軾的途窮之吶喊聲，意即心知肚明，歸期遙遙無期，詩題的「戲作此數句」，「此數句」尚不能煮字療饑。即使是全詩最秀句：「千山動鱗甲，萬谷酣笙鐘」，雖筆札狂申，笑語二三，亦不能抹去行色蒼茫。

（二）苦中作樂

所謂的「其實不是平淡，絢爛之極也」，其心理狀態，乃至於立意，近於苦中作樂。〔元末明初〕孫作（約 1340～1424）〈還陳檢校

〔註 75〕〔清〕施補華：《峴傭說詩》，丁福保輯：《清詩話》，下冊，頁 1018。

山谷詩〉說：「蘇子落筆奔海，豫章吐句敵山嶽。…吾尤愛豫章撫卷，氣先愕磨牙咋舌。」〔註 76〕本文以爲，蘇軾之戲題詩，水也，隨物賦形之極，變幻莫測，故絢爛，這是形式上的輪廓、體態，然其本質、立意終究具有水的流動與清澈。就算北還，蘇軾已經六十五歲，料想年光有限身，再多的狂喜，都是短暫的、一時的，當眞慘矣。也因慘至極，已經不能再慘，慘成淡，淡中漸知味深，有一股「休管命運」的不可拘執，故其命意高，並非身段高，而是其詩乃由水所反射的世界，身世之感會被土壤、周遭環境所稀釋，卻不會消滅，故說絢爛，旅程跌宕而溢出餘味；又言平淡，胸懷坦率而疏於顧忌。至於黃庭堅之所以「吐句敵山嶽」，應是秀句多故實的關係，將在下文做更詳細討論。蘇軾〈余來儋耳，得吠狗，曰烏觜，甚猛而馴，隨予遷合浦，過澄邁，泅而濟，路人皆驚，戲爲作此詩〉說：

烏喙本海獒，幸我爲之主。食餘已瓠肥，終不憂鼎俎。
晝馴識賓客，夜悍爲門户。知我當北還，掉尾喜欲舞。
跳踉趁童僕，吐舌喘汗雨。長橋不肯躡，徑渡清深浦。
拍浮似鵝鴨，登岸劇虓虎。盜肉亦小疵，鞭箠當貰汝。
再拜謝厚恩，天不遣言語。何當寄家書，黃耳定乃祖。

〔註 77〕

犬四尺爲獒，故此犬當爲中型犬以上，活動力較強，故詩題說此犬「泅而濟」，非徒剛猛，亦諳水性。詩起言此犬識人、守門，而「知我當北還，掉尾喜欲舞」，並非蘇軾的妄想，根據《蘇軾年譜》可知蘇軾在元符三年（1100）六月二十日過海，時年六十五歲〔註 78〕，從儋州遷雷州，且蘇軾有名作〈六月二十日夜渡海〉，可見蘇軾對於北還是滿心雀躍，連月日都詳細錄於詩題，故犬欲舞，而人猶可想其狀也。此犬於水中，若鵝鴨自如，溫馴可人，一上岸便像猛虎怒吼，顯露桀

〔註 76〕〔元末明初〕孫作：《滄螺集》，《文淵閣四庫全書》，集部冊 1229，頁 481。

〔註 77〕《蘇軾詩集》，第 7 冊，卷 43，頁 2364。

〔註 78〕孔凡禮：《蘇軾年譜》，下冊，卷 39，頁 1340。

鷙，叼走他人肉品，蘇軾只得鞭犬，請求寬赦。

蘇軾創作爲數不少的戲題詩，除了本文第二章所探討的背景，若以海外時期來說，當是末世之感，在官場谷底，已經不能更壞。於此之際，笑話有益調解一任疏狂，而狗，對於窮鄉僻壤的羈旅，無非起了振作之效，因爲蘇軾幾乎把烏喙視作家人，以此稍解蘇轍書信不至的寂寞。詩末「何當寄家書，黃耳定乃祖」，用陸機事〔註 79〕，有「我家絕無書信，汝能齎書取消息不」之意，借黃耳尋路至家的故事，再次表達對於北還的無限喜悅。黃庭堅〈次韻伯氏戲贈韓正翁菊花開時家有美酒〉說：「會須著意憐時物，看取年華不久芳」〔註 80〕，與蘇軾此詩詠犬之意類似，蓋憐時物也，這樣的語境略是：功名今在了，我俱無一物，徒作詠懷詩，憐取眼前物，筆落不容思。一隻犬的身形、兇猛、溫馴和盜肉，皆是農村之景，如此平凡、天賜、尋常，蘇軾戲犬可人，亦戲己終於受憐。〔清〕吳雷發（？～？）《說詩菅蒯》說：「有極平淡而難及者，人或以爲警鍊少，不知其駕警鍊而上之也。但學者未造警鍊，不可先學平淡；且亦斷學不來。」〔註 81〕以上的詩句都顯現出平淡之意，只是平淡的表裡，卻是難察覺的，之所以平淡，是因爲生活的琢磨，耗損了英銳之氣，然而它並未消失，只是以另一種形式存在著，類於笑中帶淚，苦中作樂，非足以貌取。

蘇軾得知北還消息後，其戲詩頗喜用「接䍦」一詞，他在〈歐陽晦夫遺接䍦琴枕，戲作此詩謝之〉說：「見君合浦如夢寐，挽鬚握手俱汍瀾。妻縫接䍦霧縠細，兒送琴枕冰徽寒。無絃且寄陶令意，

〔註 79〕《晉書・陸機傳》：「初機有駿犬，名曰黃耳，甚愛之。既而羈寓京師，久無家問，笑語犬曰：『我家絕無書信，汝能齎書取消息不？』犬搖尾作聲。機乃爲書以竹筩盛之而繫其頸，犬尋路南走，遂至其家，得報還洛。其後因以爲常。時中國多難，顧榮、戴若思等咸勸機還吳，機負其才望，而志匡世難，故不從。」見《新校本晉書并附編六種》，第 2 冊，卷 54，頁 1473。

〔註 80〕《黃庭堅詩集注》第 5 冊，外集補卷 4，頁 1701。

〔註 81〕〔清〕吳雷發：《說詩菅蒯》，丁福保輯：《清詩話》，下冊，頁 937～938。

倒載猶作山公看。……」〔註82〕接䍦，即帽子。蘇軾此用「接䍦」，除了表達遠謫海外，又遠行北還的欣喜，既然接受北還的人事命令，對於「無絃且寄陶令意」，翩彼方舟的悠然只勘作「寄意」，此時此刻，只因「倒載猶作山公看」，蘇軾老來英氣未減。「山公」，指〔晉〕山濤，經常替政府拔擢人才，時稱「山公啓事」。〔註83〕蘇軾用此典，代表政府終於重視眞正的人才。雖無酒無絃，卻在〈歐陽晦夫遺接䍦琴枕，戲作此詩謝之〉詩末說：「爾來前輩皆鬼錄，我亦帶脫巾攲寬。作詩頗似六一語，往往亦帶梅翁酸。」〔註84〕先賢都作紙上人物，因此詩中引詩實乃點鬼錄。蘇軾感嘆爾來六十有五秋，從官四紀，海南淹留，使人發愁。以上這些，都不及陶令脫去官帽的任眞，詩說「我亦帶脫巾攲寬」，將脫去窮苦的雜色冪䍦，不再攲斜。而梅詩本不酸，同字異義中，產生了些許清狂，如不可執。

又如蘇軾〈徐元用使君與其子端常邀僕與小兒過同游東山浮金堂，戲作此詩〉說：「…使君有令子，眞是石麒麟。我子乃散材，有如木輪囷。二老白接䍦，兩郎烏角巾。醉臥松下石，扶歸江上津。浮橋半沒水，揭此碧鱗鱗。」〔註85〕蘇軾寫此詩已過海，人在藤州，「二老白接䍦，兩郎烏角巾」，何等尋常言語，父子皆纏巾，一黑一白，蘇軾戲言小兒蘇過沒有才華，自己獲赦後仍用「烏角巾」，屬於庶民打扮。詩寫四人過江望橋，不言「粼粼」，創意造出「碧鱗鱗」之語。透過四人的嬉遊意，以及詩的戲弄玩意，水光浮出「石麒麟」的「碧鱗鱗」，平淡中見清麗。〔清〕張謙宜（1650～1733）《絸齋詩

〔註82〕《蘇軾詩集》，第7冊，卷43，頁2372。

〔註83〕《晉書・山濤傳》：「故帝之所用，或非舉首，眾情不察，以濤輕重任意。或譖之於帝，故帝手詔戒濤曰：『夫用人惟才，不遺疏遠單賤，天下便化矣。』而濤行之自若，一年之後眾情乃寢。濤所奏甄拔人物，各爲題目，時稱山公啓事。」見《新校本晉書并附編六種》，第2冊，卷43，頁1226。

〔註84〕《蘇軾詩集》，第7冊，卷43，頁2372～2373。

〔註85〕《蘇軾詩集》，第7冊，卷44，頁2387～2388。

談》說：

詩要老成，卻須以年紀涵養爲洊次，必不得做作裝點，似小兒之學老人。且如小兒入學，只教他拱手徐行，不得跳躍叫喊，其天眞爛漫之趣，自不可掩。〔註 86〕

造語越多，年紀也隨之漸長，越似小兒入學，天眞自顯。只是，就眞實的面相來說，蘇、黃終究並非孩童，獲其赤子之心而已，且有剩餘的精力，發爲遊戲，故他們的戲題詩，更見遊戲的筆法，這種筆法是絢爛中見平淡的，並非讓人一目了然的平淡。所以石麒麟非魚，卻活靈活現去達水中浮山碧鱗鱗，當眞活潑，且令人驚服其造語之工。

二、雖隻字半句不輕出

無論蘇、黃的戲題詩，典故幾乎無所不在，這是一種形式上的衝突，倘若詩歌爲調笑他人，以開門見山、鳴鼓攻之，則聽者不容易誤會，能充分理解「笑料」，進而呵呵一笑。但是，爲申發一笑，透過「他人故事」以指桑罵槐、借此喻彼，笑意自減半矣，問題的癥結點在於：戲題詩的對象，未必盡能如詩所取意，如詩所善誘。使事並非不可，也並非不好，只是容易給人產生「閱讀障礙」，即上述的「吐句敵山嶽」，詩句比山嶽，除了立意高，更可能的原因是典故數量過多，且典故冷僻晦澀，針對這種不以凡語、俗事入詩的現象，〔宋〕劉克莊（1187～1269）〈江西詩派小序〉說：

豫章稍後出，會萃百家句律之長，究極歷代體制之變。蒐獵奇書，穿穴異聞，作爲古律，自成一家，雖隻字半句不輕出，遂爲本朝詩家宗祖，在禪學中比得達磨，不易之論也。〔註 87〕

黃庭堅無論古體或近體，其詩皆好用典故，戲題詩亦然，甚至，典故

〔註 86〕〔清〕張謙宜：《絸齋詩談》，郭紹虞編，富壽蓀校點：《清詩話續編》，上冊，卷 1，頁 793。

〔註 87〕〔宋〕劉克莊：《江西詩派小序》，丁福保輯：《歷代詩話續編》，上冊，頁 478。

的使用更加頻繁。凡詩用典，是一種含蓄的筆法，就字面上來說，典故涉及歷史，是老成，甚至爛熟的語言。釋惠洪〈跋山谷帖〉說：「山谷翰墨風流不減謝東山，而書詞鄭重，傾倒於光華如此。」〔註 88〕句中的「書詞鄭重」可為「雖隻字半句不輕出」互證。總上，「雖隻字半句不輕出」本質是用典，卻不能單從用典本身來考察，以下分為「除鄙陋氣」、「點鐵成金」討論。

（一）除鄙陋氣

許顗《彥周詩話》說：「作詩淺易鄙陋之氣不除，大可惡。客問何從去之，僕曰：『熟讀唐李義山詩與本朝黃魯直詩而深思焉，則去也。』」〔註 89〕戲題詩屬於詩的變體、雜體，獻媚於人，通常必使俗語，因此容易給人率意、鄙陋的感覺，因此，所謂「蒐獵奇書，穿穴異聞」，歷來研究者無不聚焦於「典故本身」，片面以為黃庭堅喜歡堆砌典故，追求新奇，卻忽略了引用典故，能間接使詩中用字擺落陳言。對於詩的「鄙陋之氣」，尚可引王直方《王直方詩話》：

> 山谷舊所作詩文，名以〈焦尾〉、〈弊帚〉。少游云：「每覽此編，輒悵然終日，殆忘食事，邈然有二漢之風。今交游中以文墨稱者，未見其比。所謂珠玉在傍，覺我形穢也。」有學者問文潛模範，曰：「看退聽藳（稿）。」蓋山谷在館中時，自號所居曰退聽堂。〔註 90〕

若非除去鄙陋之氣，使詩句如新，秦觀不可能說：「珠玉在傍，覺我形穢也」。這則引文雖是紀錄黃庭堅詩文成名於當時，但「詩如珠玉」之喻，卻已說明黃庭堅詩並非俗物。〔元〕陳繹曾（？～？）《文說》論及「下字法」之「襲古」說：「凡下字於平穩處，宜用古人曾下好

〔註 88〕〔宋〕釋惠洪著，〔日〕釋廓們貫徹注，張伯偉等點校：《注石門文字禪》，下冊，卷 27，頁 1552。

〔註 89〕〔宋〕許顗：《彥周詩話》，〔清〕何文煥輯：《歷代詩話》，上冊，頁 401。

〔註 90〕〔宋〕王直方：《王直方詩話》，郭紹虞輯：《宋詩話輯佚》，上冊，頁 94。

字面，須求其的當平實者用之。」又論及「下字法」之「取新」說：「凡下字於出奇處，宜用新字面，須尋不經人道語之，的當新奇而不怪僻，令讀之若出於自然乃善。」〔註91〕從「古人曾下好字面」到「宜用新字面」是困難的，黃庭堅善用典故，引發笑意，例如〈戲書秦少游壁〉：

丁令威，化作遼東白鶴歸，朱顏未改故人非。
微服過宋風退飛，宋父擁篲待來歸，誰饋百牢鸝鴒妃。
秦氏烏生八九子，鵶烏之凡畢逋尾。
憶炊門牡烹伏雌，未肯增巢令女棲。
莫愁野雉疏家雞，但願主人印纍纍。〔註92〕

這首詩的主旨，根據任淵注：「當是少游過南京，有所盼，主人待少游厚，欲令從歸，而其家難之也。」〔註93〕該詩將秦觀比爲丁令威，出於干寶《搜神後記》。〔註94〕丁定威爲本爲遼東人，學道於靈虛山，因不得歸，所以戲言其「化作遼東白鶴歸」。即使歸去，一切早已物換星移，有傷感之意。而「朱顏未改故人非」即是丁令威故事的結局，丁令威在化鶴歸遼東後：「城郭如故人民非，遂高飛沖天」，遼東的人民皆已忘記丁令威的姓名。黃庭堅引用這則故事，對隱逸文化作了新的詮釋，因爲「不如歸去」一直是種理想化的典型，然而眞正歸去後，未必能眞正忘懷得失，仕也成空，隱也成空，不如作仙，失意也風流。根據《左傳・僖公十六年》：「是月，六鷁退飛，過宋都。」〔註95〕可知詩中的「風」爲「鷁」，而「擁篲」本意是打

〔註91〕〔元〕陳繹曾：《文說》，王水照編：《歷代文話》，第2冊，頁1347。
〔註92〕《黃庭堅詩集注》第2冊，内集卷11，頁396～397。
〔註93〕《黃庭堅詩集注》第2冊，内集卷11，頁396。
〔註94〕〔晉〕干寶《搜神後記》：「丁令威，本遼東人，學道于靈虛山。後化鶴歸遼，集城門華表柱。時有少年，舉弓欲射之。鶴乃飛，徘徊空中而言曰：『有鳥有鳥丁令威，去家千年今始歸。城郭如故人民非，何不學仙離塚壘。』遂高上沖天。今遼東諸丁云其先世有升仙者，但不知名字耳。」見〔晉〕干寶著，汪紹楹校注：《搜神記・搜神後記》（臺北：木鐸出版社，1985年），卷1，頁1。
〔註95〕《春秋左傳正義》，卷14，頁236。

掃環境，此有等待貴客的意思。再根據《左傳·昭公二十五年》:「鸜鵒之巢，遠哉遙遙，稠父喪勞，宋父以驕，鸜鵒鸜鵒，往歌來哭，童謠有是，今鸜鵒來巢，其將及乎。」〔註 96〕推回「誰饋百牢鸜鵒妃」，可知「鸜鵒」之巢遙遠，未能得其聲，不過，〔清〕陳衍（1856～1937）《石遺室詩話》認爲:「『鸜鵒』與『妃』不能相連，三字爲不詞。」〔註 97〕認爲此處爲「弄巧處」。作爲一首戲題詩，「鸜鵒妃」三字的合併是可以理解的，既已脫離政治核心，選擇歸去，只能是貴客，而非賢臣，更遑論擁妃。鸜鵒本著重其聲，所以「鸜鵒妃」便有了多重的意義，因爲其下「饋」字，而非「得」或「聞」等字，所以「鸜鵒妃」算是因難見巧的走險之法，同時也見到黃庭堅造語的工拙之間。後云「秦氏烏生八九子，鴉烏之兄畢逋尾」，意指烏育多子，其族興盛。「憶炊門牡烹伏雌」的「牡」，指門關鍵，爲古代的鎖器，炊門有牡，則門扉不開。秦觀爲丁令威，千古傷心，所以「未肯增巢令女棲」，不再置新巢以迎鸜鵒，而任淵注:「少游細君，亦必怨望」〔註 98〕，故可推得「鸜鵒妃」的「妃」，應指「臣」。「莫愁野雉疏家雞」，暗指君臣的疏離，「但願主人印纍纍」的「主人」，指秦觀，「纍纍」，重積貌，有「印何纍纍，綬若若邪」〔註 99〕之意。整句乃戲言秦觀的抱負，將得以施展，異時富貴。於此再次改變秦觀的比喻，從「丁令威」到「主人」，不斷變化，若非鄭重下筆，去除詞句的俗陋粗鄙，實難以眾禽相喻，寄寓音聲「不得相和」的感懷。

〔註 96〕《春秋左傳正義》，卷 51，頁 892。

〔註 97〕陳衍著，鄭朝宗、石文英校點:《石遺室詩話》（北京：人民文學出版社，2010 年），續編卷 1，頁 537。

〔註 98〕《黃庭堅詩集注》第 2 冊，內集卷 11，頁 397。

〔註 99〕《漢書·石顯傳》:「顯與中書僕射牢梁、少府五鹿充宗結爲黨友，諸附倚者皆得寵位。民歌之曰:『牢邪石邪，五鹿客邪！印何纍纍，綬若若邪！』言其兼官據勢也。」見《新校本漢書集注并附編二種》，第 5 冊，卷 93，頁 3727。

比擬禽語之詩，黃庭堅尚有〈戲和答禽語〉：

南村北村雨一犁，新婦餉姑翁哺兒。

田中啼鳥自四時，催人脫袴著新衣。

著新替舊亦不惡，去年租重無袴著。〔註 100〕

首句見工，雨一犁，情幾番，不由分說。蘇軾〈如夢令・寄黃州楊使君二首・其一〉：「歸去。歸去。江上一犁春雨。」〔註 101〕有類似的造語。禽語喻解人意，要「催人脫袴著新衣」，袴即褲，深涉溪水，唯褲能解其中寒意。蘇軾〈五禽言五首・其二〉：「昨夜南山雨，西溪不可渡。溪邊布穀兒，勸我脫破袴。不辭脫袴溪水寒，水中照見催租瘢。」〔註 102〕水中有寒意，是因爲照見了租稅的沉重，黃庭堅說「著新替舊亦不惡」，表面上的意義，是犁田的農人更替衣褲；文字外的意義，恐有舊稅未清，而新稅已催的窮愁。所以詩末說「去年租重無袴著」，其實根本沒有多餘的錢財，足以添購新衣新褲。題目的「戲和」兩字，除了延續蘇軾的詩意，進行一種模仿性的再創造，其戲意卻是寫實的社會現況。「除鄙陋氣」，除了用字不俗，多有來歷之外，儼然是種嚴肅底層的幽默，以禽語託人意，整首詩落下一個催租的「急」字，與禽語的悠揚，逕自相對，又因爲以禽語入詩，故「戲和」兩字更顯貼切，禽語不解民生之苦，其鳴似戲，笑淚暗藏，無人相和。

〔明〕楊慎（1488～1599）《升庵詩話》說：「先輩言杜、詩韓文無一字無來歷。予謂自古名家皆然，不獨杜、韓兩公耳。」〔註 103〕黃庭堅的戲題詩，尚用蘇軾詩、詞的句意，更彰顯了「戲」字的意涵。因爲遊戲不能獨立爲之，越是他人書寫過的題材、佳句，從「書詞鄭重」的角度來看，黃庭堅頗有競逐詩藝的雅趣，也因爲長期的互相切磋，戲題詩給讀者的感受，顯得精益求精，已不單純是題目「戲」字

〔註 100〕《黃庭堅詩集注》第 1 冊，內集卷 1，頁 68～69。

〔註 101〕《蘇軾詞編年校注》，中冊，頁 582。

〔註 102〕《蘇軾詩集》，第 4 冊，卷 20，頁 1046。

〔註 103〕〔明〕楊慎著，王大厚箋證：《升庵詩話新箋證》（北京：中華書局，2008 年），下冊，頁 953～954。

的調侃、有趣之意。黃庭堅〈送碧香酒用子瞻韻戲贈鄭彥能〉說：

食貧好酒嘗自嘲，日給上尊無骨相。
大農部丞送新酒，碧香竊比主家釀。
應憐坐客竟無氊，更遭官長頗譏謗。
銀杯同色試一傾，排遣春寒出帷帳。
浮蛆翁翁盃底滑，坐想康成論泛盎。
重門著關不爲君，但備惡客來仇餉。〔註104〕

本詩最主要的戲意，承於杜甫〈戲簡鄭廣文兼呈蘇司業〉：「廣文到官舍，繫馬堂階下。醉則騎馬歸，頗遭官長罵。才名四十年，坐客寒無氈。賴有蘇司業，時時與酒錢。」〔註105〕廣文，即鄭虔（691～795），因任廣文館博士，被稱爲鄭廣文。鄭虔非常有才華，兼通詩書畫和地理，「廣文館博士」一職，美其名是爲了的「以居賢者」〔註106〕，事實上爲一個無實權的官職。除此之外，鄭虔還常被長官挑剔，且天冷卻沒有保暖的毯子，可謂雪上加霜的途窮之況。杜甫原題亦是戲題詩，而內容絲毫沒有笑意，屬於無奈之情下，產生質變的戲意。黃庭堅以「碧香酒」進一步描寫，「銀杯同色試一傾」，指灰心喪志之色，與酒色共分一杯，欲借酒熱與愁腸，來「排遣春寒出帷帳」，因此長官的譏謗，也就成了「冷言冷語」，時而傷人，時而傷色，詩意於此開展。「浮蛆翁翁盃底滑」的「浮蛆」，指泡沫，而「翁翁」，指蔥白貌，因此該句形容酒未釀成以前，泡沫欲然的泥滑。「坐想康成論泛盎」的「康成」，指鄭玄（127～200），《周禮・天官・酒正》說：「辨五齊之名，一曰泛齊，二曰醴齊，三曰盎齊，四曰緹齊，五曰沈齊。」

〔註104〕《黃庭堅詩集注》第1冊，內集卷3，頁126。
〔註105〕〔清〕楊倫箋注：《杜詩鏡銓》，上冊，卷2，頁89。
〔註106〕《新唐書・鄭虔傳》：「還京師，玄宗愛其才，欲置左右，以不事事，更爲置廣文館，以虔爲博士。虔聞命，不知廣文曹司何在，訴宰相，宰相曰：『上增國學，置廣文館，以居賢者，令後世言廣文博士自君始，不亦美乎？』虔乃就職。久之，雨壞廡舍，有司不復修完，寓治國子館，自是遂廢。」見〔宋〕歐陽脩、〔宋〕宋祁等：《新校本新唐書附索引》（臺北：鼎文書局，1981年），第7冊，卷220，頁5766。

鄭玄注：「泛者，成而滓浮，泛泛然，如今宜成醪矣。」〔註 107〕古代祭祀用的酒，其中一種因爲酒色較濁，上有泡沫，故稱作「泛齊」。浮蛆坐想康成，便是希望遇到伯樂，嘆知音難得。「重門著關不爲君」，指賓滿則門關，在這群賓客中，不乏有不飲酒的「惡客」，故戲言「但備惡客來仇餉」。失落的銀杯，若不飲盡，則不能「坐想康成」的鄭箋解意，戲取沉醉意，遙寄長官的惜才之心。

又黃庭堅〈次韻戲答彥和〉：

本不因循老鏡春，江湖歸去作閑人。
天於萬物定貧我，智効一官全爲親。
布袋形骸增碨磊，錦囊詩句愧清新。
杜門絕俗無行跡，相憶猶當遣化身。〔註 108〕

題目的「彥和」，指邵彥和（？～1133），此詩主要說邵彥和四十歲時，便棄官杜門不出。首聯寫鏡中老態，春不可尋，只能自江湖歸去，散髮扁舟，了無牽掛。頷聯寫己家貧漂泊，對於官職抱持「智効」的心態，方能適用其才，免於自恃其才。頸聯「布袋形骸增碨磊」，借布袋和尚「形裁腲脮，蹙額皤腹」〔註 109〕的身形以喻邵彥和，「腲脮」，除了肥胖之意，尚有缺乏神采之意；「蹙額」，指眉頭深鎖，憂愁滿面；「皤腹」，指大肚子；詩中的「碨磊」，指不平貌，即暗示邵彥和身形豐腴。又「錦囊詩句愧清新」，指作詩方式、態度爲「遇有所得，即書投囊」〔註 110〕的嘔心瀝血，有刻意傷春的鑿痕，缺乏自然率真的

〔註 107〕〔漢〕鄭玄注，〔唐〕陸明德音義，〔唐〕賈公彥疏：《周禮注疏》（臺北：藝文印書館，1993 年，影印〔清〕阮元《校刻十三經注疏校勘》本），卷 5，頁 76。

〔註 108〕《黃庭堅詩集注》第 3 冊，外集卷 1，頁 763。

〔註 109〕《景德傳燈錄》：「明州奉化縣布袋和尚者。未詳氏族。自稱名契此。形裁腲脮蹙額皤腹。出語無定寢臥隨處。常以杖荷一布囊。凡供身之具盡貯囊中。入鄽肆聚落見物則乞。或醯醢魚菹才接入口。分少許投囊中。時號長汀子布袋師也。」見《景德傳燈錄》，卷 27，《大正新脩大藏經》，CBETA，T51，No.2076，0434a19。

〔註 110〕李商隱〈李賀小傳〉：「長吉細瘦，通眉，長指爪，能苦吟疾書，最先爲昌黎韓愈所知。所與遊者，王參元、楊敬之、權璩、崔植爲密。

風貌。錦囊爲計，性情爲詩，當詩成計，便逐漸與本色背離。尾聯「杜門絕俗無行跡」，說明不再滯於官場，也不再紲於塵網，而「相憶猶當遣化身」，略有「居重會前，化作菩薩」〔註 111〕之意，即合邵彥和「布袋形骸增碨磊」，以及「江湖歸去作閑人」兩句，身形「化作」布袋和尚，又棄官「化作」閑人，詩法甚嚴，又夾雜典故，笑意中帶有哲思，非率意下筆。蘇軾另有〈器之好談禪，不喜遊山，山中筍出，戲語器之可同參玉版長老，作此詩〉，涉及禪意，可一併討論，其詩說：

> 叢林眞百丈，法嗣有橫枝。不怕石頭路，來參玉版師。
> 聊憑柏樹子，與問籜龍兒。瓦礫猶能說，此君那不知。
>
> 〔註 112〕

題目所提器之，指劉安世（1048～1125），少時持論已有識，從學於司馬光，不作妄語，守禮爲止〔註 113〕，個性較爲嚴肅拘謹，故蘇軾說：「好談禪，不喜遊山」。根據釋惠洪《冷齋夜話》記載的詩本事：

每旦日出，與諸公遊，未嘗得題然後爲詩，如他人思量牽合以及程限爲意。恆從小奚奴騎距驉（驢），背一古破錦囊，遇有所得，即書投囊中。及暮歸，太夫人使婢受囊，出之，見所書多，輒曰：『是兒要當嘔出心始已耳。』上燈與食，長吉從婢取書，研墨疊紙足成之，投他囊中。非大醉及弔喪日，率如此，過亦不復省。」見〔唐〕李商隱著，劉學鍇、余恕誠校注：《李商隱文編年校注》（北京：中華書局，2002 年），第 5 冊，頁 2265。

〔註 111〕《維摩詰所說經・香積佛品》：「於是維摩詰不起于座，居眾會前，化作菩薩，相好光明，威德殊勝，蔽於眾會，而告之曰…」見《維摩詰所說經》，卷 3，《大正新脩大藏經》，CBETA，T14，No.0475，0552a23

〔註 112〕《蘇軾詩集》，第 7 冊，卷 45，頁 2447～2448。

〔註 113〕《宋史・劉安世傳》：「安世少時持論已有識。……登進士第，不就選。從學於司馬光，咨盡心行己之要，光教之以誠，且令自不妄語始。調洺州司法參軍，司户以貪聞，轉運使吳守禮將按之，問於安世，安世云：『無之』。守禮爲止。然安世心常不自安，曰：『司户實貪而吾不以誠對，吾其違司馬公教乎！』後讀揚雄法言『君子避礙則通諸理』，意乃釋。」見《新校本宋史并附編三種》，第 14 冊，卷 345，頁 10952。

器之每倦山行，聞見玉版，欣然從之。至廉泉寺，燒筍而食，器之覺筍味勝，問：「此筍何名？」東坡曰：「即玉版也。此老師善說法，要能令人得禪悅之味。」於是器之乃悟其戲，爲大笑。〔註114〕

可知玉版，即是指筍。原本玉版是禪師之名，蘇軾以新筍甘美，比喻禪悅之味，令喜歡談禪的劉安世發爲一笑，可謂投其所好，隨物賦形。首聯巖巒峻極，若有百丈，而「百丈」原指懷海禪師，百丈是他的號。蘇軾自注：「玉版，橫枝竹筍也。」又王文誥注：「禪宇謂之法嗣，禪家旁出，謂之橫枝。」寫禪家的體大分流，這種「橫枝」的現象，如同每人擁有不同的性格和興味，對應於題目的「器之好談禪，不喜遊山」，可以想見蘇軾「偶談禪，喜遊山」。頷聯寫石頭路滑，不易行走，而「石頭路滑」，有「竿木隨身，逢場作戲」之意。〔註115〕石頭路，不言路之長短，是苦苦追尋的迷惑，蘇軾此詩又戲語劉安世、玉版長老兩人，談禪本如石頭生硬無語，一絲的聰明、天賦都可能導致登高跌重，只能隨身攜帶「竿木」，便於築起野臺逢場作戲，表演一番，對於人情消彌了些許的認眞，多了零星的幽默，故「不怕石頭路」。蘇軾〈南歌子〉上闋：「師唱誰家曲？宗風嗣阿誰？借君拍板與門槌，我也逢場作戲、莫相疑。」〔註116〕同樣戲拍板槌，響亮歌喉，散發自信。而「來參玉版師」一句，同時有「採筍」和「訪寺」的雙重意義。蘇軾該詩以戲爲名，恐非率意。頸聯的「樹子」，指古代被立爲世子的嫡子，「籜龍兒」，指幼筍，因此「聊憑柏樹子，與問籜龍兒」是說：入山中如逢場，筍出若作戲，故柏樹子散落一地，有新生、繼承之意，又問幼筍，即是一種既拍板，又敲槌的戲言，不知新筍何時

〔註114〕〔宋〕釋惠洪著，李保民校點：《冷齋夜話》（上海：上海古籍出版社，2012年），卷7，頁42。

〔註115〕《景德傳燈錄·南嶽懷讓禪師法嗣·懷讓禪師第一世》：「鄧隱峯辭師，師云：『什麼處去。』對云。：『石頭去。』師云：『石頭路滑。』對云：『竿木隨身，逢場作戲。』」見《景德傳燈錄》，卷6，《大正新脩大藏經》，CBETA，T51，No.2076，0246a21。

〔註116〕《蘇軾詞編年校注》，中冊，頁637。

成爲堂下竹。尾聯引《莊子・知北遊》之意〔註 117〕，莊子認爲道存在於螻蟻、稊稗、瓦甓、屎溺之中，即「無所不在」。據此推回「瓦礫猶能說，此君那不知」，微不足道的瓦甓殘骸中，猶有事理存在，這是一種大言、巵言，所以新筍生時，也是道法橫枝之時，實則兩兩相依，並非分離。王文誥於《蘇軾詩集》評此詩：「此詩盡用禪家語形容，可謂善於游戲者也」。寺中談禪，凝重之極，加上劉安世不喜遊山，困於百丈的叢林，彷彿無所「橫枝」的可能，正因爲詩本事的特質，擁有「停滯」之感，蘇軾借力使力，通篇言禪，卻也通篇言戲，此禪落於彼戲，玉版猶作新筍，是林下眠於禪床的「靜」，以及調侃劉安世該起身遊山的「動」。又一首詩能「盡用禪家語形容」，因難見巧，更因事制宜，已略證標題「雖隻字半句不輕出」，遊戲所在，絢爛之極，而字字涉禪，造語機鋒，是創意的所在，恐非純然的苟作、偶作。

又蘇軾〈聞林夫當徙靈隱寺寓居，戲作靈隱前一首〉：

靈隱前，天竺後，兩澗春淙一靈鷲。
不知水從何處來，跳波赴壑如奔雷。
無情有意兩莫測，肯向冷泉亭下相縈回。
我在錢塘六百日，山中暫來不暖席。
今君欲作靈隱居，葛衣草屨隨僧蔬。
能與冷泉作主一百日，不用二十四考書中書。〔註 118〕

題目的「林夫」，指唐坰（？～？），字林夫。紀昀（1724～1805）批評此詩：「得太白之皮毛，然頗近野調。」〔註 119〕從形式上來看，

〔註 117〕《莊子・知北遊》：「東郭子問於莊子曰：『所謂道，惡乎在？』莊子曰：『無所不在。』東郭子曰：『期而後可。』莊子曰：『在螻蟻。』曰：『何其下邪？』曰：『在稊稗。』曰：『何其愈下邪？』曰：『在瓦甓。』曰：『何其愈甚邪？』曰：『在屎溺。』東郭子不應。」見〔清〕郭慶藩編：《莊子集釋》，下冊，卷 7 下，頁 821。

〔註 118〕《蘇軾詩集》，第 6 冊，卷 35，頁 1894～1895。

〔註 119〕〔清〕紀昀評：《蘇文忠公詩集》（臺北：宏業書局，1969 年，掃葉山房石印本），卷 35，頁 675。

此詩爲七言古詩，且句式變化，又變化屬於無規則的變化，有不可拘束的姿態。紀昀稱其「野調」，只看見了「野」的性質，卻忽略了何以「野」的造意，該詩旨要爲蘇軾以「我在錢塘六百日，山中暫來不暖席」，以自己昔時在杭州任官的事實〔註 120〕，作戲呼應唐坰寓居靈隱寺的生活清簡。蘇軾另有詩〈予去杭十六年而復來，留二年而去。平生自覺出處老少，麤似樂天，雖才名相遠，而安分寡求，亦庶幾焉。三月六日，來別南北山諸道人，而下天竺惠淨師以醜石贈行作三絕句・其三〉:「在郡依前六百日，山中不記幾人來。還將天竺一峰去，欲把雲根到處栽。」〔註 121〕不管是題目的「留二年而去」，或者內容的「在郡依前六百日」，都能印證〈聞林夫當徙靈隱寺寓居，戲作靈隱前一首〉所說的「我在錢塘六百日」。蘇軾表達自己顚頗於官途，始終沒有眞正「暖席」的安身立命之地，這是內容上的「變動」，也是詩說的「跳波赴壑如奔雷」，靈隱寺前，迅雷揚波，皆空鳴於山谷，又詩立意於「無情有意兩莫測」，蘇軾是有情人，離開杭州時仍有不捨，而唐坰隱居山林，只能絕俗，無情於千秋，嘆萬歲皆不如葛衣草屨的踏實。這些浮沉的心境，野於人煙罕至的峰前橋下，故句式參差，猶見造意跌宕之妙。「今君欲作靈隱居，葛衣草屨隨僧蔬」，靈隱寺但見其名，儼然有隱居之意，所以穿粗衣，避朝堂，食野蔬，歸林自相依。這樣清簡的光景，使蘇軾油然生出「能與冷泉作主一百日，不用二十四考書中書」的念頭，不用長如杭州的兩年，且依稀百日的冷泉石上，觀風過嶺，已甚是欣慰，所以不用像郭子儀「以身爲天下安危二十年，校中書令考二十有四」

〔註 120〕熙寧四年（1071）十一月，蘇軾三十六歲，根據《蘇軾年譜》:「二十八日，到杭州通判任。」直至熙寧六年（1073）十月，蘇軾三十八歲，再依《蘇軾年譜》:「至蘇州。請成都通長老出主蘇州報恩寺，作疏。」可知蘇軾此時離開杭州，時間上約滿兩年，符合詩句「我在錢塘六百日」，並非虛言。見孔凡禮：《蘇軾年譜》，卷 10～12，頁 215～266。

〔註 121〕《蘇軾詩集》，第 6 冊，卷 33，頁 1763。

〔註 122〕，寺中環見萬壑爭流，其實是一股清泉注入冰心，這樣的「層次關係」，宛若詩中屢屢出現數字：一、兩、六百、一百、二十四，分崩離析，以句式的長短不一，表現出「遷徙」之感。再者，此番層次猶如「書中書」，也是「史中史」，也是前述的「詩中詩」，蘇軾此意即是從唐坰身上看見了自己，戲其當爲冷泉作主，江山千萬，但得一室。

又蘇軾〈聞辯才法師復歸上天竺，以詩戲問〉：

道人出山去，山色如死灰。白雲不解笑，青松有餘哀。
忽聞道人歸，鳥語山容開。神光出寶髻，法雨洗浮埃。
想見南北山，花發前後臺。寄聲問道人，借禪以爲詼。
何所聞而去，何所見而回？道人笑不答，此意安在哉。
昔年本不住，今者亦無來。此語竟非是，且食白楊梅。
〔註 123〕

辯才法師（？～？），名元淨，字無象。該詩前五聯，敘述辯才法師遷居下天竺寺，爾後復歸上天竺寺之事。山色如灰，白雲不笑，青松有哀，皆因失禪。辯才法師復歸後，雨洗塵埃，體輕意定。這些都是「群幾」〔註 124〕，是一切微細的體性。後五聯恰是前五聯的「體性」，當眾人目光，聚焦於下天竺寺的道場寶光，其實來去之間都一樣，甚至，沒有所謂的「來」或「去」，上天竺寺也好，下天竺寺也罷，只是名相，所以「道人笑不答，此意安在哉。」而杭州人稱白楊梅爲聖梅，詩說「此語竟非是，且食白楊梅」，既然無此「意」，自然就無此

〔註 122〕《舊唐書·郭子儀傳》：「代宗不名，呼爲大臣。天下以其身爲安危者殆二十年。校中書令考二十有四。權傾天下而朝不忌，功蓋一代而主不疑，侈窮人欲而君子不之罪。富貴壽考，繁衍安泰，哀榮終始，人道之盛，此無缺焉。」見《新校本舊唐書附索引》，第 4 冊，卷 120，頁 3467。

〔註 123〕《蘇軾詩集》，第 3 冊，卷 16，頁 824～825。

〔註 124〕《首楞嚴義疏注經》：「究竟群幾，窮色性性，入無邊際。如是一類，名色究竟天。」見《首楞嚴義疏注經》卷 9，《大正新脩大藏經》，CBETA，T39，No.1799，0944c24。

「語」，這是根本上的問題，也是蘇軾嘲時人「爭檀」的戲意。蘇軾並無深意於禪，詼諧成詩而已，但是，此一「借禪」之舉，卻不苟且，因爲蘇軾明白這一切的「問」，都是虛空的，無法自滿的，所以說「戲」問，此一「戲」字，實則借「禪」字發揮。根據陳善《捫蝨新話》說：

> 文章不使事最難，使事多亦最難。不使事難於命意，使事多難於遣辭，能立意者未必能造語，能遣詞者未必能免俗，此又其最難者。大抵爲文者多，知難者少。〔註125〕

這首詩的用典義界是較爲模糊的，因爲佛典原文的體會，蘇軾是吐納後，而出於其所自得：有問而無答，又戲問亦無答，當眞「亦無增減」，所以詩末要人食梅，嘴裡有食物，便無法開口，尙戲言「不問」之意，體制偏雜，但是語言的結構卻出奇周詳。

（二）點鐵成金

用典於詩，同時是優點也是缺點，王若虛《滹南詩話》說：「山谷之詩，有奇而無妙，有斬絕而無橫放，鋪張學問以爲富，點化陳腐以爲新，而渾然天成，如肺肝中流出者，不足也。」〔註126〕雖然藝術定是人爲，然而用典卻使「人爲」的痕跡浮現，削弱渾然天成的橫放。黃庭堅〈答洪駒父書〉說：

> 自作語最難，老杜作詩，退之作文，無一字無來處。蓋後人讀書少，故謂韓、杜自作此語耳。古之能爲文章者，眞能陶冶萬物，雖取古人之陳言，入於翰墨，如靈丹一粒，點鐵成金也。〔註127〕

這段文字雖爲名篇，卻少有人注意到「蓋後人讀書少，故謂韓、杜自作此語耳」之論。是否用典，還牽涉讀者的學問，倘若讀者熟讀詩書，恐不覺用典，因爲文字有「取意」，也是上述「宜用古人曾下好字面」。又用罕見典故，爲他人前所未聞，雖爲陳言，某種程度上來說，也確

〔註125〕〔宋〕陳善：《捫蝨新話》，上集卷4，頁46。
〔註126〕王若虛《滹南詩話》，《歷代詩話續編》，上冊，卷2，頁518。
〔註127〕《豫章黃先生文集》，卷19，頁204。

實做到「新奇」，屬於一種「再創作」。畢竟異書別史，是更爲小眾的藝術性追求，透過詩的援引、再造，反而得以新生。「點鐵成金」之於黃庭堅，根據黃啓方〈黃庭堅詩的三個問題〉說：

> 庭堅論詩之語，多爲教誨後學而發，示後學以入門途徑，由「讀書精博」以求「體格不俗」，用字造詞「清新而不務奇」，「興寄高遠」而「出以自然」，實無玄奧誇張之論，乃洪覺範造爲「奪胎換骨」之語於前，王若虛又牽合「點鐵成金」於後，世人不加明察，訛傳至今，誠可嘆也！〔註 128〕

「點鐵成金」和「奪胎換骨」兩種技法，總是被相提並論，彼此不可拆解。事實上，考黃庭堅所存詩文，並沒有直言「奪胎換骨」，而「點鐵成金」確有此說。今所見「奪脫換骨」，出於《冷齋夜話》〔註 129〕，爲釋惠洪轉述，並牽合以附會。本文並沒有以「奪胎換骨」來詮釋蘇、黃戲題詩的用典，因爲「奪胎換骨」涉及用其字、用其意的分界，並不如點鐵成金來得明確，又兩者實爲「一法二說」，本文選擇以「點鐵成金」來探討。

用典，又稱爲使事，由於詩歌應本於吟詠性情的本質，所以應該「吟詠自己的性情」，而非「吟詠他人的故事」。許顗《彥周詩話》說：

> 凡作詩若正爾填實，謂之「點鬼簿」，亦謂之「堆垛死屍」。能如〈猩猩毛筆詩〉曰，「平生幾兩屐？身後五車書」。又如「管城子無食肉相，孔方兄有絕交書。」精妙明密，不可加矣，當以此語反三隅也。〔註 130〕

用典被稱爲「點鬼簿」，原意偏於負面，因爲用典容易弄巧成拙，更甚者，技巧過於卓越，因而掩蓋了情感的發揮。又通篇全是古人之事，

〔註 128〕黃啓方：《宋代詩文縱橫》（臺北：商務印書館，1997 年），頁 69。

〔註 129〕釋惠洪《冷齋夜話》：「山谷云：『詩意無窮，而人之才有限。以有限之才，追無窮之意，雖淵明、少陵不得工也。然不易其意而造其語，謂之換骨法；規模其意形容之，謂之奪胎法。』」見〔宋〕釋惠洪著，李保民校點：《冷齋夜話》，卷 1，頁 12。

〔註 130〕〔宋〕許顗：《彥周詩話》，〔清〕何文煥輯：《歷代詩話》，上冊，頁 379。

換位思考，即通篇鬼事，是另一種程度上的「貴古賤今」。因此，用典的別稱「堆垛死屍」，猶如堆砌故事，缺乏個性，因爲故事再精彩，都是他人之事，而非此時此地，署名爲詩的作者，最有「即時」、「眞切」之感。戲題詩用典，還涉及讀者的識見高低，否則笑在嘴角，惑於心中，變成了惡戲。以黃庭堅〈戲詠江南土風〉爲例：

十月江南未得霜，高林殘水下寒塘。
飯香獵戶分熊白，酒熟漁家擘蟹黃。
橘摘金苞隨驛使，禾舂玉粒送官倉。
踏歌夜結田神社，游女多隨陌上郎。〔註 131〕

首聯寫江南霜未降，塘已先寒，「高林殘水」又屬句中對，「高」字點秋高氣爽之意，「殘」字分秋水長天之色。頷聯寫秋食，熊脂、蟹黃，都不及煮酒與熱腸。頸聯寫橘熟，而橘子花開，瓣白芯黃，故言「橘摘金苞」，又言「隨驛使」，恐有朝貢之意。「禾舂玉粒送官倉」，因官倉除了指儲放公糧的所在，「玉粒」指粒米如玉，這些皆爲江南人民的納稅之物，恐有諷刺之意。尾聯寫湖上風光，「踏歌夜結田神社」，本應恬然的秋夜，增添了些許歌舞粉氣，又「游女多隨陌上郎」一句，在〔唐〕劉禹錫（772～842）的〈采菱行〉原是說：「白馬湖平秋日光，紫菱如錦綵鴛翔。盪舟遊女滿中央，采菱不顧馬上郎。」〔註 132〕黃庭堅反用此典，游女辛勤於採收，本無暇亦無意於岸上郎，到了〈戲詠江南土風〉，則戲說游女爛浪，有隨波逐流的感慨於其中。整首詩所詠的江南土風，是偏向負面意義，所以首句「十月江南未得霜」，有未得時宜的針砭，而踏歌甜處，留下了新橘的味酸。

又黃庭堅〈世弼惠詩求舜泉輒欲以長安酥共泛一盃次韻戲答〉：

寒齏薄飯留佳客，蠹簡殘編作近鄰。
避地梁鴻眞好學，著書揚子未全貧。

〔註 131〕《黃庭堅詩集注》第 3 冊，外集卷 2，頁 780。

〔註 132〕〔唐〕劉禹錫著，瞿蛻園箋證：《劉禹錫集箋證》（上海：上海古籍出版社，1989 年），卷 26，頁 810。書中版本確實寫作「遊女」，與黃庭堅所作「游女」不同，但不影響其義。

玉酥鍊得三危露，石火燒成一片春。

沙鼎探湯供卯飲，不憂問字絕無人。〔註133〕

根據任淵的說法，題目的「舜泉」，爲河北酒名，當是北京教授時作。〔註134〕古時客與賓不同，有交情者謂之客，無往來者稱之賓。首聯寫粗食迎佳客，簡編爲鄰，不問貧居。頷聯引用梁鴻「家貧而尚節介」〔註135〕的史實，揚子，指揚雄（53B.C.～18），雖然以著述爲業，仍不至窮困。頸聯的玉酥，即長安酥，袁陟（世弼）贈詩，而黃庭堅欲以長安酥佐酒來回報，故言「玉酥鍊得三危露」。「三危露」，根據〔秦〕呂不韋（292B.C.～235B.C）《呂氏春秋・孝行覽・本味》說：「水之美者，三危之露」，三危，指西極山名。〔註136〕又言「石火燒成一片春」，當指「劍南春」，而「劍南春」又稱「劍南燒春」〔註137〕，爲皇室專享的貢酒。既有「水之美者」，又有「貴族貢酒」，表達黃庭堅欲「共泛一盃」的情懷。尾聯寫「沙鼎探湯供卯飲」，於卯時飲酒，試圖消憂，代表終日融於醉。隨後一轉，道出「不憂問字絕無人」，揚雄口吃，不能劇談〔註138〕，故不能「問」。黃庭堅此詩造語警策，

〔註133〕《黃庭堅詩集注》第3冊，外集卷4，頁883。

〔註134〕《黃庭堅詩集注》第3冊，外集卷4，頁883。

〔註135〕《後漢書・梁鴻傳》：「後受業太學，家貧而尚節介，博覽無不通，而不爲章句。學畢，乃牧豕於上林苑中。曾誤遺火延及它舍，鴻乃尋訪燒者，問所去失，悉以豕償之。其主猶以爲少。鴻曰：『無它財，願以身居作。』主人許之。因爲執勤，不懈朝夕。」見《新校本後漢書并附編十三種》，第4冊，卷83，頁2765～2766。

〔註136〕原文以及「三危」的解釋見〔秦〕呂不韋著，〔清〕高時顯、〔清〕吳汝霖輯校：《呂氏春秋新校》（臺北：中華書局，1981年，據畢氏靈巖山館校本校刊），頁6左。

〔註137〕〔唐〕李肇《唐國史補》：「酒則有郢州之富水，烏程之若下，滎陽之土窟春，富平之石凍春，劍南之燒春，河東之乾和蒲萄，嶺南之靈谿、博羅，宜城之九醞，潯陽之湓水，京城之西市腔，蝦蟆陵郎官清、阿婆清。」見〔唐〕李肇：《新校唐國史補》（臺北：世界書局，1978年3版），卷下，頁60。

〔註138〕《漢書・揚雄傳》：「雄少而好學，不爲章句，訓詁通而已，博覽無所不見。爲人簡易佚蕩，口吃不能劇談，默而好深湛之思，清靜亡爲，少耆欲，不汲汲於富貴，不戚戚於貧賤，不修廉隅以徼名當世。

揚雄家貧不能自言，黃庭堅透過美酒，為其發聲，算是另類的戲意。全詩側重一個「貧」字，要能「貧而不憂」，是困難的。

又黃庭堅〈侯尉之吉水覆按未歸三日泥雨戲成寄之〉：

> 嘆息侯嬴老，尉曹鞍馬疲。山花迷部曲，江雨壓旌旗。
> 越鳥勸沽酒，竹雞憂蹋泥。不知何處醉，遙寄解酲詩。

〔註 139〕

侯嬴老，指戰國時期的魏國隱士侯嬴（？～257B.C.），魏公子無忌十分尊敬他，延為上客，《史記》形容魏無忌對侯嬴「公子執轡愈恭」〔註 140〕，故詩說「尉曹鞍馬疲」，從韁繩的操持，看出君之於臣的器重。由於黃庭堅詩題的主角為「侯尉」，與侯嬴同姓，故此典故雖出於戲作，卻有因事陳詞的相契之處。首聯寫侯尉一去三日不復返，而鞍馬疲走，若有權者能禮賢下士。頷聯說出詩旨：侯尉未歸。雨積為泥，故動詞用「壓」字，有迫近之意，而雨壓旌旗，減損飄揚之姿，轉為委質，有頹喪的美感。頸聯提及「越鳥」，為南方之鳥，故「越鳥勸沽酒」有放逐南方，尚且置酒澆愁之意。而「竹雞憂蹋泥」，因為泥巴稀爛，竹雞將不得食，指經濟拮据，生活困頓。尾聯詩意沉醉，戲說侯尉遲遲不歸，恐是如泥爛醉之故，黃庭堅欲「遙寄解酲詩」，使其清醒。雖然這是一首戲題詩，卻使用感情較為淒清的「齊」韻，

家產不過十金，乏無儋石之儲，晏如也。自有大度，非聖哲之書不好也；非其意，雖富貴不事也。顧嘗好辭賦。」見《新校本漢書集注并附編二種》，第 4 冊，卷 87 上，3514。

〔註 139〕《黃庭堅詩集注》第 4 冊，外集卷 10，頁 1107。

〔註 140〕《史記・魏公子傳》：「魏有隱士曰侯嬴，年七十，家貧，為大梁夷門監者。公子聞之，往請，欲厚遺之。不肯受，曰：『臣脩身絜行數十年，終不以監門困故而受公子財。』公子於是乃置酒大會賓客。坐定，公子從車騎，虛左，自迎夷門侯生。侯生攝敝衣冠，直上載公子上坐，不讓，欲以觀公子。公子執轡愈恭。侯生又謂公子曰：『臣有客在市屠中，願枉車騎過之。』公子引車入市，侯生下見其客朱亥，俾倪故久立，與其客語，微察公子。公子顏色愈和。當是時，魏將相宗室賓客滿堂，待公子舉酒。市人皆觀公子執轡。」見《新校本史記三家注并附編二種》，第 4 冊，卷 77，頁 2348。

在形式上具有衝突的性質，也符合內容上的「不歸」之意。同時，該詩開頭便言「嘆息」，侯嬴雖有才能，卻始終家貧，家貧本是嚴肅的事情，以戲為題，則多了一份「以詩解醒」，甚至是「以酒解醒」的潦倒之意。

黃庭堅〈贈謝敞王博喻〉說：「文章最忌隨人後，道德無多只本心。」〔註 141〕點鐵成金的「鐵」，其意義是模糊的，並非侷限於典故、詩句，還可能是詩意的點化、滋乳，變態。黃庭堅力求個人特色，例如〈戲題曾處善尉廳二首〉：

> 雞塒啄雁如駕鵝，萬里天衢且一波。
> 宮錦絡衫弓石八，與人同狀不同科。（其一・超然臺）
>
> 茅茨中安一牀寂，天女元非世間色。
> 道人今日八關齋，莫散花來染衣裓。（其二・不動菴）
>
> 〔註 142〕

第一首〈超然臺〉寫科舉之況，雞鑿牆而棲稱為「塒」，而「駕」為一種鴻鳥，因此一二句意指書生苦讀，終能登第，若雞能衝天萬里。三四句寫雖然登第，身著「宮錦絡衫」，又氣猛如「弓石八」，黃庭堅〈乙未移舟出〉說：「劉郎弓八石，猛氣厭馮婦」〔註 143〕，「劉郎」指去而復來的人，有還鄉之意。因為詩末說「與人同狀不同科」，宋代因為重文輕武，狀元的數量原比唐代多，能夠分配的名額有限，這些登第的狀元，尚須按等第授官，所以就算「同狀」，未必能夠「同科」，命運自有不同。這首詩的副標題為「超然臺」，然而心境上一點也不超然，題目和內容，產生了反意的碰撞。根據賈志揚《宋代科舉》說：

> 北宋中期的政府被一個能人集團所控制，這些人基本上是由於考試錄取而得到官位的。他們出身於北方的老家族和東南部「新興」家族，其社會階級層要比唐朝的貴胄廣泛得多，但人數仍然少到足以被集中在京都開封這個世界性

〔註 141〕《黃庭堅詩集注》第 5 冊，外集補卷 4，頁 1720。
〔註 142〕《黃庭堅詩集注》第 4 冊，外集卷 13，頁 1209～1210。
〔註 143〕《黃庭堅詩集注》，第 3 冊，外集卷 8，頁 1022。

城市，並以婚姻紐帶互相聯繫起來。〔註144〕

黃庭堅之所以以戲爲慨，恐因「與人同狀不同科」涉及政治，有不能明言之處。即使考取狀元，也未必能進入「能人集團」。第二首〈不動菴〉起寫「一牀」的環堵蕭然，有「除去所有」〔註145〕的禪意，而神女原是夢一場，不屬於人間本色。「道人今日八關齋」的「道人」，爲黃庭堅自稱，「八關齋」〔註146〕即禁絕各種人欲，進行齋戒修身，因此禪心能定，俗心不起，不爲塵世的絢爛所迷惑，也不爲其添色。此詩副標題爲「不動菴」，設床一席，又遠神女，再入八關齋，且不散花之色，如此之「菴」，諧音於「安」，有風雨不動的堅決與忍放，與第一首「超然臺」的不超然相反，戲題於廳，卻在兩題與內容之間，產生一正一反的意義，然而不論進或退，都是一種「物色」。其實，超然臺與不動菴都一樣，因爲在禪中，詩人皆一無所有。

再者，以蘇軾〈催試官考較戲作〉爲例：

八月十五夜，月色隨處好。不擇茅簷與市樓，況我官居似蓬島。鳳咮堂前野橘香，劍潭橋畔秋荷老。八月十八潮，壯觀天下無。鯤鵬水擊三千里，組練長驅十萬夫。紅旗青蓋互明滅，黑沙白浪相吞屠。人生會合古難必，此景此行那兩得。願君聞此添蠟燭，門外白袍如立鵠。〔註147〕

紀昀認爲此詩：「何等大典，乃以竣事游眺，促之立言，殊不得體。雖題有戲字，其實戲字已先錯。」〔註148〕面對決定一生命運的「科

〔註144〕賈志揚：《宋代科舉》（臺北：東大圖書，1995年），頁25。

〔註145〕《維摩詰所說經．文殊師利問疾品》：「爾時長者維摩詰心念：『今文殊師利與大眾俱來！』即以神力空其室內，除去所有及諸侍者；唯置一床，以疾而臥。」見《維摩詰所說經》，卷2，《大正新脩大藏經》，CBETA，T14，No.0475，0544b09。

〔註146〕《南史．李安人傳》：「吳興有項羽神護郡聽事，太守到郡，必須祀以軛下牛。安人奉佛法，不與神牛，著屐上聽事，又於聽上八關齋。俄而牛死葬廟側，今呼爲李公牛冢。安人尋卒，世以神爲祟。謚肅侯。」見《新校本南史附索引》，第2冊，卷46，頁1149。

〔註147〕《蘇軾詩集》，第1冊，卷8，頁376～377。

〔註148〕〔清〕紀昀評：《蘇文忠公詩集》，卷8，頁214。

舉」，使用「戲」字，是一個頗大的挑戰，同時也看出蘇軾於創作上的膽識。以「游」心來側寫緊張的「考」心，某種程度上，反而寫出考生離鄉背井，來參加科舉的游意，一時集聚，然後又各自離散。這首詩以五言和七言交錯，形式上已具有戲意，這個形式的特徵比擬潮起潮落，同時詩旨的「催」，在五言和七言的「聲聲呼喚」裡，逕自浮現。根據查愼行的注：「蓋宋時定制，放榜在中秋日。以後詩考之，是年八月十七日始出榜，故公有催試官之作。」〔註 149〕又蘇軾有詩題爲「八月十七日，復登望海樓，自和前篇，是日榜出，余與試官兩人復留五首」，可證明榜出的時間。本詩用典處爲「組練長驅十萬夫」，根據《左傳・襄公三年》：「楚子重伐吳，爲簡之師，克鳩茲，至于衡山，使鄧廖帥組甲三百，被練三千以侵吳。」〔註 150〕鳳味堂、劍潭橋皆在杭州，而楚國伐吳後，杭州即歸楚，獲「壯觀天下」之景。其與科舉的關係，在於吳國「被練三百而已」，無法抵禦「被練三千」的楚國，而諸考生讀書破萬卷，猶如「被練三千」的楚兵，訓練精良，成名在即，卻無法坐擁山水，故詩言「此景此行那兩得」。之所以催促試官，是因爲「願君聞此添蠟燭」，需要漏夜點燈閱卷，並調笑其門前，將擠滿沒有官職的「白袍」，奢望能給予一個令人滿意的成績，才不枉寒窗苦讀。

又蘇軾〈趙郎中見和，戲復答之〉：

趙子吟詩如潑水，一揮三百六十字。
奈何效我欲尋醫，恰似西施藏白地。
趙子飲酒如淋灰，一年十萬八千杯。
若不令君早入務，飲竭東海生黃埃。
我衰臨政多繆錯，羨君精采如秋鶚。
頗哀老子令日飲，爲君坐嘯主畫諾。〔註 151〕

題目的「趙郎中」，指趙伯成（1018～？），其以尚書諸司郎中，通判

〔註 149〕《蘇軾詩集》，第 1 冊，卷 8，頁 376。
〔註 150〕《春秋左傳正義》，卷 29，頁 500。
〔註 151〕《蘇軾詩集》，第 3 冊，卷 14，頁 691～692。

密州，與當時同在密州的蘇軾友好。該詩雖爲戲作，「一揮三百六十字」卻非虛數，趙伯成所和之詩爲蘇軾〈七月五日二首〉，〈七月五日〉單首有六十字，兩首即有一百二十字，而趙伯成以聯章共和三次，故有三百六十字。又「一年十萬八千杯」，出自李白〈襄陽歌〉：「鸕鷀杓，鸚鵡杯，百年三萬六千日，一日須傾三百杯。」〔註 152〕宋代曆法的觀念，一年取成數三百六十日，故一天飲三百杯，確實如詩所言「一年十萬八千杯」。這驚人的杯量，已非飲酒，而是酗酒，蘇軾〈沿流館中得二絕句‧其二〉說：「李白當年流夜郎，中原無復漢文章。納官贖罪人何在？壯士悲歌淚萬行。」〔註 153〕縱有千杯酒，也難銷萬古愁。「我衰臨政多繆錯」，對於仕途的灰心，蘇軾經常吐露心聲，其於〈次韻李公擇梅花〉說：「感時念羈旅，此意吾儕共。」〔註 154〕又〈己未十月十五日，獄中恭聞太皇太后不豫，有赦，作詩〉說：「縱有鋤犁及田畝，已無面目見丘原。」〔註 155〕又〈定惠院寓居月夜偶出〉說：「閉門謝客對妻子，倒冠落佩從嘲罵。」〔註 156〕便是這樣的落魄，又於落魄中自嘲，在自嘲裡偶然見笑，如此循環，在詩與現實之間拉鋸，那些不可直白言說的傷害與紛爭，只能「羨君精采如秋鶚」。此句詩意取自杜甫〈魏將軍歌〉：「魏侯骨聳精爽緊，華嶽峰尖見秋隼。」〔註 157〕而「秋鶚」有「靈蠵出水，秋鶚乘風」〔註 158〕的「依棲」之意。簡言之，秋天的猛禽，初下林梢，意氣風發，其有所

〔註 152〕〔清〕王琦注：《李太白全集》，上冊，卷 7，頁 369。
〔註 153〕《蘇軾詩集》，第 8 冊，卷 48，頁 2631。
〔註 154〕《蘇軾詩集》，第 3 冊，卷 19，頁 980。
〔註 155〕《蘇軾詩集》，第 3 冊，卷 19，頁 1000。
〔註 156〕《蘇軾詩集》，第 3 冊，卷 20，頁 1033。
〔註 157〕〔清〕楊倫箋注：《杜詩鏡銓》，上冊，卷 2，頁 94。
〔註 158〕〔五代〕孫光憲：《北夢瑣言》：「劉辟時爲金吾倉曹參軍，依棲韋公，特與譔眞贊，其詞云：『矯矯化初，氣傑文雄。靈蠵出水，秋鶚乘風。行義則固，輔仁乃通。他年良覿，麟閣之中。』」見〔五代〕孫光憲：《北夢瑣言》（北京：中華書局，2006 年重印版），卷 5，頁 118。

依歸，相較之下，蘇軾的境遇顯得殘缺、垂老，甚至一無所有。關於蘇軾詩的用典情形，根據葉燮《原詩》說：

> 蘇詩包羅萬象，鄙諺小說，無不可用。譬之銅鐵鉛錫，一經其陶鑄，皆成精金。庸夫俗子安能窺其涯哉！并有未見蘇詩一斑，公然肆其譏彈，亦可哀也。韓詩用舊事而間以己意易其新字者，蘇詩常一句中用兩事三事者，非騁博也，力大故無所不舉。〔註159〕

「羨君精采如秋鶚」單句便使二事，確實陶鑄成金，加上前文的典故，幾乎是句句有出處。不過，蘇軾並非純然的以學問爲詩，因爲典故的引用與否，有箋注者以意逆志的過程，蘇軾未必「有意識」自己用典，因爲「力大故無所不舉」，海納百川，琢磨典故出處，是考據之學，非理解詩的唯一，或最好的途徑。詩末云「頗哀老子今日飲」，指〔漢〕馬援（14B.C.～49），任隴西太守時曰：「頗哀老子，使得遨遊」〔註160〕，老子是自稱之詞，雖然略帶塵俗意，但是蘇軾寫「令日飲」，不作「今日飲」，今時今地，不能造飲輒盡，更見其哀。最後一句「爲君坐嘯主畫諾」，指東漢的黨錮之禍〔註161〕，「坐嘯」指無所事事，「畫諾」指在公文上簽屬同意，一墮一勤，本不可相容，蘇軾卻以清閒的「坐嘯」，面對嚴肅的「畫諾」，戲寫爲政有方，不勞而治的困難。且全詩用了許多數字，且爲實數，並非誇口，形式上給人「富貴」的感覺，以此來展現內容的「羨君精采」，這些鼎盛事業，終究如飲酒，

〔註159〕〔清〕葉燮著，蔣寅箋注：《原詩箋注》，外篇上，頁292。

〔註160〕《後漢書・馬援傳》：「援務開恩信，寬以待下，任吏以職，但總大體而已。賓客故人，日滿其門。諸曹時白外事，援輒曰：『此丞、掾之任，何足相煩。頗哀老子，使得遨游。若大姓侵小民，黠羌欲旅距，此乃太守事耳。』」見《新校本後漢書并附編十三種》，第2冊，卷24，頁836～837。

〔註161〕《後漢書・黨錮傳》：「二家賓客，互相譏揣，遂各樹朋徒，漸成尤隙，由是甘陵有南北部，黨人之議，自此始矣。後汝南太守宗資任功曹范滂，南陽太守成瑨亦委功曹岑晊，二郡又爲謠曰：『汝南太守范孟博，南陽宗資主畫諾。南陽太守岑公孝，弘農成瑨但坐嘯。』」見《新校本後漢書并附編十三種》，第3冊，卷67，頁2186。

更如淋灰，戲題見哀。

又蘇軾〈和趙郎中見戲二首〉：

燕子人亡三百秋，捲簾那復似揚州。
西行未必能勝此，空唱崔徽上白樓。（其一）

我擊藤牀君唱歌，明年六十奈君何。
醉顛只要裝風景，莫向人前自洗磨。（其二）〔註 162〕

該詩蘇軾自注：「趙以除妓不如東武，詩中見戲云『只有當時燕子樓』。」東武爲密州治所，趙伯成以戲詩寫豔情，意更瀾浪，蘇軾嘲其未斷燕子佳人。燕子樓爲一熟典，描述關盼盼在丈夫張建封死後，居燕子樓十五年，不食而死，蘇軾〈永遇樂〉：「燕子樓空，佳人何在，空鎖樓中燕」〔註 163〕，亦用此典。第一首寫張建封將從西行至河中，獲得功名，卻失去親情，故說「西行未必能勝此」。又根據王文誥注，指唐代崔徽寫信給裴欽中：「爲妾謂裴郎，崔徽一旦不及卷中人，徽且爲郎死矣。」〔註 164〕因此「空唱崔徽上白樓」，指聲聲呼喚皆徒然，人去樓空，現在連上樓懷舊的人，皆已成空，蘇軾以「白樓」，唱和「燕子樓」。第二首蘇軾「擊藤床」，可以想見，其聲並不悅耳，而「君唱歌」，指趙伯成寫戲詩，以及酒筵歌席的娛樂之音。「明年六十奈君何」，指趙伯成年屆耳順，性格脾氣，乃至於詩之事業，皆成定局，此具戲意。李白〈對酒〉說：「玳瑁筵中懷裏醉，芙蓉帳裏奈君合。」〔註 165〕既已醉，則唱歌字歪，聲色疲軟，無可奈何。關於用典的進一步論述，可參考吳雷發《說詩菅蒯》說：

詩要字字有來歷，人所知也。然機杼又要絕不猶人。夫才猶面目也，彼強人同己者固不可，即以我肖人，亦屬無識。試以我之面目而求肖乎人，豈不醜惡可憎乎？然面目難肖，而世俗之態，極易漸染。務須高自位置，寶我天眞，

〔註 162〕《蘇軾詩集》，第 3 冊，卷 15，頁 731～732。
〔註 163〕《蘇軾詞編年校注》，上冊，頁 247。
〔註 164〕《蘇軾詩集》，第 3 冊，卷 15，頁 732。
〔註 165〕〔清〕王琦注：《李太白全集》，下冊，卷 25，頁 1179。

練我骨格，使世俗之態不能入，自有一種不可磨滅之氣，傲兀兒超凡耳。〔註 166〕

因爲燕子樓的典故，慣常出現在詩詞中，且主題又是偏向小我的艷情，依世俗之態，多半眞的是「唱和」，而非「翻新」，面目相似，難以打動人心，也是上引蘇軾〈永遇樂〉所說的「古今如夢，何曾夢覺，但有舊歡新怨。」過去的故事，都是「舊歡」，之所以再次提及，無非是擁有「新怨」，因此，重點在於「新怨」，點鐵成金的「鐵」，若耽溺於此，詩意將是凝滯不前的，而非淹泊通明的。詩續說「醉顚只要裝風景」，醉意漸深，自言自語的風魔，尙不如眼前風景的顚倒處，尤佳。「莫向人前自洗磨」一句，頗有李白〈登金陵鳳凰臺〉：「鳳凰臺上鳳凰游，鳳去臺空江自流」〔註 167〕的詩意，融合其中。前人一往情深，不可模仿，獨自磨洗離別、等待的兩端情緒，終究是傷感的，也只有風景能得風流。這首詩削弱了「君」的意脈，所以未見屬於「人」的風流，仍在塵俗之間。

第三節　戲中的特質

上文由馭奇以執正，回頭審視蘇、黃戲題詩成體與否的相關問題，再由創意性造語探討了蘇、黃戲題詩的語言魅力。本節是對上兩節的強化、補充。誠然，「諧隱」是戲題詩最顯著的特徵，在諧隱視野下的蘇、黃戲題詩風格的區別，似乎有待釐清，畢竟它們本身，於詩意裡的笑，以及讀者的笑，略有不同。此外，光是「諧隱」，又不足以代表蘇、黃戲題詩的全部面貌。戲題詩不斷重複的戲字，看起來是顯性的特質，事實上也具有隱性的特質，因爲詩人始終沒有說明此一戲字，究竟是什麼意義。根據潘德輿《養一齋詩話》說：「蘇、黃並稱，其實相反。蘇豪宕縱橫而傷於率易，黃勁直沉著而苦於生疏、

〔註 166〕〔清〕吳雷發：《說詩管蒯》，丁福保輯：《清詩話》，下冊，頁 937。
〔註 167〕〔清〕王琦注：《李太白全集》，中冊，卷 21，頁 986。

朱子云『黃費安排』，良然。然黃之深入處，蘇亦不能到也。」〔註 168〕其中，「蘇豪宕縱橫」、「黃勁直沉著」是顯性的，「傷於率易」、「苦於生疏」是隱性的，因為蘇、黃的詩風，本有給人既定的某種正面印象。然而在戲題詩裡，「傷於率易」、「苦於生疏」反而應是顯性的，因為戲題詩裡某部分的遊戲之作，確實有明確「傷於率易」、「苦於生疏」之處，然而蘇軾並非寫不出慎重的詩，黃庭堅也並非寫不出平實的詩。因為「戲其所作」的緣故，有些層面，蘇、黃創作戲題詩為了爭奇，或者欲造平淡，然而題目的「戲」字卻已先替他們發聲，容易給人一種先入為主的感覺。因此，透過他們藝術表現的特徵來觀察戲提詩，便是一種從諧隱走向外秀的進程。不論稱詼諧、諧隱，都還停留在「隱」的階段，只能約略解釋戲題詩的「戲」，可能意有所指，又或者是「純粹的隱」，始終缺乏「秀」，使人明白其中可能的詞怨旨深，或者作者才思。蘇軾詩的整體風貌，〔清〕趙克宜（？～？）《角山樓蘇詩評注彙鈔・自序》說：

> 詩之變態，至蘇為已極。其磅礴浩瀚，一往莫御之勢，人皆見之。其洞中要害，不煩言而已解者，或未盡識也。其曲折刻露，無微不入之致，人皆見之。其落想超妙，來無端而去無跡者，或未盡識也。故見以為豪而不知其靜，以為雄而不知其幽，見以為其快而不知其深至，皆未足以與蘇之全體也。若其隸事運古，信手揮霍，猶陶朱、猗頓之爛用金布，非如貧家子稱貸取資，覽者尤未易識。所從來則甚矣，蘇詩之難讀也。〔註 169〕

可以確定蘇軾詩的最大風格是「變」，因為變化太多，所以豪中有靜，雄裡寄幽，各體兼備，格局甚大。而黃庭堅重於詩法，薛雪《一瓢詩話》說：「山谷本以驫怪險僻為法門，故『林際春申君』以為佳也。而『馬齕枯萁喧午夢』，尤覺駭人。」〔註 170〕既點出黃庭堅詩的可能

〔註 168〕〔清〕潘德輿著，朱德慈輯校：《養一齋詩話》，卷 1，頁 14。

〔註 169〕〔清〕趙克宜：《角山樓蘇詩評注彙鈔》，頁 13。

〔註 170〕〔清〕薛雪著，杜維沫校注：《一瓢詩話》，頁 136。黃庭堅〈六月

缺點，以及黃庭堅某些詩意的駭人，單一句「馬齕枯萁諠午夢」，馬食枯萁，咀嚼聲小，應無人聽聞，卻能「*喧午夢*」，是詩意上的駭人，並非文字的駭人，就中精采，是黃庭堅詩最獨樹一格的面向之一。本文在第二章，亦引蘇軾對黃庭堅詩的評價：「黃魯直詩文，如蝤蛑、江珧柱，格韻高絕，盤飧盡廢。然不可多食矣，多食則發風動氣。」總上，黃庭堅詩風爲格高苦瘦，清勁絕冷，不似俗人之筆。本文以蘇、黃並題，潘德輿的一句「其實相反」，使其中的分別有待討論，以下直取其言，分爲「蘇豪宕縱橫而傷於率易」、「黃勁直沉著而苦於生疏」，從藝術特徵反看蘇、黃的戲題詩。

一、蘇豪宕縱橫而傷於率易

「豪宕」和「豪放」略有不同，宕字除了不拘以外，還有延遲的意義，因此「豪宕」比起「豪放」，更見起伏，其勢也有所收，並非一去不覆返。蘇軾〈陳季常自岐亭見訪，郡中及舊州諸豪爭欲邀致之，戲作陳孟公詩一首〉說：

孟公好飲寧論斗，醉後關門防客走。
不妨閑過左阿君，百謫終爲賢太守。
老居閭里自浮沉，笑問柏松何苦心。
忽然載酒從陋巷，爲愛揚雄作酒箴。
長安富兒求一過，千金壽君君笑唾。
汝家安得客孟公，從來只識陳驚坐。〔註 171〕

題目的「季常」，指陳慥（？～？），字季常，蘇軾曾爲其撰寫〈方山子傳〉。全詩的立意在於「戲作陳孟公詩」，陳孟公，指西漢的陳遵，根據《漢書．陳遵傳》說：「遵耆酒，每大飲，賓客滿堂，輒關門，

十七日晝寢〉：「紅塵席帽烏韡裏，想見滄洲白鳥雙。馬齕枯萁諠午枕，夢成風雨浪翻江。」見《黃庭堅詩集注》，第 2 冊，內集卷 11，頁 403。一爲「午夢」，一爲「午枕」，文字上略有出入。而黃庭堅原詩有「夢成風雨浪翻江」，夢字已用，因此可以斷定薛雪《一瓢詩話》的詩句應有誤。

〔註 171〕《蘇軾詩集》，第 4 冊，卷 20，頁 1057～1058。

取客車轄投井中，雖有急，終不得去。……遵大率常醉，然事亦不廢。」〔註 172〕全詩以此嗜酒的故事爲理念，延爲成詩，因爲陳慥也是好酒而不慕榮利之人，蘇軾〈方山子傳〉說：「獨念方山子少時使酒好劍，用財如糞土。」〔註 173〕這首詩可以說是包含蘇軾在內，「三位」飲酒人的互戲。「孟公好飲寧論斗，醉後關門防客走」，喝酒以斗爲量計，千杯不醉，醉後關門，不讓客人離席，留其繼續澆愁，笑意即「關門」一事，在陳遵的故事裡，他還拆下貫穿車軸的金屬鍵，以防對方駕車逃走，其愛酒如此，當眞痴人，以陳遵比作陳慥。「老居閭里自浮沉，笑問伯松何苦心」兩句，復用陳遵之事，陳遵因爲「乘藩車入閭巷，過寡婦左阿君置酒謌謳」〔註 174〕，遭到彈劾，仍飲食自若，賓客不斷。「柏松」指西漢的張竦（？～？），陳遵認爲張竦：「足下諷誦經書，苦身自約，不敢差跌」，不如自己「放意自恣，浮湛俗間」。〔註 175〕又因爲陳遵和陳慥，所以蘇軾戲言「汝家安得客孟公，從來只識陳驚坐。」見到陳慥的賓客，以爲自己見到喜好援客飲酒的陳遵，有「既而非至」的驚訝感覺，對於自己沒有被「醉後關門」，鬆一口氣，當眞令人捧腹大笑。與其說這首詩的風格豪宕，其所用之事，更見豪宕之意，又此詩明爲借此喻彼，但是，若非蘇軾的遊戲筆墨，不在乎他人眼光，泰然自若，就算被拔官而居貧，也欣羨陳遵的豪已趨於曠達。人生苦短，若仍以「苦心」活著，似乎太鬱悶，終至難結。說其率意，雖然通篇用陳遵之事，顯得援筆立成，缺少用典「縱橫」的寬度，卻更有一氣呵成，以形式上的「豪」，來跌宕出內容所欲呈現的「豪」。以陳遵比之陳慥，陳遵是眞豪者也。

對於陳慥的戲意，尚未止息，蘇軾〈岐亭道上見梅花，戲贈季常〉說：

〔註 172〕《新校本漢書集注并附編二種》，第 5 冊，卷 92，頁 3710。
〔註 173〕《蘇軾文集》，第 2 冊，卷 13，頁 420。
〔註 174〕《新校本漢書集注并附編二種》，第 5 冊，卷 92，頁 3711～3712。
〔註 175〕《新校本漢書集注并附編二種》，第 5 冊，卷 92，頁 3713。

蕙死蘭枯菊亦摧，返魂香入嶺頭梅。
數枝殘綠風吹盡，一點芳心雀啅開。
野店初嘗竹葉酒，江雲欲落豆秸灰。
行當更向釵頭見，病起烏雲正作堆。〔註 176〕

首聯連寫四種花，秋末之後，蕙、蘭、菊各自凋零，也各自爲瘦，禁不起西風的颯颯摧折，只剩梅花一枝折得。蘇軾幽默說「返魂香入嶺頭梅」，不寫梅開，寫返魂香注入其精魂，使之怒放。頷聯在一片頹勢中，以啅噪的雀聲，點出生命的隱然和恣意，輕輕帶出沒有說出口的春意。頸聯寫豆秸，爲禾粒打脫以後的禾莖，此寫豆秸（秸）燒剩的灰，比喻江雲之姿。酒初熱，江雲欲雨，則冷，在感覺的相對上，頗見律細，並非直接粗疏以酒熱對雪冷，初嘗竹葉酒，色澤淡綠，是草木殘敗的衰敗之象，故其預示了冬天即將來臨的「冷」，但是尚未眞正凜冽，便是這種初來乍到的體物纖細之感，使江雲聚散，寒意成雪。尾聯寫「烏雲」，雖然重見「雲」字，但是「烏雲」指鬢髮，意義不同。風格所謂的「縱橫」，除了廣袤以外，尚有交錯之意，因爲所見所聞，所歷所感皆多，對於事物的體會逐漸「眼界平穩」，不因山河動春色，所以蘇軾詩常可見重字，看似缺點，卻是其人不可被詩律束縛的隱性徵狀，有豪外放而於內在宕起。

再以蘇軾〈立春小集戲李端叔〉爲例：

白髮已十載，青春無一堪。不驚新歲換，聊與故人談。
牛健民聲喜，鴉嬌雪意酣。霏微不到地，和暖要宜蠶。
歲月斜川似，風流曲水慚。行吟老燕代，坐睡夢江潭。
丞掾頗哀援，歌呼誰怕參。衰懷久灰槁，習氣尚饞貪。
白啖本河朔，紅消眞劍南。辛盤得青韭，臘酒是黃柑。
歸臥燈殘帳，醒聞葉打庵。須煩李居士，重說後三三。

〔註 177〕

題目的「端叔」，指李之儀（1038～1117），字端叔，號姑溪居士，爲

〔註 176〕《蘇軾詩集》，第 4 冊，卷 21，頁 1078。
〔註 177〕《蘇軾詩集》，第 6 冊，卷 37，頁 2012～2014。

北宋詞人。這首詩的本事，根據王文誥的案語：「元符末，李之儀起爲許州幕而不詳。公與書，有『兒姪在治下』語。非久，子由歸許，與之儀並勸同居，而之儀即除輦運以去。」〔註 178〕李之儀從蘇軾門下，兩人交情頗佳，甚至連蘇轍在許州時，還「並勸同居」。只是可惜，以蘇軾當時的權力和名位，尚不能讓天下有才、有志之士，得到好的依歸。該詩爲五言排律，除了首、尾聯，其於他聯皆要對仗，非常困難，不過首句「白髮已十載，青春無一堪」，雖非工對，但可以稱爲寬對，即「白髮」、「青春」作名詞相對，而「青春」兩字不可拆，「白」本不能對「青」，但是它們爲純粹文字意義上的顏色對，屬於借對，即假對。首句即見造語之工，頗爲罕見。又此詩壓險韻「覃韻」，此韻收字絕少，造成「用韻多，能選擇的韻卻少」的情形，等於難上加難。一二聯寫流水年華，且言「不驚新歲換」，態度自若，豪氣自現。三四聯寫立春的農村生活，還殘留些許冬意，牛壯鴉憨，醉於雪深。春來更可養蠶收絲，男耕女織，一片和氣融融。五六聯之所以說「歲月斜川似」，因爲蘇軾對陶詩愛不釋手，陶淵明〈遊斜川〉說：「中殤縱遙情，忘彼千載憂。且集今朝樂，明日非所求。」〔註 179〕歲月像斜川，便是歲月像斜川詩裡的情志，要人提壺接賓，引滿獻酬，嘯歌此樂，何其放曠，何其自適。七八聯引馬援之事〔註 180〕，主要寫不願被公事頻頻纏身，頗不快意。九十聯以黃柑釀酒，爲洞庭春色。末兩聯寫李之儀的閒居生活，被葉打庵聲驚醒，自得風雅，而「重說後三三」費解，根據施元之和施宿父子所注（史稱施注）蘇詩，其引顧禧之語：「蓋端叔在定武幕中，特悅營妓董九者，故用九數以爲戲爾。」〔註 181〕三三得九，李之儀雖號姑溪居士，卻獨賞營妓名董九者，可謂前十聯所說的「閒居」，被最後兩句徹底打破，若夕露染塵

〔註 178〕《蘇軾詩集》，第 6 冊，卷 37，頁 2012。
〔註 179〕〔晉〕陶淵明著，逯欽立校注：《陶淵明集》，卷 2，頁 44。
〔註 180〕本文已於蘇軾〈趙郎中見和，戲復答之〉詩，注明出處，此不贅述。
〔註 181〕《蘇軾詩集》，第 6 冊，卷 37，頁 2014。

俗，蘇軾還要李之儀「重說」，以反話讓人會心一笑。至於「五言排律」的創作手法，根據〔清〕葉燮（1627～1703）《原詩》說：

> 五言排律，近時作者動必數十韻，大約用之稱功頌德者居多。其稱頌處，必即冠冕闊大，多取之事當公卿大人先生高閥扁額上四字句，不拘上下中間，添足一字，便是五言排律彈丸佳句矣。排律如前半頌揚，後半自謙，杜集中亦有一二，令人守此法而決不敢變。善於學杜者，其在斯乎？〔註 182〕

這首詩完全沒有歌功頌德，反而是一首諷刺詩，用詞既不冠冕，也沒有官場應酬的迂腐習氣。體制上也不依循「前半頌揚，後半自謙」，以平板易流於停滯的五言排律之體，破其定體，「青春無一堪」、「坐睡夢江潭」、「歌呼誰怕參」。都是非常豪放帶有才氣的句子，爲硬質結構的五排，注入活水。而五排的收尾通常是「後半自謙」，此詩只有首尾使用「數字」，意義上產生：白髮已十載，如何重說三三之事，無奈中帶有雅謔。

餘如蘇軾〈碣石菴戲贈湛菴主〉：「保康橋上夜觀燈，喝石巖前夏飲冰。莫把山林笑朝市，老夫手裏有烏藤。」〔註 183〕本詩蘇軾自注：「湛，相國寺僧也。」又寫「夏飲冰」，本爲不可能，落得一個「空」字。「莫把山林笑朝市」，不貴雅賤俗，反而在俗中見雅，山林之幽，不若朝市之喧，但是「老夫手裏有烏藤」，手持長鞭，究竟是前往山林抑或朝市，不可得知，卻使人料想馬上的風流，踏遍山林花，豪放在笑意裡。又蘇軾〈余舊在錢塘，同蘇伯固開西湖，今方請越，戲謂伯固，可復來開鏡湖耶？伯固有詩，因次韻〉：「已分江湖送此生，會稽行復得岑成。鏡湖席捲八百里，坐嘯因君又得名。」〔註 184〕題目的「伯固」，指蘇堅（？～？），字伯固，號後湖居士。蘇軾〈西湖秋涸，東池魚窘甚，因會客，呼網師遷之西池，爲一笑之樂。夜歸，被

〔註 182〕〔清〕葉燮著，蔣寅箋注：《原詩箋注》，外編下，頁 462。
〔註 183〕《蘇軾詩集》，第 5 冊，卷 30，頁 1587～1588。
〔註 184〕《蘇軾詩集》，第 6 冊，卷 36，頁 1940。

酒不能寐，戲作放魚一首〉說「西池秋水尚涵空，舞闊搖深吹荇帶」〔註 185〕，同爲戲題詩，寫西湖的遼闊深遠。根據〔明〕田汝成（1503～1557）《西湖遊覽志餘》說：「子瞻守杭日，春時，每遇休暇，必約容湖上，早食於山水佳處，飯畢，每客一舟，令隊長一人，各領數妓，任其所適。」《西湖遊覽志餘》又說：「子瞻兩任杭州，似有宿緣，而放浪湖山，耽昵聲色，樂天之後，一人而已。」〔註 186〕皆能看出蘇軾遊歷西湖，食於客船，生活頗具品質，甚至因爲風光甚秀，不時耽溺於其中。該詩寫自從送別後，天涯各在一方。如今不聞西湖好，而鏡湖得名，因蘇堅號爲「後湖」，形成「三湖爭名」的局面。這些名，終究搖落於「江湖」中，可供一笑。又蘇軾〈予少年頗知種松，手植數萬株，皆中梁柱矣。都梁山中見杜輿秀才，求學其法，戲贈二首〉：

露宿泥行草棘中，十年春雨養髯龍。
如今尺五城南杜，欲問東坡學種松。（其一）

君方掃雪收松子，我已開榛得茯苓。
爲問何如插楊柳，明年飛絮作浮萍。（其二）〔註 187〕

題目的「杜輿」（？～？），爲其本名，字子師。第一首寫種松十年，並以「髯龍」比喻松樹的枝葉高壯而扶疏，卓然挺於荊棘之中，有不畏風霜之意。「如今尺五城南杜」，引用杜甫〈贈韋七贊善〉：「爾家最近魁三象，時論同歸尺五天。」〔註 188〕這首詩杜甫原注：「城南韋杜，去天尺五。」表達唐朝的宰相中，以杜氏和韋氏居多，故說「去天尺五」，有盛讚之意。然而，蘇軾沒當過宰相，其族亦未有以宰相之職而聞名者，卻說「欲問東坡學種松」，頗爲自豪，惹人呵呵一笑。因爲蘇第二首寫開門猶見雪滿松，只待風吹即可收松子。茯苓是寄生於松上的珍貴藥材，而蘇軾除去叢生的草木，挖取茯苓，松樹的價値一

〔註 185〕《蘇軾詩集》，第 6 冊，卷 34，頁 1787。

〔註 186〕以上兩則見〔明〕田汝成：《西湖遊覽志餘》（臺北：木鐸出版社，1982 年），卷 10，頁 167。

〔註 187〕《蘇軾詩集》，第 6 冊，卷 35，頁 1902～1903。

〔註 188〕〔清〕楊倫箋注：《杜詩鏡銓》，下冊，卷 20，頁 1019。

轉，不再是作爲梁柱建材，也不再是收取松子，而是開榛斬荊，得到依松而生的茯苓，因此第二首反轉第一首的「欲問東坡學種松」，成爲「欲學東坡得茯苓」的戲意。而春後楊花落盡，都作浮萍，隨波逐流，此詩感嘆世人雖知種松，且植松萬千，雖能作爲屋中梁柱，卻始終不得其「去天尺五」的精神。蘇軾自我解嘲，故意反說種松不如種楊柳，楊柳易生，且明年可見飛絮飄散，而松卻無輕盈的樣貌。故此詩的「宕」勝於「豪」，且組詩之間有意脈的貫穿，並沒有失於率意。

二、黃勁直沉著而苦於生疏

根據黃庭堅〈與秦少章書〉說：「庭堅心醉於詩，與楚詞似若有得，終在古人後。」〔註 189〕所謂「心醉於詩」，便說明黃庭堅以詩爲主要的創作體裁，他喜歡詩，進而也討論詩、鑽研詩，甚至還帶點遊戲於詩的意味，若此，才能稱爲「心醉於詩」，也就是與詩相關的任何條件，黃庭堅可能都獲擁。嚴羽《滄浪詩話・詩辨》說：「山谷用工尤爲深刻，其後法席盛行，海內稱爲江西宗派。」〔註 190〕已說明黃庭堅詩的佳處乃用工而來，故失之自然，但又不能稱其完全刻意爲之，純無天然之趣。黃庭堅詩歷來毀譽參半，莫衷一是。黃庭堅作詩的品味頗高，不喜俗語，更不願追隨他人，包含所詠之風物，也有他的審美認知，他在〈醇道得蛤蜊復索舜泉舜泉已酌盡官醞〉說：「商略督郵風味惡，不堪持到蛤蜊前。」〔註 191〕商略督郵指爲青州主簿別酒的人，因爲總是「先嚐酒」，所以黃庭堅戲言「風味惡」。可見黃庭堅「勁直」，有部分顯現在對事物的價值取捨，其用字頗深刻，直言「惡」字，不留餘地，卻坦率表露了個人情懷。〈戲題小雀捕飛蟲畫扇〉說：「小蟲心在一啄間，得失與世同輕重。丹青妙處不可傳，輪扁斲輪如此用。」〔註 192〕其所言「得失與世同輕重」，雖然語言直

〔註 189〕《豫章黃先生文集》，卷 20，頁 208。
〔註 190〕〔宋〕嚴羽著，郭紹虞校釋：《滄浪詩話校釋》，頁 26～27。
〔註 191〕《黃庭堅詩集注》，第 1 冊，內集卷 1，頁 51。
〔註 192〕《黃庭堅詩集注》，第 1 冊，內集卷 7，頁 268。

白，卻用一個「同」字，把患得患失的人性舒緩而開」，是其風格沉著處，因爲思深又不與俗同，雖云「得失與世同輕重」，但俗人沒有幾人，能獲擁此等佳思，是「俗而不俗」的表現。

以黃庭堅其他戲題詩來看，〈戲和文潛謝穆父松扇〉說：

猩毛束筆魚網紙，松柎織扇清相似。
動搖懷袖風雨來，想見僧前落松子。
張侯哦詩松韻寒，六月火雲蒸肉山。
持贈小君聊一笑，不須射雉觀黃間。〔註 193〕

文潛，即張耒，爲蘇門四學士之一，前文已多次提及，此不再冗述。首聯寫猩猩毛筆，本文於〈戲詠猩猩毛筆〉已說明，另寫以漁網所製成的紙，根據張華《博物志》:「漢和（原誤爲「桓」字，祭倫並非漢桓帝時期的人）帝桂陽人蔡倫始搗故漁網造紙」〔註 194〕，可證。此紙光滑透亮，附於扇上，揮得清風拂來，頗爲雅事。頷聯寫扇能吹風引雨，致使松子落於僧前，有輕輕「當頭棒喝」的戲意，松子落而無聲，其聲隱約給人感覺清苦而幽然，有從俗入道的恍然。頸聯根據任淵注:「謂詩雖清寒，如松風之韻；而體則肥熱，如肉山之蒸。」〔註 195〕可知黃庭堅嘲謔張耒的詩清寒，卻有韻致，話鋒一轉，卻說張耒外型肥胖，因熱生汗，似肉山之蒸，可謂遊戲筆法，謔人至此。肉山，其實就是肉身，黃庭堅取其肉身之胖如山，更顯「肉身」之意，並和清寒產生聯繫。尾聯是標準的戲題詩本色，因爲說出了答案，作戲題詩便是爲了「聊一笑」。且「小君」本爲東方朔對其妻子的稱呼〔註 196〕，此眞瀾浪起伏，而「黃間」爲弩名，「不須射雉觀黃間」是說

〔註 193〕《黃庭堅詩集注》，第 1 冊，內集卷 7，頁 284。
〔註 194〕〔晉〕張華著，范寧校證:《博物志校證》，佚文，頁 125。
〔註 195〕《黃庭堅詩集注》，第 1 冊，內集卷 7，頁 284。
〔註 196〕《漢書・東方朔傳》:「朔再拜曰:『朔來！朔來！受賜不待詔，何無禮也！拔劍割肉，壹何壯也！割之不多，又何廉也！歸遺細君，又何仁也！』」顏師古注曰:「細君，朔妻之名。一說，細，小也，朔自比於諸侯，謂其妻曰小君。」見《新校本漢書集注并附編二種》，第 4 冊，卷 65，頁 2845。

不要將弓弦拉滿，意即請張耒不要太認真，只是聊爾作戲罷了。若言黃庭堅詩「苦於生疏」，要理解其中笑意，尚需博讀史籍，其所調笑的對象，需要一定程度的文學造詣，否則戲人不成，反而無形中得罪於人。

又黃庭堅〈何主簿、蕭齋郎贈詩思家戲和答之〉:

善吟閨怨斷人腸，二妙風流不可當。
傅粉未歸啼玉筯，吹笙無伴澀銀簧。
睡添鄉夢客床冷，瘦盡腰圍衣帶長。
天性少情詩亦少，羨他蕭史與何郎。〔註 197〕

題目的「何主簿」，根據《山谷詩注續補》〔註 198〕，應爲何君庸（？～？)，而蕭齋郎，其人待考。「齋郎」隸屬於禮部，掌祭祀俎豆之事。在雜劇中，「齋郎」爲雜劇扮演時所戴的面具，關漢卿有劇名爲「包待制智斬魯齋郎」，劇中魯齋郎強奪他人妻女，後爲包拯所智斬，此劇內容說：「我只得破步撩衣。走到根前。少不的把屎做糕糜嚥」〔註 199〕，用字俚俗赤裸，令人絕倒。首聯根據《山谷詩注續補》，認爲「何遜有閨怨詩，因以況何主簿」〔註 200〕，雖稱何、蕭爲「二妙風流」，然而旨爲思家，坐擁風流之懷是困難的。「善吟閨怨斷人腸」，根據何遜（466～519)〈閨怨二首・其一〉說：「誰知夜獨覺，枕前雙淚滴」〔註 201〕，一人獨守空閨，面對枕雙人單，確實令人肝腸寸斷。頷聯「傅粉」一詞，指東漢末年的何晏（？～249)，外型「美姿儀，面至白」〔註 202〕，原是施粉之故。既然「傅粉未歸」，爲公事忙碌，

〔註 197〕《黃庭堅詩集注》，第 5 冊，外集補卷 4，頁 1737。
〔註 198〕陳永正、何澤棠注：《山谷詩集續補》，卷 4，頁 436。
〔註 199〕〔元〕關漢卿：《關漢卿戲曲集》(臺北：宏業書局，1973 年)，頁 392。
〔註 200〕陳永正、何澤棠注：《山谷詩集續補》，卷 4，頁 436。
〔註 201〕〔梁〕何遜著，李伯齊校注：《何遜集校注》(北京：中華書局，2012 年重印版)，卷 3，頁 295。
〔註 202〕《世說新語・容止》:「何平叔美姿儀，面至白。魏明帝疑其傅粉，正夏月與熱湯餅，既噉，大汗出，以朱衣自拭，色轉皎然。」見〔南朝宋〕劉義慶著，〔梁〕劉孝標注，朱鑄禹集注：《世說新語集注彙

必定汗流浹背，汗溼粉落，何等狼狽，只留下獨自笙歌的寂寞，無人和其音，故稱銀篁爲澀。頸聯寫他鄉床冷，有離異之思，因憔悴而衣帶漸寬，「瘦盡腰圍」具戲意，一般形容腰瘦皆形容女子體輕善舞，較少用「腰瘦」形容男子，這可說是一種風格的「生疏」，因爲並非慣常用句字之法。尾聯寫蕭史因爲善於吹簫，得到秦穆公的賞賜〔註203〕。該詩用人名入詩，幾乎是前文所謂的「點鬼簿」，除了傳統「用典」的觀念外，尚可參考葉夢得《石林詩話》所說：「王荊公詩有『老景春可惜，無花可留得。莫謙柳渾青，終恨李太白』之句，以古人姓名藏句中，蓋以文爲戲。或者謂前無此體，自公始見之。」〔註204〕用典有時未必直用其名，以事爲主，以姓名入詩是一種「以文爲戲」的藝術表現，還是一種「體」。黃庭堅戲題詩的風格苟有使人「苦於生疏」之處，恐需將其視爲「別體」看待，同時，卻也將此戲作視爲「體」，亦稍能呼應前文所談的「馭奇以執正」的問題。整體來說，這首詩以「羨」字爲詩眼，黃庭堅借「何遜」、「何晏」、「蕭史」，來比喻「何主簿」、「蕭齋郎」，反說自己「天性少情詩亦少」，不如他們來得風流，事實上黃庭堅的詩，原比他們來得多，應是多情者。

又黃庭堅〈一夕風雨，花藥都盡，唯有豨薟一叢，濯濯得意，戲題〉：「紅藥山丹逐曉風，春榮分到豨薟叢。朱顏頗欲辭鏡去，煮葉掘根儻見功。」〔註205〕風雨摧殘後的枯景，只見豨薟一叢，透露著黃花的媚姿，定是春榮垂憐，分付此叢中。起兩句頗有佳思，詩的文字力道也足以稱爲「勁直」，本文以爲，在勁直中，還帶有婉約，朱顏

校》，頁522。

〔註203〕〔漢〕劉向《列仙傳・蕭史》：「蕭史者，秦穆公時人也。善吹簫，能致孔雀白鶴於庭，穆公有女，字弄玉，好之，公遂以女妻焉，日教弄玉作鳳鳴。居數年，吹似鳳聲，鳳凰來止其屋。公爲作鳳台，夫婦止其上，不下數年，一旦皆隨鳳凰飛去。」見〔漢〕劉向著，滕修展等編：《列先傳注譯・神仙傳注譯》（天津：百花文藝出版社，1996年），頁193。

〔註204〕〔宋〕葉夢得：《石林詩話》，卷上，頁73。

〔註205〕《黃庭堅詩集注》，第5冊，外集補卷4，頁1735。

辭鏡，懶復照矣，因爲春色已被分盡，又「辭」還帶有詩人前去觀賞之意，一字兩義。結句更是打破凡俗之規，言「煮葉掘根儻見功」，以「功」字形容豨薟，是承接前文的「春榮分到」，說明此花不只好看，亦能食用，味與眼相顧，而眞正有功的，是寫出這首詩的人，故非止於勁直而已，戲字細看，浸題深矣。又黃庭堅〈予去歲在長沙，數與處度元實相從把酒，自過嶺來，不復有此樂，感歎之餘，戲成一絕〉:「玄霜搗盡音塵絕，去作湖南萬里春。想見山川佳絕地，落花飛絮轉愁人。」〔註 206〕春風萬里，本應柔情無限，卻也融化了霜雪，草木向榮，覆蓋了原本留下的「音塵」。春花隨風飄落，榮旋轉枯，人卻從遊人，轉爲愁人，是笑中帶淚的戲題詩類別，雖直言愁人有其「直」處，但轉字見「勁」，深刻中略帶春意迷離之感。

〔註 206〕《黃庭堅詩集注》，第 5 冊，別集補，頁 1759。

第五章　蘇、黃戲題詩的審美意義

前四章從外緣的研究，進而切入內緣，也就是文本內容的研究，乃至於從藝術表現的層面。由於戲題詩屬於遊戲文學，卻又不純然是遊戲而已，這樣雙重而多元的特質，定體本難，其勢又多堆砌、拼貼、裝飾，在審美上，具有後設的意義。此一意義原是從時代而來，蘇、黃詩天生屬於宋詩，時代上具有「詩分唐宋」的視野，關於此點，錢鍾書《談藝錄》有獨到看法：

> 德國詩人席勒（Schiller）有論詩一派之一文（Über naive und sentimentalische Dichtung），謂詩不外兩宗：古之詩眞朴出自然，今之詩刻露見心思：一稱其德，一稱其巧。顧復自註曰：「所謂古今之別，非謂時代，乃言體制」；是亦非容刻舟求劍矣。李高節君（C.D.Le Gros Clark）英譯東坡賦成書，余為弁言。即謂詩區唐宋，與席勒之詩分古今，此物此志。〔註 1〕

由此觀之，蘇、黃詩應歸為「今詩」。此說名義上是時代的劃分，實際上卻是體制的差異，甚至可以說是審美的區別。古詩之所以純樸而眞摯，因為主題多悲哀，內心越苦，越放歌行吟，不假思索，下筆敏速，情到眞處，能動搖人心。相對的，吉川幸次郎《宋詩概說》說：

〔註 1〕 錢鍾書：《談藝錄》，頁 2～3。

「宋詩最大的成就或最特出的性質，就在於擺脫了以悲哀爲主的抒情傳統」〔註2〕，蘇、黃的眼光較爲廣闊，能以不同的情思來接物，爲了擺脫，但不至於捨棄「悲哀的抒情」，勢必要有所作爲，就不得不以巧來創作，甚至有時以遊戲的筆法來寫詩。就以戲題詩來說，從題目本身，便是一種「設計感」的存在，這個「戲」字，工於命意，定義卻又模糊，「謔而不虐」是蘇、黃戲題詩的特色基調，同時也是該體存在的問題，它可能是從「虐」婉轉成「謔」，也可能是從「謔」犀利成「虐」，儘管「不虐」，這個「虐」卻隱隱存在著，也就是戲字原始的意義：嘲弄、玩耍、嬉遊，不曾消滅。本章擬將戲題詩的「戲」，以「遊戲」爲理解，古代的遊戲是非常多元的，例如第二章提及的雜劇，甚至是第三章、第四章觸及的寺觀、節日活動，甚至是典故裡「人物的趣事」，其實「創作戲題詩」這件事情本身，就是一種文學遊戲，戲題詩是文史學上較爲冷門的體裁，然不能否定其存在。將詩歌作爲一種遊戲，就以宋詩的角度來看，它可能是爲了擺脫唐詩的限制，欲自成一家，甚至「別是一家」。

宋代詩人對於唐代詩人，有先天上的「掙脫」衝動，因爲唐詩的成就難以超越，可取的途徑是改變題材或者書寫策略。擺落統治的方式，是遊戲，是回歸童稚，使自然盈滿，重拾赤子之心。孩童時代的精神即是遊戲，抒情傳統有道德的約束，然而道德無法以遊戲審視，更不能以遊戲進行。因此，詩人與詩人之間，或者詩與詩之中，存在一種對應的關係，當一方是感性而混沌的，另一方在無形之中，便成爲理性而新生的。這一層關係，更細部探討，便可從戲題詩的相對應性來看，戲題詩無論贈人、呈人、答人，都有明確的對象，在先決條件上，並非無病呻吟之作，又戲題詩欲嘲謔他人，除了表露個人的幽默感，「被嘲謔」的對象，也必須有相當程度的幽默感，否則戲題詩失去了旨趣，只是空蕩蕩的笑聲，沒有知己，能夠聞詭而驚聽。本章

〔註2〕〔日〕吉川幸次郎著，鄭清茂譯：《宋詩概說》，頁124。

對於戲題詩的解讀，朝向詩旨，即遊戲意義的拿捏，因爲古典詩學對於「遊戲文學」的概念較爲薄弱，自然也不認爲它具有美感，多置之一笑，缺乏明確的定義和述評，例如嚴羽《滄浪詩話．詩體》：「至於建除、字謎、人名、卦名、數名、藥名、州名之詩，只成戲謔，不足法也。」〔註 3〕又如劉大勤《師友詩傳續錄》：「格則於昔有之，終近游戲，不必措意。他如地名、人名、藥名、五音、建除體等，總無關於風雅，一笑置之可矣。」〔註 4〕皆視歷來的遊戲之詩，無關風雅，不以正視。本章主要以王國維和西方遊戲美學的觀點來詮釋。在論述方式上，本章不再循第四章的模式，逐句解讀典故出處、用字脈絡，避免模糊焦點，成爲考據之學。下面分爲「詩歌始於遊戲」、「爲藝術而藝術」和「品味以醜爲美」來討論。

第一節　詩歌始於遊戲

戲題詩，就其本身的意義，結合了詩歌與遊戲，它們的關係，並非對立，也非各自獨立存在，而是詩歌始於遊戲，詩人在理性的環境中，產生了遊戲衝動，延展遊戲的愉悅，發爲詩歌。以下從「成爲更完整的人」、「發洩儲蓄之勢力」來探討。

一、成爲更完整的人

遊戲是孩童的天賦，屬於原始的活動，無關功利，也無關道德，更無關雅俗，因爲遊戲者全心投入遊戲時，根本上也忘了自己在遊戲。〔荷〕赫伊津哈（Johan Huizinga，1872～1945）《遊戲的人：文化中遊戲成分的研究》說：

詩歌在遠古具有創造文化的能力，詩歌誕生於遊戲之中，

〔註 3〕〔宋〕嚴羽著，郭紹虞校釋：《滄浪詩話校釋》，頁 101。「建除」指鮑明遠有建除詩，每句首冠以「建除平定」等字。

〔註 4〕〔清〕劉大勤編與問，〔清〕王士禎答：《師友詩傳續錄》，丁福保輯：《清詩話》，上冊，頁 160。「格」指一字至七字詩、一字至九字詩。

> 它就是遊戲，且無疑是神聖的遊戲；與此同時，即使有這樣的神聖性，它仍然接近於放任、歡快與嬉戲。……他們盡情嬉戲互相吸引，卻又互相排斥。這種詩歌和儀式中誕生的詩歌一樣是最原初型態的詩歌。〔註5〕

既然遊戲是詩歌的其中一種原型，戲題詩卻直到蘇、黃，才蔚爲可觀，從文學發展的層面來看，唐宋儼然是各類文本的顚峰，只是這樣的高度，往往是無人之境，能入不能出。引文的關鍵在於「他們盡情嬉戲互相吸引，卻又互相排斥」，戲題詩申發「笑意」，未必能帶來任何「效益」，而被戲者定有個人特色，否則不太可能爲蘇、黃所關注，相對的，這些廣大被嘲弄的對象，與詩人之間亦有著排斥的現象，因爲戲題詩的創作心理，有想要勝過對方的遊戲衝動，而對方讀其戲詩，驚覺自己成爲被揶揄的對象，或多或少，都有些許無奈。這樣詩歌往來，是良性循環也可能是惡性循環，無論如何，都不能否定在這之中，創作經驗的累積，技進連帶牽動道進，尤其蘇、黃作爲大家，其戲題詩可謂另一種形式的戲詩譜、笑語集。席勒（Schiller，1759～1805）《美育書簡・第十五封信》說：

> 只有當人在充分意義上是人的時候，他才遊戲；只有當人遊戲的時候，他才是完整的人。這一命題暫時看來似乎不合情理，當我們把這一命題用於義務和命運這兩種嚴肅事情時，他將獲得巨大而深刻的意義。〔註6〕

這段文字將遊戲賦予嚴肅性，且用義務和命運兩者定義，言義務，就以文學來說，當屬創作自覺，蘇、黃爲元祐文學的表率，作爲大家，擁有義務去開展一個新的時代；言命運，蘇、黃兩人皆遭受貶謫，官途並非一帆風順，且生於唐詩之後，有不得不變的發展必然。遊戲之作所承載的嚴肅，是一種衝突，更是一種裝扮，因爲這些義務和命運，

〔註5〕〔荷〕赫伊津哈（Johan Huizinga）著，何道寬譯：《遊戲的人：文化中遊戲成分的研究》（廣州：花城出版社，2007年），頁135。

〔註6〕〔德〕席勒（Schiller）著，徐恆醇譯：《美育書簡》（臺北：丹青出版社，1987年），頁116。

是瘦馬汲泉，看似短暫獲得了生命的平衡，卻無法掩蓋潦倒欲說還休事實，同時，詩人處於遊戲狀態，也是一種事實。

從赫伊津哈和席勒的遊戲說，可以確認詩歌始於遊戲，且唯有遊戲，人才是完整的。本文不能否認席勒的遊戲說，具有時代上的開創意義，然而其以浪漫主義爲精神，強調人本，且作爲美感教育的理念，對於中國古典詩，只能間接佐證，不能刻意湊泊而應用。王國維的《人間詞話》，吸收西方的美學觀點，轉化爲較適合中國古典文學的遊戲說，其說：「詩人視一切外物，皆游戲之材料也。然其游〔註7〕戲，則以熱心爲之。故詼諧與嚴重二質性，亦不可缺一也。」〔註8〕針對此說，筆者曾發表〈王國維「遊戲說」對席勒的轉換及述評〉〔註9〕，點出王國維對席勒的遊戲說，雖無突破，但有所轉化：例如從「遊戲衝動」轉爲「遊戲材料」，關於其中詳細的過程，本文不再贅述。據上，可知王國維的遊戲說雖然「過於簡略」，但其指出的詼諧、嚴重並重，其實就是席勒所稱的「完整的人」，只是王國維並沒有說清楚「充分意義上的人」此一詞彙。王國維的遊戲說強調和諧的美，他在〈文學小言〉更進一步說：

> 文學者，游戲的事業也。人之勢力用於生存競爭而有餘，於是發而爲游戲。婉孌之兒，有父母以衣食之，以卵翼之，無所謂爭存之事也，其勢力無所發洩，於是作種種之游戲。逮爭存之事亟，而游戲之道息矣。唯精神上之勢力獨優而又不必以生事爲急者，然後終身得保其游戲之性質。〔註10〕

〔註7〕由於王國維原文用「游」字，本文無法更改原文。然而本文不只引用其說，尚涉及其他遊戲美學，以及一般概念性的「遊戲」用法，爲求統一行文，本文一律用「遊」字，引文則遵循原典。

〔註8〕〔清末民初〕王國維著，徐調孚校注：《校注人間詞話》，頁63。

〔註9〕關於王國維理念的轉化，詳參謝光輝：〈王國維「遊戲說」對席勒的轉換及述評〉，《國文學報》（後改名《高雄師大國文學報》）第18期（2013年6月），頁140～148。

〔註10〕〔清末民初〕王國維著，謝維揚、房鑫亮主編：《王國維全集‧第十四卷》（杭州：浙江教育出版社，2009年），頁92。

蘇、黃已非「婉孌之兒」，其遊戲是蓄積於生命內的「勢力」，待日後爲官遭貶，疲於應酬，「以生事爲急者」的要件便彰顯，因此，蘇、黃不是停在保有「遊戲性質」的狀態，而是「發爲遊戲」，因爲名利在遊戲面前，只是座外賓，彼此疏遠。戲題詩恰巧處於王國維說法的中介，因爲可以否定戲題詩是爲了「生存」，但是不能否認戲題詩有「競爭」的性質，畢竟以「戲和」爲名者不少，甚至有以「戲效」爲名者，這兩類的戲題詩，有一定程度的競爭意識，和詩每依他人韻，搬弄新意，想要壓倒眾人，尤其，戲和詩有時還不只是「兩人」之間的唱和，而是一整個文學集團的唱和。戲效詩更明確是要仿效他人，自成一家的蘇、黃詩，與其說是「戲效」，不如說是同題競作的規模其意，其意欲出藩籬，不假他限，已是不可自限。據上云云，「完整」指的詼諧和嚴重並存，蘇、黃「發爲遊戲」，且十分精采，故本文標題命爲「成爲更完整的人」。

蘇軾〈與李公擇十七首・其十一〉說：「吾儕雖老且窮，而道理貫心肝，忠義塡骨髓，直須談笑於死生之際，若見僕因窮便相於邑，則與不學道者大不相遠矣。」〔註 11〕命運窮困如此，還能「談笑於死生之際」，語言遊於戲意，死生是人生大事，能發爲遊戲，笑看一切者，只有英雄。既然現實以頑強、耿介抗之無用，不如投身詩歌的戲題，蘇軾〈喬將行，烹鵝鹿出刀劍以飲客，以詩戲之〉說：

> 破匣哀鳴出素虯，倦看鴟鴞聽呦呦。
> 明朝只恐兼烹鶴，此去還須卻佩牛。
> 便可先呼報恩子，不妨仍帶醉鄉侯。
> 他年萬騎歸應好，奈有移文在故丘。〔註 12〕

題目的「喬」，指喬敘（？～？），字禹功。這首詩寫替喬敘將遠赴他職，舉辦酒會宴客，而蘇軾的角度是餞行，內容卻沒有一絲不捨，反以「出素虯」，形容刀劍揮舞送別，可見此場宴會賓主盡歡，遊戲於

〔註 11〕《蘇軾文集》，第 4 冊，卷 51，頁 1500。
〔註 12〕《蘇軾詩集》，第 3 冊，卷 14，頁 683。

其中，然而歡愉過後是苦痛，求取功名以前，不知一杯酒的意義，渾然是醉。其主要的戲意在於以鵝聽鹿鳴呦呦，不知是眞的聽懂，還是假的聽懂，產生了一種凝結的笑意。又飲酒求醉，還不如「佩牛」，持器務農。縱有高官懸印，卻不如此時眼前的千山萬水。蘇軾〈奉和成伯兼戲禹功〉說：「金錢石竹道傍秋，翠黛紅裙馬上謳。無限小兒齊拍手，山公又作習池遊。」〔註 13〕此詩承接上一首而來，再戲喬敘，這種反覆言說的立意，是遊戲活動的連續性，因爲遊戲絕少單一，「再戲」的意義，還表達了對方的接受，或者不接受，乃至於再次爲戲，戲題詩的特質是連環的，好事成雙，好笑成對。喬敘離開舊地以後，並沒有成就事業，而是被孩童嘻笑著今朝又醉，姿態顚倒，習池醉遊。倘若此詩只有烹鶴、佩牛等事，或者戲意連貫兩首戲題詩的表現，只能稱爲詼諧，缺乏嚴肅性，但說「他年萬騎歸應好」，萬騎紛紜，不可能「歸應好」，又說「奈有移文在故丘」，文不能移山，山靈不能假其意，只是人的妄想和愚昧罷了，在看似詼諧的筆調中，「鵝鵝聽呦呦」使人似笑非笑，哽住其意的荒謬、晦澀，終得三字：「不得歸」，故此詩有人生的沉潛作爲支持，並非純然的遊戲玩世之作。

又蘇軾〈聞公擇過雲龍張山人，輒往從之，公擇有詩，戲用其韻〉：

> 我生固多憂，肉食嘗苦墨。軒然就一笑，猶得好飲力。
> 聞君過雲龍，對酒兩靜默。急攜清歌女，出郭及未昃。
> 一歡難力致，邂逅有勝特。喧蜂集晚花，亂雀啅叢棘。
> 山人樂此耳，寂寞誰侍側。何嘗求好人，聊使治要襋。
> 使君自孤憤，此理誰相値。不如學養生，一氣服千息。
>
> 〔註 14〕

題目的「公擇」，指李常（1027～1090），字公擇。此詩「軒然就一笑」，詩人絕倒如此，連帶影響了讀者的感受。詩旨寫李常遊於雲龍山，傳說此山有仙人居住，蘇軾巧說「山人」，意義涵蓋了仙人和李常。山

〔註 13〕《蘇軾詩集》，第 3 冊，卷 14，頁 683～684。
〔註 14〕《蘇軾詩集》，第 3 冊，卷 16，頁 815～816。

人樂於山中的恬淡生活，以及「喧蜂集晚花，亂雀啅叢棘」的景致，隨四時變化，不染塵俗氣息。然而，此樂卻是寂寞的，因爲自始至終，可能都是一個人「享受著寂寞」。蘇軾又戲言「何當求好人，聊使治要襋」，「好人」指喜好女手之人，與前文「急攬清歌女」相對應，則「何當求」，便產生了反義，其實是「求」；「襋」指衣領，整句的意思是說：居於深山，吸風飲露，不再有女手縫裳的日常，脫離了家庭生活，轉入了修行生活，所有的無常，都成了日常。「孤僨」，即獨居，一個人生活，最難的是與自己相處，既然不求他人理解隱與逸，所以「不如學養生，一氣服千息」，長命百歲，則「寂寞」更長了，也就是詩開頭說的「多憂」，當眞「軒然就一笑」，雖云軒然，其實笑在隱隱之中。

又蘇軾〈夜過舒堯文戲作〉：

先生堂上霜月苦，弟子讀書喧兩廡。
推門入室書縱橫，蠟紙燈籠晃雲母。
先生骨清少眠臥，長夜默坐數更鼓。
耐寒石硯欲生冰，得火銅瓶如過雨。
郎君欲出先自贊，坐客斂衽誰敢侮。
明朝阮籍過阿戎，應作羲之羨懷祖。〔註15〕

題目的「舒堯文」，指舒煥，字堯文，熙寧十年（1077）爲徐州教授。此詩寫舒煥的官場生活，教授吟詠霜月因清而苦，學生各自喧鬧，廡聲沒有讀書聲。氣骨越高，越與世相違，故石硯生冰，猶可磨墨，銅瓶過雨，冷齒先知。師徒的關係，是嚴肅的，幾乎都是長輩與晚輩的關係，存在階級的桎梏。若似「明朝阮籍過阿戎」，類於阮籍（210～263）清賞比自己小二十歲的王戎（234～305），與之交往。〔註16〕

〔註15〕《蘇軾詩集》，第3冊，卷17，頁888～889。

〔註16〕《晉書・阮籍傳》：「阮籍與渾爲友。戎年十五，隨渾在郎舍。戎少籍二十歲，而籍與之交。籍每適渾，俄頃輒去，過視戎，良久然後出。謂渾曰：『濬沖清賞，非卿倫也。共卿言，不如共阿戎談。』」見《新校本晉書并附編六種》，第2冊，卷43，頁1231。

而「應作羲之羨懷祖」，指王羲之（303～361）恥為王述（303～368）之下，王述官拜藍田侯，與王羲之有所嫌隙，王羲之向諸子說「吾不減懷祖」〔註 17〕，即不願臣服王述，蘇軾用「羨懷祖」，羨字風流，因不羨他人，而羨懷祖，倚靠自己，最為實際，也最能使自己趨於完整。情好不協，物與人之間顯得乏味，例如席勒《美育書簡·第十五封信》說：「只有對愉快的、良好的和完整的東西，人才是認眞的。但是對於美，人卻和它遊戲。」〔註 18〕與人相處，實質上就是一種天才進行的遊戲，要使其認眞遊戲，遊戲的對象顯得格外重要，他山之完整，使自己更加完整，遊戲始終是脫離不了「互相性」，師徒也好，友朋也罷，甚至「詩與人」，也存在著遊戲的美。

黃庭堅〈王稚川既得官，都下有所盼，未歸，予戲作林夫人欸乃歌二章，與之欸乃湖南歌也〉說：

> 花上盈盈人不歸，棗下纂纂實已垂。
> 臘雪在時聞馬嘶，長安城中花片飛。（其一）
>
> 從師學道魚千里，蓋世成功黍一炊。
> 日日倚門人不見，看盡林烏反哺兒。（其二）〔註 19〕

題目的「王稚川」，指王紘（？～？）。本詩旨為王紘未歸，欸乃本是划船時所唱的歌，他人當官，卻唱漁歌，有仕、隱的反差。第一首從春意的「花上盈盈」，直至「臘雪在時」，以為對方歸來，卻是一場錯誤，北宋的首都是汴京，此詩且說長安，借唐喻宋，時代嬗遞，功名卻始終沒有星移。第二首戲說成功不若廚房之事，炊一盤黍，豐盛飽

〔註 17〕《晉書·王羲之傳》：「時驃騎將軍王述少有名譽，與羲之齊名，而羲之甚輕之，由是情好不協。……及述蒙顯授，羲之恥為之下，遣使詣朝廷，求分會稽為越州。行人失辭，大為時賢所笑。既而內懷愧歎，謂其諸子曰：『吾不減懷祖，而位遇懸邈，當由汝等不及坦之故邪！』」見《新校本晉書并附編六種》，第 3 冊，卷 80，頁 2100～2101。

〔註 18〕〔德〕席勒（Schiller）著，徐恆醇譯：《美育書簡》，頁 115。

〔註 19〕《黃庭堅詩集注》，第 1 冊，內集卷 1，頁 53～55。

滿，而蓋世的威風不能溫暖人心。因爲精神就是胃〔註 20〕，功成名就並不能豢養它。烏鴉思歸，飲水思源，終日望君君不至的惆悵，只能寄託於林間的饑鳴。蘇軾〈太守徐君猷、通守孟亨之，皆不飲酒，以詩戲之〉說：「風流自有高人識，通介寧隨薄俗移。」〔註 21〕遊戲美學以社會的存在物，來說明人的社會屬性，然而社會是薄俗的，縱有風流，縱有耿直，都一點點被消耗、磨損，乃至於移易。因此，遊戲顯得格外重要，它使各種自私、殘暴，乃至於不斷變化的社會，起了一種和諧的作用，同時，它也以遊戲的方式，解構了社會秩序的繩索。戲題詩的看似爲「失衡的遊戲」，卻是用失衡的來獲得另一種平衡，其間的微妙差異，產生了戲意的激盪。

社會的弊病，自古皆然，人性被印在書裡，不在自然中遊戲，即使再有趣的理想、概念，都顯得單調無味。戲題詩在遊戲美學的審視下，蘇、黃的職業和學識，也成爲戲題詩的一種標誌。感性的衝動，驅使著詩人有自覺地創作；形式的衝動，須從精神上尋找根源。黃庭堅〈以小團龍及半挺贈無咎并詩用前韻爲戲〉說：「雞蘇胡麻留渴羌，不應亂我官焙香。肥如瓠壺鼻雷吼，幸君飲此勿飲酒。」〔註 22〕題目的「無咎」，指晁補之（1053～1100），字無咎。絕少有詩要人「勿飲酒」，俗人飲茶，多摻胡麻，而渴於飲酒之人，「渴羌」。「官焙」的香氣有所變質，寧願喝酒，也不願飲茶。可是詩尾又反說「幸君飲此勿飲酒」，只因晁補之醉酒之後，鼾聲如吼春雷，且睡姿「肥如瓠壺」，嘲弄之意頗爲犀利，事實上，「肥如瓠壺鼻雷吼」除了字面上的解釋，打鼾聲又與煮茶的水沸聲相類，所以黃庭堅戲其並非飲酒，而是飲茶，遊戲之意凌駕於文字之上。既然一切外物，皆可作爲遊戲材料，

〔註 20〕〔德〕尼采《查拉圖斯特拉如是說》說：「他們的精神就是一敗壞的胃，它在宣說死亡！眞的，兄弟們，精神根本就是一個胃！」見〔德〕尼采著：余鴻榮譯：《查拉圖斯特拉如是說》（臺北：志文出版社，2011 年），卷 3，頁 274。

〔註 21〕《蘇軾詩集》，第 4 冊，卷 21，頁 1088～1089。

〔註 22〕《黃庭堅詩集注》，第 1 冊，內集卷 1，頁 98。

在這首物雜之極的七絕裡，茶酒、胡麻、瓠壺看似風馬牛不相及的物，卻也遊戲於其中，以形式上的「雜」，恰好符合內容旨意上的「勿飲雜酒」，頗讓人玩味。

又黃庭堅〈王立之承奉詩報梅花已落盡次韻戲答〉：「南枝北枝春事休，榆錢可穿柳帶柔。定是沈郎作詩瘦，不應春能生許愁。」〔註23〕題目的「立之」，指王直方，字立之，號歸叟。春愁非傷別，而是梅花落盡，此意似沈約（441～513）之詩清瘦，月下橫笛，以詩人的風格來寫氾濫的春天題材，別開新的局面。又黃庭堅〈戲答張祕監饋羊〉：「細肋柔毛飽臥沙，煩公遣騎送寒家。忍令無罪充庖宰，留與兒童駕小車。」〔註24〕這首詩婉拒對方的贈羊，黃庭堅見其外形姣好，所食亦豐，不如送給「寒家」，表示自己生活尚且得過。牛羊無罪，而就死地，是沒有辦法選擇的，倘若不忍宰殺，還能給孩童當作騎乘之物，以供玩耍。如此生活化的一首詩，有別於學術化的詩言志。烹牛宰羊，酒肉爲樂的放肆，比之於遣騎之羊，屬於詼諧，但是說「送寒家」，則帶有嚴肅性，撩撥「滿足」之旨。寒家小孩獲擁羊隻，不論騎乘或宰殺，都不能掩去寒家之意。以上的詩歌，取材皆非壯闊山河，或者邊塞雨雪，卻在方寸可居，暇時痛飲的風景中，找到耐人尋味的所在，熱心遊戲其中。讀來不僅是「笑聲漸悄」，更多的是「孤懷泫然」。

二、發洩儲蓄之勢力

文人之詩、文人之詞，存在於富有教養的階級，乃至於詩話、詞話的述與論，無不表現志向的高尚，這是文學走向社會化的現象。他們似乎不會成爲「狂徒」，失意與否，不遇是否，隱淪與否，都在安全且合理的領域中，擴展自己的生活，包含文學創作，「滑稽」也似乎不存在他們的世界。這樣的世界看來完整，完美，過於和平，事實

〔註23〕《黃庭堅詩集注》，第1冊，內集卷9，頁329。
〔註24〕《黃庭堅詩集注》，第2冊，內集卷10，頁361。

上是破碎的，因爲高貴的物品，其意義被拆解的時候，往往不堪一擊，理性與感性始終沒有平衡。遊戲作爲審美的一環，本於年少無可宣洩的勢力、天賦，這股「遊戲勢力」不停尋找出口，王國維〈文學小言〉進一步說：

> 而成人以後，又不能以小兒之游戲爲滿足，於是對其自己之感情及所觀察之事物摹寫之，詠歎之，以發洩所儲蓄之勢力。故民族文化之發達，非達一定之程度，則不能有文學。而個人之汲汲於爭存者，絕無文學家資格也。〔註25〕

顯然的，王國維談的「遊戲勢力」是詼諧和嚴重雙重性質的結合，似有形而又無形，此一勢力成就了人格的完整，用之於文藝，即王國維所謂「於是對其自己之感情及所觀察之事物摹寫之，詠歎之」，可以結合錢鍾書《談藝錄》所說：

> 夫藝也者，執心物兩端而用厥中。興象意境，心之事也；所資以驅遣而書寫興象意境者，物之事也。物各有性：順其性而恰有當於吾心；違其性而強以就吾心；其性有必不可逆，乃折吾心以應物。一藝之成，而三者具焉。〔註26〕

錢鍾書此說旨在不違本心，在創作時，是物來順應作者的本性，本文第二章已從蘇、黃的思想人格討論一番，可以證明他們都是幽默的人，故他們大肆以戲爲題，以題爲戲，甚至以「詩戲」來寄託讜論，造成形式上處於某種極端上，保有不可磨滅的遊戲性質。「心、物、性」之於「詼諧與嚴重」，無非是從人的本性、本質上來審視，錢鍾書用「驅遣」，而王國維用「發洩」，其實不謀而合。遊戲勢力的意義，非常類似「心物執於兩端，而性自現」，心物性是一體的，沒有任何功利性可言，又合於王國維認爲：眞正的文學家並非汲汲於爭存者。

以下舉例來述評，蘇軾〈遊靈隱寺戲贈開軒李居士〉說：「推倒垣牆也不難，一軒復作兩軒看。若教從此成千里，巧歷如今也被謾。」

〔註25〕謝維揚、房鑫亮主編：《王國維全集・第十四卷》，頁92。
〔註26〕錢鍾書：《談藝錄》，頁210。

〔註27〕題目的「李居士」，指李佖（？～？）。這首詩想要推倒寺牆，便將一扇窗戶，視爲兩扇窗戶，則遠方風景，盡收眼底。又牆倒無所阻攔，「若教從此成千里」一句，有貪食人間煙火之意，而「巧歷如今也被謾」，是一種機智的自嘲，《莊子．齊物論》說：「一與言爲二，二與一爲三。自此以往，巧曆（歷）不能得，而況其凡乎！」〔註28〕數字之善，在於延續和累積，此詩略帶禪意，因爲在佛的眼中，根本沒有一的生成，是「無言」的狀態。蘇軾說「一軒復作兩軒看」，自然要被謾，因爲生出欲望來，有二之後，更欲其三。所以千里風景，還不如心存千里。又於佛寺寫戲詩，看似爲單純的遊戲，破壞了美，如果見佛是佛，在佛寺說禪語，是方正的規矩，「修道」一事，本身是違反人性的，所以蘇軾以文字嬉戲於禪理之間，未必得其道，卻自得其難能可貴的樂。又蘇軾〈成伯家宴，造坐無由，輒欲效顰而酒已盡，入夜，不欲煩擾，戲作小詩，求數酌而已〉：「道士令嚴難繼和，僧伽帽小卻空迴。隔籬不喚鄰翁飲，抱甕須防吏部來。」〔註29〕詩的第三句，出自杜甫〈客至〉：「肯與鄰翁相對飲，隔籬呼取盡餘杯。」〔註30〕杜甫以「客」，表達崔明府爲自己相知之「客」，與沒有交情的「賓」，有所區別。而蘇軾此詩，因爲自己沒有乘時而飲到美酒，反說「隔籬不喚鄰翁飲」，戲謔自己的貪杯，「抱甕」的舉動，令人不禁捧腹，此行爲過於詭異，深怕被官員察覺，當眞幽默。以上這些戲題詩，以七絕歌之，率直有韻，絕非「小兒遊戲」，規模物狀，曲折其情，是其「遊戲勢力」的欲盛。

再以蘇軾〈洗兒戲作〉爲例：「人皆養子望聰明，我被聰明誤一生。惟願孩兒愚且魯，無災無難到公卿。」〔註31〕古代有滿月洗兒並宴賓的習俗，宴後落胎髮。此詩之「兒」，指蘇軾第四子遯，爲朝雲

〔註27〕《蘇軾詩集》，第8冊，卷47，頁2525。
〔註28〕〔清〕郭慶藩編：《莊子集釋》，上冊，頁92。
〔註29〕《蘇軾詩集》，第8冊，卷47，頁2528。
〔註30〕〔清〕楊倫箋注：《杜詩鏡銓》，上冊，卷8，頁342。
〔註31〕《蘇軾詩集》，第8冊，卷47，頁2535。

所生。蘇軾以父親的心情書寫，語調卻是灰色，沒有望子成龍的天下父母心，只因聰明未必是好事。倘若兒子不好紙筆，懶惰無匹，便不會落入文學的苦悶世界，也較不會成爲達官權貴攻訐的目標。「不爭」其實就是一種「爭」，蘇軾此詩，一半是眞心話，一半是玩笑話，然而其皆非重點，重點是詩眼「誤」字，錯誤的開始，將導致不可收拾的局面，同時，錯誤所帶來的非預期性質，卻又倍增遊戲的樂趣。紀昀直言：「此種豈可入集」〔註32〕，雖有批判，卻也是陷入了「聰明」的局面，因爲心中有「好詩」與「壞詩」的概念，便不能優游觀之。親情之重，似乎不能兒戲筆墨；親情之薄，是不願意其子步上後塵，所以刻意疏遠。沒有人不希望：家中一人得勢，而一家雞犬升天。只是父母之愛子，必爲之計遠，權勢、名利的色彩雖然綺麗，所要付出的代價卻是斑駁。又蘇軾〈錢道人有詩云「直須任取主人翁」，作兩絕戲之〉：

> 首斷故應無斷者，冰銷那復有冰知。
> 主人若苦令儂認，認主人人竟是誰。（其一）
>
> 有主還須更有賓，不如無鏡自無塵。
> 只從半夜安心後，失卻當前覺痛人。（其二）〔註33〕

第一首以戲意寫禪悟，似斷非斷的首，都不能掩蓋「斬切」的事實，而冰初消融，但見水貌，不復冰狀，一切都失去了根本，卻殘留著根本的依稀模樣，就是「主人翁」的模樣「難認取」。第二首進一步從主的位子，延伸至沒有交情的「賓」，座上之賓，總是如坐針氈，看不清自己的模樣，所以蘇軾說「不如無鏡自無塵」，是鴕鳥心態，失去鏡子，並不能改變身滿塵埃，令人捧腹。其實是「本來無一物」，故落落大方，從容不迫。半夜痛人，因爲「此乃換骨，非常痛也」〔註34〕，

〔註32〕〔清〕紀昀評：《蘇文忠公詩集》，卷22，465。

〔註33〕《蘇軾詩集》，第8冊，卷47，頁2525～2526。

〔註34〕《景德傳燈錄》：「翌日覺頭痛如刺，其師欲治之，空中有聲曰：『此乃換骨，非常痛也。』光遂以見神事白於師。師視其頂骨，即如五峯秀出矣，乃曰：『汝相吉祥，當有所證，神令汝南者，斯則少林

要改變事物的本質，甚至是一個人的底性格，是鐵樹開花，如果僅是痛便可以輕言改變，還當眞是「不如無鏡」。「主」從來不存在，所以無須「認取」，蘇軾在他人之詩的基礎上，創造了一個新的世界，遊戲其中，說「快樂」的從來是讀者、評論家，而不是詩人。黃庭堅〈陳季張有蜀芙蓉長飲客至開輒剪去作詩戲之〉說：「……玄子蹙迫三秋盡，青女摧殘一夜空。著意留連好風景，非君誰作主人翁。」〔註35〕此景似爲君開，更爲詩人開，花本無主，剪花只是強求，黃庭堅此詩可爲蘇軾〈錢道人有詩云「直須認取主人翁」，作兩絕戲之〉的比照，一言改變，一述迫秋，然而天下清景不曾爲人設席，是佛語也是戲語。

蘇、黃的戲題詩應屬於「只爲自己的存在」的性質，以兩人的識見，不會不知道戲題詩並非唐詩以來主流類型，蘇、黃並非賣文爲生，戲題詩取悅的對象，通常是自己，因爲他人未必可以理解其中的笑意，甚至，受戲贈的對象可能沒有一定程度的幽默感，經不起玩笑，那麼戲題詩就會在無形中見罪於人。想要看透並嘲笑現實的荒謬，必須付出某種代價，藝術的純粹性便在此中產生了，那一個反覆出現的戲字。總之，蘇、黃在遊戲中，已然將詩歌回歸到較原始的狀態。黃庭堅〈飲南禪梅下戲題〉說：「新春江上使星回，不爲離人寄早梅。愛惜幽香意如此，一樽豈是等閑來。」〔註36〕以梅寄贈離人，花無意而人有心，然而，梅花「無意的情意」儘管被書寫成詩，其幽香卻無法帶走：摘下花朵，卻無法摘下花的美麗，不如盡付一樽，沉醉其中。又黃庭堅〈戲答諸君追和予去年醉碧桃〉：「當時倒著接䍦回，不但碧桃邀我來。白蟻撥醅官酒滿，紫綿揉色海棠開。」〔註37〕黃庭堅能飲到貴族所用的官酒，是很大的榮寵，所以詩的開頭說「當時倒著接䍦

達摩大士，必汝之師也。』」見《景德傳燈錄》，卷3，《大正新脩大藏經》，CBETA，T51，No.2076，0220b24。

〔註35〕《黃庭堅詩集注》，第5冊，外集補卷3，頁1668。

〔註36〕《黃庭堅詩集注》，第5冊，外集補卷3，頁1667。

〔註37〕《黃庭堅詩集注》，第5冊，外集補卷4，頁1703。

回」，白帽顛倒，衣著錯亂，似乎開懷於暢飲之中。碧桃是變種的桃，花後不結桃，爲觀賞用的桃之極品，因此，碧桃色媚，黃庭堅自嘲「不但碧桃邀我來」，反說自己禁不起誘惑，此誘惑又是一層反說，因爲實爲文人風流，戲中又有戲。這種不可抗拒的本性欲發，合於遊戲勢力之說。

又黃庭堅〈戲贈元翁〉：「從來五字弄珠璣，忍負僧床鎖翠微。傳語風流三語掾，何時綴我百家衣。」〔註 38〕五字，指詩，因此「從來五字弄珠璣」是說將詩寫得巧妙，便容易失之自然，所以詩的下文說「忍負僧床鎖翠微」，青山悠然，僧床靜默，一個「鎖」字，將所有的言語，都化爲無形的道理。「三語掾」本指晉朝的阮瞻（？～？），被王戎（234～305）問及儒家與道家的差別，他以「將無同」回答，立場頗爲曖昧，卻讓王戎「咨嗟良久」。〔註 39〕「百家衣」，指集句詩〔註 40〕，也就是集他人詩句爲詩，具有滑稽的特質。雖然黃庭堅不喜歡形式過於醒目的集句詩，但是遇到阮瞻這樣的「妙答」，卻也想「集爲詩句」。人遊戲的對象是美，是因爲人和美只有以遊戲的關係，獲得最好的和諧。因此，人處於遊戲狀態，其遊戲的對象是美，戲於某物，或許就是贊於某物，其「隱而秀」，而不直接秀出，是因爲隱是遊戲的衝動，沒有衝動的遊戲，不夠過癮也不夠快意。黃庭堅〈戲題〉說：「平生性拙觸事眞，醉裏笑談多忤人。安得眼前只有清風與明月，美酒百船酬一春。」〔註 41〕即使不是戲題詩，遊戲之詩、詼諧之詩、

〔註 38〕《黃庭堅詩集注》，第 5 冊，外集補卷 4，頁 1731。

〔註 39〕《晉書・阮瞻傳》：「（瞻）見司徒王戎，戎問曰：『聖人貴名教，老莊明自然，其旨同異？』瞻曰：『將無同。』戎咨嗟良久，即命辟之。時人謂之『三語掾』。太尉王衍亦雅重之。瞻嘗羣行，冒熱渴甚，逆旅有井，衆人競趨之，瞻獨逡巡在後，須飲者畢乃進，其夷退無競如此。」見《新校本晉書并附編六種》，第 2 冊，卷 49，頁 1363。

〔註 40〕〔金〕王若虛：《滹南詩話》：「山谷最不喜集句，目爲百家衣，且曰正堪一笑。予謂詞人滑稽，未足身訾也。山谷知惡此等，則藥名之作，建徐之體，八音列宿之類，獨不可一笑耶？」見〔金〕王若虛：《滹南詩話》，丁福保輯：《歷代詩話續編》，上冊，卷 2，頁 520。

〔註 41〕《黃庭堅詩集注》，第 5 冊，外集補卷 2，頁 1614。

嘲謔之詩，皆涉忤人的邊緣。性格越眞〔註42〕，在暢所欲言的戲題詩裡，「遊戲勢力」逐漸被宣洩而出，構成某種意義上的笑談，黃庭堅這首詩表達不合時宜的寂寞，無人相酬，只能將心中浩瀚的清風與明月，酬於未知的春。其心之所以浩瀚，因爲沒有浮雲，〈戊午夜宿寶石寺視寶石戲題〉說：「浮雲有儻來，得名豈其心。……不材以爲寶，吾與汝同音」〔註43〕，已略題旨，又「不材以爲寶」的句意，和蘇軾〈洗兒戲作〉的「惟願孩兒愚且魯」互涉。聰明是感性的，因爲有太多可以發揮的激昂情感，看穿聰明反而是愚昧的，卻是遊戲者理性的自覺。

第二節　爲藝術而藝術

「爲藝術而藝術」的名稱，本爲十九世紀唯美主義（formalism）者的口號，爾後這個詞彙的意義，有非常多的轉折，甚至和「純詩」（pure poetry）的意義相近，可以互相替換。它強調藝術本身的完整性，與遊戲美學的特質相符。其與戲題詩搭上關係，是因爲戲題詩並非主流的體裁，甚至連主題也屬於冷調，在第二章，本文引金聖歎「凡有戲字詩只如此」，倘若「眞的如此」，要爲戲題詩發聲，前提是將其視作純文學：既然戲題詩的「戲」字只是一個「遣」字。再者，戲題詩的形式特色較爲醒目，而形式是美的「第一眼」。形式的美，可以漢寶德《談美感》的說法：

> 然而我們不能不承認，外貌的特色仍然會給我們某種特殊

〔註42〕不只是黃庭堅，蘇軾也是性格任眞的人，魏岫明〈從語法觀點探討宋代古文家「言」「文」分離現象——以蘇軾作品爲例〉說：「但和他性格率性任眞『每以文字賈禍』也脫離不了關係。蘇軾此種自然隨性的風格，也常導致他在許多著名的戲謔之作中，使用活潑生動的口語。」其所舉之例爲：寫給參寥的「北方何嘗不病，是病皆死得人」及「京師國醫手裏死漢尤多」，以及蘇軾祝賀李公擇生子的詞：「多謝無功，此事如何到得儂」（〈減字木蘭花〉）。而「生動活潑」，正式遊戲的特質之一。

〔註43〕《黃庭堅詩集注》，第5冊，外集補卷2，頁1615。

> 感受；不同的美貌傳達了不同的意涵，這是因爲外在美是比較單純的，是一目了然的；內在的素質，賦予美的形式的意義的東西是非常複雜的，是很不容易參透的，即使是博學的美學家也說不清楚。〔註44〕

形式與內容的天秤，其平衡是生活中善於利用面具的人。以文學來說，一首詩的形式，例如押韻、對仗，本來是單純而飽滿的，詩話偶然談論，但還稱不上「研究」，加上東方學者不喜，也較不善明確定義概念、名詞。形式本身是美的，而不是我們給美予形式，形式之所以美，還可能令人愉悅，因爲「一目了然」。戲題詩是雜體，卻很使人清楚詩人的可能創作目的。

又戲題詩的必帶一個戲字，無法擺脫「爲藝術而藝術」的可能，更深一層說，本來就沒有擺脫的必要，從上一節探討出的層面，已點出遊戲和詩歌之間理性、和諧的關係，既然接受了詩歌始於遊戲之說，此種情感的魅力，即是當時流行的遊戲，蘇、黃戲贈、戲答如此多人，寫戲題詩，就是他們的遊戲，他們想要勾起對方某些痛處、矛盾處、可嘆處，發爲詩歌。更細微來說，戲題詩的題目本身，已經使人初步明白作者用意，而蘇、黃卻不停以戲爲題，甚至將題目的命名，作爲一種遊戲，即以題爲戲，延長了遊戲的樂趣。看來遊戲詩歌的極致，已體現在蘇、黃身上，他們已有足夠的幽默感，卻仍然相互嘲謔，追求詩意，也追求詩藝，不論是意義上、形式上或概念上，幾乎就是爲藝術而藝術。〔美〕貝拉維爾（Gene H. Bell-Villada，1941～）《爲藝術而藝術與文學生命》說：

> 從「爲藝術而藝術」的角度，更進一步地說，文學這門藝術獨自地在其內部領域發展；既不反映也沒有受到創作時社會、歷史、或個人傳記的各種環境因素所影響。文學是一回事（例如它是字的、意象的、文本的組合成品；是一種符號系統，是一件獨立性的人工製品、是一件純粹虛構

〔註44〕漢寶德：《談美感》（臺北：聯經出版社，2007年），頁43。

物），而實際人生是另一件事。〔註45〕

不斷出現的戲字，從概念上來說，確實是一種符號系統，也是本文於前文提及的符碼（code），「戲」字就是詩的「面具」，預示了接下來的起舞，面具只在遊戲中，也只在讀者心中被卸下。因爲戲題詩落得一個「遣」字，順此意義推敲、琢磨，從「爲藝術而藝術」的理念來審視，戲題詩有很大的成分，與其意義互通有無，也能解決前文所述：紀昀評蘇軾戲題詩「其實戲字已先錯」、「此種豈可入集」之類的辯論。一本詩集應該收錄的篇章，應該是本於詩人的渾然心意和情志，而非受到外力的影響，藝術才能保有遊戲的本質。且使入集的詩歸爲正體，其活動本身，就是一種破壞、解構，它隱性裡就是一種實質的遊戲。而且，不可忽略戲題詩的創作，有即興性、即時性，當下的幽默，是純然的藝術，有時的確不需要「刻意解詩」，此章與其說是反其道而行，以遊戲美學解構戲題詩，再宣洩「遊戲勢力」，不如說是順應「非詩之正體」的審判，回歸詩的原形，也就是語言的藝術，因爲在遊戲裡，「體」是薄弱的，錯誤、反覆、跳躍、通俗、反常、叛逆、拼裝，甚至有些刻意表現，成爲戲題詩的主要魅力。以下分爲「寓意於物的形式」、「無以名狀的樂趣」來探討。

一、寓意於物的形式

王國維〈孔子之美育主義〉說：「無欲，故無空乏，無希望，無恐怖，其視外物也，不以爲與我有利害之關係，而但視爲純粹之外物。此境界爲觀美時有之，蘇子瞻所謂『寓意於物』。」〔註46〕既然王國維認爲所有的「外物」都是遊戲的材料，然而其有所前提，即文學家不能懷抱功利之心。因爲降低了物質和感官的需求，心靈的體會便逐漸加深。蘇軾〈寶繪堂記〉說：「君子可以寓意於物，而不可以留意

〔註45〕〔美〕貝拉維爾（Gene H. Bell-Villada）：《爲藝術而藝術與文學生命》（臺北：昭明出版社，2004年），導論，頁3。

〔註46〕〔清末民初〕王國維著，謝維揚、房鑫亮主編：《王國維全集・第十四卷》，頁14。

於物。寓意於物，雖微物足以爲樂，雖尤物不足以爲病。留意於物，雖微物足以爲病，雖尤物不足以爲樂。」〔註 47〕倘若耽溺於遊戲之中，則成了「留意於物」，使人玩物喪志。又「雖微物足以爲樂」，類似戲作的創作態度、審美認知，因爲戲題詩的內容未必能使人發笑，又題目的「戲」字，給人一種不正經的感覺，似乎難登大雅之堂。然而，生活中許多微不足道的事件，以「爲藝術而藝術」的眼光來看，詩人往往在平凡無奇的事物中，找到了樂趣。戲題詩的題材，多半不具有遠大的「志」，即使是「情」，也難以「一言以蔽之」。生活其實是苦悶的，這些慣常出現的戲字，竟也成爲文人之間的一種「默許」，而「戲」字還稱不上唯美，但卻無法否定它的形式價值。便是這樣反覆言說的體式，因爲數量漸多，餘味漸顯，似乎連不起眼的事物，也能爲生活增添笑意或美感。

蘇、黃戲題詩中有部分的遊戲之作，「形式」過於搶眼，幾乎掩蓋過內容。詩的素材萬千，不論事登臨、懷古、酬贈、邊塞，甚至「無題」，都有特定指涉的意義，其語境也有模仿性，例如登臨詩多豪放，邊塞詩多悲壯。戲題詩從命名來說，給人狹窄的限制，恰恰相反，因爲上述的素材都能冠上一個戲字，所以戲題詩的素材看起來很重視形式，它卻從單一形式，延伸到了整體。所以必須澄清，「形式的美」並非指內容貧乏，或者無病呻吟，而是更強調透過形式來寄託情感，顯現出遊戲的趣味。關於此點，赫伊津哈《遊戲的人：文化中遊戲成分的研究》認爲：當遊戲的態度，從「戲弄」走向「智辯」，可以稱爲「沉迷於遊戲的人」、「玩一場困難的遊戲」〔註 48〕，同時，遊戲本身就具有表演的性質。當詩人想要把「意」寄寓在「物」中，他選擇的方式是因人而異的，更精確來說，他選擇的形式難度，是因天賦而異的。誠然，「無所不戲」的概念過於籠統，也流於率意，但是不可

〔註 47〕《蘇軾文集》，第 2 冊，卷 11，頁 356。

〔註 48〕〔荷〕赫伊津哈（Johan Huizinga）著，何道寬譯：《遊戲的人：文化中遊戲成分的研究》，頁 170。

否認，戲題詩的形式，先聲奪人。蘇、黃戲題詩的素材中，最具形式的是「聯句詩」和「集句詩」，雖然數量不多，但是，聯句詩和集句詩卻使「戲」的意義，眞正向遊戲靠近。聯句詩，由兩人以上共同創作而成，嚴羽《滄浪詩話・詩體》說：「七言起於漢武柏梁」〔註 49〕，又根據趙翼《陔餘叢考》解釋「柏梁體」說：

> 漢武宴柏梁臺，賦詩，人各一句，句皆用韻，後人遂以每句用韻者爲柏梁體。然柏梁以前，如漢高〈大風歌〉、荊卿〈易水歌〉，又如〈靈寶謠〉：「吳王出遊觀震湖，龍威丈人山隱居。北上包山入靈墟，乃入洞庭竊禹書。天地大文不可舒，此文長傳百六初。若強取之喪國廬。」可見此體已久之有之，不自柏梁始也。但聯句之每句用韻者，乃不爲柏梁體耳。〔註 50〕

可知漢武帝作柏梁臺，詔群臣競作七言詩，於是唱和聯句的詩，開始顯露頭角，這種「人各一句」的集體創作，遂稱爲聯句詩。然而「每句皆用韻」的詩，不獨爲聯句詩。又如韓愈和孟郊有詩題爲「城南聯句」，即爲兩人「逐句接龍」完成的聯句詩。至於集句詩的定義，根據〔宋〕沈括（1031～1095）《夢溪筆談・藝文一》：「荊公始爲集句詩，多者至百韻，皆集合前人之句，語意對偶，往往親切過於本詩。」〔註 51〕集句詩，即詩通篇引用他人之詩，集句成詩。此類詩看似缺乏原創性，只是黏綴他人的句子，以爲己詩。然而若非才高力大者，無法參與此詩歌遊戲，因爲套語和成句雖工、雖便，要組合成首尾合乎格律、情意，卻是困難的。尤其，集句詩是在競爭的背景下發展而來，李東陽《懷麓堂詩話》說：「集句詩，宋始有之，蓋以律意相稱爲善。如石曼卿、王介甫所爲，要自不能多也。後來繼作者，貪博而忘精，

〔註 49〕〔宋〕嚴羽著，郭紹虞校釋：《滄浪詩話校釋》，頁 48。根據郭紹虞引用諸家的考證，可知柏梁臺的七言聯句詩爲後人擬作，詳細內容請參考該書頁 48，本文不再贅述。

〔註 50〕〔清〕趙翼《陔餘叢考》（臺北：華世出版社，1975 年），卷 23，頁 248。

〔註 51〕〔宋〕沈括：《夢溪筆談》（北京：中華書局，1985 年），卷 14，頁 7。

乃或首尾橫絕，徒取字句對偶之工而已。」〔註52〕蘇軾〈次韻孔毅父集古人句見贈五首・其一〉便說：「羨君戲集他人詩，指呼市人如使兒。」〔註53〕集句詩本身就是一種文學遊戲，它的每一句皆出自他人的詩句，就像是通篇使事的詩。其精神貴在詩人彼此交遊，除了端看個人學問，還見詩人胸襟，在一字一句不能改的情況下，能夠變動的，只有詩句的前後。集句詩聯句詩和集句詩的定義有所互涉，因爲「聯」和「集」都同樣有聯合、集結的意義，只是聯句詩的特性爲「你一言，我一句」，不可能單獨完成。集句詩可能一個人單獨完成一首詩，通篇以個人的才力，集古今之詩，串聯爲一首新的詩。不過，集句詩的創作通常在於集會中，事出有因，它和聯句詩皆有「唱和」的性質，好比甲寫一首集句詩，乙又唱和另一首集句詩，這兩首詩也能算是一種「聯句」，只是聯句詩屬於一首詩內的關係，集句詩擴展爲詩與詩之間的關係。因此，聯句詩和集句詩於今，定義多有似是而非的現象，它們本質類似，都是一種競作的遊戲，不過嚴格來說，並不完全相同。先以聯句詩爲例，蘇軾〈戲足柳公權聯句・并引〉說：

> 宋玉對楚王：「此獨大王之雄風也，庶人安得而共之？」譏楚王知己而不知人也。柳公權小子與文宗聯句，有美而無箴，故爲足成其篇云。
>
> 人皆苦炎熱，我愛夏日長。薰風自南來，殿閣生微涼。
> 一爲居所移，苦樂永相忘。願言均此施，清陰分四方。
>
> 〔註54〕

戲題詩，以規箴體爲之，形式上又用集句，需要兼顧各方需要，非有天賦者難爲之。本詩以炎夏的涼風爲喻，庶民承受著烈日焚身，而皇帝的殿閣卻生微涼。因此「一爲居所移，苦樂永相忘」，君王迫切需要的，無非是取之於民，還之於民，以蒼生爲先，以社稷爲法。「願言均此施，清陰分四方」，即是規勸皇帝爲政要照顧周詳，不能剛愎

〔註52〕〔明〕李東陽著，李慶立校釋：《懷麓堂詩話校釋》，頁247。
〔註53〕《蘇軾詩集》，第4冊，卷22，頁1155。
〔註54〕《蘇軾詩集》，第8冊，卷48，頁2584。

自用，忘民之苦，逸己之樂。詩眼在一個「均」字，苦樂失衡，朱門與蓬門，是失序的形式，此詩點出君王的施政矛盾，是以「戲足」的方式，也就略帶玩笑，為補缺柳公權所不能盡言者，除了詩旨的規箴，還競於柳公權（778～865）的聯句，以笑吸引目光，也顯示對於君權的懷疑。黃庭堅〈戲贈張叔甫・集句〉說：

> 團扇復團扇，因風託方便。銜泥巢君屋，雙燕令人羡。張公子，時相見。張公一生江海客，文章獻納麒麟殿。文采風流今尚存，看君不合長貧賤。醉中往往愛逃禪，解道澄江靜如練。淮南百宗經行處，攜手落日回高安。城上烏，尾畢逋。塵沙立暝途，惟有摩尼珠。雲夢澤南州，更有赤須胡。與君歌一曲，長鋏歸來乎。出無車，食無魚。不須聞此意慘愴，幸是元無免破除。脫吾帽，向君笑。有似山開萬里雲，論心何必先同調。河之水，去悠悠。將家就魚米，四海一扁舟。頭陀雲外多僧氣，直到湖南天盡頭。潭府邑中甚淳古，還如何遜在揚州。但得長年飽喫飯，苦無官況莫來休。〔註55〕

題目的「張叔甫」，其人未詳。這首詩主要嘲謔張叔甫的不遇，擁有文采，投詩獻賦，落得一場空。從形上來說，此詩句式長短參差，三言五言七言並現，整體又冗長，挺有「集古今傷心」於一身的語境，所集之句，渾然是「官況」，因為文人不遇，自古皆然。例如「醉中往往愛逃禪」，出自杜甫〈飲中八仙歌〉：「蘇晉長齋繡佛前，醉中往往愛逃禪。」〔註56〕禪要無求無欲，只能在醉時逃開，因為清醒時仍要面對現實。又「解道澄江靜如練」，出自李白〈金陵城西樓月下吟〉：「解道澄江靜如練，令人長憶謝玄暉。」〔註57〕江水澄澈如白絹，卻也沖不去哀愁。本詩明確點出人名的是「還如何遜在揚州」，語出杜甫〈和裴迪登蜀州東亭送客逢早梅相憶見寄〉：「東閣官梅動詩興，還

〔註55〕《黃庭堅詩集注》，第5冊，外集補卷2，頁1603～1604。

〔註56〕〔清〕楊倫箋注：《杜詩鏡詮》，上冊，卷1，頁17。

〔註57〕〔清〕王琦注：《李太白全集》，上冊，卷7，頁403～404。

如何遜在揚州。」〔註58〕揚州梅花盛開，讓當時駐官在外的何遜（480～520）爲之動容，寫下〈揚州法曹梅花盛開〉，爲詠梅詩的經典。黃庭堅用杜甫詩意，原是以和詩寫鄉愁，而何遜的原意只是「應知早飄落，故逐上春來」〔註59〕的風流，不因身在官場，而失去吟詠的性情。黃庭堅此首集句詩，與其說是「點鬼簿」，不是「憶官況」，一字一句，任誰都是因爲身在其中，嘗盡了生活的苦，因此，江邊的一樹一花，或垂或發，朝夕日夜，牽動著詩人。觀黃庭堅將「但得長年飽喫飯，苦無官況莫來休」集於句尾，語意頹廢，失官之際，男兒之志只剩「但求飽餐一頓」，狼狽比失官難受。

付立峰《「遊戲」的哲學：從赫拉克利到德里達》說：

> 人們在社交中可以恢復精力，得到精神上的娛樂，從而更新自己的生命活力，好的社交本身就是遊戲。一個人若是擅長社交，能夠沉浸於社交和友誼的恬靜的娛樂之中，這樣的人就是懂得生活的人，明智的人。〔註60〕

不只在物質上，集句詩在精神上，也有一定程度的娛樂性。社交生活是官場不可避免的活動之一，是嶄露腹有詩書的好時機，同時，也能增進自己的創作經驗，甚至學習鑑賞他人之作，培養自己的審美眼光。集句詩的遊戲，從物質性的娛樂，也就是爲了應酬而賣弄的文采，走向精神上的娛樂。黃庭堅〈陳吉老縣丞同知命弟游青原，謁思禪師，予以簿領，不得往，二公雨久不歸，戲作百家衣一首二十韻招之〉：

> 天高萬物肅，虛寂在川岑。肅此塵外軫，隨山上嶇嶔。
> 列宿正參差，凝霜露衣襟。驚鳥縱橫去，孤猿擁條吟。
> 不睹白日景，惟睹松柏陰。南州實炎德，肴羞杳森沈。

〔註58〕〔清〕楊倫箋注：《杜詩鏡詮》，上冊，卷8，頁339。

〔註59〕〔梁〕何遜著，李伯齊校注：《何遜集校注》，卷2，頁81。原詩爲：「兔園標物序，驚時最是梅。銜霜當路發，映雪擬寒開。枝橫卻月觀，花繞凌風臺。朝灑長門泣，夕駐臨邛杯。應知早飄落，故逐上春來。」

〔註60〕付立峰《「遊戲」的哲學：從赫拉克利到德里達》（北京：中國社會科學出版社，2012年），頁100。

芳草亦未老，黃花如散金。中有冥寂士，上有嘉樹林。
遺掛猶在壁，靡靡遂至今。阿閣三重階，曠望何高深。
能使高興盡，山水有清音。所在可遊盤，春醞時獻斟。
玄雲拖朱閣，小雨遂成霖。挾纊如懷冰，夕息憶重衾。
瞀夫違盛觀，何用慰我心。孤燈曖幽幔，願言思所欽。
良游常蹉跎，賤與老相尋。佳人殊未來，忽忘逝景侵。
南榮戒其多，離思故難任。明月難暗投，聊欲投吾簪。
〔註 61〕

該詩集用的詩句甚多，《黃庭堅詩集注》未注，《山谷詩補注》有詳細的逐句出處〔註 62〕，本文不通篇說明，僅摘其要。又該詩黃庭堅自注：「生日百家衣，命小兒女婦也。」而題目的「陳吉老」，即是指陳吉老（？～？），爲其本名，字子州。此人的本名似號，反而不像時人的命名。詩旨爲「招人回家」，頗具笑意。以現成的詩句，描寫當時的情感，最怕速成而失眞。該詩關鍵句：「良游常蹉跎，賤與老相尋」，分別語出〔晉〕謝混（？～412）〈遊溪池詩〉：「有來豈不疾，良遊（游）常蹉跎」〔註 63〕，以及〔晉〕張翰（？～？）〈雜詩三首·其一〉：「榮與壯俱去，賤與老相尋」〔註 64〕，良遊於青原的凝霜黃花、孤猿列宿，使人曠望而忘歸。這首詩的戲意在於陳吉老和其弟因雨不歸，黃庭堅以二十韻、四十句的集句詩來「聲聲呼喚」，害怕兩人因爲拜訪禪師，因而「南榮戒其多，離思故難任」，從此潛心禪意，不返塵俗。而這四十句的過半篇幅，都在描寫秋天清景，是「句句誘惑」，雙關招人以及兩人被禪招的意義，在形式上獲得美感。最後說「明月難暗投，聊欲投吾簪」，唯恐兩人就此出家落髮，所以巧說「簪」字，簪能招髮，而詩能招魂。張明華、李曉黎《集句詩嬗變研究》說：

〔註 61〕《黃庭堅詩集注》，第 5 冊，外集補卷 2，頁 1616～1617。
〔註 62〕詳見陳永正、何澤棠注：《山谷詩集續補》（上海：上海古籍出版社，2012 年），頁 462～463。
〔註 63〕逯欽立輯校：《先秦漢魏南北朝詩》（北京：中華書局，2011 年重印版），中冊，晉詩卷 14，頁 934。
〔註 64〕逯欽立輯校：《先秦漢魏南北朝詩》，上冊，晉詩卷 7，頁 737。

> 因爲集句詩在發展的過程中，總是不斷地吸收創作詩各個方面的營養以充實自己。集句詩雖然具有鮮明的趨同性，但是二者並不是同步的，集句詩的發展速度總是落後於創作詩，具有明顯的「滯後性」。〔註65〕

因爲集句詩天生的創作限制，每句皆非出於己手，詩人僅能在聯與聯、句之與之間做變化，且有時爲了顧及韻腳的縫合，有些句意的前後會產生分裂。集句詩在宋代達到巔峰，卻很快止步，不再有新的發展。「滯後性」是形式的相仿，還有詩人求速不求精，因博而失約。而戲題詩裡的集句詩，是唯一的創作痕跡，也就是題目戲字的旨趣，能爲其內容延續、提示些許新奇、有趣的暗示。又黃庭堅〈同吉老飲清平戲作集句〉：

> 飛蓋相追隨，携手共行樂。我有一樽酒，聊厚不爲薄。
> 珍木鬱蒼蒼，眾鳥欣有託。密竹使逕迷，初篁包綠籜。
> 有渰興南岑，森森散雨足。萬物生光輝，夕陽曖平陸。
> 蠶月觀時暇，振衣聊躑躅。沈迷簿領書，未嘗廢丘壑。
> 王度日清夷，鎮俗在簡約。人生非金石，親友多零落。
> 漆園有傲吏，君平獨寂寞。所願從之遊，逝者如可作。
>
> 〔註66〕

這是一首感懷詩，「有渰興南岑」語出〔晉〕張協（？～？）〈雜詩十首・其九〉：「淒風起東穀，有渰興南岑」〔註67〕，「森森散雨足」語出張協〈雜詩十首・其四〉：「翳翳結繁雲，森森散雨足」〔註68〕，雲興而雨落，天意幽憐，萬物因雨而獲新生。「萬物生光輝」漢朝樂府〈長歌行〉：「陽春布德澤，萬物生光輝」〔註69〕，「夕陽曖平陸」語出〔南朝宋〕謝瞻（387～421）〈王撫軍庾西陽集別時爲豫章太守庾

〔註65〕張明華、李曉黎：《集句詩嬗變研究》（北京：中國社會科學出版社，2011年），頁260。
〔註66〕《黃庭堅詩集注》，第5冊，外集補卷2，頁1617～1618。
〔註67〕逯欽立輯校：《先秦漢魏南北朝詩》，上冊，晉詩卷7，頁747。
〔註68〕逯欽立輯校：《先秦漢魏南北朝詩》，上冊，晉詩卷7，頁746。
〔註69〕逯欽立輯校：《先秦漢魏南北朝詩》，上冊，漢詩卷9，頁262。

被徵還東詩〉:「頹陽照通津，夕陽曖平陸」〔註 70〕，寫晚晴的微光，此景境佳，當冶遊行樂。該詩後半說「人生非金石，親友多零落」，生命無常，親友零落，流水年華。「漆園有傲吏，君平獨寂寞」，指的是莊子，他的寂寞是因爲性格和思想，皆與世相違。孟浩然〈與王昌齡宴王十一〉說:「歸來臥青山，嘗魂在青都。漆園有傲吏，惠縣在招呼。」〔註 71〕在孟浩然詩裡，「惠縣在招呼」本有攜手同行的意義，與黃庭堅集句開頭的「飛蓋相追隨，携手共行樂」，互爲呼應，由此可見，黃庭堅雖然題名戲作集句詩，卻絲毫不苟且。整體而言，以戲題詩完成集句詩的意義，強化了集句此一行爲的理性，因爲詩人並非無的放矢。被集句的詩，通常是某種主題詩的典型〔註 72〕，也是詩人在創作時，想要達到的理想，一個「戲」字串起的集句詩，成爲詩人，也就是遊戲者的主體。題目上「戲」，看來有些疲於抒情，卻是另一種形式上:抒情後的轉折，詩人不可能擁有集句詩中所有的眞實經驗，卻爲藝術而藝術，具有一種普遍性。

二、無以名狀的樂趣

爲藝術而藝術所帶來的樂趣，是難以言說的，它的目的性太低，甚至沒有。〔德〕康德（Immanuel Kant，1724～1804）《判斷力批判》明言:「快適就是那在感覺中使感官感到喜歡的東西。」〔註 73〕我們

〔註 70〕逯欽立輯校:《先秦漢魏南北朝詩》，中冊，宋詩卷 1，頁 1133。

〔註 71〕〔唐〕孟浩然著，佟培基箋注:《孟浩然詩集箋注》（上海:上海古籍出版社，2000 年），卷下，頁 351。

〔註 72〕朱光潛《狂飆時代的美學》說:「『典型』（Tupos）這個名詞在希臘文裏原義是鑄造用的模子，用同一塊模子托出來的東西就是一模一樣的。這個名詞在希臘文中與 Ideal 爲同義詞。Ideal 本來也是模子或原型，有『形式』和『種類』的涵義，引申爲『印象』,『觀念』或『思想』。由這個詞派生出來的 Ideal 就是『理想』。所以從字源看，『典型』與『理想』是密切相關的。」見朱光潛:《狂飆時代的美學》（臺北:金楓出版社，1987 年），頁 43。

〔註 73〕〔德〕康德（Immanuel Kant）著，鄧曉芒譯，楊祖陶校訂:《判斷力批判》（臺北:聯經出版社，2004 年），頁 40。

感受到的美，本來就是感官的，它是最具體的，因此美本來是非常單純的，是形式上的歡快。赫伊津哈《遊戲的人：文化中遊戲成分的研究》說：

> 造化賦予我們遊戲的能力，遊戲本身就具有緊張、歡笑和樂趣的屬性。……遊戲的樂趣（fun），樂趣是不能夠分析的，一切邏輯的解釋都無能爲力。樂趣這個概念不可能放進任何一個類別的概念。〔註74〕

遊戲是非理性的，所以不可能用理性的數據、名詞、概念圈套其義。詩有可解，也有不必解，也就是戲題詩的「戲」，每每使讀者、評論家望穿其義，卻落入「以理性來理解非理性」的侷限中。想要解釋一首詩是困難的，想要解釋一首詩題目中的一個字，更是難上加難。從中顯示，唯有承認遊戲精神，才能進一步去探究其中的可能：意即讀者、評論家也必須是遊戲的人，參與其中，才可能體會遊戲的規則和秩序，乃至於文化。以蘇軾〈金門寺中見李西臺與二錢唱和四絕句，戲用其韻跋之〉來說：

> 帝城春日帽簷斜，二陸初來尚憶家。
> 未肯將鹽下蓴菜，已應知雪似楊花。（其一）
>
> 平生賀老慣乘舟，騎馬風前怕打頭。
> 欲問君王乞符竹，但憂無蟹有監州。（其二）〔註75〕

題目的「李西臺」，指李建中（945～1013），字得中，蜀人。景德中，求掌西京留司御史臺，故稱「李西臺」。以詩體作跋，是一種以詩爲文的破體。本組詩一連四首，俱爲詠史詩，作於洛陽。第一首寫陸機、陸雲兩兄弟的五色筆，尋梅又踏雪，風流無限事。「未肯將鹽下蓴菜」，不願將鹽用於蓴菜，因爲蓴菜是吳的特產，怕睹物思情，又說「已應知雪似楊花」，雪花飄零時，特別容易牽動異鄉遊子的思鄉情懷。第二首「欲問君王乞符竹，但憂無蟹有監州。」爲結合典故的遊戲手法，

〔註74〕〔荷〕赫伊津哈（Johan Huizinga）著，何道寬譯：《遊戲的人：文化中遊戲成分的研究》，頁4。

〔註75〕《蘇軾詩集》，第5冊，卷28，頁1512。

先說漢文帝用銅虎符、竹使符來調兵遣將〔註76〕；再說〔梁〕蕭景（477～523）的「蕭監州符如火」〔註77〕性格，兩句產生了異代的意義同構，合在一起，產生了新的意義：漢文帝與郡守分符，不如蕭景符如火。再根據歐陽脩《歸田錄》的記載，錢昆爲杭人，嗜蟹，人問其所欲何州，他回答：「但得有螃蟹無通判處則可矣。」〔註78〕因此，「但憂無蟹有監州」的「監州」，指的是通判一職，負責監督知州。而詩中的「無蟹」借指錢昆。黃庭堅戲言錢昆想品嚐螃蟹，也想擔任知州，卻不想被像蕭景那樣「符如火」的通判所監督，整首詩落在一個「怕」字上。又蘇軾〈金門寺中見李西臺與二錢唱和西絕句，戲用其韻跋之〉：

> 西臺妙跡繼楊風，無限龍蛇洛寺中。
> 一紙清詩弔興廢，塵埃零落梵王宮。（其三）
>
> 五季文章墮劫灰，升平格力未全回。
> 故知前輩宗徐庾，數首風流似玉臺。（其四）〔註79〕

第三首寫李建中的行草學於楊凝式（873～954），西洛寺觀，隨處可見楊之題草，時人呼爲楊風。「龍蛇」，指書法之勢，生動遒勁，奔赴不已。自古國家的興衰，從大邦的榮枯可見一斑，一紙清詩，卻徒留塵埃零落，三四句爲流水對，具有不可拆句的因果關係，且意義上「清」

〔註76〕《漢書・文帝紀》：「九月，初與郡守爲銅虎符、竹使符。」再根據相關的注，應劭曰：「銅虎符第一至第五，國家當發兵遣使者，至郡合符，符合乃聽受之。竹使符皆以竹箭五枚，長五寸，鐫刻篆書，第一至第五。」張晏曰：「符以代古之圭璋，從簡易也。」師古曰：「與郡守爲符者，謂各分其半，右留京師，左以與之。」見《新校本漢書集注并附編二種》，第1冊，卷4，頁118。

〔註77〕《南史・蕭景傳》：「有田舍老姥訴得符，還至縣，縣吏未即發，姥語曰：『蕭監州符如火，汝手何敢留之！』其爲人所畏敬如此。」見《新校本南史附索引》，第2冊，卷51，頁1261。

〔註78〕歐陽脩《歸田錄》：「往時有錢昆少卿者，家世餘杭人也，杭人嗜蟹，昆嘗求補外郡，人問其所欲何州，昆曰：『但得有螃蟹無通判處則可矣。』至今士人以爲口實。」見《文淵閣四庫全書》，子部冊1036，頁552。

〔註79〕《蘇軾詩集》，第5冊，卷28，頁1513。

和「塵」相對。塵埃是凡人的蹤跡，而寺中梵王隱蔽，不現其身。雖說歷史已廢已逝，卻能呼楊風，動詩興，雙雙戲題寺中，沒有言說的「爭雄」殘留意味，其樂趣無法用精確的文字表述。第四首承接第三首而來，第三首寫書法，再以字寫詩，第四首則寫詩風的濡染，全爲歷史的軌跡。組詩之間有脈絡可循，並非當眞戲作。第四首詩總收，且收得俐落，先說唐朝滅亡以後，天下文章，一時過度濫情，且徒有雕琢的形式，不見任眞的素樸。以此意歸結前三首的歷史至此「由盛轉衰」。再說徐、庾體「文並綺豔」〔註 80〕，使後人爭相競仿，形成氣骨衰弱的文學風尚，而蘇軾卻「戲用其韻跋之」，以不同的方式來競作與仿效，尤其，此詩爲跋，有後記省思的深刻意義，和提綱挈領的序文有所不同。

從美學的觀點，眞正的快樂，應是由自由所賦予，而不是剝奪自由後，再重新給予自由。不管是和詩、集句詩，乃至於各種遊戲之詩，從根本上所追求的快樂，並非權力所帶來的虛榮。相對的，是一種與他人相處，而滋生的原生快樂。這大概是樂趣無法被分析的緣故，一但有所名狀，總容易與權力攀上關係。黃庭堅〈孫不愚索飲九日，酒已盡，戲答一篇〉說：

滿眼黃花慰索貧，可憐風物逐時新。
范丹出後塵生釜，郭泰歸來雨墊巾。
偶有清樽供壽母，遂無餘瀝及他人。
年豐酒價應須賤，爲子明年作好春。〔註 81〕

首聯寫時序轉秋，黃菊遣悲辛，風物逐新，其「新」的意義本是好的，若是隨波逐流，媚於潮流，則新亦可厭。頷聯以冷僻的歷史人物爲對，

〔註 80〕《北史・庾信傳》：「父子在東宮，出入禁闥，恩禮莫與比隆。既文並綺豔，故世號爲徐、庾體焉。當時後進，競相模範，每有一文，都下莫不傳誦。」見《新校本北史并附編三種》，第 3 冊，卷 83，頁 2793。

〔註 81〕《黃庭堅詩集注》，第 5 冊，外集補卷 4，頁 1712。

范丹遭遇黨錮之禍後，雖然物質匱乏，卻能窮居自樂。〔註 82〕詩說「塵生釜」，鍋子生塵，因爲就算有鍋了，也沒有米粒可以煮，當真爲絕境；郭泰不慕榮利，史稱「郭有道」〔註 83〕。范丹與郭泰，皆是「貧」的代表，范丹是迫於無奈，卻逆來順受；郭泰雖然被薦舉，卻「不應」，他們皆不隨波逐流。頸聯寫家貧，酒盡無餘，就算偶爾有好酒，即濾滓後的酒，也拿來祭祀用。尾聯歸於卑微的心願，但願酒價降低，能使自己飲酒盡興。杜甫〈偪仄行贈畢曜〉說：「街頭酒價常苦貴，方外酒徒稀醉眠」〔註 84〕，韓愈〈醉後〉說：「人生如此少，酒賤且勤置」〔註 85〕，自古以來，文人雖然喜歡飲酒，卻爲昂貴的酒價所苦，而黃庭堅這種苦，轉換爲期望，預示明年將逢好春，物產豐饒，酒價降低，或許能夠脫離「索貧」的日子。這樣的樂趣，確實是無以名狀的，因爲內容寫出現實的殘酷，卻以冷門的人物：范丹、郭泰爲精神寄託，「貧」已經夠苦，更苦的是在貧中「索貧」，想要喝酒，顯得捉襟見肘，只能以文字自我療癒。又黃庭堅〈戲贈水牯菴〉：

> 水牯從來犯稼苗，著繩只要鼻穿牢。
> 行須萬里無寸草，臥對十方同一槽。
> 租稅及時王事了，雲山橫笛月輪高。
> 華亭浪說吹毛劍，不見全牛可下刀。〔註 86〕

首聯要人勿犯縱逸，拴緊牛鼻環，驅出其田。頷聯寫十方皆爲淨土，

〔註 82〕《後漢書・范丹傳》：「遭黨人禁錮，遂推鹿車，載妻子，捃拾自資，或寓息客廬，或依宿樹蔭。如此十餘年，乃結草室而居焉。所止單陋，有時糧粒盡，窮居自若，言貌無改，閭里歌之曰：『甑中生塵范史雲，釜中生魚范萊蕪。』」見《新校本後漢書并附編十三種》，第 4 冊，卷 81，頁 2689。

〔註 83〕《新唐書・表第十四上・宰相世系四上・郭氏》：「後漢郭泰，字林宗，世居介休，司徒黃瓊辟太常，趙典舉有道，皆不應，世稱爲郭有道。」見《新校本新唐書附索引》，第 4 冊，卷 74，頁 3135。

〔註 84〕〔清〕楊倫箋注：《杜詩鏡銓》，上冊，卷 4，頁 191。

〔註 85〕〔唐〕韓愈著，〔清〕方世舉注，郝潤華、丁俊麗整理：《韓昌黎詩集編年箋注》（北京：中華書局，2014 年重印版），上冊，卷 4，頁 218。

〔註 86〕《黃庭堅詩集注》，第 5 冊，外集補卷 4，頁 1732。

所臥皆無草。頸聯寫催租的急迫，王事就是王稅，從來都與仁政相去甚遠，只能橫笛於雲山月下，鼓腹唱農村曲，以曲的悠揚，對應出催租的匆促，而悠揚的聲音，卻是無奈的。尾聯寫極爲鋒利的「毛劍」，意旨刀鋒之銳，以毛觸之即斷，杜甫〈喜聞官軍已臨賊境二十韻〉:「鋒先衣染血，騎突劍吹毛。」〔註 87〕即使擁有破賊吹毛劍，也不能如庖丁解牛，游刃有餘，意指良牛耕田，日日夜夜，也無法供應租稅的沉重。

餘如黃庭堅〈揚州戲題〉:「春風十里珠簾捲，髣髴三生杜牧之。紅藥梢頭初繭栗，揚州風物鬢成絲。」〔註 88〕把十年一覺的揚州夢，比之於三生的宿命，總歸於風物老也。又黃庭堅〈戲題東丁水〉:「古人題作東丁洞，自古東丁直到今。我爲改名方響洞，欲知山水有清音。」〔註 89〕東丁，指水聲，東丁洞鄰水，故名。黃庭堅用戲題詩自改地名，只爲了求取清音在耳，這種似是而非，有點無所謂而爲的七絕，符合樂趣的不可分析，因爲它的內在太複雜了，更或者，它太純粹了。又黃庭堅〈戲題戎州作余眞〉:「前身寒山子，後身黃魯直，頗遭俗人惱，思欲入石壁。」〔註 90〕寒山子（？～？）是唐朝著名詩僧，黃庭堅戲題於畫像，是寒山子的「前身」。「後身」可謂「肉身」，因爲黃庭堅個性率眞，不與俗同，雖有「肉身」，卻無「俗意」。「思欲入石壁」，封於石壁中，不管俗人的流言蜚語，卻也困住了「肉身」。再如蘇軾〈除夕，訪子野食燒芋，戲作〉:「松風溜溜作春寒，伴我飢腸響夜闌。牛糞火中燒芋子，山人更喫懶殘殘。」〔註 91〕題目的「子野」指張先（990～1078），字子野，爲北宋著名詞手。該詩即戲謔用「溜溜」形容松風生寒，還用牛糞燒芋，乍看不登大雅之堂，但是牛糞燃點低，爲野炊實用的柴火。又用「殘殘」

〔註 87〕〔清〕楊倫箋注:《杜詩鏡銓》，上册，卷 4，頁 169。
〔註 88〕《山谷詩注續補》，卷 5，頁 473～474。
〔註 89〕《山谷詩注續補》，卷 5，頁 533～534。
〔註 90〕《山谷詩注續補》，卷 5，頁 534。
〔註 91〕《蘇軾詩集》，第 8 册，卷 48，頁 2628。

形容飽餐後的慵懶，還把彼此戲稱為「山人」，詩有野意。又蘇軾〈獻壽戲作〉：「終須跨箇玉麒麟，方丈蓬萊走一巡。敢獻些兒長壽物，蟠桃核裏有雙仁。」〔註 92〕祝壽本不宜用戲字，在蘇、黃的戲題詩裡，幾乎可說，只剩悼亡詩的主題沒有被其所戲題。這首詩的笑意在於獻壽物的蟠桃，內有雙核，是瑣碎的生活趣味，而雙於壽宴，頗有吉兆，又雙仁之「仁」，尚有雙關的奉承褒意，戲於微物之中。又據閻振瀛〈戲劇與人生〉說：

> 便是大自然對一切生命形式所提出的最嚴肅、最現實的挑戰；惟有人類這種最高等的生命形式最能有意識地自覺到這種挑戰，並且利用調適自己、改造環境等手段生存下去。〔註 93〕

為藝術而藝術的樂趣，因為目的性的模糊，同時，「審美無功利」之說存在的爭議，都再三使樂趣便得難以捉摸，像霧，然而，急於吹散者，遂失其美。擁有樂趣，便是承認遊戲，再者，嚴肅於遊戲中從未消失，因為挑戰戲題詩本身，就是種現實的肅穆。蘇、黃與他人同題競作，又常以組詩一氣直下，像是集句詩、拗口詩，都是遊戲詩的典型，除此之外的遊戲詩，便有無以名狀的樂趣，是一種混亂的重生，令人反覆苦思題目的戲字，是種指引，抑或故弄玄虛。赫伊津哈《遊戲的人：文化中遊戲成分的研究》說：「你可以否定嚴肅，但你無法否定遊戲。」〔註 94〕則答案更為清楚，美本來是逾越的，它從現實中感受而來，自然帶有現實的嚴肅性，即使作為評論家，需要精準的詞彙定義，捨棄了嚴肅性的探討，也不可能否定遊戲。更明白來說，無法否定遊戲本身，以及遊戲者本身，有時人操作著遊戲，沉醉東風；有時遊戲引領著人，傲殺人間。

〔註 92〕《蘇軾詩集》，第 8 冊，增補，頁 2788。
〔註 93〕閻振瀛：《美育・人生》（臺北：臺北市立美術館，1988 年），頁 60。
〔註 94〕〔荷〕赫伊津哈（Johan Huizinga）著，何道寬譯：《遊戲的人：文化中遊戲成分的研究》，頁 5。

第三節　品味以醜爲美

遊戲與審醜欲建立的關係，就必須理解遊戲文學的本質，具有醜的美感。醜接近眞實，美得高不可及，並不適合作爲遊戲的場域，相對的，那些無所不在的醜與陋，因爲帶有諧趣，誘使詩人戲詠，使它變得「更醜」，或者挖掘醜裡的素質。朱光潛《詩論》說：

> 從心理學的觀點來看，諧趣是一種最原始的普遍的美感活動。凡是遊戲都帶有諧趣，凡是諧趣也都帶有遊戲。諧趣的定義可以說是：以遊戲態度，把人事和物態的醜拙鄙陋和乖訛當作一種有趣的意象去欣賞。〔註 95〕

諧趣對人是具有療效的，不論平庸、老殘、敗弱、凋零、乾枯、痛苦、骯髒、貧窮、死亡，因爲具有特點，相較之下，「趨之若鶩的美」，反而使人感到無趣。遊戲視野下的審醜，總能向人的內心更靠近一些。從西方的觀點反推回東方，赫伊津哈《遊戲的人：文化中遊戲成分的研究》說：

> 作爲社會遊戲的詩歌和歌唱，有古代安南和中國情調的溫柔、愛恨交織的情歌，也有伊斯蘭之前阿拉伯那種調子粗暴、仇恨溢於言表的吹牛和對罵競賽，亦有愛斯基摩人中間取代訴訟的誹謗性擊鼓比賽。……然而其他形式的詩歌尤其是遠東的詩歌，必須視爲建立在競賽基礎上的文化活動。比如，有人受命即興賦詩，爲的是破除「符咒」，或擺脫困境。〔註 96〕

既然詩歌始於遊戲，而這些遊戲不管東方或西方，都帶有粗暴和野蠻的性質，又或者即興賦詩的競賽，原是爲了擺脫困境，祈求平安。無論如何，這些原始的詩歌，其遊戲的材料近於醜物，尤其，競作之詩還可能淪爲勾心鬥角的局面，何其固陋。又競作屬於團體遊戲，本質上有媚俗的特點，爲了拔得頭籌，不惜弄巧，往往成了裝飾過剩的醜

〔註 95〕朱光潛：《詩論》，頁 32。

〔註 96〕〔荷〕赫伊津哈（Johan Huizinga）著，何道寬譯：《遊戲的人：文化中遊戲成分的研究》，頁 138。

物，久而久之，養成了壞品味。

物的美醜，本來是天生的形象，並沒有區別，是人為意志所致。美的共感是長期約定俗成的結果，然而此結果往往沒有結果，且以約定俗成的方式來定義美，其實是讓美變成了醜。蘇軾〈牡丹記敘〉說：

> 蓋此花見重於世三百餘年，窮妖極麗，以擅天下之觀美，而近歲尤複變態百出，務爲新奇以追逐時好者，不可勝紀。此草木之智巧便佞者也。……今以余觀之，凡托於椎陋以眩世者，又豈足信哉！余雖非其人，強爲公紀之。〔註97〕

蘇軾以牡丹國色天下，說明以牡丹爲俗，其實是假托爭奇之名。〔美〕艾朗諾（Ronald Egan）《美的焦慮北宋士大夫的審美思想與追求》針對此文說：「所謂外表溫雅之物鄙俗例者更能代表真誠、正直的說法，不過是取決於人們對雅的定義罷了。」〔註98〕蘇軾的戲題詩，不可否認，有傷於快意而俗者，不過，不能硬說那是一種「眩世」。而「俗」的概念，在美學的領域，類於審醜。至於美和醜的關係，可參考蕭颯、王文欽、徐智策《幽默心理學》的說法：

> 凡是真善美與假惡醜之間那種必然性、真實性、嚴肅性的矛盾，以偶然性、誇張性、輕鬆性的形式呈現，並且獲得意外性、合理性、歡愉性解決的，都是喜劇衝突。令人皆大歡喜的結局是喜劇解決矛盾方式的最大特點。〔註99〕

美、醜在文學中磨擦出火花，是因爲遊戲的必然，其嚴肅性多以扮裝的方式呈現，時而滑稽，時而誇張，時而混亂，時而錯落，這些令人感到「醜」的概念，卻不經意地將美凸出。而醜若要上升到美學範疇的高度，必須：「喜劇只有從初級形態的耍滑稽、弄噱頭的鬧劇，發展到暴露人的精神世界的醜，以及其它內在矛盾引起的可笑性的性格

〔註97〕《蘇軾文集》，第1冊，卷10，頁329。

〔註98〕〔美〕艾朗諾（Ronald Egan）著，杜斐然、劉鵬、潘玉濤譯，郭勉愈校：《美的焦慮：北宋士大夫的審美思想與追求》（上海：上海古籍出版社，2013年），頁268。

〔註99〕蕭颯、王文欽、徐智策：《幽默心理學》（臺北：智慧大學出版社，1995年），頁37。

喜劇。」〔註 100〕醜之所以成爲一種品味，因爲它具有人性的眞實一面，人是脆弱的、膽小的、陰暗的、憂鬱的，就算是天才與英雄，也具有凡俗的一面，而且，好逸惡勞是人的本性，「美」可以說是人爲了擺脫「醜」，進而塑造的一種情狀。從醜的世界，變幻出美的世界，原比在美的世界，創造更失眞的浮誇，前者顯然更能有比照性，同時，還取得了一種遊戲心理的平衡。就以上述「令人皆大歡喜的結局是喜劇解決矛盾方式的最大特點」來舉例，黃庭堅〈吉老兩和示戲答〉的結尾說：「人言外論殊不爾，勿持明冰照夏蟲。」〔註 101〕夏蟲不可語冰，是常見的套語，本詩卻在原意上作了情境的轉換，以明冰照夏蟲，便產生了「夏蟲依舊不能體會冬天」的意義，以喜劇結尾，來作「不爾」笑意的延伸，強化要對方眞的別如此爲之。人生是醜的，能審其醜者，通常慣看世俗的美，飽嚐飢寒，例如杜甫〈可歎〉說：「太守得之更不疑，人生反覆看亦醜。明月無瑕豈容易，紫氣鬱鬱猶衝斗。」〔註 102〕從來沒有完美的詩，戲題詩反覆言說的戲字，何其累贅，何其陋醜，卻又帶點韻味，以此首協他首之戲，有連章起舞之勢。以下分爲「表現內心的深邃」、「雅俗碰撞的魅力」來審戲題詩的醜，是否具有美。

一、表現內心的深邃

〔義〕安柏托・艾可（Umberto Eco，1932～）《醜的歷史》提及，在舊有通俗文化中最猥褻的形式，例如帶有無與倫比喜劇效果的「下流」，在文藝復興時期，不再只是忍受的窮人行爲，反而轉入了有教養的文學之中。〔註 103〕醜是現實不可分割的一面，它是人性的底層因子，與貧富沒有絕對關係，富人喜歡附庸風雅，並不能稱之爲美；

〔註 100〕蕭颯、王文欽、徐智策：《幽默心理學》，頁 37。
〔註 101〕《黃庭堅詩集注》，第 5 冊，外集補卷 2，頁 1609～1610。
〔註 102〕〔清〕楊倫箋注：《杜詩鏡銓》，下冊，卷 18，頁 880。
〔註 103〕〔義〕安柏托・艾可（Umberto Eco，1932～）著，彭淮棟譯：《醜的歷史》（臺北：聯經出版社，2008 年），頁 142。

窮人賣弄現成的詩歌，也不能成爲美的典範，都停留在物質的狀態，甚至，連醜都稱不上。因爲只有醜而沒有審醜，人們內心最黑暗、最隱晦、最眞實的東西，無法被揭穿。蘇軾〈世傳徐凝瀑布詩云：一條界破青山色。至爲塵陋。又僞作樂天詩稱美此句，有「賽不得」之語。樂天雖涉淺易，然豈至是哉！乃戲作一絕〉說：「帝遣銀河一派垂，古來惟有謫仙詞。飛流濺沫知多少，不與徐凝洗惡詩。」〔註 104〕即是不滿意徐凝（約 792～約 853）所作瀑布詩，於此同時，蘇軾也不經意對「醜」有了審美認知，一句「不與徐凝洗惡詩」，以洗字滌出塵外的飛流。題目的「戲」字，儼然具有超越舊作的意義，「不接受」，所以想要把醜的事物，變成美的事物。同樣的情形，黃庭堅〈戲答李子眞河上見招來詩，頗誇河上風物，聊以當嘲云〉說：「渾渾舊水無新意，漫漫黃塵涴白鷗。安得江湖忽當眼，臥聽禽語信船流。」〔註 105〕對於他人得意之詩，頗不以爲意，因爲詩多誇語，且「無新意」，所以黃庭堅又以戲字爲名，實際是再創作，欲替其醜。江湖當眼，則夢波濤，臥聽船流，本不應留下痕跡，卻浪花帶禽語，隨夜起伏。「信船流」的「信」字，有放任之意，更顯現出內心的任眞自得，不受約束。蘇軾〈戲用晁補之韻〉說：

> 昔我嘗陪醉翁醉，今君但吟詩老詩。
> 清詩咀嚼那得飽，瘦竹瀟灑令人飢。
> 試問鳳凰飢食竹，何如駑馬肥苜蓿。
> 知君忍飢空誦詩，口頰瀾翻如布穀。〔註 106〕

「飢餓」是貧窮的象徵，爲醜的情狀。「清詩咀嚼那得飽」，煮字療飢，只是自欺欺人，點出現實的不可抗拒。「瘦竹瀟灑令人飢」，竹子空心，空有瀟灑性格，腹有辛酸無人知，便是因爲太苦了，太痛了，一切感覺都是「空」的，唯有飽餐一頓，才是最眞切的。從來知韻勝，頌詩

〔註 104〕《蘇軾詩集》，第 4 冊，卷 23，頁 1211。
〔註 105〕《黃庭堅詩集注》，第 3 冊，內集卷 3，頁 815。
〔註 106〕《蘇軾詩集》，第 5 冊，卷 29，頁 1523～1524。

也只能滿足精神上的飢渴，那些悠揚的唇齒之音，蘇軾戲稱聲似「布穀」，其發音需要股起兩腮，像是大快朵頤的樣子，此戲詩便以意，歌其飢餓的醜。

關於審醜，童慶炳《中國古代心理詩學與美學》分析得好：

> 醜的對象，其外在的形態對審美感官具有阻拒性，它不會順利地給人來快感。但它具有一種吸引力（假如在一個風景如畫的處所發生車禍，大家都會把美景置於一旁，而去圍觀那鮮血橫流的場景），而且促使人們從對象的外在表象中解脫出來，而去關注與追尋對象內部的眞實和蘊含的意味，這樣，醜的對象就給人帶來一種更深刻的、更震撼人心的美感。而藝術家也就利用「醜」這個特性，用以表現人們的內心世界裡最深邃的東西。〔註 107〕

美麗的開頭，不一定有美麗的結局；醜陋的發端，卻使人想它趨於佳境。人性和感官是綁在一起的，然而「外在表象中解脫出來」卻是困難的。醜能給美帶來衝突性，一首壞詩，因爲無法解決其中的衝突，而一首好詩，擁有壞詩的概念，因爲醜並非枷鎖，有時更像是鑰匙，它不需要絕美的外觀，門內才是審美的旨趣。蘇軾〈慶源宣義王丈，以累舉得官，爲洪雅主簿，雅州戶掾。遇吏民如家人，人安樂之。既謝事，居眉之青神瑞草橋，放懷自得。有書來求紅帶，既以遺之，且作詩爲戲，請黃魯直、秦少游各賦一首，爲老人光華〉說：

> 青衫半作霜葉枯，遇民如兒吏如奴。
> 吏民莫作官長看，我是識字耕田夫。
> 妻啼兒號刺史怒，時有野人來挽鬚。
> 拂衣自注下下考，芋魁飯豆吾豈無。
> 歸來瑞草橋邊路，獨遊還佩平生壺。
> 慈姥巖前自喚渡，青衣江畔人爭扶。
> 今年蠶市數州集，中有遺民懷襦襦。

〔註 107〕童慶炳：《中國古代心理詩學與美學》（臺北：萬卷樓圖書，1994 年），頁 207。

邑中之黔相指似，白鬚紅帶老不癯。

我欲西歸卜鄰舍，隔牆拊掌容歌呼。

不學山王乘駟馬，回頭空指黃公壚。〔註 108〕

題目的「慶源」，指王慶源，初名羣，字子眾，後改名淮奇，又易今字。為蘇軾的叔丈人，晚以累舉恩得官，此詩即因此而發。蘇軾以對方為第一人稱來描寫，先說「吏民莫作官長看，我是識字耕田夫。」戲稱王慶源不過是稍能識字二三的凡夫俗子，尚有家累「妻啼兒號」，還吃「芋魁飯豆」，粗根莖類的食物，沒有酒與肉。因為晚年得官的緣故，該詩使用許多關於老醜的詞，例如「慈姥巖前自喚渡，青衣江畔人爭扶」，雖名為「慈姥巖」，卻是西川林泉最佳處，名老而意義不老，且由此形容，鄰喻為「青衣江畔人爭扶」，指遊人爭相攀爬，也就是眾人恭賀王慶源得官。又「邑中之黔相指似，白鬚紅帶老不癯」，城裡的百姓紛紛指點，此人老而不清瘦。這首詩剛好反用以醜為美的審美意義，在平凡無奇的城邑中，突然有一個老人得官，所有的俗與醜，突然被增色許多。不過整體來說，此詩所言之物，甚至所造之語，仍是以醜為美的，通篇無雕句，自然順暢，有水到渠成的慶賀感受。美落在互相「指似」的醜陋嘈雜之語中。

又如黃庭堅〈用前韻戲公靜〉說：「偶逢携酒便與飲，竟別我為何等人。兔月龍團不當惜，長卿消渴肺生塵。」〔註 109〕「竟別我為何等人」為純然的白話，在詩中置入了口語，閒話家常，「兔月」、「龍團」為茶名，「長卿消渴肺生塵」原指司馬相如（179B.C～117B.C）有「消渴之疾」〔註 110〕，類似於今日的糖尿病，有多飲、多食、多尿的現象。本詩藉此揶揄對方因為喜歡喝茶，犯了「多飲」之症。為

〔註 108〕《蘇軾詩集》，第 5 冊，卷 30，頁 1581。

〔註 109〕《黃庭堅詩集注》，第 3 冊，外集卷 3，頁 824。

〔註 110〕《史記・司馬相如傳》：「相如口吃而善著書。常有消渴疾。與卓氏婚，饒於財。其進仕宦，未嘗肯與公卿國家之事，稱病閒居，不慕官爵。」見《新校本史記三家注并附編二種》，第 4 冊，卷 117，頁 3053。

了煮茶，需要長時顧火，因而吸入許多煙燼。疾病本是醜陋而陰暗的，在戲題詩裡，卻搖身一變，成為一種深沉的玩笑。將上好的茶，以「不當惜」的態度來狂飲，雖然有個性的灑落，卻帶有對於健康的隱然憂慮。又黃庭堅〈戲答王定國題門兩絕句〉：

非復三五少年日，把酒償春頰生紅。
白鷗入群頗相委，不謂驚起來賓鴻。（其一）

頗知歌舞無竅鑿，我心塊然如帝江。
花裏雄蜂雌蛺蝶，同時本自不作雙。（其二）〔註 111〕

題目的「王定國」，指王鞏（？～？），字定國，號清虛居士。第一首寫青春把酒，頗富意氣，臉頰紅潤，亦自可人。白鷗本是群居的動物，詩卻說「白鷗入群頗相委」，代表此鷗有不凡的思想，牠似乎想成為獨棲的孤鴻。第一首詩巧妙以群鷗來寫王鞏家門的來賓，終究是沒有太多交情的過客，一呼而散後，才驚起卻回頭。白鷗入群，何其雜沓，醜於相委，彼此牽就，甚至「爭食」。第二首承接第一首而來，既有賓客雲集，顯示主人家中有宴。歌舞其實是能靠後天學習的，黃庭堅說「頗知歌舞無竅鑿」，似乎反說能作掌上舞者，仍需某種天賦。面對眼前塵俗的歌舞表演，黃庭堅心若超然，以「花裏雄蜂雌蛺蝶」為比喻，雖然同樣採蜜，終究不能雙飛，有詩人的思想、品格獨立之意，不願隨波逐流，大聲叫好。末句「同時本自不作雙」，看似為蝶蜂相對，其實更是「蝶蜂對鷗鴻」，更有戲意的是，黃庭堅說不成雙，卻作組詩兩首，以醜之群舞為美，以醜之俗紅、蜜甜為美，還自帶形式上的「成雙」之意。

二、雅俗碰撞的魅力

醜之於物，無所不在，醜之於人，他們以粗野表現出人的天性。相對的，高貴的事物也有醜陋的一面，。〔英〕史蒂芬・貝利（Stephen Bayley，1951～）《醜：萬物的美學》說：

〔註 111〕《黃庭堅詩集注》，第 2 冊，內集卷 10，頁 362。

> 認爲美很無聊的想法不時出現，這可能是植基於以下的概念:「精鍊」與「節制」是美必要的要素。美不能是極端的。美國作家費茲傑（Scott Fitzgerald）有句名言:「漂亮一旦超過了某個程度，每個漂亮的女孩看起來都一樣漂亮。」這正揭露一種奇特的人性實相：當我們探究醜陋時，也在渴求它的療癒效果。醜是有趣的。〔註112〕

審醜不能以精鍊和節制來加以約束，因爲醜的人事物，本就多於優雅高貴的人事物。流行歌曲可以輕易在商店街和電視裡播送，爲人所知曉，而交響樂隊的演奏，乏人購票進入演藝廳欣賞。那麼，在高貴的舞臺上，表演通俗的藝術形式，卻也產生了異質的碰撞、磨擦、擺盪、游移以及縫合。醜爲人所接受，是因爲它代表「被需要」，並非純然的負面意義，因此它的樂趣，往往需要更細心的察覺和摸索。舉例來說，蘇軾〈劉監倉煎米粉作餅子，余云甚爲酥。潘邠老家造逡巡酒，余飲之，云，莫作醋，錯著水來否？後數日，攜家飲郊外，因作小詩戲劉公，求之〉:「野飲花間百物無，杖頭惟挂一葫蘆。已傾潘子錯著水，更覓君家爲甚酥。」〔註113〕摻了水的酒，怎樣也不能維持「美」，沒有美酒能買醉，乾脆食酥脆的米粉餅，在柴米油鹽的題材中「更覓君家爲甚酥」，酒已錯水，餅甚酥是爲了誰，恐怕只有滿腹的笑意，碰撞出尋覓落空的枉然。蘇軾〈泗州過倉中劉景文老兄戲贈一絕〉:「既聚伏波米，還數魏舒籌。應笑蘇夫子，僥倖得湖州。」〔註 114〕此詩爲蘇軾自徐州移湖州時所在作。晉人魏舒（209～290）擅長射箭，但是每次跟好友鍾毓（？～263）一起射箭時，總是「舒常爲畫籌而已」〔註 115〕，本是不鳴則已的故事，爲雅，但是蘇軾卻將此典和過糧倉

〔註112〕〔英〕史蒂芬・貝利（Stephen Bayle）:《醜：萬物的美學》（臺北：典藏藝術家庭，2014 年），頁 68。

〔註113〕《蘇軾詩集》，第 4 冊，卷 22，頁 1190～1191。

〔註114〕《蘇軾詩集》，第 8 冊，卷 47，頁 2529。

〔註115〕《晉書・魏舒傳》:「累遷後將軍鍾毓長史，毓每與參佐射，舒常爲畫籌而已。後遇朋人不足，以舒滿數。毓初不知其善射。舒容範閑雅，發無不中，舉坐愕然，莫有敵者。毓歎而謝曰：『吾之不足以

結合在一起，以「數籌」比作「數糧」，笑意中，似乎期待著官方能「惠我糧多」，像魏舒一樣擅長射箭，只是平常不表現其技藝。最後蘇軾又自嘲能「僥倖」遷往下一個任官所在地，有人在江湖，身不由己的無奈，但如今卻要往「江湖」邁進。

雅和俗的相遇、碰撞，需要幽默的支持，否則雅鄙於俗，而俗逕自低迴，彼此沒有交集。爲了釐清此癥結，參考徐岱《藝術的精神》的說法：

> 而眞正的幽默則必然有某種思想意義。這也是爲什麼幽默儘管常常與滑稽爲伍，但二者其實貌合神離並不能同日而語……一方面與喜劇接壤，另一方面卻也充滿悲劇色調。〔註 116〕

喜中寓悲，原比直敘悲來得有戲劇張力。蘇、黃戲題詩未必是以悲爲主，但是醜與的美相遇，是渾然而成的人性反應。因爲多數的人喜歡美的東西，卻以醜的方式生活著，美被賦予各種意義後，眾人逐漸失去共識，在長期的見仁見智下，美顯得與現實疏離。原本寫一首詩是美的，因爲詩人遊戲著，而詩本身也屬於遊戲的主體，並沒有強制與任何東西分離。但是，當被賦予意義的美，碰上意義以外的醜，其意義便逐漸被解構，雖然不至於完全破壞，但是這輕微程度的剝落、搖動，已足夠因醜而審，而非因美而審的細細斟酌。黃庭堅〈又借答送蟹韻并戲小何〉說：「草泥本自行郭索，玉人爲開桃李顏。恐似曹瞞說雞肋，不比東阿舉肉山。」〔註 117〕秋蟹肥美，對於清心寡慾的詩人來說，卻是食之無味，棄之可惜的。「不比東阿舉肉山」，意思是泰山爲肉，東海爲酒，黃庭堅用反意謝詩，正常的邏輯應該是感謝對方，贈與好物，黃庭堅卻認爲所贈之物雞肋，以「無禮」引發笑意。所有

盡卿才，有如此射矣，豈一事哉！』」見《新校本晉書并附編六種》，第 2 冊，卷 41，頁 1186。

〔註 116〕徐岱：《藝術的精神》（北京：首都師範大學出版社，2001 年），頁 119。

〔註 117〕《黃庭堅詩集注》，第 2 冊，內集卷 17，頁 615～616。

的美醜衝突，都需要被化解，讀者才能感受到笑意的所在，否則凸出而有點冒失的醜，只會造成反效果，讓讀者措手不及。

眞正給人「雞肋」感受的，恐怕是反反覆覆，甚至有些使人厭煩的「戲」字，便是此字對於某些主題而言，有可以省略的可能，例如戲詠、戲題，並不會對內容產生重大的影響。這個「戲」字，實則爲醜物，嘮叨、瑣碎，將一切事物化爲戲，偶然令人感到歡快，但有時聞題讀詩後，沒有產生歡快，便不免有些失落，這種從蘇、黃戲題詩根本上的醜，並非它的限制，反而是它的極限，類於「文化密碼」的概念：「傳達的使命在於使它們從隱蔽走向明晰，從變幻走向穩態，從混沌走向結構。」〔註 118〕戲題詩的戲字，自成結構，它看起來有點醜陋，卻有著不可抹滅的形式美，預言著什麼，這是它最大的魅力。又黃庭堅〈吳執中有兩鵝爲余烹之戲贈〉：「學書池上一雙鵝，宛頸相追筆意多。皆爲涪翁赴湯鼎，主人言汝不能歌。」〔註 119〕首句「學書池上一雙鵝」，指王羲之愛鵝一事〔註 120〕，屬於俗事。至於「宛頸相追筆意多」，根據陳師道《後山談叢》的說法：「蘇、黃兩公皆善書，皆不能懸手。逸少（王羲之）非好鵝，效其宛頸爾，正謂懸手轉腕。而蘇公論書，以手抵案使腕不動爲法，此其異也。」〔註 121〕可知「宛頸」是書法的懸腕之勢，雖如蘇、黃之才，亦不能懸手而舞墨，此屬雅事。宰鵝本是血腥之事，此等題材本不宜入詩，詩卻說「皆爲涪翁赴湯鼎，主人言汝不能歌」，原本無罪被殺的鵝，卻有了意義上的轉

〔註 118〕 夏中義：《藝術鏈》（上海：上海文藝出版社，2001 年），頁 100。

〔註 119〕 《黃庭堅詩集注》，第 2 冊，內集卷 19，頁 656。

〔註 120〕 《晉書・王羲之傳》：「性愛鵝，會稽有孤居姥養一鵝，善鳴，求市未能得，遂攜親友命駕就觀。姥聞羲之將至，烹以待之，羲之歎惜彌日。又山陰有一道士，養好鵝，羲之往觀焉，意甚悅，固求市之。道士云：『爲寫道德經，當舉羣相贈耳。』羲之欣然寫畢，籠鵝而歸，甚以爲樂。其任率如此。」見《新校本晉書并附編六種》，第 3 冊，卷 80，頁 2100。

〔註 121〕 〔宋〕陳師道著，李偉國點校：《後山談叢》（北京：中華書局，2007 年），卷 2，頁 30。

化，變成替主人赴湯蹈火，在所不辭的形象，不再是「待宰」的被動、停滯、陋缺，反而有了主動的實質意義，這是喜劇藝術發生的效果——雖然牠們仍將被割頸而死。更賦予雅意的是「主人言汝不能歌」，原本爲主人犧牲的鵝，從忠的社會意義裡，馬上又獲罪，被詩人解構，只因爲「不能歌」，謔浪著鵝聲其實並不悅耳，與其說這首詩是戲贈吳執中，不如說是戲詠烹鵝。「皆爲涪翁赴湯鼎，主人言汝不能歌」，出於《莊子・山木》：

> 夫子出於山，舍於故人之家。故人喜，命豎子殺鴈而烹之。豎子請曰：「其一能鳴，其一不能鳴，請奚殺？」主人曰：「殺不能鳴者。」明日，弟子問於莊子曰：「昨日山中之木，以不材得終其天年；今主人之鴈，以不材死。先生將何處？」莊子笑曰：「周將處夫材與不材之間。材與不材之間，似之而非也，故未免乎累。〔註 122〕

不能鳴叫的鵝，因爲不材，所以優先被宰殺。所以莊子說「材與不材之間，似之而非也」，能鳴叫的鵝，也未必能有好的際遇，終究仍要「赴湯鼎」，所以有材與無材都是一種價值的取捨和判斷，事實上，萬物本就沒有名分，以及名分所帶來的福禍，皆非人爲可以抗拒。與其烹鵝，落於享用美食的俗事，不如若鵝宛頸，臨池學書，池水盡黑，方得滋味。又蘇軾〈王子直去歲送子由北歸，往返百舍，今又相逢贛上，戲用舊韻，作詩留別〉：

> 米盡無人典破裘，送行萬里一鄒游。
> 解舟又欲攜君去，歸舍聊須與婦謀。
> 聞道年來丹伏火，不愁老去雪蒙頭。
> 剩買山田添鶴口，廟堂新拜富民侯。〔註 123〕

題目的「王子直」，指王原（？～？），字子直。首聯以米盡起頭，頗使俗物之能事，米盡又裘破，眞官哭途窮也。鄒游（？～？），爲顏眞卿（709～785）的好友，顏眞卿有〈鄒游帖〉，與〈與蔡明遠帖〉

〔註 122〕〔清〕郭慶藩編：《莊子集釋》，卷 7 下，頁 731～732。
〔註 123〕《蘇軾詩集》，第 7 冊，卷 45，頁 2448。

合稱〈與蔡明遠帖二首〉。「送行萬里一鄒游」寫出朋友重逢的喜悅，如顏眞卿與蔡明遠、鄒游重逢。此外，黃庭堅〈題魯公麻姑壇記〉說：「余嘗評題魯公書，體制百變，無不可人。」〔註 124〕可見黃庭堅十分欣賞顏眞卿的書法，事出有因。頷聯「攜」字見友誼之情，不攜酒也不攜手，直言攜君，可見對方是一位可以共同「歸去」的知音。話鋒隨機一轉，倘若退隱，只能話於婦人，謀於生活瑣事，這當然是醜的，因爲本應「謀」者，是志。頸聯以養氣的伏火，對比於養眞的白頭。前者久在樊籠，後者復返自然，且因爲煉丹而「不老」，此意接續於後的「老去」，所以「不愁」的人，更顯得稱心易足。尾聯將鶴列爲戶口，以「新人」拜見不能實現的王侯夢，而鶴本是隱逸之意，與「富民侯」是相對的、衝突的，於此詩卻碰撞出沉痛的一笑，因爲往返百舍之際，蘇軾也好，蘇轍也罷，王子直也行，俱無財買山田。

最後，可以觀察出，在遊戲中「詼諧與嚴重」的雙重性質，和審醜有某種程度的關係。無論是席勒、赫伊津哈、王國維，他們都無法否定遊戲性，也同樣在遊戲中尋找嚴重、嚴肅，以求平衡。而醜，往往是讓和諧失去左右輕重的因素，最常見的是生老病死的醜，乃至於透過一件醜物，甚至是人物外貌的醜，碰撞了穩定、約定俗成的美。關於和諧的破壞與重建，劉昌元《西方美學導論》說：

> 所謂人生從這種觀點（指生命頹廢的表現）看，常是平衡與和諧不斷失去與重建的過程。生活的韻律（rhythm）指的就是那能影響平衡與和諧之秩序的互動。如果把人生比喻成一河流，那麼沒有阻力的人生就像一灘死水，缺乏生趣。〔註 125〕

因爲醜並非罕見的，只是俗眾皆喜歡安於環境的美，與眞實的世界有所疏離，其實不然，險惡環境是醜的，所以人能適應環境，使生活趨於和諧。而這些日常生活的醜，爲數者多，體物者少，人的內心本是

〔註 124〕屠友祥校注：《山谷題跋校注》，卷 4，頁 123。
〔註 125〕劉昌元：《西方美學導論》（臺北：聯經出版社，2017 年），頁 124。

黑暗的，好逸惡勞的，審醜反而揭開了人生的眾相，甚至可以說是眞相，故得遊戲三昧於其中，使自己的視野擴張。上文討論到集句詩的「滯後性」，就是缺乏創造性的關係，安於形式的美，反而不美了。因此，詼諧與嚴重的「和諧」，並非停止的，而是不斷被解構，再重新建構的過程，因此眞正和諧的美，是由醜來淬礪而出。光明與黑暗將同時存在，詼諧與嚴重也恆常並現，而創作戲題詩，此一活動本身，其實就是品味以醜爲美，因爲蘇、黃因戲題詩和韻之難，故見其工巧，便是一種克服，以醜反駁了美。又或者戲題詩詠俗物，詠俗事，題材皆是醜的，因爲並不討好塵俗之見，在塵俗以內的險局是醜的，勾心鬥角，發若機栝；而在塵俗以外的一場殘局，卻是無人在意的，所以它是美的。

第六章　結　論

本文第二章引用黃庭堅之語:「公作詩費許多力氣作甚」,雖不當盡信,卻必須承認其遊戲本質。戲題詩受制於天生的「戲」字,成敗皆由此,然而,它的缺點同時也是它的優點。詼諧的詩,應該讓人易讀易懂,否則「笑料」失眞,「笑聲」也顯得生疏、敷衍,產生的戲劇衝突無法自解、自圓。蘇、黃戲題詩使用了非常多典故,對讀者造成某種程度的閱讀障礙。此一「力氣」,與其說是造語之工,不如說是命意之工。觀其題目命意多元,悉見細心,經常「以文爲詩」,甚至「以詩爲跋」,有跨文類的破體表現。

從題目設定上,本文所談的戲題詩是以戲字爲題的意思,可是有些戲題詩又以「戲題」於某物的方式呈現,屬於「戲題詩裡的戲題詩」,兩個「題」字的意義不同。戲題詩的命題與唐人有很大的不同,且是「一眼能辨」,這個「辨」,是因爲戲題詩的題目多以長題的形式呈現,略似雜劇的「嗔拳」。題長如序,詩本事已被交代清楚,時有傷於「無餘韻」的缺失。又有些許戲題詩,序文又有「戲」字,甚至內容也出現「戲」字,這個無所不在的「戲」字,連帶相關出現的「嘲」字、「笑」字,使人在讀詩以前,已有先聲奪人的感覺,教人猜想、臆測、卜度其意。黃庭堅又多以組詩呈現,戲成連章,有布置,有安排,有連綿不絕的戲意,只是,它的結尾未必眞能使人發笑。值得注意的是,摘去蘇、黃戲題詩的「戲」字，對於某些詩來說，並沒有巨大的影響，此一戲字當眞成了戲，這或許算是「另類的遊戲」，因爲詩人對於創作的態度，不再那麼嚴肅，反而有些幽默，但這並不代表內容沒有嚴肅性。戲題詩，並非一人可以完成形式的美，它需要有幽默感的讀者，甚至，是飽讀詩書的讀者，因爲戲題詩從題目到內容，「笑料」冷僻、生澀，要爲之動容，乃至於「絕倒」，恐須要同樣的才與力。至於金聖歎所言「凡有戲字詩只如此」，是眞懂戲題詩用意者。因爲「戲」字是「遣」字的化身，眾人只看到「戲」字的雄姿勃發、鼓腹自詡，卻忽略了爲什麼而戲，爲什麼而笑。笑能吸引目光，使之相對，淚卻只能獨自流著，這或許是最大的差別。

從歷來研究上，諸家詩話對於戲題詩並沒有正名，但是注意到了俳諧體、詩戲、以文爲戲等相關議題。戲題詩被歸爲雜體，非詩之正體，儘管評價不高，仍是被承認存在的一體。戲題詩的「體」，不能從定勢上來執正，反而能馭奇以執正，一念之轉，卻也凸顯出「形式」的關鍵。對於遊戲文學的討論，頗少專書，多零見於書中的單篇論文或期刊論文，自古以來的數名詩、白戰體、藥名詩、寶塔詩等，皆爲戲題詩的濫觴，而戲題詩裡又有拗口詩、聯句詩、集句詩，它們本身就是遊戲之作，再題一個戲字，則玩世的意味更加濃厚。偶然的遷官、登臨、訪寺、赴宴，蘇、黃以戲爲詩，在逢場作戲的社交生活中，聊爾作戲，有某種程度的「以暴制暴」，某些政治上的諷刺，其意義是駭人的。

從形成背景上，由傅樂成提出的「宋型文化」，可知宋代文化的精神，是由動態趨於單純與收斂。「收斂」較爲人所關注，「單純」卻少人投遞目光，遊戲之詩，可以是單純的技藝展現，情志道統並不能強制附加而上。身爲新時代的蘇、黃，欲翻出如來掌心，便要有所本領，否則無須「動手」。蘇軾喜歡看雜劇，而黃庭堅認爲「作詩正如作雜劇」，他們的戲題詩擁有「打猛諢入，卻打猛諢出」的特質，黃庭堅亦有以雜劇命名的詞：〈鼓笛令〉，這些具備雜劇性質的戲題詩，乃至於詞，其價値通常「文本」大於「作者」，必須以西方新批評觀之，因爲觀眾在觀賞演出的過程中，「作者」往往被忽略，留下印象的是演員的表演。東方學術向來弱於形式，疲於定義，受到知人論世傳統的影響，偶爾能入不能出，困守於「抒情傳統」的象牙塔，認定以戲爲詩是種詩戲，意義破碎，不成格局。這是落入「嚴肅性」的窠臼，遊戲本身，便自帶嚴肅性，是不可否認的。詩話可以質疑蘇、黃文本的瑕疵，卻不能否決其人生平際遇，這是根本上認知的導正。從內在因素來審視，梁廷枏編《東坡事類》有「游戲」類，沈宗元編《東坡逸事》，有「戲謔」類，已爲蘇軾幽默的人格特質作了鐵證。相對的，黃庭堅須從相關的題跋尺牘中，讀出其人善謔。特別的是，蘇、黃彼此之間，亦常相互調侃，蘇軾還稱自己的詩爲「效庭堅體」，究竟是身爲黃庭堅前輩的「效」字惹人發笑，抑或爲黃庭堅詩風命名爲「庭堅體」，讓人捧腹，似乎已在題目立意上，產生欲發的戲意。不論從外緣條件或是內在因素來探討，都再三凝聚戲題詩的「主題性」，多數的研究，取名爲「詼諧詩」或「俳諧體」，卻不直以「戲題詩」爲主題。本文以主題性研究蘇、黃戲題詩，是因爲它既非符徵，也非符旨，也非兩者皆是，便是這樣指涉意義的遙遠，不完全明確的特色，反而成爲它迷人的特色。

在命意旨趣上，最具形式意義的莫過於蘇、黃皆有拗口詩，黃庭堅更說「謔語諧讜論」，點出戲題詩是「謔而不虐」、「戲言近莊」，其形式只是對內容產生某種程度上的強化，並非徒有形式。蘇、黃戲贈詩的表現多爲隱語，比起贈詩，更像是警詩，其隱，並非成爲詩謎，而是透過「隱而秀」的進程，針砭出旨趣。贈詩之於文人的交遊，有助於安身立命，在這樣穩定的情感結構中添一戲字，來回拉扯，詩酒廢書史，吟風又弄月，戲中寄寓悲鳴，或無聲的嘆息。蘇、黃戲答詩，有深於自負的意氣，在一問一答之間，答的精采尤甚於問意，其回答的內容，頗多吐露了心聲，例如「詩人例窮蹇，秀句出寒餓」（蘇軾〈病中，大雪數日，未嘗起，觀虢令趙薦以詩相屬，戲用其韻答之〉），

「能狂直須狂，會意自不惡」（黃庭堅〈戲答公益春思二首・其一〉），雖重於身世之感，卻不陷入徹底的絕望中。蘇、黃戲書／戲詠詩，主要體現在詠物詩上，不言人而言物，恐是擔心見罪於有權勢者，或者觀物之微，麋鹿、季鷹、能言鴨、七碗茶、銅歷、檳榔、猩猩毛筆，乃至於筆冢，無物不詠，無物不戲。這些一時譏誚的戲言，在笑看與譏笑之間遊走、擺盪、錯置，來回穿梭，使得戲題詩的「戲」，其意義朝廣義發展，戲裡總帶點無法言說的樂趣或者哀愁。更精確來說，因爲體物細微，樂趣和哀愁都是輕輕觸及的，舞於劍尖，焚於死灰，借戲發揮，卻也成了眞有此戲。

在藝術表現上，戲題詩因爲其體未正，導致其勢不定，以往是由體，進而成勢，將意義反轉後，遂發爲「馭奇以執正」，逆使戲題詩得以正名，得其體。因爲遊戲詩本來就是一種體，只是認同的先入爲主，或者受到抒情的桎梏，這種疲於抒情的現象，不只顯現在詩歌上，連詩話的評論亦作如是觀，雅與謔之間，總是有所隔閡，對於純然的「申發一笑」，有所接受，也有所不接受。雖然蘇、黃沒有詩話專著，但是他們的創作認知、自覺高出同代的詩人許多，尤其胡仔《苕溪漁隱叢話》、魏慶之《詩人玉屑》和王直方《王直方詩話》三本詩話，幾乎是蘇、黃作詩之法的「語錄」，以及蘇、黃詩本事的「聞見錄」。此根源影響了他們在創作戲題詩的立意，他們在詩話中的形象，喜歡討論詩藝，經常品評他人之詩，也彼此嘻笑怒罵著，具有生活情趣。蘇、黃同樣講究「意在筆先」，尤其，黃庭堅更從讀書之法導入立意，進而曲折其意，側重於平常的「練習」。蘇、黃亦同樣認爲好奇乃詩之病，但這並不代表他們的戲題詩沒有奇崛之處。蘇、黃是「因事以陳詞」，蘇軾更是「坡雖好罵，尙有事在」，因反對王安石新法、烏臺詩案兩大事，使蘇軾經常在詩中有所「怨刺」，宥於無法直說，卻又不得不說，戲題詩反而成了一種文化符碼，每每若有似無，提示著什麼，給讀者一種「在戲以外」的期待或者落空，偶爾戲中有戲，形色雖然絢爛，詩意卻是斑駁。理解蘇、黃的「奇」後，便能著手於他們戲題詩的創意性造語，黃庭堅自言：「文章最忌隨人後，道德無多只本心」，已爲自證，其欲自闢宇宙的痕跡是可見的，在這點上，較不如蘇軾自然。然而，用典的深刻，即使是蘇軾也有不及之處，例如「宮錦絡衫弓石八，與人同狀不同科」，涉及科舉，暗指登第後的命運大有不同，還反用超然臺來說「不超然」，也逆用「不動菴」來寫「變動」、「遷徙」，戲題裡又有一番戲題，是點鐵成金的佳作。

在審美意義上，詩歌遠比歷史來得深刻，因爲歷史的美只在於眞實，而它的眞實呈現，多少打了折；詩歌始於遊戲，詩歌除了眞實，還多了對未來的預知、提示，在人本思潮下，戲題詩頗適合以文學的本質：遊戲，來加以詮釋，進而審美。只是，美始終存在「沒有共識」的問題。戲題詩的題目必帶一個戲字，反反覆覆，時而單篇，偶爾連章出現，欲使人發笑。它在形式上具有根本的美，屬於「沒有共識的共識」。遊戲使一個人完整，而遊戲詩使人說出眞相，只是，詩人與詩人之間彼此遊戲著，卻也同時抗拒著，他們的關係是以動盪來顯示和諧，並非純然的和諧。遊戲詩並非沒有嚴肅性，席勒更確切說出嚴肅性包含了命運、義務，須要餵養永不滿足的胃：精神。在遊戲的世界，它屏除了權力場域，任何充滿力量的社會性、制約性，皆顯得疏遠，遊戲裡的詩歌，詩人可以完全作主。西方新批評崛起之後，「作者之死」的概念一直影響各種理論的基礎。遊戲詩，詩人的關鍵地位，逐漸被抽離，相對的，詩歌便凸出了，當「文本勝於作者」，在遊戲美學的視野下，因爲詩人遊戲的對象是美，所以其自身的存在，並不需要特別被討論，因爲人在遊戲的時候，他也忘了自己是在遊戲，而遊戲始終是遊戲。然而，這並不意味「遊戲詩只有遊戲、好玩之意」，而是遊戲詩帶有一種純粹性，它對抒情性產生了某種程度的解構，美遂有了質變，詩意是美的，然而戲字的形式更趨於美，因爲它是最原始意義上的美：感官所感受的美。席勒《審美教育書簡》是在浪漫主義的時代下所誕生，遊戲者是人，而不是詩歌，因此談論形式，並無損詩人的價值。誠然，「沒有一首詩不是抒情的」，抒情之累脫去甲殼，形式的渾然便從迷霧中顯現，戲字所美刺出的調侃、揶揄、嘲弄、嗤笑、謔浪，都是一種揭開眞實的現象。在談論心靈感受的時候，不可否認，美是先從令人愉悅的形式中引出。所以，戲題詩的「諧中有隱」，便具意義，因爲所隱的是形式上的諧，而不是內容上的諧，一翻戲題詩，見其題，於心中已有某種想法，甚至想要參與其中，競作幾首，這便是遊戲的美。

其次，「爲藝術而藝術」之於審美意義，是將戲題詩從自身的限制中，緩緩解放。雖然，審美是否具有功利性，仍是未成定論的懸案，但是，蘇、黃戲題詩的性質更趨於題跋、尺牘，總是不經意說出眞心話。換句說話，因集會而戲，並不能爲他們帶來任何利益，其企圖就只是遊戲，經營愉悅的社交生活，同時增進生活品質，畢竟戲題詩所答、所贈之人，俱非俗人，三徑就荒，仍依稀有朋自遠方來，或者遙寄一首戲贈詩。從「寓意於物」來看形式，並非堅信或推崇形式至上的價值，只因爲文學產生的樂趣，任何邏輯的解釋都無能爲力，它是無以名狀的遊戲樂趣，因此得出一個重要結論：「可以否定嚴肅，但無法否定遊戲。」沒有遊戲，詩歌本質上的美，將消失殆盡，連軀殼的殘缺都不剩。蘇、黃戲題詩對於醜的事物，有一定程度的審美認知，他們都不滿意他人之作，再以和詩的形式來「再創作」，證明他們欲美、欲好，美醜在他們心中有了價值判斷。醜的事物通常比美更能抓住目光，因爲醜在塵世的美中，容易形成衝突，例如「戲呈詩」，本是不合情理的將戲與呈相結合，戲字流動，而呈字愼重。又或者描寫瘦竹、駑馬、野人、芋魁、飯豆、米盡、肉山、破裘，各種頹廢、貧窮，各種瀕臨毀壞邊緣的物狀，乃至於情狀，他們不驚起，不窮愁，透過冷眼旁觀的笑看，不隨物態而遊於情，在品味與詩意之間，存在別於世俗眼光的美。所以丹火對雪頭，雄蜂對雌蝶，異域相構，帶點冒失的醜，往往更能凸顯詩人的嘲謔、嬉戲之意。在遊戲美學巨大的眼中，蘇、黃的遊戲衝動是理性兼具感性的，因此他們的戲題詩，戲意奔放，偶爾無的放矢，有回收不了的笑，使題目的戲字，醜之爲物，

「訕笑」著，卻也同時「遣懷」著浮生，徒留若夢的殘響。

由於本文只有研究蘇、黃戲題詩，並不能嚴格為其定位承先啓後的相關問題，但能約略肯定其於詩史上的啓發。從詩體派別來看，蘇軾所稱的「庭堅體」為其所創，再根據《苕溪漁隱叢話》，可知蘇軾認為黃庭堅詩「格韻高絕，盤飧盡廢。然不可多食矣，多食則發風動氣」，其中已具有雅謔之意。相對的，黃庭堅不屈於祖意的創作理念是強烈的，他一面學習蘇軾詩的優點，一面開創屬於自己的風格。本文以為，蘇、黃戲題詩本身，便是一種「體」，它具有和詩的特質，也有遊戲詩的品味。當以「體」言詩，便與唐詩有所區別。唐人作詩而不言詩，蘇、黃作詩同時也言詩，便是因為他們反覆思索詩的美感，進而模仿、再創造，使他們的戲題詩，成為一種高度的創作練習，頗有難度的和韻詩，尚能以組詩回贈，眞天才也。在天才的背後，是詼諧的質變，原本天眞接物的性格，蘇、黃皆感不合時宜，所以他們戴上了面具，笑裡有時藏淚，戲謔般地，在他人的苦處、痛處中作詩，使樂趣倍增，卻也帶來無法遣懷的憂，鬱結、凝聚於戲字。有時還「戲禪」，因為「脫胎換骨最痛」，要擺脫唐詩的五指山是艱困的，他們的戲題詩卻反而呈現了宋詩本色，以俗為雅、以故為新、點鐵成金、以理入詩、揚棄悲哀，無所不能，卻又不止於技巧的展現。觀其「千山動鱗甲，萬谷酣笙鐘」（蘇軾〈行瓊、儋，肩輿坐睡。夢中得句云：千山動鱗甲，萬谷酣笙鐘。覺而遇清風急雨，戲作此數句〉），「草木同霑甘露味，人天傾聽海潮音」（黃庭堅〈戲贈惠南禪師〉），絲毫不遜於盛唐詩，有雄渾氣象。

從詩史發展來看，自杜甫戲題詩開題，明言戲題詩是為了「遣悶」，更甚者是「遣憤」，一位詩人之所以跳脫過往格局，嗤形舉扇，必有不可言說的苦衷，於是發為遊戲，豈顧他人見我得意自詡，卻不察得意忘筌，所以「坡雖好罵，尚有事在」。從嚴羽《滄浪詩話》要求「入門須正，立志須高」，被歸為雜體、非正體的戲題詩，似乎只是詩人興趣以外的餘作。然而，任何詩話，或是文人的尺牘、題跋中的見解，皆有印象式批評的模糊，因爲他們不曾將戲題詩全部讀完，便根據前人以降的認知，或是戲作的截句，遂輕下判斷，是有失公允的。倘若戲題詩非詩之正體，作爲元祐文化代表的蘇、黃詩，不太可能雙雙有破百首的戲題詩數量。畢竟一時的遊戲興味，是有極限的，不論從數量、質量，詩史皆無法否認其遊戲的價值。至於嚴肅性的要求，蘇、黃早已明白「好奇乃詩之病」，戲題詩恐非他們賣弄風騷的創作，而是社交生活下的產物。戲題詩具有蘇、黃論詩的品味在，他們喜歡「字句平淡，但意義卻是深刻」的詩。他們戲題詩的題材也從應酬，擴至生活周遭，觀物之微，雖然缺乏邊塞詩的悲壯之聲，卻呈現出一種妙悟的遊戲三昧，詩道爲之變矣。錢鍾書《談藝錄》下開「詩分唐宋」的嚴肅議題，詩本非競賽，即使競作，也應止乎禮，不宜謔人太過。出於黃庭堅之後的江西詩派，有清苦之風，江湖一時風尚，能清苦，卻不能戲其清苦，並非善謔者。作爲宋詩代表的蘇、黃，戲題詩是一種別具意義的題材，因爲所有的題材都能題上戲字，並非不自量度，而是蘇軾才高不可拘執，又黃庭堅不願「文章隨人後」，造成了他們的戲題詩競作，而又再作，不知不覺間，詩藝流如彈丸，其實是透過練習而來，並非虛妄之言。戲題詩，存在世故的模樣，挖苦他人，一面卻又使自己以人爲的方式，返回年少，遊戲之旨味甘，卻又味苦，便是這樣左右不定的意義，反而成爲它最大的意義。不過，嚴羽《滄浪詩話》以人爲體所區分的東坡體、山谷體，並不能爲戲題詩正名，因爲蘇、黃戲題詩是共舞的，豁人耳目的嘲謔聲音，以古律相參，夾雜六言四言，以及非齊言，甚至是古詩末句換韻之法，他們處於異端的遊戲，從形式上而言，看來頗爲嚴肅，兼擅各貌，並非苟作。

紀昀所評蘇軾戲題詩之「其實戲字已先錯」、「此種豈可入集」，顯然他是站在「詩品即人品」的立場，因爲他評蘇軾〈夢中作寄朱行中〉說：「是以誦詩讀書，必知其人論其事。」戲題詩本於一人在遊戲，另一人在配合遊戲，若非如此，遊戲無法進行，遊戲是一來一往，你情我願的。相較於其他的主題詩，戲題詩的讀者似乎更需要具備幽默感，以及浩瀚的學識，否則面對山嶽般的典故，只能先行棄冊，休管詩意。蘇、黃戲題詩的嘮叨、瑣碎、粗糙、率意、壅滯，卻也是不完美中的完美，於此可以結合本文於第二章提及的「晚節漸於詩律細」來探討，細是格律的嚴謹，例如目前已被研究出杜詩「四聲遞用」的相關議題。從另外一個角度來看，各本詩話追求著「好詩」，他們喜歡「完美」，卻不承認「不完美」是更合乎人性的，文學回歸本質後，是語言的藝術，是始於遊戲。「詩律細」的「細」，其實更是視野的開啓，只能諧而不能隱，或只能隱而不能諧，都陷入窄化的僵直中，每每「工整」、「合乎格律」，那樣的詩終將千篇一律，是學人口吻，並非出於己意，反而一點也不「細」。詩律的「細」，根據杜甫的眼界和胸襟，應該更具有「兼備」、「集大成」的意義。因爲審美的眼光是一種「典型」的承襲，有「非盛唐詩」的防備心，較沒有突破現況的野心。蘇、黃戲題詩的大量創作，其數量高於王安石、歐陽脩等同期北宋詩人頗多，觀其戲題詩，可發爲「眞東坡詩也」、「眞山谷詩也」之標誌，則其詩集才有了意義。

王國維所談的詼諧與嚴重雙重性質，從詩話和研究者的立場，欲求其「嚴重」，以戲題詩的精神反推，蘇、黃卻笑詩話和研究者缺乏詼諧。因此，本文認爲蘇、黃戲題詩時有傷於歡快，甚至因爲典故，阻礙了原本的閱讀美意，在此條件下，是種失衡的遊戲。然而，其形式耀眼，不可自掩，拗口詩、聯句詩、集句詩，皆有強烈的競意，尤其拗口詩表現笑中帶的淚，是苦澀的，且形式上的拗口，卻又隱然說出蘇、黃性格裡的執拗，屬於非語的表達，帶點大智若愚的滋味。這些戲題詩的文字過於搬弄，導致文字勝於情感，在不能否認其遊戲性質下，它們可謂一種失語的遊戲，有時刻意解釋，反而越描越黑。抒情傳統所追求的抒情，疲於抒情之後，似乎沒有承起，是沒落的王國，而非遊戲的王國。面對如此細微的哀愁，不得不說：「公作詩費許多力氣作甚，不亦樂乎？」

引用書目

一、古籍

（一）詩話／詞話／曲話／文話

1. 〔宋〕歐陽脩著，克冰評注：《六一詩話》，北京：中華書局，2014年。
2. 〔宋〕許顗：《彥周詩話》，〔清〕何文煥輯：《歷代詩話》，北京：中華書局，2006年重印版。
3. 〔宋〕葉夢得著，逯名昕校注：《石林詩話校注》，北京：人民文學出版社，2011年。
4. 〔宋〕陳師道：《後山詩話》，〔清〕何文煥輯：《歷代詩話》，北京：中華書局，2006年重印版。
5. 〔宋〕周紫芝：《竹坡夜話》，〔清〕何文煥輯：《歷代詩話》，北京：中華書局，2006年重印版。
6. 〔宋〕葛立方：《韻語陽秋》，〔清〕何文煥輯：《歷代詩話》，北京：中華書局，2006年重印版。
7. 〔宋〕魏慶之著，王仲聞點校：《詩人玉屑》，北京：中華書局，2007年。
8. 〔宋〕王直方：《王直方詩話》，郭紹虞輯：《宋詩話輯佚》，北京：中華書局，1987年，上冊。
9. 〔宋〕蔡啓：《蔡寬夫詩話》，郭紹虞輯：《宋詩話輯佚》，北京：中華書局，1987年，下冊。

10. 〔宋〕呂本中：《童蒙詩訓》，郭紹虞輯：《宋詩話輯佚》，北京：中華書局，1987 年，下冊。
11. 〔宋〕蔡絛：《西清詩話》，蔡鎮楚編：《中國詩話珍本叢書》，北京：北京圖書館出版社，2004 年。
12. 〔宋〕釋惠洪著，李保民校點：《冷齋夜話》，上海：上海古籍出版社，2012 年。
13. 〔宋〕黃徹：《䂬溪詩話》，丁福保輯：《歷代詩話續編》，北京：中華書局，2006 年重印版，上冊。
14. 〔宋〕張戒《歲寒堂詩話》，丁福保輯：《歷代詩話續編》，北京：中華書局，2006 年重印版，上冊。
15. 〔宋〕胡仔：《苕溪漁隱叢話》，臺北：世界書局，2009 年。
16. 〔宋〕魏泰著，陳應鸞校注：《臨漢隱居詩話校注》，成都：巴蜀書社，2001 年。
17. 〔宋〕陳善：《捫蝨新話》，北京：中華書局，1985 年，《儒學警悟》本。
18. 〔宋〕張鎡：《詩學規範》，郭紹虞輯：《宋詩話輯佚》，北京：中華書局，1987 年，下冊。
19. 〔宋〕劉克莊：《江西詩派小序》，丁福保輯：《歷代詩話續編》，北京：中華書局，2006 年重印版，上冊
20. 〔宋〕嚴羽著，郭紹虞校釋：《滄浪詩話校釋》，臺北：里仁書局，1983 年。
21. 〔宋〕張炎：《詞源》，唐圭璋編：《詞話叢編》，北京：中華書局，2005 年，第 1 冊。
22. 〔宋〕佚名：《漫叟詩話》，郭紹虞輯：《宋詩話輯佚》，北京：中華書局，1987 年，上冊。
23. 〔金〕王若虛：《滹南詩話》，丁福保輯：《歷代詩話續編》，北京：中華書局，2006 年重印版，上冊。
24. 〔元〕韋居安：《梅磵詩話》，丁福保輯：《歷代詩話續編》，北京：中華書局，2006 年重印版，中冊。
25. 〔元〕楊維楨：〈朱明優戲錄〉，俞爲民、孫蓉蓉主編：《歷代曲話彙編・唐宋元編》，合肥：黃山書社，2005 年。
26. 〔元〕陳繹曾：《文説》，王水照編：《歷代文話》，上海：復旦大學出版社，2007 年，第 2 冊。

27. 〔明〕吳訥：《文章辨體序說》，王水照編：《歷代文話》，上海：復旦大學出版社，2007年，第2冊。
28. 〔明〕李東陽著，李慶立校釋：《懷麓堂詩話校釋》，北京：人民文學出版社，2009年。
29. 〔明〕梁橋：《冰川詩式》，周維德集校：《冰川詩式》，濟南：齊魯書社，2005年，第2冊。
30. 〔明〕楊慎著，王大厚箋證：《升庵詩話新箋證》，北京：中華書局，2008年。
31. 〔明〕許學夷著，杜維沫點校：《詩源辯體》，北京：人民文學出版社，1998年。
32. 〔明〕楊良弼：《作詩體要》，周維德集校：《全明詩話》，濟南：齊魯書社，2005年，第2冊。
33. 〔明〕謝榛著，宛平校點：《四溟詩話》，北京：人民文學出版社，2005年重印版。
34. 〔明〕胡應麟：《詩藪》，北京：中華書局，1958年。
35. 〔明〕趙世顯：《趙仁甫詩談》，陳廣宏、侯榮川編校：《稀見明人詩話十六種》，上海：上海古籍出版社，2014年，閔中趙氏原刊本，上冊。
36. 〔明〕王驥德著，陳多、葉長海注釋：《曲律注釋》，上海：上海古籍出版社，2012年。
37. 〔明〕呂天成著，吳書蔭校注：《曲品校注》，北京：中華書局，1990年。
38. 〔清〕王夫之著，舒蕪校點：《薑齋詩話》，北京：人民文學出版社，2005年重印版。
39. 〔清〕葉燮著，蔣寅箋注：《原詩箋注》，上海：上海古籍出版社，2014年。
40. 〔清〕王士禛著，張宗柟纂集，戴鴻森校點：《帶經堂詩話》，北京：人民文學出版社，2006年重印版。
41. 〔清〕劉大勤編與問，〔清〕王士禛答：《師友詩傳續錄》，丁福保輯：《清詩話》，上海：上海古籍出版社，2015年，上冊。
42. 〔清〕錢良擇：《唐音審體》，丁福保輯：《清詩話》，上海：上海古籍出版社，2015年，下冊。
43. 〔清〕賀裳：《載酒園詩話》，郭紹虞編，富壽蓀校點：《清詩話續編》，上海：上海古籍出版社，1983 年，上冊。
44. 〔清〕張謙宜：《絸齋詩談》，郭紹虞編，富壽蓀校點：《清詩話續編》，上海：上海古籍出版社，1983 年，上冊。
45. 〔清〕沈德潛：《說詩晬語》，北京：人民文學出版社，2005 年重印版。
46. 〔清〕薛雪著，杜維沫校注：《一瓢詩話》，北京：人民文學出版社，2005 年重印版。
47. 〔清〕潘德輿著，朱德慈輯校：《養一齋詩話》，北京：中華書局，2010 年。
48. 〔清〕袁枚著，顧學頡校點：《隨園詩話》，北京：人民文學出版社，2006 年重印版。
49. 〔清〕趙翼著，霍松林、胡主佑校點：《甌北詩話》，北京：人民文學出版社，2006 年。
50. 〔清〕吳雷發：《說詩菅蒯》，丁福保輯：《清詩話》，上海：上海古籍出版社，2015 年，下冊。
51. 〔清〕李調元：《雨村詞話》，唐圭璋編：《詞話叢編》，北京：中華書局，2005 年，第 2 冊。
52. 〔清〕江順詒：《詞學集成》，唐圭璋編：《詞話叢編》，北京：中華書局，2005 年，第 4 冊。
53. 〔清〕李佳：《左庵詞話》，唐圭璋編：《詞話叢編》，北京：中華書局，2005 年，第 4 冊。
54. 〔清〕田同之：《西圃詞說》，唐圭璋編：《詞話叢編》，北京：中華書局，2005 年，第 2 冊。
55. 〔清〕吳喬：《圍爐詩話》，郭紹虞編，富壽蓀校點：《清詩話續編》，上海：上海古籍出版社，1983 年。
56. 〔清〕方東樹：《昭昧詹言》，北京：人民文學出版社，1984 年。
57. 〔清〕施補華：《峴傭說詩》，丁福保輯：《清詩話》，上海：上海古籍出版社，2015 年，下冊。
58. 〔清末民初〕王國維著，徐調孚校注：《校注人間詞話》，臺北：頂淵文化，2001 年。

（二）別集／全集

1. 〔魏〕曹丕：《典論》，臺北：中華書局，1985 年。

2. 〔晉〕陶淵明著，逯欽立校注：《陶淵明集》，北京：中華書局，2008 年重印版。
3. 〔梁〕何遜著，李伯齊校注：《何遜集校注》，北京：中華書局，2012 年重印版。
4. 〔唐〕孟浩然著，佟倍基箋注：《孟浩然詩集箋注》，上海：上海古籍出版社，2000 年。
5. 〔唐〕李白著，〔清〕王琦注：《李太白全集》，北京：中華書局，2006 年重印版。
6. 〔唐〕杜甫著，〔清〕仇兆鰲注：《杜詩詳注》，臺北：里仁書局，1980 年。
7. 〔唐〕杜甫著，〔清〕楊倫箋注：《杜詩鏡銓》，臺北：華正書局，2003 年。
8. 〔唐〕韓愈著，馬其昶校注，馬茂元整理《韓愈文集校注》，上海：上海古籍出版社，1998 年。
9. 〔唐〕韓愈著，〔清〕方世舉注，郝潤華、丁俊麗整理：《韓昌黎詩集編年箋注》，北京：中華書局，2014 年重印版。
10. 〔唐〕劉禹錫著，瞿蜕園箋證：《劉禹錫集箋證》，上海：上海古籍出版社，1989 年。
11. 〔日，774～885〕弘法大師著，王利器校注：《文鏡秘府論》，北京：中國社會科學出版社，1983 年。
12. 〔唐〕李賀著，〔清〕王琦彙解：《李長吉歌詩王琦彙解》，《三家評注李長吉歌詩》，上海：上海古籍出版社，1998 年。
13. 〔唐〕杜牧著，河錫光校注：《樊川文集校注》，四川：巴蜀書社，2007 年。
14. 〔唐〕李商隱著，劉學鍇、余恕誠校注：《李商隱文編年校注》，北京：中華書局，2002 年。
15. 〔唐〕李商隱著，〔清〕馮浩箋注：《玉谿生詩集箋注》，臺北：里仁書局，1981 年。
16. 〔宋〕歐陽脩著，劉德清、顧寶林、歐陽明亮：《歐陽脩詩編年箋注》，北京：中華書局，2012 年。
17. 〔宋〕王安石：《王臨川全集》，臺北：世界書局，1977 年。
18. 〔宋〕曾鞏著，陳杏珍、晁繼周點校：《曾鞏集》，北京：中華書局，2013 年重印版。

19. 〔宋〕蘇軾著，〔清〕王文誥輯注，孔凡禮點校：《蘇軾詩集》，北京：中華書局，2007年重印版。
20. 〔宋〕蘇軾著，鄒同慶、王宗堂注：《蘇軾詞編年校注》，北京：中華書局，2010年重印版。
21. 〔宋〕蘇轍著，曾棗莊、馬德富校點：《欒城集》，上海：上海古籍出版社，2009年2版。
22. 〔宋〕黃庭堅：《豫章黃先生文集》，《四部叢刊正編》，臺北：商務印書館，1979年，嘉興沈氏藏宋刊本。
23. 〔宋〕黃庭堅著，劉琳、李勇先、王蓉貴校點：《黃庭堅全集》，成都：四川大學出版社，2001年。
24. 〔宋〕黃庭堅著，〔宋〕任淵等注，劉尚榮點校：《黃庭堅詩集注》，北京：中華書局，2007年。
25. 〔宋〕黃庭堅著，陳永正、何澤棠注：《山谷詩注續補》，上海：上海古籍出版社，2012年。
26. 〔宋〕黃庭堅著，屠友祥校注：《山谷題跋校注》，上海：上海遠東出版社，2011年。
27. 〔宋〕黃庭堅著，馬興榮、祝振玉校注：《山谷詞校注》，上海：上海古籍出版社，2011年。
28. 〔宋〕秦觀著，徐培均箋注：《淮海集箋注》，上海：上海古籍出版社，2000年。
29. 〔宋〕張耒著，李逸安等點校：《張耒集》，北京：中華書局，2005年重印版。
30. 〔宋〕晁補之：《雞肋集》，《文淵閣四庫全書》，臺北：商務印書館，1983～1986年，集部冊1118。
31. 〔宋〕釋惠洪著，〔日〕釋廓們貫徹注，張伯偉等點校：《注石門文字禪》，北京：中華書局，2012年。
32. 〔宋〕李清照著，黃墨谷輯校：《重輯李清照集》，北京：中華書局，2009年。
33. 〔宋〕周邦彥著，〔宋〕陳元龍集注：《宋刊片玉集》，福建：福建人民出版社，2008年，據宋刻本影印原書版。
34. 〔清〕金聖歎著，陸林輯校整理：《唱經堂杜詩解》，《金聖歎全集》，南京：鳳凰出版社，2008年，第2冊。
35. 〔清〕紀昀評：《蘇文忠公詩集》，臺北：宏業書局，1969年，掃葉山房石印本。

36. 〔清〕趙克宜：《角山樓蘇詩評注彙鈔》，臺北：新興書局，1967年，清咸豐二年趙氏原刻本。
37. 〔清末民初〕魯迅：《魯迅全集》，北京：人民文學出版社，1991年。
38. 〔清末民初〕王國維著，謝維揚、房鑫亮主編：《王國維全集，第十四卷》，杭州：浙江教育出版社，2009年。

（三）總集／選集

1. 〔清〕嚴可均輯：《全上古三代秦和三國六朝文》，北京：中華書局，2012年重印版。
2. 逯欽立輯校：《先秦漢魏南北朝詩》，北京：中華書局，2011年重印版。
3. 孔范今編：《全唐五代詞輯注》，西安：陝西人民出版社，1998年。
4. 《全唐詩》，北京：中華書局，1992年，第12冊。
5. 〔清末民初〕魯迅校錄：《唐宋傳奇集》，濟南：齊魯書社，1997年。
6. 曾棗莊、劉琳主編：《全宋文》，上海：上海辭書出版社／合肥：安徽教育出版社，2006年。
7. 北京大學古文獻研究所編：《全宋詩》，北京：北京大學出版社，1998年。
8. 〔清〕吳之振、〔清〕呂留良、〔清〕吳自牧選：《宋詩鈔》，北京：中華書局，1996年。

（四）佛典

1. 本文佛典引用主要採用「中華電子佛典協會」（Chinese Buddhist Electronic Text Association，簡稱CBETA）的電子佛典，排列如下。
2. 《長阿含經》，T01，No.0001。
3. 《妙法蓮華經》，T09，NO.0262。
4. 《大方廣佛華嚴經》，T10，No.0279。
5. 《維摩詰所說經》，T14，No.0475。
6. 《大乘入楞伽經》，T16，No.0672。

7. 《注大乘入楞伽經》，T39，No.1791。
8. 《首楞嚴義疏注經》，T39，No.1799。
9. 《景德傳燈錄》，T51，No.2076

（五）其他

1. 〔春秋〕列禦寇著，〔晉〕張湛注：《列子》，臺北：藝文印書館，1971 年再版。
2. 〔春秋〕左丘明著，〔晉〕杜預注，〔唐〕孔穎達等正義：《春秋左傳正義》，臺北：藝文印書館，1993 年，影印〔清〕阮元《校刻十三經注疏校勘》本。
3. 〔戰國〕莊周著，〔清〕郭慶藩編：《莊子集釋》，臺北：萬卷樓出版社，2007 年。
4. 〔戰國～漢〕作者不詳，袁珂校注：《山海經校注》，成都：巴蜀書社，1992 年。
5. 〔秦〕呂不韋著，〔清〕高時顯、〔清〕吳汝霖輯校：《呂氏春秋新校》，臺北：中華書局，1981 年，據畢氏靈巖山館校本校刊。
6. 〔漢〕毛亨傳，〔漢〕鄭玄箋，〔唐〕孔穎達等正義，〔清〕阮元校勘：《毛詩正義》，臺北：藝文印書館，1993 年，影印〔清〕阮元《校刻十三經注疏校勘》本。
7. 〔漢〕劉向著，滕修展等編：《列先傳注譯‧神仙傳注譯》，天津：百花文藝出版社，1996 年。
8. 〔漢〕鄭玄注，〔唐〕陸明德音義，〔唐〕賈公彥疏：《周禮注疏》，臺北：藝文印書館，1993 年，影印〔清〕阮元《校刻十三經注疏校勘》本。
9. 〔漢〕司馬遷：《新校本史記三家注并附編二種》，臺北：鼎文書局，1981 年。
10. 〔漢〕班固著，〔唐〕顏師古注：《新校本漢書集注并附編二種》，臺北：鼎文書局，1981 年。
11. 〔漢〕趙岐著，〔晉〕摯虞注：《三輔決錄》，《百部叢書集成》，臺北：藝文印書館，1966 年，《二酉堂叢書》本。
12. 〔魏〕何晏集解，〔宋〕邢昺疏：《論語注疏》，臺北：藝文印書館，1993 年，影印〔清〕阮元《校刻十三經注疏校勘》本。
13. 〔晉〕陳壽：《新校本三國志注附索引》，臺北：鼎文書局，1980 年。

14. 〔晉〕張華著，范寧校證：《博物志校證》，臺北：明文書局，1981年。
15. 〔晉〕葛洪：《西京雜記》，《文淵閣四庫全書》，臺北：商務印書館，1983～1986年，子部冊1035。
16. 〔晉〕干寶著，汪紹楹校注：《搜神記．搜神後記》，臺北：木鐸出版社，1985年。
17. 〔晉〕習鑿齒著，〔清〕任兆麟訂：《襄陽耆舊記》，《續修四庫全書》，上海：上海古籍出版社，1995年。
18. 〔南朝宋〕范曄：《新校本後漢書并附編十二種》，臺北：鼎文書局，1981年。
19. 〔南朝宋〕劉義慶著，〔梁〕劉孝標注，朱鑄禹集注：《世說新語集注彙校》，上海：上海古籍出版社，2008年重印版。
20. 〔梁〕沈約等：《新校本宋書附索引》，臺北：鼎文書局，1980年。
21. 〔梁〕劉勰著，黃淑琳注，李詳補注，楊明照校注拾遺：《增訂文心雕龍注》，北京：中華書局，2013年重印版。
22. 〔梁〕宗懍著，王毓榮校注：《荊楚歲時記校注》，臺北：文津出版社，1988年。
23. 〔梁〕顏之推著，〔清〕趙曦明注，〔清〕盧文弨補注：《顏氏家訓》，臺北：商務印書館，1986年臺2版。
24. 〔唐〕房玄齡等：《新校本晉書并附編六種》，臺北：鼎文書局，1980年。
25. 〔唐〕魏徵等：《新校本隋書附索引》，臺北：鼎文書局，1980年。
26. 〔唐〕李延壽：《新校本南史附索引》，臺北：鼎文書局，1981年。
27. 〔唐〕李延壽：《新校本北史并附編三種》，臺北：鼎文書局，1980年。
28. 〔唐〕白居易著，〔宋〕孔傳續撰：《白孔六帖》，《文淵閣四庫全書》，臺北：商務印書館，1983～1986年，子部冊892。
29. 〔唐〕李肇：《新校唐國史補》，臺北：世界書局，1978年3版。
30. 〔後晉〕劉昫等：《新校本舊唐書附索引》，臺北：鼎文書局，1981年。
31. 〔五代〕孫光憲：《北夢瑣言》，北京：中華書局，2006年重印版。
32. 〔宋〕歐陽脩、〔宋〕宋祁等：《新校本新唐書附索引》，臺北：鼎文書局，1981年。

33. 〔宋〕歐陽脩：《歸田錄》，《文淵閣四庫全書》，臺北：商務印書館，1983～1986 年，子部冊 1036。
34. 〔宋〕沈括：《夢溪筆談》，北京：中華書局，1985 年。
35. 〔宋〕蘇軾著，王松齡點校：《東坡志林》，北京：中華書局，2010 年重印版。
36. 〔宋〕陳師道著，李偉國點校：《後山談叢》，北京：中華書局，2007 年。
37. 〔宋〕邵伯溫著，李建雄、劉德權點校：《邵氏聞見錄》，北京：中華書局，1997 年。
38. 〔宋〕邵博著：李建雄、劉德權點校：《邵氏聞見後錄》，北京：中華書局，2006 年。
39. 〔宋〕李廌著，孔凡禮點校：《師友談記》，北京：中華書局，2002 年。
40. 〔宋〕朋九萬：《東坡烏臺詩案》，北京：中華書局，1985 年，《函海》本。
41. 〔宋〕陳敬：《陳氏香譜》，《四庫全書珍本》，臺北：商務印書館，1973 年，據國立故宮博物院所藏文淵閣本影印，第 194 冊。
42. 〔宋〕趙令畤：《侯鯖錄》，朱易安、傅璇琮等主編：《全宋筆記》，鄭州：大象出版社，2008 年，第 2 編第 6 冊。
43. 〔宋〕孫升：《孫公談圃》，朱易安、傅璇琮等主編：《全宋筆記》，鄭州：大象出版社，2008 年，第 2 編第 1 冊。
44. 〔宋〕朱弁著，孔凡禮點校：《曲洧舊聞》，北京：中華書局，2002 年。
45. 〔宋〕何薳著，張明華校點：《春渚紀聞》，北京：中華書局，2007 年重印版。
46. 〔宋〕王之望：《漢濱集》，《文淵閣四庫全書》，臺北：商務印書館，1983～1986 年，集部冊 1139。
47. 〔宋〕蔡絛：《鐵圍山叢談》，朱易安、傅璇琮等主編：《全宋筆記》，鄭州：大象出版社，2008 年，第 3 編第 9 冊。
48. 〔宋〕孟元老著，鄧之誠注：《東京夢華錄注》，北京：中華書局，2010 年重印版。
49. 〔宋〕曾敏行：《獨醒雜志》，朱易安、傅璇琮等主編：《全宋筆記》，鄭州：大象出版社，2008 年，第 4 編第 5 冊。

50. 〔宋〕王象之：《輿地紀勝》，北京：中華書局，2012 年重印版，影印清道光二十九年刊本。

51. 〔宋〕王偁：《東都事略》，臺北：中央圖書館，1991 年。

52. 〔宋〕費袞著，金圜校點：《梁溪漫志》，上海：上海古籍出版社，2012 年。

53. 〔宋〕孫宗鑑：《西畬瑣錄》，朱易安、傅璇琮等主編：《全宋筆記》，鄭州：大象出版社，2008 年，第 3 編第 4 冊。

54. 〔元〕關漢卿：《關漢卿戲曲集》，臺北：宏業書局，1973 年。

55. 〔元〕脫脫等：《新校本宋史并附編三種》，臺北：鼎文書局，1980 年。

56. 〔元末明初〕孫作：《滄螺集》，《文淵閣四庫全書》，臺北：商務印書館，1983～1986 年，集部冊 1229。

57. 〔明〕朱權著，姚品文點校、箋評：《太和正音譜箋評》，北京：中華書局，2010 年。

58. 〔韓，1473～1542〕崔世珍：《朴通事諺解》，臺北：聯經出版社，1978 年，奎章閣叢書本。

59. 〔明〕田汝成：《西湖遊覽志餘》，臺北：木鐸出版社，1982 年。

60. 〔清〕王奕清編，孫通海、王景桐校點：《欽定詞譜》北京：學苑出版社，2008 年。

61. 〔清〕趙翼《陔餘叢考》，臺北：華世出版社，1975 年。

62. 〔清〕梁廷枏：《東坡事類》，臺北：廣文書局，1991 年。

二、近人論著（依年代排列）

（一）古典詩學

1. 黃公渚：《黃山谷詩》，臺北：商務印書館，1971 年。

2. 郭紹虞：《杜甫戲爲六絕句集解》，臺北：木鐸出版社，1982 年。

3. 黃永武：《詩與美》，臺北：洪範出版社，1984 年。

4. 錢鍾書：《談藝錄》，臺北：書林出版社，1988 年增訂版。

5. 朱光潛：《詩論》，臺北：國文天地雜誌社，1990 年。

6. 張高評：《宋詩之傳承與開拓——以翻案詩、禽言詩、詩中有畫爲例》，臺北：文史哲出版社，1990 年。

7. 古遠清：《詩歌分類學》，高雄：復文書局，1991 年。

8. 胡雲翼：《宋詩研究》，四川：巴蜀書社，1993 年。
9. 張敬：〈我國文字應用中的諧趣——文字遊戲與遊戲文字〉，《清徽學術論文集》，臺北：華正書局，1993 年。
10. 童慶炳：《中國古代心理詩學與美學》，臺北：萬卷樓圖書，1994 年。
11. 張高評：《宋詩之新變與代雄》，臺北：洪葉文化，1995 年。
12. 楊松年：《杜甫〈戲爲六絕句〉研究》，臺北：文史哲出版社，1995 年。
13. 鄭永曉：《黃庭堅年譜新編》，北京：社會科學文獻出版社，1997 年。
14. 周裕鍇：《宋代詩學通論》，成都：巴蜀書社，1997 年。
15. 吳晟：《黃庭堅詩歌創作論》，南昌：江西人民出版社，1998 年。
16. 張高評：《會通化成與宋代詩學》，臺南：成大出版組，2000 年。
17. 周益忠：〈試說元好問和戴復古二家論詩絕句對於諧謔詩的態度——兼論諧謔詩的發展〉，《宋代文學研究叢刊．第八期》，高雄：麗文文化，2003 年。
18. 張高評：《自成一家與宋詩宗風：兼論唐宋詩之異同》，臺北：萬卷樓圖書，2004 年。
19. 孔凡禮：《蘇軾年譜》，北京：中華書局，2005 年重印版。
20. 黃啓方：《黃庭堅與江西詩派論集》，臺北：國家出版社，2006 年。
21. 鍾美玲：〈黃庭堅遷謫時期的戲作詩〉，《宋代文學研究叢刊．第十四期》，高雄：麗文文化，2007 年。
22. 張高評：《創意造語與宋詩特色》臺北：新文豐出版公司，2008 年。
23. 熊海英：《北宋文人集會與詩歌》，北京：中華書局，2008 年。
24. 潘善祺：《詩體類說》，上海：古籍出版社，2011 年。
25. 張高評：《《詩人玉屑》與宋代詩學》，臺北：新文豐出版社，2013 年。
26. 張高評：《苕溪漁隱叢話與宋代詩學典範——兼論詩話刊行及其傳媒效應》，臺北：新文豐出版社，2013 年。
27. 張明華、李曉黎：《集句詩嬗變研究》，北京：中國社會科學出版社，2011 年。

28. 謝琰：《北宋前期詩歌轉型研究》，北京：北京大學出版社，2013年。

29. 王宇根：《萬卷：黃庭堅和北宋晚期詩學中的閱讀與寫作》，北京：生活·讀書·新知三聯書店，2015年。

（二）翻譯著作

1. 〔日〕丸山學著，郭虛中譯：《文學研究法》，臺北：商務印書館，1981年。
2. 〔德〕席勒（Schiller）著，徐恆醇譯：《美育書簡》，臺北：丹青出版社，1987年。
3. 〔德〕康德（Immanuel Kant）著，鄧曉芒譯，楊祖陶校訂：《判斷力批判》，臺北：聯經出版社，2004年。
4. 〔美〕貝拉維爾（Gene H. Bell-Villada）：《爲藝術而藝術與文學生命》，臺北：昭明出版社，2004年。
5. 〔荷〕赫伊津哈（Johan Huizinga）著，何道寬譯：《遊戲的人：文化中遊戲成分的研究》，廣州：花城出版社，2007年。
6. 〔義〕安柏托·艾可（Umberto Eco）著，彭淮棟譯：《醜的歷史》，臺北：聯出版社，2008年。
7. 〔德〕尼采（Friedrich Wilhelm Nietzsche）著：余鴻榮譯：《查拉圖斯特拉如是說》，臺北：志文出版社，2011年。
8. 〔日〕吉川幸次郎著，鄭清茂譯：《宋詩概說》，臺北：聯經出版社，2012年。
9. 〔法〕羅蘭·巴特（Roland Barthes）著，劉森堯譯：《羅蘭·巴特論羅蘭·巴特》，臺北：麥田出版社，2012年。
10. 〔美〕艾朗諾（Ronald Egan）著，杜斐然、劉鵬、潘玉濤譯，郭勉愈校：《美的焦慮：北宋士大夫的審美思想與追求》，上海：上海古籍出版社，2013年。
11. 〔英〕史蒂芬·貝利（Stephen Bayle）：《醜：萬物的美學》，臺北：典藏藝術家庭，2014年。
12. 〔美〕雅克·巴森（Jacques Barzun）：《文化的衰頹》，臺北：橡實文化，2016年。

（三）其他

1. 王易：《詞曲史》，台北：廣文書局，1971年3版。

2. 傅樂成：《漢唐史論文集》，臺北：聯經出版社，1977 年。
3. 張秉泉：《山谷的交游及作品》，香港：中文大學出版社，1978 年。
4. 盧元駿：《曲學》，臺北：黎明文化，1980 年。
5. 金榮華：《比較文學》，臺北：福記文化，1982。
6. 朱光潛：《談文學》，臺北：漢京文化，1982 年。
7. 胡適：《胡適文集‧第三集》，臺北：遠東圖書，1983 年。
8. 郭紹虞：《照隅室雜著》，上海：上海古籍出版社，1986 年。
9. 朱光潛：《狂飆時代的美學》，臺北：金楓出版社，1987 年。
10. 龍榆生：《唐宋詞定律》，臺北：華正書局，1988 年。
11. 曾永義：《詩歌與戲曲》，臺北：聯經出版社，1988 年。
12. 閻振瀛：《美育‧人生》，臺北：臺北市立美術館，1988 年。
13. 賈志揚：《宋代科舉》，臺北：東大圖書，1995 年。
14. 蕭颯、王文欽、徐智策：《幽默心理學》，臺北：智慧大學出版社，1995 年。
15. 王水照：《宋代文學通論》，河南：河南大學出版社，1997 年。
16. 龍協濤：《讀者反應理論》，臺北：揚智文化，1997 年。
17. 王國維：《宋元戲曲考》，《王國維戲曲論文集》，臺北：里仁書局，1998 年。
18. 蕭馳：《中國抒情傳統》，臺北：允晨文化，1999 年。
19. 蔣原倫、潘凱雄：《歷史描述與邏輯演繹——文學批評文體論》，昆明：雲南人民出版社，1999 年。
20. 張紹勳：《研究方法》，臺北：滄海書局，2000 年。
21. 夏中義：《藝術鏈》，上海：上海文藝出版社，2001 年。
22. 徐岱：《藝術的精神》，北京：首都師範大學出版社，2001 年。
23. 朱南銑：《中國象棋史叢考》，北京：中華書局，2003 年重編本。
24. 漢寶德：《漢寶德談美》，臺北：聯經出版社，2004 年。
25. 梅家玲：《漢魏六朝文學新論——擬代與贈答篇》，北京：北京大學出版社，2004 年。
26. 沈惠如：《袖珍曲選》，臺北：里仁書局，2004 年。
27. 高友工：《中國美典與文學研究論集》，臺北：國立臺灣大學出版中心，2004 年。

28. 楊慶存：《黃庭堅與宋代文化》，開封：河南大學出版社，2005 年重印版。
29. 張伯偉：《中國古代文學批評方法研究》，北京：中華書局，2006 年重印版。
30. 吳功正：《宋代美學史》，南京：江蘇教育出版社，2007 年。
31. 漢寶德：《談美感》，臺北：聯經出版社，2007 年。
32. 胡忌：《宋金雜劇考》，北京：中華書局，2008 年訂補本。
33. 蘇珊玉：《人間詞話之審美觀》，臺北：里仁書局，2009 年。
34. 達亮：《蘇東坡與佛教》，臺北：文津出版社，2010 年增補版。
35. 凌郁之：《宋代雅俗文學觀》，北京：中國社會科學出版社，2012 年。
36. 付立峰《「遊戲」的哲學：從赫拉克利到德里達》，北京：中國社會科學出版社，2012 年。
37. 任中敏：《唐戲弄》，南京：鳳凰出版社，2013 年。
38. 王毅：《中國古代俳諧詞史論》上海：上海古籍出版社，2013 年。
39. 索達吉堪布仁波切：《佛說無量壽經廣釋》，臺北：心一堂出版社，2015 年。
40. 王水照：《蘇軾研究》，北京：中華書局，2015 年。
41. 錢志熙：《黃庭堅詩學體系研究》，北京：北京大學出版社，2015 年。
42. 劉昌元：《西方美學導論》，臺北：聯經出版社，2017 年。

三、期刊論文／會議論文（依年代排列）

1. 張蜀蕙：〈蘇軾諧謔書寫與唐宋戲題文學〉，《第五屆中國詩學會議論文集：宋代文學》，彰化：彰化師範大學，1990 年，頁 59～110。
2. 張高評：〈宋詩特色之自覺與形成〉，《漢學研究》第 10 卷第 1 期，1992 年 6 月，頁 243～274。
3. 張清榮：〈由元遺山「俳諧怒罵豈詩宜」論詩之雅俗〉，《臺南師院學報》第 28 期，1995 年 6 月，頁 225～244。
4. 黃奕珍：〈試論黃庭堅的「句中眼」〉，《中國文學研究》第 9 期，1995 年 6 月，頁 175～198。

5. 李蓮雅：〈杜甫以「戲」字為題之詩作探析〉，《輔大中研所學刊》第 9 期，1999 年 9 月，頁 133～153。
6. 楊宗瑩：〈一笑、呵呵、絕倒——東坡尺牘中笑的探索〉，《千古風流：東坡逝世九百年學術研討會》，臺北：洪葉文化，2001 年，頁 341～374。
7. 王燕飛：〈蘇軾詩詞中的俳諧情調〉《臨沂師範學院學報》第 24 卷第 2 期，2002 年，頁 98～100。
8. 李立信：〈蘇東坡七古用韻考〉，《逢甲大學人文社會學報》第 5 期，2002 年 11 月，頁 1～24。
9. 崔成宗：〈論黃山谷之滑稽詩風〉，《淡江中文學報》第 9 期，2003 年 9 月，頁 79～104。
10. 許德楠：〈從所謂杜詩中的「戲題劇論」談杜詩的「歷史命運」〉，《杜甫研究學刊》第 3 期，2005 年，頁 22～30。
11. 鄭永曉：〈試論蘇、黃齊名及其詩歌優劣之爭〉，《重慶教育學院學報》第 18 卷第 5 期，2005 年 9 月，頁 37～41。
12. 蕭馳：〈「書寫中的群與我、情與感」——〈古詩十九首〉詩學質性與詩史地位再檢討〉，《中國文哲研究集刊》第 30 期，2007 年 3 月，頁 45～85。
13. 吳彩娥：〈性靈與遊戲：二袁以戲嘲為題詩歌析論〉，《彰化師大國文學誌》第 14 期，2007 年 6 月，頁 1～17。
14. 黃東陽：〈《騎鶴上揚州」非殷芸《小說》佚文辨正〉，《文獻季刊》第 4 期，2007 年 10 月，頁 47～52。
15. 劉昭明、黃子馨：〈蘇、黃訂交考〉，《文與哲》第 11 期，2007 年 12 月，頁 263～288。
16. 顏崑陽、蔡英俊：〈中國古典文學研究的現代視域與方法——「百年論學」學術對談〉，《政大中文學報》第 9 期特稿，2008 年 6 月，頁 1～22。
17. 章培恆：〈大業拾遺記、梅妃傳等五篇傳奇的寫作時代〉，《深圳大學學報》第 1 期，2008 年，頁 106～110。
18. 呂正惠〈抒情傳統與現代文學——一篇隨筆〉，《清華中文學報》第 3 期，2009 年 12 月，頁 273～294。
19. 魏岫明：〈從語法觀點探討宋代古文家「言」「文」分離現象——以蘇軾作品為例〉，《成大中文學報》第 31 期，2010 年 12 月，頁 27～60。

20. 〔日〕川合康三著，謝嘉文譯：〈中國古典文學的存亡〉，《政大中文學報》第 15 期特稿，2011 年 6 月，頁 1～20。
21. 陳素貞：〈北宋飲食餽酬詩的主題情調與戲謔意涵〉，《東海大學文學院學報》第 52 卷，2011 年 7 月，頁 143～174。
22. 張國榮：〈蘇軾詩文戲謔「風格特徵」成因及文學史意義〉，《樂山師範學院學報》第 26 卷第 9 期，2011 年 9 月，頁 6～12。
23. 何繼文：〈翁方綱對黃庭堅詩的評價〉，香港中文大學《中國文化研究學報》，2012 年 1 月，頁 22～254。
24. 姜龍翔：〈韓愈〈毛穎傳〉新詮〉，《成大中文學報》第 35 期，2011 年 12 月，頁 69～98。
25. 蘇珊玉：〈自覺與新變——「戲」說蘇軾聯章回文詞〈菩薩蠻〉之創新風格〉，《師大學報》第 56 卷第 1 期，2013 年 3 月，頁 33～64。
26. 謝光輝：〈王國維「遊戲說」對席勒的轉換及述評〉，高雄師範大學《國文學報》第 18 期，2013 年 6 月，頁 131～156。
27. 祁立峰：〈論南朝語文遊戲題材與言意之辯的關係——以陳暄〈應詔語賦〉爲主的考察〉，《東華人文學報》第 23 期，2013 年 7 月，頁 29～56。
28. 張高評：〈翁方綱《石洲詩話》論宋詩宋調——以蘇、黃詩爲核心〉，《文與哲》第 22 期，2013 年 6 月，頁 403～440。
29. 陳國球：〈中國文學批評作爲中國文學研究的方法——兼談朱自清的文學批評研究〉，《政大中文學報》第 20 期特稿，2013 年 12 月，頁 1～36。
30. 謝光輝：〈從建築軸線看杜甫夔州詩「八句皆對」的空間結構美感〉，世新大學《人文社會學報》第 15 期，2014 年 7 月，頁 223～257。

四、碩士論文

1. 洪劍鵬：《東坡嘲戲文研究》，臺中：東海大學碩士論文，1990 年。
2. 陳性前：《蘇試詼諧詩風研究》，合肥：安徽大學碩士論文，2010 年。
3. 陳煜輝：《黃庭堅戲題詩研究》，合肥：安徽大學碩士論文，2012 年。

4. 郭靜涵：《蘇東坡俳諧詞研究》，臺南：成功大學碩士論文，2013年。

索　引

《蘇軾詩集》索引

使用版本為：〔宋〕蘇軾著，〔清〕王文誥輯注，孔凡禮點校：《蘇軾詩集》，北京：中華書局，2007 年重印版。

組詩	題目	頁碼
卷 1～10，共 13 首		
	病中，大雪數日，未嘗起，觀虢令趙薦以詩相屬，戲用其韻答之	158～159
	自清平鎮遊樓觀、五郡、大秦、延生、仙遊、往返四日，得十一詩，寄子由同作．其十．愛玉女洞中水，既致兩瓶，恐後復取而為使者見紿，因破竹為契，使寺僧藏其一，以為往來之信，戲謂之調水符	197
	戲子由	324～326
	崔試官考較戲作	376～377
	鹽官部役戲呈同事兼寄述古	391
	戲贈	395
	將之湖州戲贈莘老	396～397
●	和邵同年戲贈賈收秀才三首	401～403

●	九日，舟中望見有美堂上魯少卿飲，以詩戲之，二首	507～508
	遊諸佛舍，一日飲釅茶七盞，戲書勤師壁	508
	卷 11～20，共 15 首	
●	戲書吳江三賢畫像三首	564～566
	梅聖俞詩集中有毛長官者，今於潛令國華也。聖俞沒十五年，而君猶爲令，捕蝗至其邑，作詩戲之	582～583
	劉貢父見余歌詞數首，以詩見戲，聊次其韻	649
	喬將行，烹鵝鹿出刀劍以飲客，以詩戲之	683
	奉和成伯兼戲禹公	683～684
	趙郎中見和，戲復答之	691～692
●	和趙郎中見戲二首	731～732
	聞公擇過雲龍張山人，輒往從之，公擇有詩，戲用其韻	815～816
	聞辯才法師復歸上天竺，以詩戲問	824～825
	夜過舒堯文戲作	888～889
	次韻秦太虛見戲耳聾	950～951
	李公擇過高郵，見施大夫與孫莘老賞花詩，憶與僕去歲會於彭門折花饋筍故事，作詩二十四韻見戲，依韻奉答，亦以戲公擇云	962～964
	卷 21～30，共 19 首	
	戲作種松	1027～1028
	陳季常自岐亭見訪，郡中及舊州諸豪爭欲邀致之，戲作陳孟公詩一首	1057～1058
	岐亭道上見梅花，戲贈季常	1078
	太守徐君猷、通守孟亨之，皆不飲酒，以詩戲之	1088～1089
	西山戲題武昌王居士・并引	1120
	劉監倉煎米粉作餅子，余云甚爲酥。潘邠老家造逡巡酒，余飲之，云，莫作醋，錯著水來否？後數日，攜家飲郊外，因作小詩戲劉公，求之	1190～1191

	世傳徐凝〈瀑布〉詩云：一條界破青山色。至爲塵陋。又爲作樂天詩稱美此句，有「賽不得」之語。樂天雖涉淺易然豈至是哉，乃戲作一絕	1210～1211
●	子由在筠作東軒記，或戲之爲東軒長老。其婿曹煥往筠，余作一絕句送曹以戲子由。曹過廬山，以示圓通慎長老。慎欣然，亦作一絕，送客出門，歸入室，趺坐化去。子由聞之，乃作二絕，一以答余，一以答慎。明年 余過圓通，始得其詳。乃追次慎韻	1212～1213
	戲作鮰魚一絕	1257
	追作懷口遇風詩，戲用其韻	1376～1377
●	戲周正孺二絕	1474
	偶與客飲，孔常父見訪，方設席延請，忽上馬馳去，已而有詩，戲用其韻答之	1501～1502
●	金門寺中見李西臺與二錢唱和四絕句，戲用其韻跋之	1511～1513
	戲用晁補之韻	1523～1524
	卷 31～40，共 24 首	
	慶源宣義王丈，以累舉得官，爲洪雅主簿，雅州戶掾。遇吏民如家人，人安樂之。既謝事，居眉之青神瑞草橋，放懷自得。有書來求紅帶，既以遺之，且作詩爲戲，請黃魯直、秦少游各爲賦一首，爲老人光華	1580～1581
	謁石菴戲贈洪菴主	1587～1588
	戲書李伯時畫御馬好頭赤	1590～1591
	次韻黃魯直戲贈	1598
	東川青絲寄贈冀州，戲贈	1661～1662
	怡然以垂雲新茶見餉，報以大玲團，仍戲作小詩	1662～1663
	葉教授和溽字韻詩，復次韻爲戲，記龍井之遊	1705～1706
	西湖秋涸，東池魚窘甚，因會客，呼網師遷之西池，爲一笑之樂。夜歸，被酒不能寐，戲作放魚一首	1787
	到穎未幾，公帑已竭，齋廚索然，戲作	1801
	歐陽季默已油烟墨二丸見餉，各長寸許，戲作小詩	1809

	明日復以大魚爲饋，重二十斤，且求詩，故復戲之	1810
	與趙、陳同過歐陽叔弼新治小齋，戲作	1812
	西湖戲作一絕	1818
	劉景文家藏樂天身心問答三首，戲書一絕其後	1818
	趙景貺以詩求東齋榜銘，昨日聞都下寄酒來，戲和其韻，求一壺作作潤筆也	1834
	到官病倦，未嘗會客，毛正仲惠茶，乃以端午小集石塔，戲作一詩爲謝	1876～1877
	聞林大夫當徙靈隱寺寓居，戲作靈隱前一首	1894～1895
●	余少年頗知種松，手植數萬株，皆中梁柱矣。都梁山中見杜輿秀才，求學其法，戲贈二首	1902～1903
	余舊在錢塘，同蘇伯固開西湖，今方請越，戲謂伯固，可復來開鏡湖耶？伯固有詩，因次韻	1940
	戲答王都尉傳柑	1956
	立春日小集戲李端叔	2012～2014
	戲和正輔一字韻	2113～2114
	章質夫送酒六壺，書稚而酒不達，戲作小詩問之	2155～2156
卷 41～50 及增補，共 29 首		
	吳子野絕粒不睡，過作詩戲之，芝上人、陸道士皆和，予亦次其韻	2213～2214
	行瓊、儋，肩輿坐睡。夢中得句云：千山動鱗甲，萬谷酣笙鐘。覺而遇清風急雨，戲作此數句	2246～2248
	余來儋耳，得吠狗曰烏觜，甚猛而馴，隨予遷合浦，過澄邁，泅而濟，路人 皆驚，戲爲作此詩	2364
	浦愈上人，以詩名嶺外，將訪道南岳，留詩壁上云：閑伴孤雲自在飛。東坡居士過其精舍，戲和其韻	2371
	合歐陽晦夫遺接䍦琴枕，戲作此詩謝之	2372～2373
	徐元用使君與其子端、常邀僕與小兒過同游東山浮金堂，戲作此詩	2387～2388

《黃庭堅詩集注》索引

使用版本爲：〔宋〕黃庭堅著，〔宋〕任淵等注，劉尚榮點校：《黃庭堅詩集注》，北京：中華書局，2007 年。

	戲呈聞善	562
●	戲贈米元章二首	563～564
●	戲答荊州王充道烹茶四首	582～584
	衝雨向萬載道中得逍遙觀遂戲題	590
	戲效禪月作遠公詠・并序	603
	又借答送蟹韻并戲小何	615～616
●	南樓畫閣觀方公悅二小詩戲次韻	631
	吳執中有兩鵝爲余烹之戲贈	656
●	秋冬之間，鄂渚絕市無蟹，今日偶得數枚，吐沫相濡，乃可憫笑，戲成小詩三首	657～658
●	戲詠高節亭邊山礬花二首	682～684
●	戲詠零陵李宗古居士家馴鷓鴣二首	686～687
	戲答歐陽誠發奉議謝余送茶歌	701～702
外集，共31首		
	次韻戲答彥和	763
	戲詠江南土風	780
	戲答李子真河上見招來詩，頗誇河上風物，聊以當嘲云	815
	用前韻戲公靜	825
	世弼惠詩求舜泉，輒欲以長安酥共泛一盃次韻戲答	883
	戲贈世弼用前韻	884
	世弼病方家不善論蛤蟹之功戲答	884
	戲贈彥深	892～894
	林爲之送筆戲贈	964～965
	戲贈南安倅柳朝散	1068
	侯尉之吉水覆按未歸三日泥雨戲成寄之	1107
	黃幾復自海上寄惠金液三十兩，且曰：此有德之士宜享，將以排蕩陰邪，守衛眞火，幸不以凡物畜之戲答	1150
●	戲題曾處善尉廳二首	1209
	戲和于寺丞乞王醇老米	1240

	戲贈惠南禪師	1636
●	阻水戲呈幾復二首	1638～1639
	戲招飲客解酲	1660
	戲贈頓二主簿・不置酒	1661
	飲南禪梅下戲題	1667
	陳季張有蜀芙蓉長飲客至開輒剪去作詩戲之	1668
	張仲謀許送河鯉未至戲督以詩	1690
	次韻伯氏戲贈韓正翁菊花開時家有美酒	1701
	戲答諸君追和予去年醉碧桃	1703
	戲書效樂天	1710
	孫不愚索飲九日，酒已盡，戲答一篇	1712
	再次韻戲贈道夫	1714
●	戲答龍泉余尉問禪二小詩	1730～1731
	戲贈元翁	1731
	戲贈水牯菴	1732
	一夕風雨，花藥都盡，唯有稀薟一叢，濯濯得意，戲題	1735
	何主簿、蕭齋郎贈詩思家戲和答之	1737
	南安試院無酒飲周道輔自贛上攜一榼，時時對酌，惟恐盡試畢，僕夫言尚有餘樽，木芙蓉盛開，戲呈道輔	1738
	戲題斌老所作兩竹梢	1757
	予去歲在長沙，數與處度元實相從把酒，自過嶺來，不復有此樂，感歎之餘，戲成一絕	1759
以上共計 121 題、169 首		